YVONNE STRUCK
Blind Date mit Möwe

AF239076

Weitere Titel der Autorin:

Jungs, meine Mutter und der ganze andere Mist
Jungs sind Idioten. Mädchen auch.
Der blödeste Junge der Schule und ich
Ich, die Jungs und die Sache mit dem Coolsein
Ein Zimtstern für den ersten Kuss

Über die Autorin:

Yvonne Struck ist in Lübeck aufgewachsen und verbrachte ihre gesamte Kindheit an der Ostseeküste. Als Diplom-Biologin kennt sie die Arbeit im Naturschutzbereich. Sie arbeitet als Autorin und hat bisher erfolgreich Jugendbücher verfasst. **BLIND DATE MIT MÖWE** ist ihr erster Roman für Erwachsene.

YVONNE STRUCK

Blind Date mit Möwe

ROMAN

Lübbe

Die Bastei Lübbe AG verfolgt eine nachhaltige Buchproduktion. Wir verwenden Papiere aus nachhaltiger Forstwirtschaft und verzichten darauf, Bücher einzeln in Folie zu verpacken. Wir stellen unsere Bücher in Deutschland und Europa (EU) her und arbeiten mit den Druckereien kontinuierlich an einer positiven Ökobilanz.

NACHHALTIG PRODUZIERT

MIX
Papier | Fördert gute Waldnutzung
FSC® C014496
FSC
www.fsc.org

Originalausgabe

Dieses Werk wurde vermittelt durch die
Literarische Agentur Thomas Schlück GmbH, 30161 Hannover

Copyright © 2024 by
Bastei Lübbe AG, Schanzenstraße 6–20, 51063 Köln

Vervielfältigungen dieses Werkes für das Text- und
Data-Mining bleiben vorbehalten.

Umschlaggestaltung: © SO YEAH DESIGN, Gabi Braun
Einband-/Umschlagmotiv: © shutterstock.com: Tancha | amesto | Angelina Bambina
Satz: hanseatenSatz-bremen, Bremen
Gesetzt aus der Adobe Jenson Pro
Druck und Verarbeitung: GGP Media GmbH, Pößneck

Printed in Germany
ISBN 978-3-404-19330-1

2   4   5   3   1

Sie finden uns im Internet unter:
luebbe.de
Bitte beachten Sie auch: lesejury.de

Lisa

Antonios Eiscafé an der Travemünder Vorderreihe ist der perfekte Ort für ein erstes Date. Eisessen wird im Internet empfohlen, weil es nicht so lange dauert wie ein Restaurantbesuch, und das Spaghettieis schmeckt hier wirklich göttlich. Außerdem ist es an der Vorderreihe wunderschön: Kleine Geschäfte und Restaurants reihen sich in schmalen Häusern aneinander, Menschen bummeln durch die Fußgängerzone, und man kann über die Trave mit ihren vielen Segelbooten bis hinüber zur Halbinsel Priwall blicken. Wenn ich hier bin, fühle ich mich immer ein bisschen wie im Urlaub.

Normalerweise jedenfalls. Heute hingegen eile ich im Slalom durch die entspannt schlendernden Menschen, rufe alle zwei Sekunden laut »Entschuldigung!« und bleibe schließlich keuchend vor den ersten weißen Sonnenschirmen mit der Aufschrift »Antonio's« stehen. Trotz des Gerennes bin ich eine Viertelstunde zu spät. Hastig zupfe ich das gelbe Sommerkleid zurecht und bewege die verschwitzten Zehen, die leider nicht wie geplant von schicken Riemchensandalen umrahmt werden, sondern in klobigen gelben Gummistiefeln stecken. Na ja, wenigstens farblich passt mein Outfit super zusammen ... Das ist aber auch schon das einzige Gute, das man darüber sagen kann! Aber hätte ich deswegen absagen sollen? So kurzfristig wäre das ja alles andere als nett gewesen. Apropos: Eigentlich müsste mein Date schon hier sein, oder?

Ich lasse den Blick über die kleinen Bistrotischchen schweifen. Familien mit Sand im Haar und Touristen in Lübeck-T-Shirts (Modell »Holstentor«), zwei Frauen, die die Köpfe zusammenstecken, mehrere Rentnerpaare … und ein einzelner Typ im hellgrauen Anzug. Das muss er sein.

»Tarzan93?«, frage ich, als ich an seinem Tisch ankomme.

»Möwe197?«, fragt er zurück.

»Genau.« Ich lasse mich auf den Stuhl ihm gegenüber sinken und lächele ihn an. »Sorry, dass ich zu spät bin.«

»Macht ja nichts.«

Er lächelt zurück und nimmt sich dann die Eiskarte.

»Weißt du schon, was du bestellen willst?«, fragt er.

Ich nicke, und er fängt an zu blättern. »Ich schau mal schnell, okay?«

Doch in dem Moment steht schon Antonio neben unserem Tisch.

»Ciao, Lisa! Spaghettieis wie immer?«

»Na klar!« Ein Eis ist genau das, was ich jetzt brauche.

»Und für den Signore?«

Tarzan guckt noch einmal in die Karte und sagt dann: »Ein Bier bitte.«

Bier im Eiscafé? Ernsthaft?

»Una birra, prego.« Antonio lässt sich nichts anmerken, aber der Blick, den er Tarzan93 im Fortgehen zuwirft …

Der nimmt sich noch einmal die Karte, und ich nutze die Gelegenheit, um ihn ausgiebig zu mustern. Dunkle Haare, vorne gegelt, blaue Augen und ein markantes Kinn mit leichten Bartstoppeln … Eigentlich sieht er ziemlich gut aus. Und auch der Anzug steht ihm. Wäre zwar nicht gerade das Outfit, das ich für ein Eiscafé gewählt hätte, aber vielleicht ist er ja direkt von der Arbeit gekommen, genau wie ich.

Tarzan93 klappt die Karte wieder zu.

»Nimmst du doch noch ein Eis?«, frage ich.

»Nein, wieso?« Er sieht mich verwirrt an.

»Na ja, ich dachte … Weil du die Karte noch mal … Aber ist auch egal.«

Er reibt sich das Kinn. »Ehrlich gesagt, stehe ich nicht so auf Eis.«

»Echt nicht?«, platzt es aus mir heraus. »Ich liebe Spaghettieis!«

»Okay …« Er zieht kurz die Augenbrauen hoch und fischt dann sein Handy aus der Tasche. Er wird doch nicht … Nein, er tippt nur kurz irgendwas und legt es dann neben das Bierglas.

Und jetzt? Am besten, wir beginnen noch mal von vorne. Wie war das mit den zehn besten Gesprächseinstiegen für erste Dates? Die habe ich heute Morgen extra gegoogelt, aber irgendwie ist mein Kopf im Moment komplett leergefegt.

Tarzan93 sagt auch nichts, er schiebt sein Handy auf der Tischplatte hin und her. Doch Rettung naht, und zwar in Gestalt von Antonio, der genau in diesem Moment eine riesige Eisschale vor mir abstellt.

»Prego, Signora! Ich habe extra noch ein paar frische Erdbeeren draufgetan.« Er zwinkert mir zu. »Weil du es bist.«

Ich strahle ihn an. »Danke schön!«

Während Antonio das Bier serviert, tauche ich den Löffel in meine Eisspaghetti. Luftiges Vanilleeis mit fruchtiger Erdbeersoße … Und dazu frische Erdbeeren! Mmh! Ich nehme gleich noch einen zweiten Löffel.

Tarzan trinkt währenddessen von seinem Bier. Drei große Schlucke.

»Übrigens, entschuldige noch mal die Verspätung«, sage ich dann, bevor sich wieder so ein peinliches Schweigen ausbreiten kann, und strecke die Beine unter dem winzigen Tischchen aus. »Du glaubst nicht, was mir vorhin passiert ist. Ich war nämlich gerade …«

»Sind das etwa Gummistiefel?« Tarzan93 starrt auf meine

Fußbekleidung, die selbst hier im Schatten fröhlich vor sich hin leuchtet.

»Ja. Sind es.« Mist, warum klang das so verlegen? Ich wollte doch selbstbewusst und witzig auftreten!

Ich atme tief ein. »Jedenfalls, das mit den Gummistiefeln. Ich komme nämlich direkt von der Arbeit, und da …«

»Was arbeitest du denn? Bauarbeiterin?« Er lacht meckernd. Ist ja auch ein echter Brüller, der Spruch!

Ich kann es mir nicht verkneifen. »Und wenn?«, frage ich zurück.

»Ehrlich?« Schlagartig wird er ernst. »Klar. Natürlich. Ich wollte damit auch nicht sagen …«

»Schon gut«, antworte ich. Was für ein Typ!

In dem Moment klingelt das Handy neben seinem halbvollen Bierglas. Tarzan93 – wie heißt er eigentlich in echt? – greift danach.

»Oh, sorry, wichtiger Termin. Ich muss. Sorry, sorry, sorry!« Er leert sein Glas in einem Zug, wirft einen Fünfeuroschein auf den Tisch und springt auf. »Ciao!«

Ich starre ihm fassungslos hinterher. Das darf ja wohl nicht wahr sein! Der haut einfach ab und lässt mich tatsächlich mit der ältesten Ausrede der Welt hier sitzen! Dabei wollte ich ihm doch gerade erklären, warum ich hier in Gummistiefeln zum Sommerkleid sitze.

Ich arbeite nämlich in der Naturstation auf dem Priwall, und wir sind heute mit unserem Exkursionskutter »Albatros« rausgefahren, um Jungfische für das neue Aquarium zu fangen. Die Sonne schien vom wolkenlosen Himmel, der Ostseewind blies mir ins Gesicht, und der Bug des Kutters hob sich mit jeder Welle an und klatschte dann wieder zurück aufs Wasser. Es war himmlisch!

Ein Stück vor dem Strand setzte unser Ehrenamtler Heinz den Anker, und ich schnappte mir den Kescher und fing an, nach den Fischen Ausschau zu halten. Tatsächlich entdeckte ich bald einen ganzen Schwarm. Ich sah zwar im Augenwinkel schon die Nils Holgersson näher kommen, dachte aber, ich wäre schneller. Doch genau in dem Moment, als ich mich mit ausgestrecktem Arm weit über die Reling lehnte, passierte es. Heinz rief noch: »Achtung, Lisa!«, doch da erreichte uns die Riesenwelle der Ostseefähre schon. Der Kutter schwankte, ich auch, und – platsch – fiel ich in die Ostsee. Das Wasser war trotz der Sommerhitze eiskalt, und ich wusste einen Moment lang nicht, wo oben und unten war. Dann tauchte ich prustend wieder auf, Hose und Shirt klebten an meinem Körper, und wo war mein Kescher? Schwimmend drehte ich mich im Kreis, bis ich ihn ein Stück weit entfernt treiben sah. Ich schaffte es mehr schlecht als recht, mit dem Teil in der Hand zum Kutter zurückzuschwimmen, und als ich ihn zu Heinz nach oben schob, zuckte sein Schnurrbart verdächtig.

»Na, das war ja 'n schöner Platscher.«

»Sehr witzig«, brummelte ich.

Er hielt mir die Hand hin und zog mich zurück aufs Boot. »Mensch, ich hab dich doch noch gewarnt!«

»Ja, ich weiß.«

Zum Glück hatte ich Wechselkleidung in der Naturstation, aber als ich dann später zum Date aufbrechen wollte, stellte ich fest, dass ich meine Riemchensandalen zu Hause vergessen hatte. Und die Chucks waren immer noch klatschnass. Damit standen zur Auswahl: klobige Arbeitsschuhe oder eben die Gummistiefel. Deshalb klopfte ich die verkrusteten Matschreste von den Stiefeln, polierte sie auf Hochglanz und rannte los.

An dieser Stelle der Story hätte Tarzan93 zum Beispiel fragen können, welche Arbeit ich eigentlich in der Naturstation mache, wenn ich nicht gerade ins Wasser falle (oder so.) Schon wären wir im Gespräch gewesen. Doch stattdessen … Ich starre den Geldschein neben dem leeren Bierglas an. Ich meine, klar, es war nicht das tollste Date der Welt. Die Wahrscheinlichkeit, dass aus uns was geworden wäre, liegt vermutlich im Minusbereich. Aber trotzdem! Ich habe noch nicht mal mein Eis aufgegessen.

Die Dame mit dem weißen Kurzhaarschnitt am Nebentisch wirft mir einen mitleidigen Blick zu, wahrscheinlich hat sie alles mitbekommen. Ich zwinge mich zu einem Lächeln und tauche den Löffel in das halb geschmolzene Spaghettieis. Von so einem arroganten Typen lasse ich mir doch mein Eis nicht verderben! Aber egal, wie sehr ich mich auch bemühe, es zu genießen: Irgendwie schmeckt es heute anders als sonst. Ich bezahle bei Antonio und mache mich seufzend auf den Weg nach Hause.

Zehn Minuten Fußweg und neunzehn Minuten Zugfahrt später komme ich in Lübeck an. Vor dem Bahnhof steht eine riesige Menge an Fahrrädern, aber meines leuchtet mir schon fröhlich türkis-schwarz geringelt entgegen. Mit dreizehn Jahren hatte ich nämlich die Nase voll von dem pinken Fahrrad, das ich mir ein Jahr vorher noch voller Überzeugung ausgesucht hatte, und habe es türkis gestrichen. Doch vermutlich hätte ich die alte Farbe vorher abschleifen müssen, denn das Türkis wurde total fleckig und sah alles andere als hübsch aus. Nachdem ich eine Woche lang kreuzunglücklich damit zur Schule gefahren war, besorgte ich mir schwarzes Klebeband, und seitdem ist mein Fahrrad geringelt. Obwohl das inzwischen schon fünfzehn Jahre her ist, liebe ich es noch immer! Außerdem finde ich es in jedem Fahrradständer sofort wieder, egal, wie voll er ist, und bei gutem Wetter sind die in Lübeck immer voll.

Ich schwinge mich auf den Sattel und radele im Rekordtempo in Richtung Holstentor. Zum Glück ist hier abends nur wenig Verkehr, aber es sind immer noch deutlich über zwanzig Grad, und meine Füße in den Gummistiefeln üben inzwischen schon für das Seepferdchen-Abzeichen. An der Obertrave, wo Tische und Stühle der kleinen Restaurants jeden freien Zentimeter

Fußweg bedecken, bremse ich ein wenig ab. Pizzaduft, Stimmen und Gelächter. Ich weiche einem Kellner aus, der ein mit Gläsern voll beladenes Tablett über die Straße balanciert. Ein paar hundert Meter weiter wird es ruhiger, ich biege nach links ab, strampele ein Stück bergauf und schiebe das Fahrrad durch einen niedrigen Tunnel, der direkt durch die Fassade eines der Häuser hindurchführt. Und dann komme ich auf der anderen Seite wieder heraus – in einem von Lübecks typischen »Gängen«, einem Innenhof mit schmalen, von Kletterrosen bewachsenen Häuschen, die sich eng aneinanderschmiegen und deren Fassaden in der sanften Abendsonne pastellfarben leuchten. Von meiner Mitbewohnerin Mareike, die bei der Touristeninformation arbeitet, weiß ich, dass die kleinen Ganghäuser im Mittelalter gebaut wurden, um in den Hinterhöfen Wohnraum für die arme Bevölkerung und Bedienstete zu schaffen. Heute hingegen sind sie sehr beliebt und begehrt.

»Hallo, Lisa.« Erika, die gleich im ersten Häuschen vorne links wohnt, gießt wie jeden Abend mit einer grünen Plastikkanne ihre Kletterrosen.

Ich lächele ihr zu. »Hallo, Erika!«

Sie stellt die Gießkanne ab. »Na, wie geht es dir?«

»Gut.« Ich kann Erika ja wohl kaum von meinem missglückten Date erzählen! Abgesehen davon, dass ich das Ganze am liebsten schnell vergessen würde: So gut kennen wir uns nun auch wieder nicht. Außerdem ist Erika über siebzig, und ich habe keine Ahnung, wie sie zu dem Thema »Daten« steht. Ich weiß nur, dass sie mal verheiratet war, aber ihr Mann ist wohl schon vor einer Ewigkeit gestorben.

Erika legt den Kopf schief und mustert mich. Meine Antwort war anscheinend nicht sehr glaubwürdig. Hoffentlich fragt sie nicht weiter nach …

»Magst du Erdbeeren?«, fragt sie stattdessen.

»Was?«

»Erd-bee-ren«, wiederholt sie langsam und laut, als wäre ich schwerhörig.

»Ähm … Ja, klar mag ich die.«

»Warte mal kurz.«

Damit wackelt sie in ihr Häuschen. Oben auf dem Giebel sitzt eine Amsel und pfeift immer wieder dieselbe Melodie. Während ich lausche, entspannen sich langsam die Muskeln in meinem Kiefer. Anscheinend habe ich die ganze Zeit die Zähne zusammengebissen, ohne es zu merken.

»Das ist Emil«, ertönt plötzlich Erikas Stimme neben mir. »Die Amsel. Ich habe ihn Emil getauft. Er singt hier jeden Abend.«

»Schöner Name«, sage ich. »Amseln klingen einfach toll, findest du nicht?«

»Das muss er ja auch. Sonst hören die Frauen nicht auf ihn. Der ruft doch: »Alle Frauen zu mi-i-ir!«

»Stimmt.« Ich grinse hinauf zu der Amsel mit ihrer (seiner) stolzgeschwellten Federbrust.

»Typisch Mann«, verkündet Erika, und ich sehe sie überrascht an. Aber mehr scheint sie zu dem Thema nicht sagen zu wollen. Stattdessen drückt sie mir eine Papiertüte in die Hand. »Hier, die Erdbeeren.«

Die Tüte ist randvoll und ziemlich schwer.

»Danke! Woher hast du denn so viele?«

»Ach.« Erika seufzt. »Eine Freundin von mir ist gestorben.«

»Oh, das tut mir leid«, sage ich betroffen, obwohl ich nicht verstehe, was das mit den Erdbeeren zu tun hat.

»Ja. Danke.« Sie seufzt noch einmal. »Meine Freundin hatte einen Garten mit einem riesigen Erdbeerbeet. Die sind jetzt alle reif, einige sind sogar schon abgefallen und verrotten. Es ist ein Jammer! Da dachte ich mir, ich pflücke mal ordentlich welche, aber so viele kann ich alleine ja gar nicht essen. Also nimm ruhig. Und wenn du noch mehr möchtest, sag Bescheid, es hängen immer noch Unmengen an den Pflanzen. Mareike natürlich auch, die mag sie doch so gerne.«

Mareike ist ein absoluter Erdbeerfan, ich wusste allerdings nicht, dass sich das schon bis zu Erika rumgesprochen hat.

»Ich sag's ihr, danke.« Ich stelle die Tüte mit den Erdbeeren zu meinem Rucksack in den türkisen Fahrradkorb, und Erika greift wieder nach ihrer Gießkanne.

»Dann wünsche ich dir noch einen schönen Abend«, sage ich. Und erschrecke mich im selben Moment – das war jetzt echt unpassend. »Ich meine, trotz … also, obwohl …«

»Schon gut«, sagt Erika. »Es muss ja weitergehen, nä?«

»Ähm … ja.«

»Na, dann grüß mal Mareike schön von mir.« Dabei klingt ihre Stimme schon fast wieder fröhlich.

»Mach ich!«

Im nächsten Moment plätschert es wieder aus der Gießkanne, und ich schiebe mein Fahrrad weiter, vorbei an Stockrosen und Wäscheleinen. Von irgendwoher ertönt die Titelmelodie der Tagesschau, einige Häuser weiter hört man Stimmen und Geschirrklappern, nur im leer stehenden Haus gegenüber von unserem ist alles still. Ich schließe mein Fahrrad an und stelle die Tüte mit den Erdbeeren auf den wackeligen Holztisch vor unserem Küchenfenster. Wegen des ungleichmäßigen Kopfsteinpflasters ist es unmöglich, ihn stabil hinzustellen, dabei klemmen unter allen vier Beinen schon diverse Bierdeckel. Erschöpft lasse ich mich auf einen der ebenso schief stehenden Stühle fallen und kicke die Gummistiefel von den Füßen. Jetzt noch die feuchten Socken ausziehen … Schon viel besser! Ich strecke die Beine aus und wackele mit den nackten Zehen.

»Da bist du ja. Das ging ganz schön schnell!« In der Tür steht Mareike, in der Hand zwei Gläser mit sprudelndem Eiswasser. Sie stellt eines davon vor mich auf den Holztisch und deutet auf meine türkis lackierten Zehennägel. »Hübsch.«

»Danke«, sage ich – zu dem Kompliment und dem Eiswasser. Das ist jetzt genau das Richtige! Ich trinke das Glas in einem Zug halb leer.

Mareike setzt sich auf den freien Stuhl mir gegenüber und sieht mich erwartungsvoll an.

»Und?«

»Wir haben Erdbeeren geschenkt bekommen. Von Erika.« Ich deute auf die Papiertüte.

»Lecker«, antwortet Mareike. »Aber jetzt sag schon! Wie ist es gelaufen?«

»Frag nicht.«

»So schlimm?«

»Schlimmer! Am liebsten würde ich es einfach nur vergessen.« Ich trinke noch einen Schluck Eiswasser, und dann erzähle ich Mareike natürlich doch das Desaster mit Tarzan93. An der Stelle mit den Gummistiefeln fängt sie an zu grinsen.

»Warum hast du nicht behauptet, Gummistiefel sind auf den Laufstegen in Paris der letzte Schrei?«

Ich verziehe das Gesicht, aber Mareike grinst noch breiter. »Man muss das nur selbstbewusst rüberbringen!«

»Und du glaubst, dann hätte er mich nicht nach zehn Minuten sitzen gelassen?«

Mareike hört schlagartig auf zu grinsen. »Das hat er gemacht? Warum denn?«

»Keine Ahnung. Wahrscheinlich wegen der Gummistiefel.«

»Aber hast du ihm denn nicht erklärt ...?«

»Ich hab's versucht, aber er hat mir gar nicht zugehört.«

»Was für ein Arsch«, verkündet Mareike.

»Ja, oder?« Ich fühle mich gleich ein bisschen besser. »Dabei hatte der ein Foto vom Outdoor-Klettern in seinem Profil! Ich dachte, das ist voll der relaxte Typ, aber von wegen.«

»Der Klassiker.« Mareike klimpert mit ihren Eiswürfeln.

»Wahrscheinlich ist er in Wahrheit Finanzbeamter oder so was. Und in seiner Freizeit macht er dann einen auf cooler Tarzan.«

»Tarzan im Dschungel des Finanzwesens?«, frage ich und muss nun doch lächeln.

»Genau! Übrigens: Du hast da was.« Sie beugt sich vor und zieht mir etwas aus dem Haar. Es leuchtet fast so grün wie die Blätter der Stockrose hinter ihr. Eine eingetrocknete Alge! Wo kommt die denn her? Dabei habe ich doch extra mein Aussehen im winzigen Badspiegel der Naturstation gecheckt, bevor ich vorhin losgerannt bin.

»Tarzan und Jane!«, ruft Mareike, aber ich finde das plötzlich gar nicht mehr witzig. Erschöpft starre ich auf die Alge zwischen ihren Fingern. Das Gehetze nach der Arbeit, die ganze Aufregung … und wofür? Damit so ein Idiot mich sitzen lässt?!

»Lisa? Alles klar?«

Ich zucke mit den Schultern. »Ich hab mich einfach so blöd gefühlt, als er abgehauen ist. Verstehst du?«

»Ja, klar! Du Arme.« Mareike streichelt mir tröstend über den Rücken. »Aber denk nicht mehr drüber nach. Wenn sich einer schlecht fühlen muss, dann der! Nächstes Mal läuft es bestimmt besser.«

»Meinst du?«, frage ich.

»Natürlich!«, ruft Mareike. »Gib mir mal dein Handy.«

Mit fragendem Blick gebe ich es ihr, und Mareike öffnet sofort die Dating-App. Der erste Typ sieht verdammt gut aus, fast wie ein Model, er lehnt mit nacktem Oberkörper und Schlafzimmerblick an einer Mauer. Das ist eindeutig too much.

»Links oder rechts?«, fragt Mareike.

»Links.«

Sie wischt den Typen beiseite.

»Und der?«

Der nächste hat so viele Weichzeichner-Filter benutzt, dass man sein Gesicht gar nicht mehr richtig erkennen kann.

»Auch links«, brummele ich widerwillig. Das Ganze kommt mir auf einmal total bescheuert vor. Menschen nur nach ihrem Aussehen beurteilen? So bin ich doch eigentlich gar nicht. Und außerdem: Was dabei rauskommt, hat man heute ja gesehen.

Obwohl: Ich selbst habe ja auch solche Fotos. Nachdem ich beschlossen hatte, wieder zu daten, wollte ich alles richtig machen und habe in einem Fotostudio das »Tinder-Angebot« gebucht. Inklusive Styling und professionellem Make-up. Mein Gesicht fühlte sich mit der dicken Schminkschicht zwar an wie unter einer Maske, und von den straff hochgesteckten Haaren bekam ich schon nach fünf Minuten Kopfschmerzen, aber die Fotos sehen super aus. Und sie passen perfekt zu Tinder. Nur eben überhaupt nicht zu mir … Aber ob ein Gummistiefel-Foto besser wäre? Wahrscheinlich bekäme ich dann nur Angebote von den Typen, die ich selbst immer sofort wegwische, weil sie fettige Haare haben oder bei ihnen im Hintergrund ungemachte Betten und halb leere Fastfoodkartons zu sehen sind.

»Lisa? Links oder rechts?« Mareike deutet auf den nächsten Mr. Perfect.

Ich zucke mit den Schultern. »Ich weiß nicht. Das ist doch alles der totale Fake.«

»Ach, Lisa.« Mareike schließt die App und nimmt mich tröstend in den Arm. »Gib nicht gleich wieder auf. Heute ist es blöd gelaufen, aber das war doch erst der erste Versuch.«

»Ich weiß.« Der erste Versuch nach Ryan, und dann geht es gleich so schief! Ryan hätte mit mir über die Gummistiefel gelacht …

»Das nervt bloß alles so!«, platzt es aus mir heraus. »Warum muss ich überhaupt einen Mann finden? Vielleicht sollte ich lieber erst mal Single bleiben.«

»Ja, klar, warum nicht? Wir machen uns auch ohne Männer eine schöne Zeit!« Mareike lässt mich los und steht auf. »Sollen wir die Erdbeeren essen und dabei eine Runde netflixen?«

»Endlich mal eine gute Idee!«

Die Sonne ist inzwischen sowieso hinter dem Giebel des Nachbarhauses verschwunden. Wir schnappen uns unsere Gläser und gehen hinein.

Unser Ganghaus ist zwar superschmal, hat aber drei Stockwerke: Unten befindet sich die Küche mit dem großen Esstisch aus Holz und unser kleines Bad, im ersten Stock wohnt Mareike, und ganz oben unter dem Dach ist mein Zimmer. Das erreicht man, indem man gegenüber von Mareikes Bett eine schmale Leitertreppe hochsteigt. Wenn ich mal meine Ruhe haben will, muss ich darüber eine Falltür schließen. Die schrägen Wände meines Zimmers habe ich hellblau gestrichen, und wenn man im Bett liegt, ist es ein bisschen so, als würde man direkt in den Himmel gucken. Es ist gerade mal genug Platz für besagtes Bett, zwei Kleiderstangen mit Klamotten und den Schreibtisch vor dem Fenster, der über und über mit Muscheln, Steinen und Bastelmaterialien bedeckt ist, weil ich hier neue Projekte für unsere Kinder- und Jugendgruppe ausprobiere. Dass dabei auch viel Deko für mein Zimmer (und das gesamte Haus) herausspringt, ist ein angenehmer Nebeneffekt. Am meisten liebe ich meine muschelverzierte Truhe (für Accessoires wie Tücher, Schals und Mützen), die gleichzeitig als Nachttisch dient, und den Fisch aus Treibholz, den ich gegenüber von meinem Bett aufgehängt habe.

Aber so schön mein Zimmer auch ist: Bei Mareike unten ist eindeutig mehr Platz, deswegen sind wir eigentlich immer bei ihr.

»E-Mail für dich?«, fragt Mareike, nachdem wir es uns auf ihrem großen Bett mit der bunt bestickten Decke gemütlich gemacht haben.

»Auf jeden Fall«, antworte ich, denn das ist unser absoluter Lieblingsfilm. Weil es sooo schön ist, wie Meg Ryan und Tom Hanks sich ineinander verlieben, ohne auch nur zu ahnen, wer die andere Person ist.

»Das wär's doch«, sage ich anderthalb Stunden später, als der Abspann läuft. »Sich einfach nur Nachrichten schreiben, ohne dass man weiß, wer der andere ist. Ohne Aufbrezeln, ohne Ach-so-tolles-Angeber-Profil ... Einfach den richtigen Menschen kennenlernen.« Ich angele mir eine Erdbeere aus der Schale.

Mareike kichert. »Und am Ende bekommst du Tom Hanks. Mit seiner Knollennase und der albernen Frisur.«

»Darum geht es doch gerade«, entgegne ich. »Das Äußere ist egal! Außerdem ist er in dem Film wirklich süß zu ihr.« Ich beiße in die saftige Erdbeere.

»Am Schluss schon«, gibt Mareike zu. »Aber wo willst du jemanden finden, mit dem du dir anonyme E-Mails schreiben kannst? Oder WhatsApps?«

»Nee, keine WhatsApps. Die sind zu kurz.«

»Aber Mails schreibt doch keiner mehr«, gibt Mareike zu bedenken und greift ebenfalls in die Erdbeerschüssel.

»Stimmt auch wieder ...«

Ich seufze. Denn da fängt das Problem ja erst an!

Im Zeitalter der sozialen Netzwerke ist so ein anonymes Flirten natürlich nicht mehr möglich, das ist mir klar. Aber träumen wird man ja wohl dürfen ...

Jonas

»Herzlich willkommen bei ›The Voice of Love – Stimme der Liebe‹« steht in der Mail. Darunter das Bild eines Pärchens, Hand in Hand. Allerdings ohne Gesichter, die liegen im Schatten. »Hier zählen nur die inneren Werte. Schön, dass Sie sich bei uns angemeldet haben.«

Angemeldet?

»Timo!«, brülle ich ins Nachbarbüro. »Hast du mich bei so 'nem Ding angemeldet?«

»Was für ein Ding?« Mein Kumpel und Chef Timo erscheint in der Tür. Sein Hemd ist wie immer einen Knopf zu weit aufgeknöpft.

»Irgendwas über die Stimme der Liebe.« Ich deute auf meinen Monitor. Timo kommt näher und beginnt zu grinsen.

»Also ja«, sage ich. »Was soll der Scheiß?«

Timo setzt sich auf den Rand meines Schreibtischs. »Ganz einfach: Jetzt kannst du's beweisen.«

»Kapier ich nicht.«

»Gestern Abend? In Norberts Kneipe?«

Ich stöhne. »Du meinst doch nicht etwa unser besoffenes Gelaber?«

Als Antwort grinst Timo bloß noch breiter.

Timo war gestern auf einem Date, einem sehr kurzen allerdings. Denn schon eine halbe Stunde später bekam ich eine Nachricht von ihm. »Bock auf ein Bier?«

Noch eine halbe Stunde später saßen wir in unserer Stammkneipe »Bei Norbert« vor dem ersten Glas. Oder in Timos Fall auch vor dem zweiten oder dritten, so glasig, wie sein Blick schon war. »Bei Norbert« ist klein, verwinkelt und das, was man wohl urig nennen würde. Und auch wenn sich ab und zu ein paar Touristen zu ihm verirren, hat Norbert noch kein Craft Beer und keine handgemachten Burger im Angebot. Zum Glück! Sobald er das Bier nicht mehr mit »ie« schreibt, würden sich vermutlich die Preise verdoppeln. Und wir nicht mehr dort abhängen.

Ich nahm einen kräftigen Schluck. »Und? Wie war das Date?«

»Wonach sieht's denn aus?«, brummelte Timo.

»Ist nicht gut gelaufen?«

»Das kannst du laut sagen! Nach zehn Minuten hab ich gemacht, dass ich wegkam.«

Die arme Frau, nach zehn Minuten sitzen gelassen zu werden war bestimmt nicht schön. Und auch überhaupt nicht typisch für Timo. Wenn er seinen Charme-Modus anknipst, wickelt er normalerweise jede Frau um den Finger. Oder wenigstens fast jede. Im Gegensatz zu mir übrigens. Okay, er war schon den ganzen Tag mies drauf gewesen, weil es nicht gut lief mit dem Großprojekt in Hamburg. Der Lieferant hatte Verzögerungen angekündigt. Aber Timo hatte seine schlechte Laune ja wohl hoffentlich nicht an der Frau ausgelassen! Oder?

»Und warum hast du sie so schnell sitzen gelassen?«, fragte ich vorsichtig.

Er ließ sich Zeit mit der Antwort. Trank erst mal einen großen Schluck Bier und wischte sich mit dem Handrücken den Schaum vom Mund. Machte Norbert ein Zeichen, ihm schon mal ein neues zu zapfen. Sah zu, wie Norbert ein Glas unter den Zapfhahn schob, der erste Schaum hochstieg und goldene Flüssigkeit über den Rand lief.

Als ich schon dachte, da kommt nichts mehr, sagte er: »Wenn klar ist, dass es nicht passt, wozu soll ich dann meine Zeit verschwenden?«

»Was passte denn nicht?«

»Alles!« Timo leerte sein Glas, dann lehnte er sich ein Stück zu mir vor.

Alles. Hm. Das musste ja ein Horrordate gewesen sein … Was jetzt wohl kam? Hatte sie irgendwelche radikalen Theorien aufgestellt? Oder ihren Hund mitgebracht und ihn mit Timos Essen gefüttert? Oder die ganze Zeit gerülpst oder gefurzt oder so was? Gespannt lehnte ich mich ebenfalls ein Stück vor.

Dann sagte Timo: »Was die schon für Klamotten anhatte!«

Das war jetzt nicht sein Ernst, oder? Klar, er stand auf gestylte Frauen, aber trotzdem …

»Was hatte sie denn an? Einen Müllsack?«, fragte ich mit hochgezogenen Augenbrauen.

»So ähnlich.« Er drehte das leere Glas zwischen den Händen. »Aber es waren nicht bloß die Klamotten. An der war einfach alles komisch. Das wusste ich nach drei Sekunden. Das hatte ich im Urin.«

Damit lieferte er mir natürlich eine Steilvorlage.

»Also war das nur so ein Gefühl?«, fragte ich grinsend.

Wie erwartet sprang Timo sofort darauf an.

»Quatsch! Das war Instinkt, und der stimmt immer. Das ist wissenschaftlich bewiesen!«

Er zog sein Handy aus der Hosentasche und tippte und wischte darauf herum. Hoffentlich versuchte er jetzt nicht, mich zu verarschen! Er dachte sich gerne mal irgendwelche Studienergebnisse aus, allerdings hauptsächlich, wenn er eine Frau beeindrucken wollte. So nach dem Motto: 93 Prozent aller Architekten sind gute Küsser, wusstest du das? Das klappte erstaunlich oft ... Aber mir brauchte er mit so was nicht zu kommen.

»Da!« Timo hielt das Handy viel zu dicht vor mein Gesicht. Ich nahm es ihm aus der Hand und erwartete das Schlimmste, aber wenigstens war es keine dieser Seiten mit einer wilden Mischung aus Promi-News, Wetter und Wissenschaft, sondern ein richtiger Zeitungsartikel. Da stand was von Instinkten und dass man sich innerhalb weniger Sekunden eine Meinung bildet, wenn man einen Menschen neu kennenlernt. Und diese Meinung ist angeblich meistens richtig.

Ich legte das Handy zurück auf den Tisch. »Ich weiß nicht. Erstens steht da meistens ...«

»Ja, ja. Ausnahmen bestätigen die Regel«, unterbrach mich Timo, die Augen fest auf Norbert gerichtet. Der steuerte gerade mit dem frischen Bier auf uns zu.

»Du auch noch eins, Jonas?«, fragte er, nachdem er das Glas vor Timo abgestellt hatte. Ich nickte.

Als Norbert wieder weg war, versuchte ich es noch einmal: »Und außerdem kann der erste Eindruck doch nur nach Äußerlichkeiten gehen. Und das ...«

»Das nennt man Instinkt«, behauptete Timo.

»Aber oft sind Menschen doch ganz anders, als man am Anfang denkt.«

»Ach ja? Wer denn zum Beispiel?«

»Ähm ...« Dummerweise fiel mir in dem Moment kein einziges Beispiel ein. Um Zeit zu gewinnen, trank ich den letzten Schluck Bier aus meinem Glas, aber immer noch nichts.

»Na?«, fragte Timo.

»Fällt mir gerade nicht ein, aber auf jeden Fall gibt es sie! Und überhaupt: Was ist denn mit den inneren Werten?«

»Innere Werte? Meinst du die Leber und den Darm und so was?« Er lachte schallend.

»Genau. Du hast es erfasst.«

»Ja, ja, alles klar! Du bist der Typ für die inneren Werte, und ich bin ein oberflächlicher Arsch, oder was?« Seine Stimme hatte plötzlich einen scharfen Unterton. Vermutlich erwartete er jetzt energischen Widerspruch, aber den Gefallen würde ich ihm nicht tun. Stattdessen zuckte ich bloß neutral mit den Schultern.

»Jonas, du bist so ein Idealist!« Timo klatschte mir mit der flachen Hand auf den Rücken. »Aber das Aussehen ist wichtig, das ist nun mal Fakt. Ich kann mich nicht zwingen, jemanden scharf zu finden! Das passiert einfach, und zwar in dem Moment, wo ich die Frau zum ersten Mal sehe.«

»Ja, logisch«, entgegnete ich. »Aber langfristig gesehen sind die inneren Werte doch viel wichtiger.«

Hätte ich mal lieber die Klappe gehalten!

»Jonas, unser Idealist!« Jetzt springt Timo von meinem Schreibtisch und winkt in die Richtung meines Monitors mit dem Logo von »The Voice of Love«. »Damit kannst du es beweisen: Ein Date, ohne die Frau zu sehen! Nur die inneren Werte zählen. Und du hast keine Ahnung, ob sie vergammelte Zähne hat oder nach altem Schweiß riecht. Das wolltest du doch!«

»Na ja, wollen …«, murmele ich.

»Hast du gestern Abend gesagt! Dass die inneren Werte das Wichtigste sind.«

»Ja. Nein! Also schon, aber deshalb hättest du mich doch nicht gleich da anmelden müssen.«

Warum habe ich das mit den inneren Werten nur gesagt? Timo hasst es, Diskussionen zu verlieren. Das weiß ich doch.

»Na ja, Frauen ohne Zähne können ja auch nett sein«, füge ich schwach hinzu.

Timo hält mir die Hand hin. »Ein Kasten Bier. Schlag ein!«

»Was?«

»Ein Kasten Bier, wenn du auf die Art mit einer Frau zusammenkommst.«

»Definiere zusammenkommen«, sage ich.

Er stützt sich auf meinen Schreibtisch.

»Okay. Sagen wir eine, mit der du danach länger als einen Monat zusammen bist.«

»Einen Monat? Höchstens eine, mit der ich ein zweites Date will!«

»Okay, ein weiteres Date im Real Life. Also machst du mit? Ich wusste es!«

»Das habe ich nicht gesagt!«

Timo lehnt sich vor und boxt mich in den Oberarm. »Na klar machst du mit!«

Ich verdrehe die Augen und scrolle dann in der E-Mail nach unten. Finden Sie Ihre:n Seelenpartner:in, bla, bla, bla …

»Was muss man da überhaupt machen?«

Timo richtet sich auf. »Ganz einfach: Du wirst durch einen Fragebogen mit einer Frau gematcht. Und dann habt ihr ein Online-Date, aber ohne euch zu sehen.« Er plinkert albern mit den Augen. »Oh Jonas, deine inneren Werte sind so sexy!«

»Sehr witzig.«

»Die Seite hat übrigens ein Kumpel von mir aufgezogen. Noch so ein Trottel, der an die romantische Liebe glaubt.«

»Na, danke auch! Und der andere Trottel braucht jetzt ein Versuchskaninchen, oder was?«

»Quatsch! Da sind schon ganz viele Frauen angemeldet, die alle deine inneren Werte kennenlernen wollen. Und die sind ja am wichtigsten.«

»Ja, schon …«

Timo stützt sich erneut auf meinen Schreibtisch und beugt sich nach vorne, sodass sein Gesicht plötzlich dicht vor meinem ist. »Also, bist du dabei? Oder kneifst du mal wieder? Mann, Jonas, du hattest so lange kein Date mehr, dein Ding ist bestimmt schon ganz verschrumpelt!«

Ich hatte echt lange kein Date mehr, von Sex mal ganz zu schweigen. Aber das werde ich jetzt nicht kommentieren.

»Was soll das heißen, mal wieder?«, protestiere ich stattdessen. »Ich kneife nie!«

»Dann schlag ein.« Timo hält mir erneut die Hand hin. »Ein Kasten Bier. Na los!«

Ich kann da doch nicht ernsthaft mitmachen!

Andererseits: Was habe ich schon zu verlieren? Wenigstens hätte ich mal wieder ein Date. Wenn es blöd ist, so what? Wäre nicht das erste Mal. Aber vielleicht klappt es ja auch. Vielleicht lerne ich wirklich eine Frau kennen, die anders ist als alle anderen … Außerdem würde ich zu gerne Timo das dreckige Grinsen aus dem Gesicht wischen.

»Na los, Jonas.« Timos Hand wackelt vor mir hin und her. »Schlag ein!«

»Okay, ich bin dabei.« Ich schlage ein.

»Geil!« ruft Timo. In der Tür dreht er sich noch mal zu mir um. »Cool, dass du das machst. Ich bin echt gespannt, wie es läuft.«

»Ich auch …« Ich bekomme jetzt schon Zweifel. Ob das eine gute Idee war?

Aber darüber kann ich jetzt nicht weiter nachdenken, weil sich auf meinem Schreibtisch die Arbeit stapelt.

Ich bin Architekt und arbeite seit acht Monaten im renommierten Architekturbüro »Hansen und Sohn«, das Timos Vater gegründet hat. Mein absoluter Traumjob: endlich eigene Häuser entwerfen! Meine eigenen Ideen verwirklichen! Davon träume ich schon, seit ich als kleiner Junge angefangen habe, aus Lego die tollsten Gebäude zu konstruieren. Meine Mutter hat immer geflucht, weil sie überall über die Dinger gestolpert ist.

Timos Vater hat viele zahlungskräftige Kunden an Land gezogen, die sich individuell geplante Häuser auch leisten können.

Und Timo ist genau der richtige Typ für die Nachfolge. Auf Empfängen und bei Networking-Events ist er voll in seinem Element. Deswegen war es für mich wie ein Sechser im Lotto, als er gefragt hat, ob ich hier anfangen will.

Ich öffne die Datei für das Youtuber-Haus, wie wir es intern nennen, weil der Auftraggeber Youtube-Millionär ist. Interiio (mit zwei i), der eigentlich Max Krüger heißt, ist mit Interior-Design-Videos bekannt (und reich) geworden. Und deshalb denkt er, er wüsste auch alles übers Bauen. Was der zum Teil für Ideen hat! Und ganz genau null Ahnung von Statik oder Baurecht. Kein Wunder, dass Timo lieber den Großauftrag in Hamburg betreut. Aber egal, was zählt, ist: Der Youtuber will ein Haus, und ich darf es bauen.

Dafür muss ich aber endlich mal anfangen, mich mit dem Entwurf zu beschäftigen.

Als ich abends aus unserem Büro in der Lübecker Innenstadt auf die Straße trete, dröhnt mir der Schädel. Ich habe vorhin fast eine Stunde lang mit Interiio telefoniert. Wenn es nach ihm ginge, dürfte ich mit dem Entwurf noch mal von vorne anfangen. (»Nein, Jonas, so geht das nicht! Das ist alles so 2019 …«) Aber was er stattdessen will, konnte er mir leider nicht sagen.

»Da muss schon was von dir kommen. Creativity, verstehst du?«

Der einzige Trost: Er bezahlt für die Extra-Arbeit.

Ich schließe mein Fahrrad auf, das wie jeden Tag am Fahrradständer Wahmstraße / Ecke Sandstraße auf mich wartet. Ich liebe es, die steile Holstenstraße hinabzusausen (einunddreißig km/h laut Fahrradcomputer), bis die Ampel unten mich ausbremst. Nur wenn es in Strömen regnet, fahre ich manchmal Bus. Oder wenn es schneit, was in Lübeck aber nur sehr selten vorkommt.

Die Ampel wird grün, und ich trete in die Pedale, um die anderen Radler abzuhängen. Der Radweg führt vorbei am Holstentor mit seinem Rasenvorplatz voller Touristen – und hört dann abrupt auf. Fahrradfahren in Lübeck hat immer ein bisschen was von Kamikaze, besonders auf der Puppenbrücke mit den lebensgroßen Götterstatuen und ungefähr zehn Zentimeter Platz für die Radfahrer neben den Autos. Oder am Lindenteller, dem Kreisverkehr mit der absurdesten Verkehrsführung in ganz Deutschland. Auswärtige Autofahrer fluchen regelmäßig, wenn sie auf der äußersten Spur nicht weiter um den Kreisverkehr herumfahren können, sondern sich plötzlich in einer stadtauswärts führenden Straße wiederfinden. Na ja, wenigstens haben sie diesen Sommer schöne Blumen in die Mitte gepflanzt.

Zehn Minuten später biege ich in »meine« Straße ein. Wenn Kunden von außerhalb hören, dass ich in Lübeck wohne, schwärmen sie immer vom Holstentor und den romantischen Gängevierteln. Ich nicke dann brav und sage: »Lübeck ist wirklich wunderschön.« Was ich nicht erwähne: Dass ich in einem grau verputzten Mehrfamilienkasten in St. Lorenz wohne, stadtnah, aber alles andere als romantisch. Ist ja nicht gerade Werbung für mich als Architekt. Und ehrlich gesagt auch kein schöner Anblick, wenn ich nach Hause komme. Aber was soll ich machen, bei den Immobilienpreisen und Mieten im Moment? Ich meine, klar hätte ich lieber ein Altstadthaus oder eine Villa in St. Gertrud! Aber das muss man pragmatisch sehen: Die Villa ist unbezahlbar, und im Vergleich zum Altstadthaus ist meine Wohnung besser gedämmt, besser geschnitten und doppelt so groß. Außerdem sehe ich sie ja eh meistens von innen.

In der Küche scheint die Abendsonne durchs Fenster.

»Siri, Ofen vorheizen, Umluft hundertachtzig Grad.«

»Ofen wird vorgeheizt«, antwortet die etwas zu weiche Frauenstimme aus dem smarten Lautsprecher auf der Fensterbank.

Anschließend hole ich eine Tiefkühlpizza aus dem Gefrierfach. Beim Anblick der knusprigen Pizza mit verlaufenem Käse auf dem Bild der Verpackung knurrt mein Magen. Kein Wunder, ich hatte heute Mittag nur ein belegtes Brötchen vom Bäcker. Und nachmittags war ich so in meine Entwürfe versunken, dass ich ans Essen überhaupt nicht mehr gedacht habe. Ich pule die Plastikverpackung von der eiskalten Pizza. Schade, dass Siri das Backen nicht auch für mich erledigen kann! Vom Geruch heißer Pizza empfangen zu werden, wenn man hungrig nach Hause kommt, das wär's doch.

Obwohl … Eigentlich müsste das gehen, oder? Per Handy-App automatisch den Ofen starten lassen, wenn ich gerade am Holstentor vorbeiradele oder so. Die Standortbestimmung weiß ja, wo ich mich befinde. Aber wie kommt die Pizza aus dem Gefrierfach in den Ofen? Morgens schon reinlegen geht nicht, dann wird die ja komplett wabbelig. Hm … Als Erstes müsste die Tür des Gefrierschranks aufgehen. Dann wird das Fach ausgefahren und irgendwie schräg gekippt, und anschließend gleitet die Pizza über eine Rutsche direkt in den Ofen. Selbstschließende Ofentüren gibt es schon, das weiß ich … Oder zur Not ein paar Gewichte anhängen, die dann runterfallen … Und am Schluss startet Siri automatisch den Backprozess.

Ich muss grinsen. So eine Maschine würde natürlich die Hälfte meiner nicht gerade großen Küche einnehmen, aber das wäre es wert. Das echte Wallace-und-Gromit-Feeling! Die Filme habe ich als Kind geliebt, und irgendwie finde ich sie immer noch cool.

»Der Ofen ist vorgeheizt.« Siris Stimme holt mich in die Realität zurück. Und weil ich kein Erfinder aus Knete bin wie Wallace, schiebe ich die Pizza ganz oldschool mit der Hand in den Ofen.

Dann hole ich einen Teller, eine Gabel, ein Messer und ein Glas aus dem Schrank, fülle Letzteres mit Wasser aus der Leitung und setze mich auf einen meiner drei Küchenstühle, um zu warten.

Sieht ziemlich einsam aus, der eine Teller auf dem großen Tisch. Und dann auch noch Tiefkühlpizza ... Was für ein Klischee! Mit einer Freundin würde ich jetzt vielleicht was Leckeres essen gehen. Bei einem der kleinen Italiener in der Innenstadt oder so. Und ihr dort von meiner coolen Pizzamaschine erzählen. Sie würde sagen: »Du immer mit deinen verrückten Ideen«, und mich dabei liebevoll ansehen ... Unsere Blicke versinken ineinander ... Die Luft zwischen uns fängt an zu flirren ... Unsere Lippen nähern sich ...

»Backvorgang in zwei Minuten beendet«, verkündet Siri.

Ich schüttele kurz, aber heftig den Kopf. Fange ich jetzt etwa schon an mit Tagträumen? Zum Glück hat das keiner mitgekriegt!

Aber endlich mal wieder eine Freundin zu haben wäre wirklich schön. Eine Zeitlang habe ich sehr intensiv gesucht, Blind Dates gehabt mit einer Freundin meiner Schwester, einer Freundin der Freundin meines Kumpels Steffen und der Tochter eines Nachbarn meiner Eltern. Speeddating in einem Szenelokal. Und natürlich Onlinedating. Aber das war alles so extrem verkrampft! Man trifft sich und checkt die ganze Zeit ab, ob die da gegenüber die Frau fürs Leben ist. Deshalb habe ich das erst mal auf Eis gelegt.

Stattdessen bin ich jetzt bei einer Seite angemeldet, bei der es um die »inneren Werte« geht. Das wird bestimmt total unverkrampft. (Nicht!) Danke, Timo.

Aber zurück kann ich auch nicht mehr, sonst kriege ich noch jahrelang von Timo zu hören, dass ich gekniffen habe. Vielleicht sollte ich es einfach sportlich sehen? Schließlich geht es um eine Wette, und die zu gewinnen sollte nicht allzu schwer sein. Dafür brauche ich nur ein zweites Date. Machbar! Falls die Frau nicht völlig furchtbar ist, jedenfalls. Außerdem kann ich ja ein paar von Timos Flirttechniken kopieren. Im Real Life habe ich das nur ein einziges Mal versucht, mit dem Ergebnis, dass die Frau einen Lachanfall gekriegt hat. Weil ich angeblich »so komisch geguckt« habe. Aber hier kann die Frau mein Gesicht ja nicht sehen.

»Backvorgang beendet«, verkündet Siri.

Ich hole die aufgebackene Pizza aus dem Ofen, schneide sie in handliche Stück und gehe dann mit dem Teller ins Wohnzimmer. Dort setze ich mich aufs Sofa und fahre den Laptop hoch. Mal sehen, worauf ich mich da eingelassen habe.

»The Voice of Love« steht in großen Buchstaben oben auf der Seite. Und darunter »Die Stimme der Liebe«.

Ich beiße in die Pizza und klicke auf »Weitere Infos«. »Lernen Sie den echten Menschen kennen, ohne Ablenkung durch Aussehen und Status.« Ja, ja. Und wie soll das funktionieren? Ah, da steht es. Wie Timo gesagt hat: Man muss einen Fragebogen ausfüllen, und der Computer findet dann angeblich das perfekte Match. Wie er das macht, aufgrund welcher Kriterien, wird nicht erklärt. War ja klar.

Mit dieser Frau soll ich mich dann online treffen und unterhalten – aber ohne Video, logisch. Und Infos zu Beruf und finanziellen Verhältnissen sind ebenfalls verboten.

»Reden Sie über das, was Sie lieben oder hassen, was Sie langweilt und wofür Sie brennen.«

Ähm … Wie soll das denn gehen? Meine Arbeit ist doch das, wofür ich brenne! Und die darf ich ja nicht erwähnen.

Okay, und dann ist da noch das Lübeck-Panorama aus Lego, das ich gerade baue. Ich sehe zu dem Modell hinüber, das auf einem IKEA-Tisch an der Wand steht. Es ist fast fertig, nur die Jakobikirche mit dem Koberg fehlt. Das Panorama ist mein erstes Großprojekt, aber auf dem Regal darüber befinden sich schon mehrere Altstadthäuser. Die habe ich erst im Real Life fotografiert und dann nachgebaut. Und natürlich die beiden

Holstentorlöwen, die inzwischen auf der Fensterbank stehen. Die runden Köpfe und die wallenden Mähnen waren richtig schwer, aber am Schluss hab ich es gut hingekriegt. Für die Mähnen habe ich kleine, runde Einersteine benutzt, die ich in einem Spezialladen (eine echte Fundgrube!) aufgestöbert habe. Inzwischen besitze ich Unmengen von verschiedenen Steinen, einsortiert in durchsichtige Plastikschubladen. Die dazugehörigen Regale bedecken die gesamte seitliche Wohnzimmerwand. (Wenn ich gerade nicht baue, verschwinden sie hinter einem Vorhang.) Es ist einfach praktisch, eine große Auswahl zu haben. Und wenn ich ein neues Modell am Computer plane und dann in stundenlanger Tüftelarbeit ein Bauwerk entsteht … Dabei vergesse ich alles andere.

Ich nehme mir ein zweites Pizzastück und beiße hinein.

Der Grund, warum ich vor einigen Jahren meine Legosteine wieder hervorgekramt habe, ist meine Tochter Leonie, die jede zweite Woche bei mir wohnt. Also, sie *war* der Grund, denn vor ein paar Monaten hat sie plötzlich beschlossen, dass Lego uncool ist. Teenager halt … Aber ich gebe die Hoffnung nicht auf, dass ich sie noch mal dafür begeistern kann.

Aber ich lasse mich gerade ablenken, merke ich. Ich brauche ja immer noch ein Thema für das erste Date! Und dafür ist weder eine Teenager-Tochter noch meine Lego-Begeisterung das Richtige.

Natürlich würde ich Leonie nicht verheimlichen, wenn ich danach gefragt werde. Aber ich würde sie auch nicht sofort erwähnen. Es soll ja Frauen geben, die eine pubertierende Tochter nicht so furchtbar romantisch finden … Zumal in meinem Alter niemand damit rechnet. Leonie war das Ergebnis eines geplatzten Kondoms, als ich achtzehn war – noch so eine Story, die sich definitiv nicht für ein erstes Date eignet.

Und Lego? Ein einziges Mal habe ich einer Frau davon erzählt, aber da hätte ich auch sagen können: »Ich bin übrigens

Massenmörder« oder »Ich wohne noch bei meiner Mutter«. Vermutlich wäre sie genauso schnell weg gewesen.

Ich muss dringend ein paar Themen googeln! Oder ... Ah, anscheinend gibt es auch vorgegebene Fragen, die man beim Date als Gesprächsimpuls verwenden kann. Gesprächsimpuls! Was für ein Wort!

Ich greife nach einem weiteren Pizzastück und scrolle. Äh ... Moment mal, da steht, wir müssen fünf Online-Dates machen. Wieso denn fünf? Timo hat doch gesagt ... Oh shit! Timo, der Sack! Er hat gesagt »ein weiteres Date im Real Life«. Fünf Dates und danach noch ein weiteres? Wie soll ich das denn schaffen?

Okay, eins nach dem anderen, Jonas. Ich scrolle ganz nach unten zu dem Fragebogen, den ich beantworten muss. Fast fünfzig Fragen! Als ob ich bei der Arbeit nicht schon genug Formulare fürs Bauamt ausfüllen müsste! Nur dass da dann so was steht wie »Quadratmeterzahl« und nicht »Was würden Sie auf eine einsame Insel mitnehmen?«. Fragen nach der Quadratmeterzahl sind mir eindeutig lieber, die kann man ausrechnen.

Ich werfe einen sehnsüchtigen Blick auf mein Lübeck-Panorama. Wie viel lieber würde ich daran weiterbauen ...

Nein, Konzentration jetzt! Der Fragebogen. Als Erstes brauche ich einen Nickname. Wie soll ich mich nennen? Bloß nicht lange überlegen. Ich tippe »Brick« ein, also Legostein auf Englisch, aber der Name ist schon vergeben.

Geburtsjahr dazu? Ja, »Brick93« akzeptiert er.

Nur noch 49 Fragen to go ...

Seufzend wende ich mich der nächsten Frage zu.

Lisa

Am nächsten Morgen stehe ich am Anleger in Travemünde und warte auf die kleine Autofähre, die von hier aus zum Priwall übersetzt. Die Sonne scheint strahlend vom blauen Himmel, aber trotzdem flattern meine Haare im Wind, wie fast immer an der Ostsee. Die Luft riecht nach Salz und Algen, und noch ist es so kühl, dass ich meinen Kapuzenpulli anhabe, aber den werde ich spätestens heute Mittag ausziehen.

Ich ziehe das Handy aus der Tasche. Noch ein paar Minuten, bis die Fähre kommt … Und bei den Nachrichten: nichts. Anzug-Tarzan hat sich nicht mehr gemeldet. Dabei haben Mareike und ich uns gestern Abend noch so schöne Sprüche überlegt, die ich ihm schreiben könnte! Zum Beispiel, ob er eine Gummiallergie hat (wegen der Stiefel). Und das war noch der harmloseste. Wir sind vor Lachen fast erstickt. Was aber auch an der Flasche Sekt liegen könnte, die Mareike nach dem Film noch im Kühlschrank gefunden hat. Zum Glück war es nur eine, sonst hätten wir die Nachricht womöglich abgeschickt!

Dabei bin ich heute Morgen eigentlich nur froh, wenn ich mit dem Typen nie wieder was zu tun habe.

Ich seufze. Früher war das alles irgendwie einfacher mit dem Dating. Im Studium, bei den Studentenpartys … Als Ryan und ich die ganze Nacht vor der Tür durchgequatscht haben, um uns dann bei Sonnenaufgang das erste Mal zu küssen … Ich seufze noch einmal. Nicht daran denken, Lisa!

Es klingelt schrill, und die Schranke geht hoch. Die Fähre hat angelegt. Alles an ihr ist eckig: die weißen Seitenwände mit den Dachvorsprüngen, die ein bisschen aussehen wie Wartehäuschen, der Turm mit der Steuerkabine, auf dem die Deutschland- und die EU-Fahne flattern, und natürlich die dunkelgraue Fläche, auf der die Autos stehen. Einige wenige Fußgänger kommen von Bord, und ich trete einen Schritt zur Seite, um den Weg freizumachen, genauso wie die Leute vor und hinter mir. Nur eine Touristin ist so in das Gespräch mit ihrem Mann vertieft, dass sie nichts mitkriegt. Ein Mann mit Arbeitshose brummelt einen unverständlichen Fluch, während er sich an ihr vorbeischiebt, und sie sieht ihm irritiert hinterher.

Dann setzen sich die Wartenden in Bewegung. Es sind hauptsächlich ältere Paare und ein paar Familien mit Kindern. Klar, die meisten Touristen sitzen um diese Uhrzeit gerade mal beim Frühstück, oder sie räkeln sich noch in ihren Betten … Die haben es gut.

Auch einige Fahrradfahrer und ein paar Autos fahren auf die Fähre. Eine schon ziemlich verblasste rot-weiße Kette, gehalten von niedrigen Pfosten, trennt den Fußweg von den drei Fahrspuren für die Autos ab. Von denen wird im Moment zwar nur eine benötigt, aber später am Tag wird es hier brechend voll sein. Wie immer in den Sommerferien.

»Moin, Lisa.« Eine tiefe Stimme reißt mich aus meinen Gedanken. Ewald, der Fährmann, dirigiert breitbeinig und in neongelber Arbeitsjacke die Autos und Fahrräder auf die richtige Spur.

»Moin, Ewald«, grüße ich zurück.

»Wo geit die dat, min Deern?«, ruft er und winkt gleichzeitig einen weißen Opel Corsa energisch auf die mittlere Spur. Beim ersten Mal habe ich den Fehler gemacht, während unserer Unterhaltung stehen zu bleiben, und hatte prompt einen Rollator in den Hacken, also trotte ich langsam weiter und antworte dabei laut: »Gut, Ewald! Mir geht's gut! Und dir?«

»Watt mutt, datt mutt, nä?«, sagt er über die Schulter.

»Klar!«

Ich gehe weiter nach hinten durch – oder vielmehr nach vorne, wenn man in Fahrtrichtung denkt. Inzwischen hat sich der Anleger geleert, und Ewald drückt auf einen Knopf an der Konsole, die sich am Rand der Fähre befindet. Es klingelt erneut, die Schranke am Ufer senkt sich, die Klappe der Fähre fährt hoch, und dann legen wir ab. Ich schiebe mich an den anderen Passagieren vorbei bis nach vorne zur Reling. Der Wind zerrt hier noch stärker an meinen Haaren, und ich fummele ein Haargummi aus der Hosentasche und binde sie zu einem Zopf zusammen. Dann atme ich tief die salzige Luft ein. Links von mir liegt die Vorderreihe mit ihren aneinandergeschmiegten Häuschen. Mein Blick schweift weiter übers Wasser bis zu der Stelle, wo die Trave in die Ostsee mündet und die weiße Silhouette des Maritim-Hochhauses mit dem blauen Himmel um die Wette strahlt. Und noch weiter, ans gegenüberliegende Priwallufer, wo hinter dunkelgrünen Bäumen die Masten des Museumsschiffes »Passat« hervorluschern.

»Na, warst gestern aufm Swutsch?«

Ich zucke zusammen. Ewald steht neben mir. Klar, er muss gleich das Anlegemanöver durchführen, aber dass er mich nach dem morgendlichen Grüßen noch mal anspricht, ist noch nie vorgekommen.

»Wie kommst du darauf?«, frage ich vorsichtig.

Ewald grinst. »Renate hett di sehn, an de Vorderreihe. Mit so 'nem schmucken Jung.«

Oh Mann, Travemünde ist wirklich ein Dorf! Renate arbeitet auch als Fährfrau, und wenn die mich gestern mit Tarzan93 in der Eisdiele gesehen hat, dann weiß es heute Morgen natürlich schon die ganze Besatzung.

»Ja, stimmt«, sage ich. Und weil Ewald so erwartungsvoll guckt, füge ich entschieden hinzu: »Aber das war nix.«

»Nee? Na, hol man liekers de Ohren stief, nä?«

»Na klar«, antworte ich.

Was bleibt mir auch anderes übrig, als die Ohren steif zu halten?

Auf dem Weg durch die Mecklenburger Landstraße komme ich wie jeden Tag am Haus von Ryans Mutter Elisabeth vorbei, und wie jeden Tag werde ich automatisch langsamer. Roter Backstein mit Holzbalken dazwischen, weiße Fenster und Türen … Das alte Kapitänshaus ist wunderschön. Auch von innen: Elisabeth hat viele alte Möbel selbst aufgearbeitet, und genau wie in unserem Ganghäuschen ziehen sich freiliegende Holzbalken unter der Decke entlang. Sie hat mich einmal herumgeführt, eine warmherzige Frau mit langen, grauen Haaren, die mich gleich umarmt hat wie eine alte Freundin.

Also, nicht, dass ich oft hier gewesen wäre. Ehrlich gesagt, war es nur ein einziges Mal, nach einem Strandtag mit Ryan. In den Semesterferien sind wir oft zum Priwallstrand gefahren, er zum Surfen und ich zum Schwimmen, und danach lagen wir stundenlang im warmen Sand, Haut an Haut, Ryans Hand auf meinem Bauch, seine Lippen auf meinen …

Irgendwo kläfft ein Hund, und ich merke plötzlich, wie langsam ich geworden bin. Ich muss doch zur Arbeit, und stattdessen starre ich das Elternhaus von meinem Ex an!

Dabei bin ich mir gar nicht sicher, ob Ryans Mutter noch hier wohnt. Seit einigen Wochen schon wirkt das Haus verlassen, die Vorhänge sind mitten am Tag zugezogen und die Blumenkübel vor der Tür leer …

Aber egal! Ich beschleunige meine Schritte und richte den Blick wieder nach vorne. Das geht mich schließlich nichts mehr an.

Kurz darauf verkündet ein buntes Schild, gemalt von unserer Kinder- und Jugendgruppe: »Naturstation Priwall«. Das alte Haus liegt ein Stück zurückgesetzt von der Straße. Aber wo vor den Nachbarhäusern dunkelgrüne Rasenflächen zentimeterkurz geschoren sind – und bei Herrn Meckmann nur Schotter liegt –, blüht hier eine bunte Blumenwiese, die wir im Frühjahr neu angelegt haben. Beim Vorbeigehen hört man es summen und brummen, und wenn man genau hinsieht, entdeckt man zahllose Hummeln, Wildbienen und Schmetterlinge. Das alte Haus selbst ist an der Vorderseite fast komplett von Efeu überwachsen und bietet damit ebenfalls verschiedenen Insekten Nahrung und Unterschlupf. Und wie mir Heinz gesagt hat, erspart es so ganz nebenbei dem ständig klammen Trägerverein die Kosten für einen neuen Anstrich. (Auf der Rückseite, wo kein Efeu die Holzfassade bedeckt, erkennt man, dass der eigentlich dringend nötig wäre …) Heinz packt nicht nur überall mit an, wo Hilfe nötig ist, er ist auch Kassenwart des Vereins und immer froh, wenn er irgendwo Geld sparen kann.

Ich öffne die alte Holztür mit der abblätternden weißen Farbe und gehe den langen Flur entlang. Dabei komme ich an einem großen Raum mit vielen Tischen, Mikroskopen und diversen Bastelmaterialien in Kisten vorbei. Hier finden unsere Kinderkurse statt. An der Wand hängen Zeichnungen des Planktons, das wir beim letzten Ferien-Aktionstag mikroskopiert haben, »unsere kleinen Aliens«, so hat der sechsjährige Fred sie genannt. Mit etwas Fantasie könnte man die winzigen Kieselalgen und anderen Einzeller mit ihren Geißeln und Schwebefortsätzen tatsächlich für Aliens halten.

Die Hintergrundinfos dazu gibt es eine Tür weiter in unserem Ausstellungsraum mit seinen Schautafeln zum Lebensraum Ostsee und den gläsernen Kästen, in denen Muschelschalen und Fossilien zu bestaunen sind. Aber das absolute

Highlight sind die Aquarien mit den Fischen und Krebsen, die die Kinder bei den Führungen füttern dürfen.

Ich steige die knarzende Holztreppe nach oben in den ersten Stock. Sobald die Sonne scheint, ist es unter dem Dach brütend heiß, genau wie in meinem Zimmer im Ganghaus. Und das schon morgens, wenn die Temperatur draußen noch deutlich unter zwanzig Grad liegt. Als ich das Büro am Ende des Flurs betrete, blickt unsere FÖJlerin Levke nur kurz auf. Sie sitzt an einem der beiden Schreibtische vor dem altersschwachen Computer und hat den Online-Editor unseres Homepage-Anbieters geöffnet.

Direkt neben ihr dreht sich ein Ventilator im Dauerbetrieb.

»Das dauert mal wieder ewig«, stöhnt sie statt einer Begrüßung. »Dabei will ich nur schnell die Termine aktualisieren.«

»Guten Morgen.« Ich stelle meinen Rucksack auf dem zweiten Schreibtisch ab.

»Ja, Entschuldigung. Natürlich: Guten Morgen.«

Ich hole eine Papiertüte aus meinem Rucksack. Weil ich wusste, dass Levke sich heute um die Webseite kümmern will, habe ich einen kurzen Abstecher zum Bäcker beim Supermarkt gemacht.

»Schoko-Croissant?« Ich reiche ihr die Tüte.

»Du bist ein Engel!« Levke nimmt sich ein Croissant und lehnt sich in dem knarzenden Bürostuhl nach hinten. Dann beißt sie ein großes Stück ab und kaut genüsslich. »Nervennahrung«, erklärt sie nuschelnd. »Ohne steht man das hier echt nicht durch. Wir brauchen dringend einen neuen Computer.«

Ich zucke mit den Schultern. »Das sage ich Heinz schon lange. Aber der antwortet immer nur dasselbe: kein Geld.«

»Jetzt läuft er wieder.« Levke lehnt sich aufgeregt nach vorne, als wollte sie in den Monitor hineinkriechen.

Ich schiele zu meinem eigenen Schreibtisch hinüber. Eigentlich ist meine To-do-Liste für heute ziemlich lang: Ich muss die Druckerei anrufen, weil das Angebot für unsere Herbstprogramm-Flyer einen Fehler enthält, einen Doodle für das nächste Ehrenamtlertreffen erstellen und eine Anfrage der Lübecker Nachrichten beantworten. Außerdem darf ich auf einem Kongress einen Vortrag über unsere Naturbildungsarbeit halten, mein erster Vortrag als Leiterin der Naturstation! Dafür muss ich noch ein Exposé schreiben. Aber das mache ich besser morgen, wenn kein Kurs auf dem Programm steht, dann habe ich mehr Ruhe. Und die Routinegeschichten können ebenfalls warten ... Vorher ist etwas anderes wichtiger.

»Ich suche mal alles zusammen für den Kurs nachher«, sage ich zu Levke, die nur geistesabwesend nickt. Dann steige ich die Treppe wieder hinunter, um die schönsten Muschel- und Schneckenhäuser sowie diverse bunte Perlen und anderen Dekokram herauszusuchen. Heute Nachmittag will ich mit den Kindern nämlich Schatzkisten basteln. Dafür habe ich schon einen ganzen Karton voller schlichter Holzkästchen gekauft, die wir bekleben werden. Wo habe ich ihn nur hingestellt? In dem Moment höre ich durch das halb geöffnete Fenster Kinderstimmen. Draußen stehen Fred und seine kleine Schwester Janne. Die beiden machen gerade zusammen mit ihren Eltern Urlaub in einem der skandinavisch anmutenden Holzhäuser, die zwischen der Mecklenburger Landstraße und dem Strand liegen. Nur eine Baumreihe trennt die Ferienhaussiedlung von den Dünen, und zu uns in die Naturstation haben Fred und Janne es auch nicht viel weiter. Ich kenne die beiden schon vom letzten Jahr, sie waren im allerersten Kurs, den ich angeboten habe. Und in diesem Jahr standen sie sofort wieder auf der Matte, was mich natürlich riesig gefreut hat.

Ich öffne das Fenster ganz. »Hallo, ihr zwei.«

»Hallo, Lisa! Guck mal, Emma ist wieder da!«

Die beiden deuten auf eine junge Möwe, die vor ihnen auf dem Boden sitzt.

»Oh, tatsächlich, sie ist noch da.«

Die junge Möwe ist gestern während des Kinderkurses im Garten der Naturstation aufgetaucht. Sie hat uns bei der Saatbombenherstellung zugesehen, und die Kinder haben sie spontan Emma getauft. Wobei …

»Seid ihr sicher, dass das Emma ist?«, frage ich. »Möwen sehen doch alle gleich aus.«

»Von wegen! Die sehen gar nicht gleich aus!«, protestiert Janne.

»Du hast recht, es gibt natürlich unterschiedliche Möwenarten«, antworte ich. »Ich meinte, alle Möwen einer Art sehen gleich aus. Dies ist eine junge Silbermöwe, genau wie die Möwe gestern. Aber das heißt nicht, dass es automatisch dasselbe Exemplar ist …«

»Doch, das ist Emma«, widerspricht Fred. »Sie hat einen kleinen schwarzen Fleck auf dem Flügel, daran erkennt man sie.«

Ich sehe genauer hin. »Tatsächlich!« Der Fleck ist mir gestern schon aufgefallen, ich hatte ihn bloß für Dreck gehalten. Aber vielleicht ist es ja wirklich eine Besonderheit dieser speziellen Möwe, eine genetische Veränderung? Oder eben Dreck, der nicht mehr abgeht.

»Dann scheint Emma sich ja bei uns wohlzufühlen«, sage ich. »Aber tut mir einen Gefallen und füttert sie nicht, okay?«

»Nein!«, antwortet Fred etwas zu schnell und lässt eine zusammengeknüllte Bäckertüte in der Hosentasche verschwinden.

»Was war denn in der Tüte?«, frage ich.

»Nur ein einfaches Brötchen«, antwortet Janne. »Emma fand das total lecker.«

»Mann, Janne!«, ruft Fred.

»Na, ist nicht so schlimm, wenn ihr sie jetzt einmal gefüttert habt. Macht es halt nicht wieder.« Emma piepst empört, fast, als hätte sie mich verstanden. Brötchen sind natürlich kein artgerechtes Futter für eine Möwe, aber um ihren Magen mache ich mir trotzdem keine Sorgen. Schließlich sind Möwen Allesfresser und stehlen einem Urlauber am Strand gerne mal das Essen. Manchmal nimmt das regelrecht bandenmäßige Ausmaße an, zum Beispiel, wenn zwei Möwen vor dir auf und ab stolzieren, während dir die dritte von hinten im Sturzflug das Eis aus der Hand klaut. Das ist mir genau so passiert! Und ich bin mir sicher, die haben hinterher die Beute untereinander aufgeteilt.

»Was macht ihr eigentlich hier?«, frage ich Janne und Fred. »Die Naturstation hat doch noch geschlossen.«

»Wir wollten Emma besuchen.« Die Möwe piepst schon wieder, als wollte sie zustimmen.

»Ach so. Kommt ihr nachher auch zum Bastelkurs? Wir wollen Schatzkisten machen.«

»Nein, wir gehen an den Strand«, antwortet Fred.

»Na ja, das Basteln ist ja erst um 17 Uhr …«

»Au ja!«, ruft Janne, aber Fred sagt: »Da müssen wir erst unsere Eltern fragen.«

»Natürlich, macht das. Und vielleicht bis später.«

Die beiden flitzen davon in Richtung Ferienhaussiedlung. Ich schließe das Fenster und setze meine Suche nach dem Karton mit den Holzkästchen fort, bis ich ihn schließlich in einem Regal ganz hinten entdecke. Ich stelle ihn auf einen der Tische in der Raummitte und wische die dünne Staubschicht ab, die sich in den zwei Monaten seit dem Kauf gebildet hat. Die Materialien für die Kurse besorgen wir immer zu Saisonbeginn als große Sammelbestellung.

Kleber und Farben brauchen wir öfter, die lagern gleich vorne. Ich stelle sie ebenfalls auf den Tisch und sehe mich noch einmal prüfend um. Alles in Ordnung, so kann es nachher losgehen. Als Nächstes will ich zu den Fischen, die sicher schon auf ihr Futter warten. Ich mache mich auf den Weg zu den Aquarien.

Nach einem langen Arbeitstag inklusive Schatzkistenbasteln bin ich erst gegen zwanzig Uhr wieder zu Hause in unserem Ganghäuschen in Lübeck. Janne und Fred sind leider nicht zum Kurs gekommen, aber dafür einige andere Urlauberkinder und auch ein paar, die in Travemünde und auf dem Priwall wohnen. Anschließend die lange Fahrt im überfüllten Zug nach Lübeck … Ich bin völlig k. o.

»Da bist du ja!« Kaum ist die Haustür hinter mir ins Schloss gefallen, kommt Mareike die Treppe herabgestürmt.

»Lisa, ich habe die Lösung für dein Problem!«

»Welches Problem?« Hat sie einen Beamer erfunden, der den Weg nach Travemünde auf drei Minuten verkürzt?

»Na, für dein Datingproblem!«

»Ach, das.«

»Ja, genau das.« Mareikes Augen leuchten. »Ich sage nur: E-Mail für dich. In echt!«

»Hä?«

»Du kannst jemanden online treffen, ohne zu wissen, wer er ist. Und ohne ihn zu sehen. Keine Äußerlichkeiten, nur das Innere zählt. Das wolltest du doch, oder?«

»Du verarschst mich«, sage ich.

»Nein! Guck mal hier: ›The Voice of Love – Die Stimme der Liebe‹.«

Damit schiebt sie mir ihren Laptop rüber.

»Wo ist der Haken?«, frage ich.

»Es gibt keinen Haken«, behauptet Mareike.

Zwei Stunden und fünfzig beantwortete Fragen später bin ich bei »The Voice of Love« angemeldet. Und noch zwei Stunden später bekomme ich eine Nachricht: »Herzlichen Glückwunsch: Sie haben ein Date!«

»Na also! Tom Hanks is waiting for you«, sagt Mareike grinsend.

»Hoffentlich nicht! Weißt du, wie alt der heute ist?«

Wir kichern, aber trotzdem habe ich plötzlich ein komisches Gefühl im Bauch. Ich meine, wenn ich mein Gegenüber nicht sehe, könnte der ja wirklich steinalt sein. Was mache ich denn dann?

»Warum guckst du so?«, fragt Mareike. »Du lernst bald einen netten Mann kennen! Freust du dich nicht?«

»Doch, klar«, behaupte ich wenig überzeugend.

Mareike stupst mich in die Seite. »Na komm, du musst wenigstens offen dafür sein.«

Ich wehre ihre Hand lachend ab.

»Ist ja gut, ich bin offen!«

Brick93 und ich wurden immerhin durch einen Fragebogen gematcht. Einen sehr, sehr langen Fragebogen! Was soll da schon schiefgehen?

Jonas

Morgens um zehn steht Interiio mal wieder unangekündigt bei mir auf der Matte. Ohne mich zu grüßen, zieht er sein iPhone aus der engen Hosentasche und tippt hektisch darauf herum.

»Hallo, Interiio«, sage ich, doch er hebt nur abwehrend die Hand. Also starre ich einen Moment zu lange auf das hypnotisch wirkende Shirt mit dem verschlungenen Muster, das wie eine zweite Haut an seinem dünnen Körper klebt. Interiios Gesicht ist wie immer von einer riesigen Brille mit gelben Gläsern verdeckt, die er drinnen wie draußen trägt. Wegen der »positiven Vibes«, wie er mir mal erklärt hat. Gleichzeitig bekommen seine vermutlich blauen Augen durch die Brille einen merkwürdigen Grünton, und außerdem lenkt sie von den Falten ab. Als er die Brille ein einziges Mal abgenommen hat, weil ein Fleck darauf war, hatte er plötzlich deutlich sichtbare Linien neben den Augen. Die Neunundzwanzig von seinem Profil nehme ich ihm jedenfalls nicht ab.

Plötzlich blickt er vom Handy auf und fixiert mich.

»Kennst du das Haus, das auf dem Kopf steht? Das ist irgendwo in Niedersachsen …«

Ich nicke. »Klar kenne ich das. Aber … Sag nicht, du willst dein Haus jetzt auch auf den Kopf stellen.« Bei ihm weiß man nie.

»Bullshit. Wir brauchen was Originelles, Frisches! So was

wie das Haus auf dem Kopf, aber in neu! Vielleicht ein Haus von hinten?«

Ist das sein Ernst? »Wenn du dann von der anderen Seite kommst, ist hinten aber wieder vorne«, gebe ich zu bedenken.

Interiio runzelt die Stirn. »Stimmt …« Und schon ist er wieder bei seinem Handy.

Puh, gerade noch mal die Kurve gekriegt. Kommt jetzt noch was, oder war's das? Hoffentlich Letzteres. Ich habe keinen Nerv, mit der Planung wieder bei null anzufangen, nur weil er irgendwas im Internet gesehen hat.

Doch gerade, als ich glaube, da kommt nichts mehr, sagt er: »Was Maritimes wäre auch nice! Traditioneller Ostsee-Style meets Innovation … Ein Haus, das aus der Erde aufsteigt wie ein Schiff aus den Wellen der See … Verrostete Stahlträger als Zeichen der klassischen Seefahrt …«

Ich glaube zwar kaum, dass in der klassischen Seefahrt verrostete Schiffe fuhren, sage aber lieber nichts. Bei Widerspruch kommt Interiio nämlich erst recht in Fahrt.

»Mit modernen Kontrastelementen! Aus Plastik? Nein, viel zu billig! Gold?« Er sieht mich fragend an.

»Ähm …«

»Nein«, sagt er. »Nein, das ist es noch nicht ganz.«

»Und was ist mit dem alten Entwurf?«, werfe ich vorsichtig ein. »Da können wir doch drauf aufbauen. Ich hätte ein paar tolle Ideen, wie man den weiterentwickeln kann.«

»Hm? Ach so, das …«

Ja, das. Der wunderbare Entwurf, den ich in stundenlanger Arbeit für Interiio geplant habe. Ich öffne die Software, und ein Haus erscheint auf dem extragroßen Monitor, 3D und in Farbe.

»Guck mal.« Ich lasse das Haus langsam um die eigene Achse rotieren. »Das ist dein perfektes Traumhaus, Interiio. Leicht und luftig durch die großen Glasflächen und die versetzte Bauweise, genau wie besprochen. State-of-the-Art, modernste

Baukunst! Anpassungen gehen natürlich immer, ich brauche nur dein grundsätzliches Okay. Hast du jetzt Zeit? Dann sprechen wir kurz über die Anpassungen. Oder wir machen die hinterher, ganz wie du willst. Also, bist du einverstanden?«

Viel reden, ohne etwas Konkretes zu sagen, das habe ich von Timo gelernt. Manchmal stimmen die Leute dann zu, ohne zu merken, dass sie keine Infos gekriegt haben. Aber bei Interiio klappt es leider nicht.

»Ja, ja, ich weiß. Du machst das Technische, und das ist bestimmt auch alles korrekt und so ... Aber das mit dem Glas und so, ich weiß nicht ... Das ist alles viel zu konventionell. Ich rede hier von Visionen!«

Sein Blick richtet sich in die Ferne, sprich aus dem Fenster. Wo er allerdings nur bis zur Fassade des Altstadthauses gegenüber kommt. Aber von solchen Banalitäten lässt ein Interiio sich nicht abschrecken.

»Wir müssen das ganz neu denken«, verkündet er.

»Wie? Du meinst ... Alles verwerfen?« Hilflos deute ich in Richtung Monitor.

»Ich brauche einfach mehr kreativen Input von dir, Jonas!«

Damit steckt er das Handy wieder in die Tasche, dreht sich um und stolziert aus der Tür.

»Tschüss, Interiio«, rufe ich ihm hinterher, aber er reagiert überhaupt nicht.

Seufzend erhebe ich mich aus meinem ergonomischen Drehstuhl. Ich brauche jetzt einen Kaffee. Interiio macht es einem echt nicht leicht ... Und das gleich bei meinem ersten eigenen Projekt!

Ich habe zwar schon vor vier Monaten hier im Architekturbüro angefangen, aber damals hatte ich null praktische Erfahrung. Natürlich hatte ich studiert und ein paar Praktika gemacht, danach aber erst einmal für eine Softwarefirma gearbeitet, die Gebäudesimulationen für Architekten erstellt. Dasselbe Programm, mit dem ich heute am Interiio-Projekt arbeite übrigens. Damals war Leonie ja noch klein, und die vielen Überstunden in einem Architekturbüro wollte ich ihr nicht zumuten. Wie hätte ich auch die Betreuung organisieren sollen? Der Job war okay, aber so richtig glücklich war ich dort nicht.

Inzwischen ist Leonie als Teenager ja viel selbständiger, aber mit meiner mangelnden Erfahrung war es schwer, Arbeit als Architekt zu finden. Deshalb bin ich Timo dankbar, dass er mich eingestellt hat, als sein Vater in Rente ging. Was sicher auch damit zu tun hatte, dass ich mich mit der Software so gut auskenne. Und damit, dass ich ihn deutlich billiger komme als ein erfahrener Architekt.

In der ersten Zeit habe ich Timo nur zugearbeitet und war wieder so eine Art Praktikant. Ganz am Anfang war sein Vater ja auch noch hier. Aber vor wenigen Wochen passierte es endlich: Timo war mit der Großbaustelle in Hamburg voll ausgelastet und überließ mir das Youtuber-Haus. Ich konnte ja nicht ahnen, was da auf mich zukam …

In der Kaffeeküche treffe ich Timo und Elin, die bei uns die Verwaltung macht. Elin steht mit dem Rücken an die Küchenzeile gelehnt und pustet in ein Glas mit Latte macchiato, während Timo sich einen sortenreinen Single Origin-Kaffee aus dem Vollautomaten zapft. Über Kaffee kann er einem stundenlange Vorträge halten, den Unterschied zwischen Arabica und Robusta, verschiedene Röstverfahren und Brühgruppen. Unser Automat ist selbstverständlich ein High-End-Gerät mit modernster Sensortechnik. In den Wochen vor der Anschaffung hat er mir quasi stündlich Fachartikel zu dem Thema weitergeleitet.

Elin lächelt mich an. Sie trägt ein leuchtend rotes Kleid. Nachdem sie zum Vorstellungsgespräch vor einem Monat noch im seriösen dunklen Kostüm erschienen ist, werden ihre Klamotten inzwischen mit jedem Tag bunter.

»Na, Jonas? Wie läuft's mit dem Superstar-Haus?« Elin finanziert sich mit dem Halbtagsjob bei uns ihr Architekturstudium, deshalb interessiert sie sich sehr für unsere Projekte.

»Er will verrostete Stahlträger mit Gold überziehen«, antworte ich und verdrehe gespielt verzweifelt die Augen.

»Was? Wieso das denn?«

»Frag nicht!« Ich öffne den Schrank neben der Kaffeemaschine und hole einen weißen Becher heraus, Aufdruck: »Hansen und Sohn« plus Holstentor in Schwarz-Weiß. Davon stehen fünfzig Stück im Schrank, bei größerer Abnahmemenge waren sie nämlich deutlich billiger.

»Das mit den vergoldeten Stahlträgern hast du ihm hoffentlich ausgeredet.« Timo nimmt seinen Kaffee aus dem Automaten und dreht sich zu mir um. Ich stelle meinen Becher auf den frei gewordenen Platz und drücke den Knopf für Milchkaffee.

»Ich hab's versucht«, entgegne ich, während die heiße Milch in den Becher fließt. »Aber ...« In dem Moment springt laut scheppernd das Mahlwerk an und übertönt alles andere, also zucke ich als Antwort nur mit den Schultern.

»Interiio hat zwei Millionen Follower auf Youtube!«, brüllt Timo gegen den Krach an. »Und eins Komma drei Millionen auf Insta!«

»Ich weiß«, brülle ich zurück, doch in dem Moment ist das Mahlwerk fertig, und das letzte Wort hallt durch die stille Kaffeeküche. »Ich weiß«, wiederhole ich leiser.

Timo trinkt einen Schluck aus seinem Becher und sieht mir dann direkt ins Gesicht. »Red's ihm aus, aber vergraul ihn nicht!«

»Ich mach das schon!«

Wir starren uns einen Moment lang schweigend an. Bis Elin sich laut räuspert.

»Ähm ... Ich muss dann auch mal wieder ...« Sie nickt in Richtung Küchentür.

»Ja, ich auch«, behaupte ich und mache, dass ich aus der Küche verschwinde.

»Sein Vater war heute Morgen da«, raunt Elin mir zu, bevor sie sich hinter ihren Schreibtisch im Flur setzt, und vor allem: bevor Timo aus der Kaffeeküche auftaucht.

Ich verziehe das Gesicht. Timos Vater ist zwar offiziell in Rente, aber er kommt noch mindestens einmal pro Woche vorbei, um zu sehen, »wie es so läuft«. Timo guckt dann immer extrem angestrengt und sagt gleichzeitig: »Alles super!« Ich glaube, er steht ziemlich unter Druck. Aber das ist doch kein Grund, mich immer noch wie einen Praktikanten zu behandeln! Ich fühle mich mehr als bereit für mein erstes großes eigenes Projekt. Und das werde ich Timo auch beweisen.

Zurück in meinem Büro öffne ich das Simulationsprogramm und übernehme den Plan des Grundstücks, auf dem Interiios Haus entstehen soll, in eine neue Datei. Dann eben noch mal von vorne … Na ja, wenigstens ist die Lage allererste Sahne: zentral auf dem Priwall. Da bekommt man normalerweise gar keine freien Grundstücke mehr. Tausenddreihundert Quadratmeter direkt an der Mecklenburger Landstraße, ruhige Lage, nur ein paar hundert Meter bis zum Strand und trotzdem mit guter Verkehrsanbindung. Im Moment steht da noch so ein altes Haus mit einem Naturschutzzentrum drauf, aber deren Mietvertrag läuft demnächst aus. Als Timo das Grundstück besichtigt hat, war wohl niemand da, »heute geschlossen« stand an der Tür. Aber von außen hat er alles gesehen, und das Gebäude wird ja eh abgerissen. Der Makler hat uns jedenfalls bestätigt, dass der Verkauf von Seiten der Besitzer auf jeden Fall über die Bühne gehen wird. Normalerweise wird ja erst der Kaufvertrag unterschrieben, bevor man so detailliert in die Planung geht wie ich jetzt mit Interiio … Aber er will unbedingt vorher wissen, wie sein Haus aussehen wird. Völlig verkehrte Reihenfolge, aber bei ihm ist ja nichts normal.

Und jemand, der ein Vermögen für ein Haus ausgeben kann, bekommt, was er will.

Ich ziehe den Grundstücksplan auf dem Monitor ein wenig größer. Ob er das mit der Schiffsvariante ernst gemeint hat? Verrosteter Stahl ist natürlich Bullshit, aber man könnte ja aus einem anderen Material … Zum Beispiel mit einer Aluminiumfassade … Ich beginne, verschiedene Varianten zu zeichnen, vergesse Interijo und seine angeblichen Visionen und tauche ab in meine eigenen.

Als ich abends die Treppe im Hausflur hochsteige, sitzt jemand auf meiner Etage auf den Stufen. Abgewetzte schwarze Chucks, eine Jeans mit strategisch platzierten Löchern …

»Leonie! Du bist schon da, das ist ja schön.«

»Papa!« Sie springt auf. »Endlich kommst du!«

Wir hatten sieben Uhr abgemacht, und es ist drei vor … aber ich lasse das mal unkommentiert.

Hinter Leonie steht ihre Mutter Jessica.

»Hallo, Jessica«, begrüße ich sie. Dann sage ich zu Leonie: »Und dich muss ich erst mal drücken!«

Ich nehme meine Tochter fest in die Arme. Leonie wohnt zwar normalerweise jede zweite Woche bei mir, aber die letzte gemeinsame Woche war viel zu kurz, weil sie am Montag auf Klassenfahrt fuhr und erst freitags zurückkam. Danach ging sie dann direkt zu ihrer Mutter.

»Papa! Loslassen!«

Lange Umarmungen mag sie schon seit einer Weile nicht mehr.

Ich lasse meine Tochter los und betrachte sie. Sie trägt ein Spaghettitop, und ihre langen Haare fallen glänzend auf die Schultern. Die rote Strähne ist schon blasser geworden, die hat sie sich kurz vor der Klassenfahrt gefärbt. Oder nein, getönt, weil das wieder rausgeht, wie sie mir erklärte. Jedenfalls aus den

Haaren, zwei meiner Handtücher haben jetzt vermutlich für immer rote Flecken.

»Schön, dass du da bist«, wiederhole ich. »Dann kommt mal rein.« Leonie hat natürlich einen Schlüssel, aber Jessica und ich haben abgemacht, dass wir nicht alleine in die Wohnung des anderen gehen. Sie war es, die das so wollte, mir wäre es eigentlich egal. Ich schließe die Tür auf und deute mit ausgestrecktem Arm auf meinen winzigen Flur. »Hereinspaziert, die Damen.«

Prompt verdreht Leonie die Augen. »Mann, Papa!«

Ich grinse. Sie hasst es, wenn ich so geschwollen rede, deshalb tue ich es manchmal mit Absicht, um sie zu ärgern.

Wenig später sitzen die beiden an meinem Küchentisch.

Jessica und ich machen immer ein kurzes Übergabegespräch, obwohl Leonie schon seit Längerem der Meinung ist, in ihrem Alter wäre das eigentlich überflüssig. Aber dieses Mal ist das Gespräch besonders wichtig, weil Leonie nicht nur eine, sondern gleich sechs Wochen am Stück bei mir sein wird. Und das ziemlich überraschend: Eigentlich sollte sie nächste Woche mit ihrer Oma Anja für die Dauer der Sommerferien zum Camping nach Rügen fahren. Jessicas Mutter Anja ist für Leonie viel mehr als eine Oma, denn bei ihrer Geburt gingen Jessica und ich ja noch zur Schule. Anja hat damals im Gegensatz zu meinen Eltern nur stundenweise gearbeitet und ist immer eingesprungen, wenn wir zur Schule oder später zur Universität mussten. Und inzwischen ist sie in Rente.

Doch sie leidet schon seit Langem unter einer schmerzhaften Kniearthrose und hat jetzt kurzfristig einen OP-Termin für ein künstliches Kniegelenk bekommen. Dann anschließend noch die Reha … Damit ist der Rügen-Urlaub natürlich Geschichte.

»Schade, dass du jetzt doch nicht mit Oma in den Urlaub fahren kannst«, sage ich zu Leonie, nachdem Jessica und ich die Themen »Zeugnis« (das sehr erfreulich ausgefallen ist) und »Kontrolltermin beim Zahnarzt nächsten Dienstag« bereits abgehakt haben. Doch meine Tochter zuckt nur mit den Schultern.

»Ist doch wichtiger, das mit Omas Knie. Außerdem hatte ich eh keine Lust auf Camping.«

Jessica und ich werfen uns einen Blick zu. Als kleines Mädchen fand Leonie Camping toll, aber für einen Teenager ist Urlaub im Wohnwagen mit Oma natürlich nicht sehr attraktiv. Wir mussten sie überreden, noch einmal mitzufahren. Jessica fliegt nämlich morgen zu einem sechswöchigen Lehrgang in die USA, und ich hatte geplant, mich in den nächsten Wochen voll und ganz in die Arbeit zu stürzen. Ich wollte nicht nach so kurzer Zeit schon Urlaub nehmen, zumal ich offiziell noch in der Probezeit bin. Mit Leonie habe ich zum Ausgleich einen Frankreich-Urlaub in den Herbstferien geplant.

»Ich fürchte, ich werde nicht sehr viel Zeit für dich haben«, sage ich zu meiner Tochter. »Ich entwerfe ja gerade dieses Youtuber-Haus, davon habe ich dir doch erzählt. Das heißt, ich muss viele Überstunden machen.«

»Kein Problem.« Leonies Blick huscht hinüber zu meiner Nintendo Switch.

»Aber nicht den ganzen Tag zocken«, sagt Jessica, der das nicht entgangen ist. An mich gewandt, fügt sie hinzu: »Leonie hat sich auch ganz viele Bücher aus der Bücherei ausgeliehen.«

»Hast du den letzten Harry-Potter-Band denn inzwischen durch?«, frage ich.

»Nein, aber fast.«

Jessica legt ihre Hand auf Leonies. »Und du willst dich doch auch mal verabreden, nicht wahr?«

Leonie zieht ihre Hand weg. »Ja, mal sehen.«

»Na ja, am Wochenende können wir ja auch was zusammen unternehmen«, sage ich. »Nur unter der Woche eben nicht.«

»Ich mach das schon!« Leonie klingt inzwischen maximal

genervt. »Ich bin doch kein Baby mehr, um das du die ganze Zeit rumhüpfen musst.«

»Nein, weiß ich«, sage ich in meinem versöhnlichsten Tonfall.

»Apropos hüpfen …« Jessica springt auf. »Ich muss dann auch. So weit ist ja alles klar, oder, Jonas? Ich schick dir noch meine Flugdaten und die Adresse in Chicago, wie besprochen.«

»Ja, mach das.«

»Ihr könnt mich jederzeit anrufen. Außer, wenn ich gerade im Flugzeug sitze natürlich. Und nicht zu früh, wegen der Zeitverschiebung. Und in den Meetings werde ich das Privathandy wohl ausmachen, aber ansonsten immer.«

Sie drückt Leonie kurz an sich, und eine Minute später eilt sie schon durch das Treppenhaus nach unten.

»Viel Erfolg!«, rufe ich ihr hinterher. »Und viel Spaß!«

»Danke!«, hallt es von unten hoch, dann fällt die Haustür ins Schloss.

»Hast du schon Abendbrot gegessen?«, frage ich Leonie.

»Ja. Mit Mama.«

»Okay. Ich noch nicht. Magst du vielleicht noch ein bisschen bei mir bleiben und quatschen?«

»Na gut«, sagt Leonie.

Also schmiere ich mir ein Brot, und sie beginnt zu erzählen: mit wem sie auf der Klassenfahrt in einem Zimmer war, was die Jungs gemacht haben und dass sie jetzt eine neue Freundin hat, Annika.

Ich esse währenddessen mein Brot und höre ihr kauend und lächelnd zu.

Lisa

Am Sonntag muss ich zu meiner Mutter zum Kaffeetrinken. Ich habe mir dafür extra freigenommen, obwohl am Wochenende in der Naturstation immer viel los ist. Aber heute steht kein Kinderkurs auf dem Plan, nur die Ausstellung ist offen, und das bekommen Levke und Finn, unser zweiter FÖJler, gut ohne mich hin. Zumal Heinz ebenfalls dort sein wird und auch Gabi gesagt hat, dass sie mal vorbeischauen will. Sie wohnt direkt neben der Naturstation und packt als Ehrenamtlerin überall mit an, wo Hilfe nötig ist.

Mit zwei Kleidern über dem Arm, die ich mir extra neu gekauft habe, klettere ich die schmale Leitertreppe zu Mareikes Zimmer hinunter.

Mareike liegt in Schlabberhose und verwaschenem Lübeck-T-Shirt (Modell: Sieben Türme) auf ihrem Bett und lackiert sich die Nägel. Ihr Nachttisch sieht aus, als hätte eine Bombe eingeschlagen: verschiedenfarbige Nagellackfläschchen, benutzte Wattepads mit Farbflecken, Wattestäbchen, Nagellackentferner, eine angebrochene Packung Kekse, jede Menge Krümel ... und ein »Lübeck«-Becher mit dampfendem Kaffee. Mareike arbeitet bei der Touristen-Information, und wenn sie dort neue Souvenirs aussucht, muss sie die Produkte natürlich vorher ausführlich testen. Und danach darf sie sie fast immer behalten ... Deshalb gibt es in unserem Ganghaus neben jeder Menge Lübeck-Bechern und T-Shirts auch noch Lübeck-Geschirrhandtücher, Lübeck-Windlichter (die im Winter neben meinen muschelbeklebten aus den Kinderkursen stehen) und eine Holstentor-Wanduhr in der Küche.

»Was meinst du, das rote oder das blaue?«, frage ich und halte mir beide Kleider abwechselnd vor den Körper.

Mareike legt den Kopf schief.

»Hm … Ich würde das rote nehmen. Kommt heute jemand Besonderes zu deiner Mutter? Ein süßer Nachbar oder so?« Sie wackelt vielsagend mit den Augenbrauen.

»Quatsch! Nur mein Bruder mit Familie, wie immer. Ich will bloß nicht, dass Mama gleich am Anfang schon was zu meckern hat.«

Ich merke selbst, wie blöd das klingt, deshalb füge ich schnell hinzu: »Ja, ich weiß, ich bin erwachsen und alles. Aber trotzdem.«

»O-kay … Aber wenn du so überhaupt keine Lust hast, dann geh doch einfach nicht hin.«

»Und was soll ich sagen, warum ich nicht komme?«

Mareike spreizt die Finger und pustet auf ihre frisch lackierten Nägel. »Behaupte doch einfach, du bist krank.«

»Dann steht sie heute Abend mit Suppe hier auf der Matte.«

»Suppe ist doch was Leckeres …«

»O-kay«, antworte ich und klettere zurück in mein Zimmer.

Eine halbe Stunde später biege ich mit dem Rad in die Straße meiner Kindheit ein. Schmale Doppelhaushälften, handtuchgroße Vorgärten, Geranien in Kübeln.

Meine Mutter sehe ich schon von Weitem: Sie fegt den Fußweg. In Dreiviertelhose und einem apricotfarbenen T-Shirt, die blond gefärbten Haare am Hinterkopf zu einem kurzen Zopf zusammengebunden. Ich bremse neben ihr ab.

»Hallo, Mama.«

»Hallo, Lisa.« Sie beugt sich zu mir und umarmt mich, so gut das mit Fahrrad eben möglich ist. »Neues Kleid?«

»Ja! Das habe ich gestern …«

»Schön. Aber sag mal, bist du zu früh? Oder ist es schon so spät?«

Ich ziehe mein Handy aus der Umhängetasche. »Es ist halb vier. Sollten wir nicht …«

»Oh Gott, schon halb vier? Ich bin ja noch gar nicht umgezogen.«

»Du siehst doch gut aus, Mama«, behaupte ich.

»Ach, Quatsch! Dieser alte Fetzen.« Sie zupft am T-Shirt, das für mich aussieht wie alle ihre T-Shirts. »Ich wollte mich doch noch hübsch machen für euch, wie die Zeit immer fliegt … Feg mal bitte hier zu Ende, ja? Dann kann ich …«

Ohne eine Antwort abzuwarten, drückt sie mir den Besen in die Hand.

»Ähm …«, sage ich, in einer Hand das Fahrrad, in der anderen den Besen, aber Mama ist schon im Haus verschwunden.

Also schiebe ich erst einhändig das Rad in die Einfahrt und wirbele dann halbherzig ein wenig Staub auf. Nach fünf Minuten beschließe ich, dass der Fußweg sauber genug ist, stelle den Besen in die Garage und folge meiner Mutter ins Haus.

Mein großer Bruder Konrad kommt mit seiner Familie eine Viertelstunde zu spät und muss natürlich nicht fegen.

Mama flattert aufgeregt durch den schmalen Flur.

»Kommt rein, ihr Lieben, kommt rein! Schön, dass ihr da seid, gut seht ihr aus!«

Womit sie recht hat, wie ich zugeben muss. Konrads Frau Jasmin trägt ein rot-schwarz-weiß gemustertes Cocktailkleid, das mein einfaches Sommerkleid blass aussehen lässt. Ob das ein Designermodell ist?

»Hallo, Lisa.« Jasmins dezent geschminkter Mund lächelt mich an.

»Hallo«, antworte ich und versuche, ebenso dezent zurückzulächeln.

»Oh Gott, der Kaffee!«, ruft meine Mutter. »Den hab ich ja noch gar nicht aufgesetzt.« Damit schiebt sie sich an mir vorbei.

»Hallo, kleine Schwester.« Hinter Jasmin kommt jetzt auch Konrad herein, mit dem schlafenden Luis im Auto-Babysitz. Mein Bruder ist zwei Köpfe größer als ich und wuschelt mir zur Begrüßung durchs Haar – wie immer. Dabei weiß er genau, dass ich das hasse.

Ich schiebe seine Hand beiseite. »Lass das!«

»Ach komm, du magst das, das weiß ich.« Seine Augen blitzen mich an.

Gegen meinen Willen muss ich lachen. »Quatsch! Ich will ja nicht aussehen wie du.«

Konrads Haare sind nicht zu bändigen, das war schon immer so. Der absolute Kontrast zu Jasmin, bei der sich garantiert keine Strähne traut, aus der Reihe zu tanzen.

Plötzlich öffnet Luis im Autositz die großen blauen Babyaugen und sieht mich an.

»Hallo, Luis«, sage ich mit sanfter Stimme, und seine Mundwinkel zucken für einen Moment nach oben. War das ein Lächeln? Luis hat mich angelächelt!

»So, der Kaffee läuft.« Meine Mutter drängt sich an mir vorbei und beugt sich über den Autositz, sodass ich statt des Babylächelns jetzt ihren Blusenrücken vor der Nase habe. »Da ist ja unser Kleiner!« Ihre Stimme ist plötzlich eine halbe Oktave höher als sonst.

»Hallo, Mama«, sagt Konrad.

»Ja, du natürlich auch, mein Großer.« Sie drückt Konrad einen Schmatzer auf die Wange und ist schon wieder beim Babysitz. »Und mein Kleiner! Gib ihn mir doch mal.«

»Gleich. Ich muss ihn erst mal abschnallen, am liebsten drinnen.«

»Ja, natürlich, kommt rein, kommt rein!«

Sie schiebt die anderen vor sich her ins Wohnzimmer. Ich will gerade folgen, da dreht sich meine Mutter in der Tür zu mir um. »Lisa, hol doch bitte den Kaffee aus der Küche. Der müsste gleich durchgelaufen sein.«

Als ich mit der Thermoskanne ins Wohnzimmer komme, sitzen die anderen schon am gedeckten Tisch. Mama erkundigt sich gerade bei Jasmin nach ihrem Job bei einer Künstleragentur. Jasmin betont zwar immer, dass 95 Prozent ihrer Arbeit aus Terminorganisation und Telefonieren bestehen, aber manchmal trifft sie tatsächlich einen C- oder D-Promi persönlich. Meist irgendeinen Schauspieler oder jemanden, der gerade eine Castingshow gewonnen hat. Das findet meine Mutter immer hochinteressant. Und ich ehrlich gesagt auch ein bisschen.

»Gibt es wieder jemand Neues?«, fragt Mama gerade, und ich spitze unauffällig die Ohren.

»Im Moment bekomme ich nicht so viel mit«, antwortet Jasmin. »Leider. Ich bin ja nur zweimal die Woche vormittags da.«

»Ja, natürlich, du hast ja den Kleinen! Nicht wahr, du Süßer?«

Dann folgen unverständliche Laute in Richtung Luis, der inzwischen in dem weißen Ikea-Hochstuhl thront, den Mama extra für ihn angeschafft hat. Irre ich mich oder war das gerade ein winzig kleines Augenbrauenzucken bei Jasmin?

Nein, sie lächelt schon wieder. Aber in Richtung Luis.

»Wer will Kaffee?«, frage ich und bekomme als Antwort die Tassen von Jasmin und Konrad hingestreckt.

»Danke, gerne.«

Ich gieße ihnen ein und frage dann Mamas Hinterkopf: »Mama, du auch?«

»Ja, schenk mir einfach ein«, antwortet sie, ohne mich anzusehen. Also greife ich um sie herum nach der Tasse.

Währenddessen entfaltet Mama eine Serviette und versteckt

ihr Gesicht dahinter. »Mumme, mumme, mumme …«, sagt sie mit tiefer Stimme, um dann plötzlich hervorzuschießen und zu kreischen: »Kiek!«

Luis gluckst vor Vergnügen.

»Das habt ihr auch immer so gemocht, als ihr klein wart«, sagt Mama.

»Ich glaube, das mögen alle Babys«, entgegnet Jasmin, aber Mama hält sich schon wieder die Serviette vor das Gesicht.

Ich stelle die Kaffeekanne beiseite und setze mich auf den letzten freien Stuhl. Nachdem ich einen Schluck Kaffee getrunken habe, fragt mich Jasmin: »Und, wie sieht es bei dir aus, Lisa? Macht die Arbeit Spaß?«

»Ja, klar«, antworte ich. »Jetzt in den Sommerferien haben wir ganz viele Sachen für Kinder im Angebot …«

»Aber bestimmt noch nicht für so Kleine wie dich, nicht wahr, mein Süßer?«, fragt Mama Luis. »Mumme, mumme, mumme …«

Mit einem Klirren stelle ich die Kaffeetasse auf die Untertasse. »Natürlich nicht, das weißt du doch! Jedenfalls, im Moment ist richtig viel zu tun.«

»Kiek!«, ruft meine Mutter. »Lass dir man nicht zu viel aufhalsen, Lisa. Nicht, dass die dich da ausbeuten!«

»Das sagt ja die Richtige«, wirft mein Bruder ein. Mama arbeitet als Sekretärin in einer Anwaltskanzlei und würde für ihren Chef alles tun. Wie oft sie da Überstunden macht …

Aber ich will jetzt keine Grundsatzdiskussion anfangen, deshalb sage ich bloß: »Ich werde nicht ausgebeutet.«

»Ich meine ja nur.« Mama versteckt sich schon wieder hinter der Serviette. »Ich will ja nur, dass es dir gut geht. Mumme-mumme-mumme …«

»Ähm … Mutter, wann schneidest du denn die Torte an?«, fragt Konrad und zeigt auf das Prunkstück aus Sahne und Himbeeren, das in der Mitte des Esstisches steht.

»Ach ja, die Torte!« Mama legt die Serviette beiseite und springt auf. »Die habe ich selbst gebacken, ein neues Rezept. Ihr mögt doch alle Himbeeren? Als Kinder habt ihr die immer so gerne gegessen. Also, wer möchte?«

Wenig später haben alle ein Stück Torte auf dem Teller, und es herrscht gefräßige Stille. Jedenfalls, bis Mama mich fragt: »Wie sieht es denn bei dir so aus, Lisa?«

»Das habe ich doch gerade erzählt! Wir haben viele Kinderkurse und so was.« Hat sie mir denn kein bisschen zugehört?

Mama trinkt einen Schluck Kaffee. »Ja, von der Arbeit hast du erzählt. Und privat?«

»Privat ist alles gut.« Ich schiebe mir demonstrativ eine Gabel mit Torte in den Mund, aber davon lässt meine Mutter sich nicht abhalten.

»Verstehst du dich noch gut mit Mareike?«

»Ja, klar«, nuschele ich mit vollem Mund. Was denkt sie denn? Mareike ist meine beste Freundin.

»Und ansonsten? Gehst du schon wieder auf Dates?«

»Mama!« Sie erwartet hoffentlich nicht im Ernst, dass ich bei Kaffee und Torte mein Liebesleben vor allen ausbreite!

»Was ist denn? Ich darf ja wohl mal fragen, wie es meiner Tochter geht!« Sie schiebt sich ebenfalls eine Gabel Torte in den Mund, kaut in Ruhe und setzt dann noch einen drauf: »Hast du eigentlich noch mal was von Ryan gehört?«

»Nein«, sage ich knapp, um das Thema gleich im Keim zu ersticken.

»Na, dann ist ja gut.«

»Wieso ist das gut?«, frage ich durch zusammengebissene Zähne.

»Na, ich meine ja nur«, verkündet sie ominös. »Er war ja nicht gerade zuverlässig. Da findest du doch bestimmt jemand Besseres.«

Sie sieht mich erwartungsvoll an, und ich starre zurück. Falls das eine Frage sein sollte, bekommt sie bestimmt keine Antwort. Doch die Stille dehnt sich immer weiter aus, Mama guckt immer noch so, und schließlich sage ich trotzig: »Vielleicht will ich ja gar keinen Mann finden? Man kann auch ohne Männer glücklich sein!«

»Ja, natürlich«, stimmt Mama mir hastig zu. »In meinem Alter, sicher. Aber du willst doch irgendwann mal Kinder haben, oder?«

Plötzlich beginnt mein Bruder zu husten, und sofort wendet Mama sich ihm zu. »Ist alles in Ordnung? Hast du dich verschluckt?«

Er winkt keuchend ab, greift nach seiner Kaffeetasse und trinkt einen Schluck. »Geht schon wieder.«

Doch so leicht lässt meine Mutter sich leider nicht ablenken. Plötzlich habe ich ihre Hand auf dem Arm.

»Versteh mich bitte nicht falsch, Lisa. Ich will doch nur, dass du glücklich bist.«

»Ich muss mal aufs Klo«, murmele ich, bevor sie mich noch weiter ausfragen kann, schiebe hastig meinen Stuhl zurück und eile aus dem Zimmer.

Im Gäste-WC drehe ich den Schlüssel im Schloss und spritze mir kaltes Wasser auf die heißen Wangen. Dann setze ich mich auf den geschlossenen Toilettendeckel.

Warum will Mama mir unbedingt einen Mann andrehen? Und dann musste sie auch noch von Ryan anfangen! Von wegen »Dann ist ja gut«. Wie kann es gut sein, wenn jemand mit einem Schluss macht?

Aber sie hat Ryan ja eh nicht gemocht. Erst hat sie immer gedrängelt, dass ich ihn mal mitbringen soll. Und als er dann bei uns am Abendbrottisch saß, hatten wir kaum angefangen zu essen, als sie schon begann, ihn auszufragen.

»Und Sie studieren auch Biologie wie Lisa?«

»Ja, genau. Aber ich spezialisiere mich auf Fledermäuse.«

Ryan lehnte sich in seinem Stuhl zurück und begann, von der Fledermausforschung zu schwärmen, seinem Lieblingsthema. Beim Thema Kotspuren ließ Mama die Gabel sinken. Sie ist beim Essen ziemlich empfindlich, was solche Themen angeht. Aber wenigstens unterbrach sie ihn nicht.

»Nach dem Studium wollen Sie also in die Fledermausforschung gehen?«, fragte sie anschließend. »Möchten Sie denn eine Doktorarbeit schreiben? An der Universität in Hamburg?«

»Ach, das weiß ich noch nicht genau. Vielleicht gehe ich auch ins Ausland …«

»Aber Sie müssen doch ein bisschen planen«, sagte Mama mit verkniffenem Gesicht.

»Ich habe gute Kontakte nach Australien«, entgegnete Ryan. »Vielleicht ergibt sich da was.«

Erstaunt sah ich ihn an. Davon hörte ich zum ersten Mal.

»Und was wird dann aus Ihnen und Lisa?«, fragte Mama.

»Noch ist ja nichts sicher. Außerdem kann Lisa gerne mitkommen, wenn sie will. Sie ist ein freier Mensch.«

»Nach Australien?«, fragte Mama erstaunt.

»Wieso denn nicht?«, entgegnete ich schärfer als beabsichtigt. Nicht, dass ich ernsthaft daran dachte, mein Spezialgebiet war ja die Ostsee. Aber ich ärgerte mich über ihren zweifelnden Ton.

Ryan legte den Arm um mich. »Außerdem leben wir im Hier und Jetzt. Nicht wahr, Lisa? Die Liebe ist sowieso das Einzige, was zählt!«

Er sah mir tief in die Augen, und ich nickte strahlend. Das Gerede von Australien, Mamas skeptischer Blick, wen interessierte das schon, wenn er mich so ansah?

Dann zog Ryan mich zu sich heran und küsste mich auf den Mund, und ich vergaß alles andere.

Als wir uns wieder voneinander lösten, guckte Mama, als hätte sie in eine Zitrone gebissen.

Ryan und ich waren zwei Semester lang das Traumpaar unseres Studiengangs. Studiert haben wir zwar in Hamburg, aber wir verbrachten fast jedes Wochenende und die ganzen Semesterferien an der Ostsee. Mit Ryan bin ich nachts unter Sternen im Meer geschwommen und von einem Moment auf den anderen mit dem Fahrrad losgefahren, weil er herausfinden wollte, wo es in der Lübecker Bucht die besten Fischbrötchen gibt. Fünf Tage später wussten wir es zwar immer noch nicht, aber dafür hatte ich ungefähr tausend Mückenstiche – und Muskelkater vom Lachen. Ich habe immer davon geträumt, eines Tages mit ihm nach Lübeck zu ziehen – oder nach Travemünde. Schließlich wohnt seine Mutter auf dem Priwall.

Doch nach dem Abschluss ging Ryan dann tatsächlich nach Australien, für ein Praktikum in einer Fledermaus-Rettungsstation. Ich hatte kurz überlegt mitzugehen, aber für mich gab es dort nichts zu tun. Und ein halbes Jahr Trennung würde unsere Beziehung ja wohl überstehen. Doch die Zeit ohne Ryan war verdammt hart, er hatte immer seltener Zeit zum Zoomen, und als ich gerade dachte, er kommt bald zurück, sagte er es mir: Sein Praktikum war verlängert worden, und danach bestand die Chance, es in eine feste Stelle umzuwandeln.

»Toll«, sagte ich schwach. Ryan hatte ja schon immer davon geträumt, mit Fledermäusen zu arbeiten, und natürlich gönnte ich es ihm, aber mein Herz krampfte sich angstvoll zusammen.

»Und was wird dann aus uns?«

»Sorry, aber Fernbeziehung ist auf Dauer echt nicht mein Ding.« Er verzog entschuldigend das Gesicht. Genau diesen Moment suchte sich sein instabiles Netz aus, um das Bild komplett einzufrieren. Ich starrte auf seinen schiefen Mund.

»Ryan? Hörst du mich noch?«

Keine Antwort. War das ein Zeichen? Aber wofür? Er hatte ja schon gesagt, dass eine Fernbeziehung Lübeck–Australien nicht funktionieren würde. Zumal ich erst vor ein paar Monaten den Job in der Naturstation bekommen hatte, was ein absoluter Glücksfall war. Die Vernunft wusste also eigentlich schon, was Sache war, aber mein Herz schrie: So schnell darfst du nicht aufgeben!

Vielleicht könnte ich Ryan erst mal besuchen? Wir hatten uns so lange nicht mehr gesehen ... Wenn wir uns in den Armen lagen, kam uns ja vielleicht spontan eine Idee.

Hastig googelte ich »Flug Hamburg – Sydney«. Und stöhnte. Das günstigste Angebot lag bei knapp zweitausendfünfhundert Euro! So viel hatte ich nicht auf dem Konto.

»... nichts anderes übrig.« Ryan war wieder da.

»Was hast du gesagt?«, stammelte ich. Hatte er etwa gerade mit mir Schluss gemacht?

Ryan seufzte. »Okay. Dann sag ich's noch mal. Ich glaube, das mit uns hat so keinen Sinn. Oder siehst du das anders?«

Ich schluckte.

»Lisa?«

»Nein«, flüsterte meine Vernunft mit kleiner Stimme. »Du hast recht.«

Aber mein Herz war natürlich komplett anderer Meinung.

Ich atme tief durch. Warum trifft mich die Erinnerung immer noch so sehr? Das Ganze ist doch schon ein Dreivierteljahr her! Und Ryan denkt garantiert kein bisschen mehr an mich. Wahrscheinlich surft er genau in diesem Moment mit einem australischen Beachgirl über die wilden Wellen des Ozeans ... Obwohl, nein, in Australien ist doch jetzt Winter. Oder kann man da auch im Winter surfen? Meine Hand greift automatisch in Richtung Hosentasche, aber ich trage ja das blöde Kleid. Mein Handy steckt in der Umhängetasche, und die hängt draußen über dem Wohnzimmerstuhl.

Na ja, ist wahrscheinlich ohnehin besser so. Wollte ich wirklich gerade das Wetter in Australien googeln, nur weil Ryan dort ist? Energisch rupfe ich ein großes Stück weiß-rosa geblümtes

Toilettenpapier vom Halter und putze mir kräftig die Nase. Ich muss damit aufhören, über meinen Ex nachzudenken! Ryan ist in Australien und Geschichte. Nach vorne sehen ist das Motto, das sagt Mareike auch immer.

Schließlich habe ich hier in Lübeck meinen Traumjob, eine tolle Freundin und Mitbewohnerin, wohne in einem süßen Häuschen … Und ich date sogar wieder!

Aber DAS werde ich Mama ganz bestimmt nicht erzählen.

In dem Moment klopft es an der Tür.

»Lisa? Alles in Ordnung?« Jasmins Stimme klingt besorgt.

»Ja, ja!«, rufe ich gespielt fröhlich. »Ich komme sofort!«

Ich will gerade die Tür aufschließen, da höre ich auf der anderen Seite die Stimme meiner Mutter.

»Lass mich mal.« Es folgt ein lautes Flüstern, das man garantiert bis ins Wohnzimmer hört: »Lisa? Geht es dir gut? Hast du wieder Verstopfung? Oder deine Periode?«

»Nein«, zische ich zurück und drehe hastig den Schlüssel im Schloss. Ich muss dringend zurück ins Wohnzimmer, bevor Mama anfängt, sich in Hörweite der anderen über meinen Stuhlgang (»Du hast doch immer Verstopfung, wenn du Stress hast!«) oder meine Menstruationsblutung auszulassen.

Jonas

Am Samstagmorgen luschere ich auf dem Weg ins Bad vorsichtig in Leonies Zimmer, das gestern noch aufgeräumt und ordentlich aussah. Aber vermutlich ist ihr Kleiderschrank mal wieder explodiert, jedenfalls sind Unmengen an Klamotten auf dem Fußboden verteilt, viel mehr, als sie gestern anhatte. Oder, nein: Eine Socke hängt quer über der Stehlampe.

Leonie selbst liegt fest in die Decke eingemummelt im Bett. Sie atmet tief und regelmäßig, die langen Haare mit der roten Strähne um den Kopf ausgebreitet. Meine Tochter! Sie ist so schnell groß geworden … Ich weiß noch, wie sie mir gerade mal bis zum Oberschenkel ging. Sie hat sich immer hinter meinen Beinen versteckt, wenn wir jemanden trafen, den sie nicht kannte. Und nun ist sie schon fast eine junge Frau!

Einen Moment lang betrachte ich sie lächelnd, bevor ich weitergehe in Richtung Bad.

Nach dem Duschen hole ich Croissants vom Bäcker, wie immer am Wochenende, wenn Leonie bei mir ist. Anschließend decke ich den Tisch und koche Kaffee. Und weil meine Tochter immer noch schläft, fange ich schon einmal an zu frühstücken. Bis zwanzig vor elf habe ich gemütlich zwei Croissants verputzt und dabei im Handy die Zeitung gelesen. Dann erst steckt Leonie den verwuschelten Kopf ins Zimmer.

»Oh, Croissants!«, sagt sie erfreut.

»Na klar. Heute ist doch Samstag.«

Sie bleibt in der Tür stehen und gähnt. »Aber erst mal geh ich duschen.«

»Mach das, mein Schatz.«

Sie lässt mir sogar den Kosenamen durchgehen.

Und dann machen wir uns einfach einen schönen Tag. Wir gehen essen (Pizza) und zocken ein paar Runden, machen Karaoke und JustDance und lachen uns dabei kaputt, und abends fahren wir zusammen ins Kino.

Beim Frühstück am Sonntag frage ich Leonie, was wir heute unternehmen wollen.

»Keine Ahnung.« Sie verstreicht Nutella auf ihrem Croissant. »Was hättest du denn ohne mich gemacht?«

»Beachvolleyball mit den Jungs in Travemünde.«

Die Jungs, das sind meine Kumpel Lukas, Steffen und Joris aus Schulzeiten plus Steffens Nachbar Malik. Normalerweise gehört auch Timo dazu, aber der ist heute »zum Anstandsbesuch bei meinen Alten« (seine Worte, nicht meine).

Natürlich kennt Leonie sie alle, und wenn einer der Jungs bei mir vorbeikommt, zockt sie gerne eine Runde mit ihnen. Früher ist sie auch öfter mal mit uns in den Park gekommen und hat sich auf dem Spielplatz ausgetobt, während wir Fußball spielten. Aber die Zeiten sind schon lange vorbei.

Bis heute, anscheinend.

»Cool! Wir fahren an den Strand!« Leonie strahlt mich an und beißt in das Croissant, dass die Krümel nur so spritzen.

»Ernsthaft? Du willst mit lauter uralten Männern an den Strand?«, frage ich in ironisch-übertriebenem Tonfall.

»Ach Papa, sooo uralt bist du gar nicht«, erklärt Leonie großzügig und trinkt einen Schluck Tee. »Und im Volleyball bin ich echt gut.«

»Na gut. Meinetwegen.«

»Super!«

Als wir nach dem ausgiebigen Frühstück in Travemünde ankommen, sind die Parkplätze in unmittelbarer Strandnähe alle schon besetzt, aber etwas weiter weg, am Godewind, haben wir Glück. Das bedeutet, wir müssen ein ganzes Stück zu Fuß laufen. Vorbei am Strandbahnhof, an den kleinen Touristenläden mit buntem Sandspielzeug und Namensbechern, am alten Casino und weiter bis zur Strandpromenade, wo hinter einer Unmenge von Strandkörben und Menschen das Meer in der Ferne blau glitzert.

Leonie schaut sich um. »Und wo sind jetzt deine alten Männer?«

»Sag das bloß nicht, wenn wir da sind!«

»Mann, Papa, ich bin doch nicht blöd.«

Wir gehen die Strandpromenade entlang und überholen Rentner und Kinder mit riesigen Sandschaufeln.

»Da vorne sind sie.«

Die Jungs liegen an unserem üblichen Platz, direkt neben dem Volleyballnetz vor dem Maritimhotel.

Steffen entdeckt uns als Erster. »Hi, Jonas! Hast du 'ne neue Freundin?«

»Sehr witzig«, brummele ich, und Leonie neben mir zieht die Augenbrauen hoch.

Zum Glück kommen in dem Moment Lukas und Joris dazu.

»Hi, Leonie!« Joris nickt ihr kurz zu und zeigt dann auf das Volleyballnetz, das gerade frei ist.

»Spielen wir jetzt, oder was?«

»Wir haben nur auf dich gewartet!«, behauptet Steffen und schnappt sich den Volleyball.

»Super«, sage ich. »Kommst du auch, Leonie?«

Sie wirft ihren Rucksack neben meinen. »Klar!«

Malik dreht schon den Ball in der Hand, er hat Angabe.

»Aber wehe, einer schießt sie ab!«, rufe ich.

»Mann, Papa!«

Und dann überrascht Leonie uns alle. Sie zeigt vollen Einsatz, rennt mit wehendem Zopf zu jedem Ball und wirft sich, ohne zu zögern, in den Sand. So rettet sie mehr als einmal einen Punkt für unsere Mannschaft (bestehend aus Leonie, Lukas und mir.) Am Ende schlagen wir die anderen sogar knapp.

»Mega Spiel!« Lukas hält ihr die Hand zum Abklatschen hin.

»Ja, super gemacht, Leonie.« Wir klatschen ebenfalls ab.

»Wer zuerst im Meer ist!«, brüllt Steffen, und wir flitzen los.

Das Wasser ist eiskalt und salzig und das Beste, was es gibt, wenn man verschwitzt und voller Sand ist. Malik und Steffen schwimmen ein Stück hinaus, wir anderen spielen Frisbee. Das fliegt in völlig unberechenbare Richtungen, und Leonie lacht jedes Mal so herzlich, dass mein Herz einen glücklichen Sprung macht.

Hinterher liegen wir erschöpft auf unseren Handtüchern und lassen uns die Sonne auf den Bauch scheinen. Leonie scrollt in ihrem Handy und kichert ab und zu.

»Was guckst du denn da?«, frage ich.

»Klassen-WhatsApp«, antwortet sie, ohne aufzusehen.

»In den Ferien?«, fragt Lukas.

»Gerade in den Ferien. Da ist doch allen langweilig.«

Später holen die Jungs für uns Pommes und Cola, und anschließend chillen wir im warmen Sand. So lässt es sich leben! Kein Stress, keine Arbeit, einfach nur Ruhe und …

»Papa, kommst du noch mal mit schwimmen?«

Leonie hat sich auf die Seite gestützt und sieht mich erwartungsvoll an.

Wie bitte? Wir haben gerade eine Riesenportion Pommes verschlungen. Aber ich werde jetzt nicht spießig sein und den Spruch vom Schwimmen nach dem Essen bringen.

»Später«, sage ich stattdessen.

»Dann lass uns noch mal Volleyball spielen!«

Auch nicht so der Hit mit vollem Bauch …

»Später. Guck mal, wie viele da anstehen.«

Leonie lässt sich zurück auf ihr Handtuch plumpsen.

»Mann, das ist so öde hier!«

»Geh doch an die Vorderreihe shoppen«, schlägt Joris vor. »Ihr Mädels steht doch auf Shoppen, oder?«

»Pah! Das ist so ein Klischee!«, meckert Leonie.

Eine Minute oder so ist es still. Dann fragt sie: »Darf ich, Papa?«

»An die Vorderreihe? Zum Shoppen?«

»Ja, da ist wenigstens was los.«

»Na gut.«

»Danke!« Lächelnd springt sie auf. Sie will doch nicht etwa so ...

»Aber nicht im Bikini, Leonie!«

»Mann, Papa, ich bin doch nicht blöd!« Dieser Blick, mit dem sie mich ansieht! Sie streift sich ihr T-Shirt und die Shorts über und stapft durch den Sand davon.

»Und bleib nicht zu lange weg!«, rufe ich ihr hinterher.

Eine Stunde später macht Lukas sich vom Acker.

»Ich muss! Kaffee bei den Schwiegereltern.«

»Früher haben wir am Strand Mädels aufgerissen, und heute bringt Jonas seine Tochter mit, und du musst zu den Schwiegereltern«, mault Steffen.

»Was soll man machen?« Lukas hebt die Hand zum Abschied.

»Hat Leonie dich echt gestört?«, frage ich Steffen.

Steffen winkt ab. »Ach, Quatsch, das war doch nur so 'n Spruch.«

Um halb vier verabschiedet sich dann Joris. Und auch Malik und Steffen stehen auf.

»Sagt nicht, ihr haut jetzt alle ab!«

Steffen zuckt mit den Schultern. »Sorry, Sheila wartet.«

»Soll ich bleiben, bis Leonie wieder da ist?«, fragt Joris. »Ich muss bloß noch dringend etwas für die Arbeit erledigen.«

»Ruf Leonie doch an«, schlägt Steffen vor. »Die hängt bestimmt in irgendeinem Laden fest. Wenn Sheila shoppen ist, dauert das immer drei Jahre.«

Steffens Freundin Sheila ist achtundzwanzig und total aufgebrezelt, das kann man ja wohl kaum mit meiner dreizehnjährigen Tochter vergleichen. Aber ich habe keinen Bock, darüber mit ihm zu diskutieren.

»Verschwindet ruhig«, sage ich stattdessen. »Ich regle das schon.«

»Sicher?«

»Ja, klar.«

Doch als ich Leonies Nummer wähle, geht niemand ran.

Viertel vor vier. Alleine am Strand zu liegen ist irgendwie merkwürdig. So, als hätte ich keine Freunde.

Und Leonie geht immer noch nicht an ihr Handy, dabei ist sie schon seit zwei Stunden weg. Wir hätten eine konkrete Zeit abmachen sollen! »Nicht zu lange wegbleiben« ist ja ein sehr frei interpretierbarer Begriff.

Ob ich losgehen soll, sie suchen? Aber dann verpassen wir uns garantiert.

Fünf vor vier. Warum geht sie denn nicht ans Handy? Hoffentlich ist ihr nichts passiert! Ich hab da neulich so einen Film gesehen ... Aber das hier ist Travemünde am helllichten Tag und nicht ein Wald um Mitternacht. Bleib mal realistisch, Jonas.

Vier Uhr. Ich gehe ihr jetzt entgegen. Wenn ich die Augen offen halte, verpassen wir uns schon nicht. Ich raffe Handtuch, Handy und Sonnencreme zusammen und stopfe alles in meinen Rucksack.

Oder ist das doch eine schlechte Idee?

»Hallo, Papa! Willst du etwa ohne mich abhauen?«

»Leonie!«

Auf dem Weg zum Auto schmollt sie. Dabei hätte ich ja wohl viel mehr Grund dazu! Ihre Erklärung ist nämlich verdammt dürftig: Sie hat das Handy nicht gehört, weil so viel los war. Als ob das ein Grund wäre! Vielleicht mal selbst die Uhrzeit checken? Aber was noch schlimmer ist: Irgendwann erzählt sie so ganz nebenbei, dass sie eine Schulfreundin getroffen hat und bei der zu Hause war.

»Wie bitte? Du kannst doch nicht einfach zu irgendwem mit nach Hause gehen!«

Leonie zuckt mit den Schultern »Weiß ich. Aber ich hab dir doch von Annika erzählt.«

Und weil ich noch immer fragend gucke, fügt sie hinzu:

»Aus meiner Parallelklasse. Von der Klassenfahrt!«

»Ja, stimmt.« Von Annika hat sie wirklich erzählt. »Und Annika wohnt an der Vorderreihe, oder was?«

Dann müssen die Eltern ja ganz schön Geld haben ...

»Nee, auf dem Priwall.«

Ich bleibe mitten auf dem Fußweg stehen.

»Wie bitte? Du kannst doch nicht ohne meine Erlaubnis zum Priwall rüberfahren!«

»Mann, Papa, ich bin doch kein Baby mehr! Außerdem habt ihr gesagt, ich soll mich mal mit Freundinnen treffen.«

»Aber doch nicht, ohne vorher Bescheid zu sagen!«

Irgendjemand läuft von hinten in mich rein und fängt an zu pöbeln, aber das ist mir so was von egal.

Leonie rollt mit den Augen. »Gehen wir jetzt weiter? Du stehst im Weg.« Sie nickt in Richtung der Menschen, die sich an uns vorbeischieben. Die Digitalanzeige am Turm des Strandbahnhofs verkündet, dass in zehn Minuten der Zug nach Lübeck abfährt. Widerwillig setze ich mich wieder in Bewegung.

»Darüber reden wir noch, Leonie!«

Auf Höhe des Godewind-Apartementkomplexes brummelt meine Tochter: »Da kann echt nichts passieren, Papa. Da waren voll viele Leute auf der Fähre.«

»Um die Fähre geht es doch gar nicht! Ich habe mir Sorgen gemacht.«

»Mann, Papa, chill mal.«

Ich bin das Gegenteil von gechillt. Mit zusammengebissenen Zähnen marschiere ich weiter zum Parkplatz. Beim Auto angekommen, öffne ich den Kofferraum und werfe meinen Rucksack hinein. Dann drehe ich mich zu meiner Tochter um.

»Das geht trotzdem nicht, Leonie. Ich kenne Annika doch überhaupt nicht! Und ihre Eltern auch nicht.«

Sie stemmt die Hände in die Hüften. »Hätte ich sie dir erst vorstellen müssen, oder was? Und die Eltern gleich noch dazu?«

»Jetzt übertreibst du aber! Ich sage nur, dass ich sie nicht kenne und du deshalb nicht …«

Leonie pfeffert ihren Rucksack in den Kofferraum. »Du kannst mir doch nicht meine Freundinnen verbieten! Das ist so unfair!«

»Niemand will dir …«, beginne ich, doch da knallt schon die Autotür.

Und auf der Heimfahrt sehe ich bloß ihren Hinterkopf.

Um zehn vor acht klopfe ich an die Zimmertür, die gleich nach unserer Ankunft zu Hause zugeknallt ist. Meine Taktik war, Leonie in Ruhe zu lassen, damit sie ein bisschen runterkommt. Das hilft meistens ganz gut. Und ehrlich gesagt war ich auch froh, in Ruhe duschen und etwas essen zu können.

»Leonie?«

»Was?« Ihr Tonfall ist maximal abweisend. Hat wohl nicht geklappt mit dem Runterkommen.

»Alles klar bei dir?«, frage ich mit extranetter Stimme.

»Ja.«

»Hast du was gegessen?«

»Pommes! Weißt du doch!«

»Und danach?«

»Ich hab keinen Hunger.«

»Hör mal, ich hab's vorhin nicht böse gemeint«, sage ich in versöhnlichem Ton. »Ich würde mich freuen, Annika mal kennenzulernen. Es geht nur darum, dass du nicht Bescheid gesagt hast.«

Schweigen.

»Willst du wirklich nichts essen?«

»Nein.«

Sie hat doch sonst immer Hunger. Ob sie bei Annika etwas gegessen hat?

Aus dem Zimmer ertönt aggressives Schweigen.

»Na gut, ich bin dann im Wohnzimmer, falls du mich brauchst.«

Keine Antwort. Das ist ja super gelaufen.

Im Wohnzimmer pingt mein Handy. »The Voice of Love« verkündet der Kalender, und einen Moment lang weiß ich überhaupt nicht, was das bedeuten soll. Dann fällt es mir wieder ein:

Das Online-Date. Oh nein, das ist ja heute! Genauer gesagt, in fünf Minuten!

Das Problem ist bloß: Mein Laptop befindet sich in Leonies Zimmer. Sie hat ihn sich gestern Abend ausgeliehen, nach dem Kino, weil sie noch irgendeine Serie streamen wollte.

Ich klopfe an die Tür. »Leonie?«

»Nein!«

»Aber mein Laptop ist noch bei dir drin.«

Ich drücke die Klinke hinunter. Abgeschlossen.

»Leonie? Gib mir bitte meinen Laptop raus, ja?«

Keine Antwort.

»Leonie!«

Immer noch Schweigen. Und mein Date fängt genau in diesem Moment an. Was mache ich denn jetzt? Die Tür eintreten?

Oder gibt es »The Voice of Love« vielleicht auch als Handy-App?

Lisa

Ich sitze in meinem kleinen Dachzimmer auf dem Bett und starre auf die »The Voice of Love«-App im Handy, das vor mir auf der Decke liegt. Und das schon seit zehn Minuten. Okay, ich war fünf Minuten zu früh ... Aber trotzdem! Auf dem Display steht fett der Schriftzug: »The Voice of Love – Stimme der Liebe«, doch die Stimme ist im Moment verdammt stumm. Tarzan93 war ja schon krass, als er so schnell verschwunden ist ... Aber jetzt sieht es so aus, als würde Brick93 das noch toppen, indem er gar nicht erst kommt. Na super!

Auch witzig irgendwie, dass die beiden die gleiche Zahl hinten am Nickname haben. Ist garantiert das Geburtsjahr. Ob das ein schlechtes Zeichen ist?

Ich nehme die kleine Möwenfigur aus Keramik, die auf der Muscheltruhe neben dem Bett steht, in die Hand. Die hat Mareike mir geschenkt, als ich in der Naturstation angefangen habe, und ein Foto davon ist mein Avatar bei »The Voice of Love«.

Ping! Auf dem Display steht plötzlich »Brick93 ist online«. Als Avatar hat er sich einen der Holstentor-Löwen ausgesucht. Den, der nicht schläft. Nicht besonders originell, aber wenigstens auch nicht creepy.

Ich nehme das Handy in die Hand und räuspere mich. »Ähm ... Hallo?«

»Hallo«, antwortet eine tiefe Stimme, und ich zucke innerlich zusammen. Totaler Quatsch, natürlich – war ja klar, dass jemand antwortet. Es ist nur so komisch, diese Männerstimme plötzlich hier in meinem Zimmer zu hören ... So, als wäre ein Fremder mit mir im Raum, während ich in meiner Schlafhose auf dem Bett sitze.

Wie er wohl aussieht? Und ob er auch gerade in seinem Schlafzimmer sitzt? Womöglich sogar nackt? Oh Gott, hoffentlich ist der Typ kein Perversling!

»Bist du noch da?«, fragt die Stimme.

»Ja ... Ja, klar«, stammele ich. »Ich habe bloß gerade ... nachgedacht.«

»Aha. Und worüber?«

Darüber, ob du ein nackter Perversling bist ... Nein, das werde ich nicht laut sagen!

»Über ... nichts.«

»Man kann doch nicht über nichts nachdenken«, behauptet die Stimme.

Überleg dir was, Lisa. Schnell.

»Ähm ...« Ich drehe die Möwe in meiner Hand hin und her. »Ich habe darüber nachgedacht, warum du zehn Minuten zu spät bist.«

»Ach so. Das.« Er klingt eher irritiert als zerknirscht. »Sorry dafür.«

Ich warte, ob da noch was kommt, aber nein. Keine Erklärung, keine Entschuldigung.

Stattdessen fragt er: »Ist das für dich ein K.-o.-Kriterium? Wenn jemand zehn Minuten zu spät kommt?«

»Natürlich nicht!« Als ob ich so eine Spießerin wäre! Ich bin ja selbst zum Date mit Tarzan93 zu spät gekommen. Aber im Gegensatz zu Brick habe ich mich dafür entschuldigt, UND ich hatte eine Super-Erklärung. Also, ich hätte eine gehabt, wenn ich zu Wort gekommen wäre ...

»Was ist denn deine Erklärung?«, frage ich.

»Erklärung?«

»Dafür, dass du zu spät gekommen bist.«

»Ähm ... Also, wie gesagt, sorry dafür. War natürlich kein günstiger Start, schon klar. Aber können wir das nicht einfach vergessen und noch mal von vorne anfangen?«

So viel Gerede, aber meine Frage hat er nicht beantwortet. Glaubt er, ich merke das nicht?

»Bitte?« Seine Stimme klingt auf einmal viel weicher.

Ich will ihn eigentlich nicht so leicht davonkommen lassen, aber wenn ich jetzt noch weiter auf dem Thema herumreite, wirkt das schon sehr pingelig.

»Hallo? Bist du noch da?«, fragt er.

»Ja. Also gut, Neustart.«

»Super! Dann noch mal: Hallo! Ich bin Brick«, sagt er supermunter.

Gegen meinen Willen muss ich grinsen.

»Hallo. Ich bin Möwe.«

»Angenehm.«

»Gleichfalls.«

Danach schweigt der Holstentor-Löwe. Und jetzt?

»Sollen wir vielleicht die Gesprächsimpulse von True Love durchgehen?«, schlage ich vor. (Gesprächsimpulse! Dieses Wort!)

»Gute Idee«, antwortet er ein bisschen zu schnell.

Ich klicke auf das Fragezeichensymbol oben in der Ecke, und eine Frage ploppt auf dem Bildschirm auf.

»In welchen Film würdest du mich bei einem Date einladen?«, lese ich vor.

»Auf jeden Fall in einen Liebesfilm«, antwortet Brick wie aus der Pistole geschossen.

»Du stehst auf Liebesfilme?« Er wäre der erste Mann, der das so offen zugibt.

»97,3 Prozent aller Frauen stehen darauf. Und das ist doch das Entscheidende.«

»97,3 Prozent?«

»Das ist wissenschaftlich erwiesen.«

Ich kann hören, wie er grinst, obwohl der Holstentorlöwe auf meinem Display keine Miene verzieht.

»Das hast du dir doch gerade ausgedacht.«

»Okay, ertappt. Aber die meisten Frauen stehen wirklich auf Liebesgeschichten. Oder willst du das bestreiten?«

»Nein, aber …«

»Na also!«

»… aber Liebesgeschichten sind ja auch was Schönes«, beende ich meinen Satz.

»Vermutlich sollte ich jetzt zustimmen, oder?«, fragt er. »Aber mir sind die Dinger einfach zu kitschig. Immer dasselbe Klischee: Das arme, kleine Aschenputtel wird vom heldenhaften Prinzen mit dem Sixpack gerettet.«

Gegen meinen Willen muss ich kichern. »Sie wird von seinem Sixpack gerettet?«

»Na logisch!«, behauptet er. »Er hält sie damit fest umklammert, während er … sie aus einem reißenden Fluss zieht?«

Oh nein, jetzt habe ich ein Bild im Kopf! Aber da kann ich noch einen draufsetzen: »Nein, er schlägt damit einen wilden Bären k. o.!«

»Mit seinem Bauch?«

»Na klar.«

Jetzt lachen wir beide. Irgendwie doch ganz sympathisch, dieser Brick-Löwe.

»Du magst also keine Liebesgeschichten und würdest trotzdem mit mir in einen Liebesfilm gehen?«, frage ich, nachdem das Gelächter verklungen ist.

»Alles, um dich glücklich zu machen.«

Das ist jetzt schon irgendwie nett von ihm. Auch wenn der ironische Unterton immer noch mitschwingt.

Eines muss ich trotzdem noch loswerden: »Die meisten Liebesfilme sind aber gar nicht so. So ›starker Mann und schwache Frau‹-klischeehaft.«

»Nein? Was ist denn dein Lieblingsfilm?«, fragt er.

»Kennst du ›E-Mail für dich‹?«

»Nein.«

»Waaas? Das ist der tollste Liebesfilm aller Zeiten!«

»Ach ja?« Er klingt skeptisch.

»Ja! Und vor allem passt er perfekt zu uns. Weil sich da zwei Menschen Mails schreiben, ohne sich vorher gesehen zu haben und ohne etwas über den anderen zu wissen. Der Film ist halt schon ein bisschen älter, deshalb die Mails, aber ansonsten ist es genau wie bei uns.«

»Dann lass uns den gucken.«

»Auf unserem ersten richtigen Date, meinst du?« Dass er so weit plant, ist ermutigend und beängstigend zugleich.

»Nein, jetzt«, antwortet er. »Hast du kein Netflix? Oder Amazon Prime? Da gibt's den bestimmt.«

»Ach so. Richtig. Aber …« Ich zögere. »Steht nicht irgendwo in den Regeln, dass wir uns unterhalten sollen?«

»Ich würde aber viel lieber mit dir diesen Film gucken. Oder willst du unbedingt mit den ›Gesprächsimpulsen‹ weitermachen?« So, wie er es betont, findet er das Wort genauso bescheuert wie ich.

»Eigentlich sollten wir das wohl …«, beginne ich und fühle mich dabei wie eine Streberin.

»Ach, Quatsch!«, widerspricht er. »Wir sind doch hier nicht in der Schule! Und außerdem: Bei normalen Dates geht man doch auch zusammen ins Kino.«

»Stimmt auch wieder. Na, dann mal los.«

In den ersten Minuten des Films machen wir uns hauptsächlich über die Uralt-Technik und die Frisuren lustig.

»Aber vielleicht sollten wir nicht die ganze Zeit lästern«, werfe ich irgendwann ein.

»Warum denn nicht? Das macht doch Spaß.«

»Stimmt«, antworte ich. »Aber Meg Ryan ist schon auch süß, oder?«

»Na ja, wenn man auf den altmodischen Typ steht ...«

Wie kann er Meg Ryan nicht toll finden?

»Warum willst du das überhaupt wissen?«, fragt er dann. »Sieht sie aus wie du?«

»Das darf ich dir nicht sagen. Das weißt du doch.«

»Stimmt. Aber ich kann dir jedenfalls eidesstattlich versichern, dass ich nicht aussehe wie Tom Hanks.«

Ich muss kichern. »Na, ein Glück!«

Doch je länger der Film läuft, desto weniger blödeln wir herum und desto mehr kann ich hören, dass er richtig mitgeht. Und ich könnte schwören: Am Schluss seufzt er an derselben Stelle wie Mareike neulich. Obwohl er hinterher behauptet, dass das nur ein Räuspern war.

Anscheinend stehen Holstentorlöwen doch auf Liebesgeschichten.

Jonas

Das Date mit Möwe bei »The Voice of Love« ist wider Erwarten richtig nett. Jedenfalls bis zu dem Moment, als sie partout glauben will, ich hätte am Ende des Filmes geseufzt.

Ich! Bei einem Liebesfilm!

Sie ist nicht davon abzubringen.

»Ich habe NICHT geseufzt«, betone ich. »Das war höchstens ein skeptisches Räuspern.«

»Also willst du behaupten, es hat dir gar nicht gefallen?« Sie klingt eher zweifelnd als enttäuscht. So, als würde ich meine wahren Gefühle verbergen oder irgend so ein Psycho-Mist.

»Na ja, ich muss zugeben: Der Film war schon ganz nett …«, antworte ich.

»Ha! Ich wusste es.« Ihre Stimme macht vor Freude einen kleinen Hüpfer.

Eigentlich wollte ich noch hinzufügen: »Jedenfalls zum Lästern«, aber das verkneife ich mir jetzt lieber.

»Sehen … äh … hören wir uns wieder?«, frage ich stattdessen.

»Sehr gerne.«

Nachdem das Gespräch beendet ist, gucke ich noch lange auf die Möwe, die sie sich als Avatar ausgesucht hat.

Am nächsten Morgen ertappe ich mich dabei, dass ich unter der Dusche singe, und zwar ausgerechnet den kitschigen Song aus

dem Film gestern. »Soooome-wheeere over the rainbow …«
Mehr Text kenne ich leider nicht, deshalb pfeife ich weiter.
Dann wird mir plötzlich bewusst, was ich da tue, und der letzte
Pfeifton bricht abrupt ab, erstickt vom Prasseln des Wasser-
strahls. Gut, dass das keiner gehört hat! Als ich Möwe gestern
vorschlug, zusammen den Film anzuschauen, wollte ich eigentlich bloß auf unverbindliche Weise die Zeit rumkriegen. Aber
dann hat es wider Erwarten richtig Spaß gemacht, und das, obwohl der Film total vorhersehbar war.

Also nicht, dass ich mir einbilde, die Frau meines Lebens getroffen zu haben. Aber wer weiß, vielleicht schaffe ich auf die
Art ja tatsächlich fünf Dates? Beziehungsweise sechs, wenn
man das Real-Life-Date mitzählt.

Unwillkürlich fange ich wieder an zu pfeifen. Und warum
auch nicht? Es ist ja außer mir nur Leonie hier, und die schläft
garantiert noch.

Grinsend greife ich nach dem Handtuch, aber beim Gedanken an meine Tochter kommt auch die Erinnerung an gestern
mit aller Wucht zurück.

Leonie hat den ganzen Abend in ihrem Zimmer telefoniert,
das Gemurmel war durch die geschlossene Tür deutlich zu hören. Vermutlich mit Annika … Meine Frage nach dem Laptop
hat sie ignoriert, aber zum Glück konnte ich die App auf dem
Handy installieren. Das hat allerdings ein bisschen gedauert,
sodass ich zehn Minuten zu spät war. Aber von Leonie wollte
ich Möwe natürlich nicht erzählen.

Nach dem Date war dann auch aus Leonies Zimmer nichts
mehr zu hören. Ich hab zwar noch mal bei ihr geklopft, aber
keine Antwort. Und die Tür war abgeschlossen.

Mit dem Handtuch um die Hüften gehe ich zurück ins
Schlafzimmer, um mich anzuziehen. Anschließend hole ich
in der Küche die Milch aus dem Kühlschrank, dessen matt-
schwarze Oberfläche kaum zu sehen ist, weil so viele Bilder von

Leonie dranhängen. Fotografierte und selbst gemalte, von den ersten Kopffüßern bis zu ganzen Pferde-Gestüten. Ich gieße die Milch in den Mixbehälter, löffele einige Teelöffel Proteinpulver dazu und stelle den Mixer an. Heute keine Croissants, die gibt es nur am Wochenende.

Dann gieße ich mein flüssiges Frühstück ins Glas und nehme den ersten Schluck. Schmeckt so semilecker, aber das ist ja nicht der Punkt. Hauptsache, es wirkt! Den Tipp mit dem Protein-shake hat mir ein Trainer bei FitHit gegeben, der Muckibude, in die ich mit Timo, Steffen und Malik gehe. Seit ich dreimal die Woche Gewichte hebe und mit diesem Zeug angefangen habe, sieht man endlich, dass in meinen Armen nicht nur Spaghetti sind, sondern auch ein Bizeps.

Ich trinke die letzten Schlucke und spüre förmlich, wie meine Muskeln die Proteine aufsaugen. Gleichzeitig versuche ich, mich mental auf ein Gespräch mit Leonie einzustellen. Ich kann sie ja mit ihrem Verhalten von gestern nicht einfach so durchkommen lassen. Mentale Vorbereitung ist wichtig, sagt Timo immer, souverän auftreten und keine Schwäche zeigen. Er bezieht sich dabei zwar eher auf Gespräche mit Kunden oder dem Bauamt, aber manchmal ist diese Taktik auch bei Leonie erfolgreich.

Ich stelle das benutzte Glas und den Mixer-Aufsatz in die Spülmaschine und gehe zu Leonies Zimmer. Wenn ich sie jetzt wecke, hat sie garantiert miese Laune ... Ich unterdrücke den Impuls, ihr einfach nur einen Zettel zu schreiben, schiebe die Schultern nach hinten und klopfe an die Tür.

»Leonie?«

Keine Antwort. Also noch einmal klopfen.

»Leonie!«

Die Tür öffnet sich, und Leonies Kopf taucht in der Öffnung auf. Ihre Haare sind verwuschelt und die Augen nicht mal halb geöffnet.

»Guten Morgen«, sage ich laut und bestimmt.

»Morgen«, murmelt sie. »Was gibt's?«

»Ich muss jetzt zur Arbeit.«

»Okay.« Schon beginnt sich die Tür wieder zu schließen.

»Halt!«, rufe ich, und Leonies Kopf taucht erneut auf.

»Was denn noch?«

»Wegen gestern …«

Sie wendet den Blick ab. »Ja, schon klar. Sorry.«

Aber so leicht will ich es ihr nicht machen.

»Du weißt doch eigentlich, dass du nicht ohne Bescheid zu sagen …«

»Ja, weiß ich.«

»… weggehen darfst«, beende ich meinen Satz.

»Ich hab doch sorry gesagt!«

»Stimmt«, antworte ich. »Passiert nicht noch mal, oder?«

»Nein, Papa.« Jetzt klingt sie schon wieder genervt. Was ich beschließe zu ignorieren, ich will ja keinen neuen Streit, und außerdem habe ich auch keine Zeit mehr für Diskussionen.

»Also, ich muss los. In der Küche sind Toast, Quark und Äpfel, falls du Hunger kriegst. Und Tiefkühlpizza.«

»Salami?«

»Klar.«

»Cool.« Plötzlich sind die Augen deutlich weiter offen. »Und kann ich zocken?«

»Kannst du«, antworte ich, und sie strahlt mich an. Endlich wieder.

»Aber nicht den ganzen Tag, okay?«

»Natürlich nicht, Papa.«

»Super, dann bis heute Abend. Ich versuche, nicht so spät zu kommen.«

Ich streichele ihr kurz über den Arm und gehe in den Flur, um meine Schuhe anzuziehen.

»Tschüss, Leonie!«

»Tschüss!«, ruft sie, während ich die Tür hinter mir ins Schloss ziehe.

Im Büro steuere ich als Erstes die Küche an, wie jeden Morgen. Auf der Türschwelle stoße ich fast mit Timo zusammen. Aus dem schwarzen Holstentorbecher in seiner Hand duftet es verführerisch nach Kaffee.

»Moin«, grüße ich und nicke in Richtung Kaffeebecher. »So einen brauche ich jetzt auch.«

Er grinst mich an.

»Hat sie dich so geschafft?«

Woher weiß er denn von der Sache mit Leonie?

»Wer?«, frage ich vorsichtig.

»Na, die Frau mit den vergammelten Zähnen! Ach nee, du hast sie ja gar nicht gesehen. Hast du dann wenigstens gefragt, ob sie regelmäßig duscht?«

Er redet von dem Date! »Du bist so ein Sack«, antworte ich.

»Hast du gar keinen Schiss?«

»Bis eben hatte ich keinen«, entgegne ich.

Timo boxt mir in den Oberarm. »Erzähl doch mal! Hast du sie echt nicht nach 'nem Foto gefragt?«

»Nein, hab ich nicht. Das ist ja genau der Punkt.«

Natürlich habe ich mir gestern versucht vorzustellen, wie Möwe aussieht. Ob sie blond oder braunhaarig ist, kurze oder lange Haare hat … Das hätte ja wohl jeder getan. Nicht, dass es etwas bringen würde.

Er zieht die Augenbrauen hoch. »Totale Seelenverwandtschaft, oder was?«

»Haha«, antworte ich.

»Oder ist sie etwa so eine Esoteriktante? Von wegen innere Werte und so? Jetzt sag doch mal!«

»Es lief super«, entgegne ich vage. »Mittwoch reden wir wieder.« Damit schiebe ich mich an ihm vorbei in die Küche, wo

Elin am Automaten steht. Die langen dunklen Haare hat sie mit einem orangenen Tuch zurückgebunden, und auch ihr Kleid leuchtet orange. Sie dreht sich zu mir um. »Hi, Jonas. Wie war dein Date?«

»Du weißt also auch schon Bescheid«, stelle ich fest.

»Durfte er mir das nicht erzählen?« Sie nickt mit dem Kopf in Richtung Timo, der inzwischen im Türrahmen lehnt und uns beobachtet.

»Ach nee, ist schon okay.«

Elin zieht ihren Becher aus der Maschine, und ich stelle meinen hinein. »Ich finde das übrigens richtig süß«, sagt sie hinter meinem Rücken. »Dass ihr euch kennenlernt, ohne euch zu sehen. Worüber habt ihr denn geredet?«

Ich verziehe das Gesicht. Süß! Eine Steilvorlage, die Timo aber ausnahmsweise nicht annimmt. Stattdessen sagt er: »Ja, Jonas! Worüber habt ihr denn geredet?«

»Ach, über dies und das«, antworte ich vage, ohne mich umzudrehen.

»Dies und das?«

»Na, was man eben so redet!« Die Maschine mahlt laut ratternd die Kaffeebohnen, dann kommt ein heißer brauner Strahl aus der Düse.

»Was auch immer das heißen soll«, raunt Elin hinter mir.

Als der Becher voll ist, drehe ich mich zu den anderen um. »Wir haben uns einen Film angesehen, wenn ihr's genau wissen wollt.«

»Online?«, fragt Elin.

»Ja, sie auf Amazon und ich auf Netflix. Aber denselben natürlich.«

»Das ist geschummelt«, verkündet Timo und trinkt laut schlürfend einen Schluck aus seinem Becher.

»Wieso das denn?«, frage ich. »Du warst doch auch neulich im Kino, mit Anja oder wie sie hieß.«

»Anna.«

»Sag ich doch. Dann darf ich das ja wohl auch.«

Er brummelt irgendetwas und zieht mit seinem Kaffee ab.

Vielleicht sollte ich einfach die nächsten vier Dates wieder Filme mit Möwe gucken? Wenn ich die Wette gewinnen will, wäre es auf jeden Fall das Sicherste ...

»Welchen Film habt ihr denn gesehen?«, fragt Elin.

»E-Mail für dich«, antworte ich.

Sie lächelt mich an. »Der ist wirklich süß! Aber ich hätte niemals gedacht, dass du Liebesfilme magst.«

Ich lächele kurz zurück und fliehe aus der Kaffeeküche.

Lisa

»Na, wie war's?«

Mareike sitzt mit dem Handy in der Hand auf dem Bett, als ich am Sonntagabend nach dem Date die knarzende Holztreppe von meinem Zimmer hinunterklettere.

»Ganz nett«, antworte ich, aber dabei strahle ich über das ganze Gesicht.

Mareike legt das Handy beiseite. »So, wie du guckst, könnte man meinen, ihr habt was ganz anderes gemacht als nur reden.«

»Haben wir ja auch«, sage ich und lächele noch breiter.

Ihre Augenbrauen schnellen nach oben. »Echt?«

»Ja. Wir haben einen Film geguckt.«

»Ach so.« Und schon sind die Augenbrauen wieder unten.

»E-Mail für dich«, füge ich hinzu.

»Na, das passt ja! Und? Was noch?«

»Da gibt's nicht viel zu erzählen.« Ich setze mich neben sie auf das Bett. »Er nennt sich Brick93, also ist er wahrscheinlich Anfang dreißig. Wir haben kurz gequatscht und dann den Film geguckt. Das war alles.«

»Worüber habt ihr denn gequatscht?« Mareike stupst mich in die Seite. »Jetzt erzähl schon!«

»Ähm ... Darüber, dass er ein bisschen zu spät gekommen ist. Und über Liebesfilme.«

»Das war alles? Ich dachte, ihr sollt euer Innerstes kennenlernen.«

»Ja, schon ...« Plötzlich fühle ich mich irgendwie ertappt. »Aber so schnell geht das doch nicht. Außerdem hatten wir echt Spaß mit dem Film.«

»Du kneifst«, stellt Mareike fest.

»Gar nicht!«, protestiere ich. »Immerhin weiß ich jetzt, dass wir denselben Humor haben. Und dass er nett ist. Das ist doch wichtig.«

Warum habe ich plötzlich das Gefühl, mich für irgendetwas rechtfertigen zu müssen?

»Stimmt«, sagt Mareike. »Wenn ihr denselben Humor habt, ist das schon mal super.«

»Außerdem haben wir ja noch vier weitere Dates.« Damit schwinge ich die Beine vom Bett. »Ich mache mir noch einen Tee, willst du auch einen?«

»Ja, gerne. Lübecker Sommerzauber, bitte.«

Als ich die Treppe zur Küche hinuntergehe, guckt Mareike schon wieder auf ihr Handy. Sie lächelt über etwas auf dem Display. Aber mir ist die gute Laune irgendwie vergangen.

In der Küche steht noch ein schmutziger Topf zum Einweichen in der Spüle, anscheinend hatte Mareike Tomatensuppe zum Abendbrot. Während das Wasser anfängt zu kochen, wasche ich ihn schnell ab und stelle ihn zurück in den Schrank. Dabei spiele ich das Date mit Brick in Gedanken noch einmal durch. Habe ich wirklich gekniffen? Eigentlich war es doch so: Ich wollte die Fragen durchgehen, und dann hat Brick mich bequatscht, den Film zu gucken. Im Grunde genommen war er also derjenige, der sich gedrückt hat!

Andererseits hatten wir ja auch viel Spaß zusammen. Und Brick hat eine echt schöne Stimme. Als Bilanz für das erste Mal gar nicht schlecht, oder? Wir haben schließlich noch vier weitere Dates Zeit, um uns besser kennenzulernen. Und eines steht fest: Noch mal lasse ich ihn nicht kneifen!

Am Montag gibt es in der Naturstation viel zu tun, wie immer im Sommer. Oder, nein: wie eigentlich das ganze Jahr. Im Frühjahr nisten Kibitze und viele andere Vögel auf der großen Weide im Süden des Priwalls, das heißt für uns: einen Schutzzaun gegen Füchse aufstellen, Vogelzählung, Erfassung der Gelege und Eier und so weiter. Das machen wir natürlich nicht alles alleine, dabei helfen uns viele Ehrenamtler aus dem Förderverein. Im Herbst entkrauten wir dann zusammen mit Schülern aus Travemünde die Insel der Flussseeschwalben in der Pötenitzer Wiek, außerdem erfassen wir Scharen von Zugvögeln, die auf ihrer Reise in den Süden bei uns rasten (im Frühjahr natürlich auch). Und selbst im Winter gibt es Arbeit: Dann müssen wir das Boot und die Gerätschaften warten und das nächste Jahr planen.

Jetzt im Sommer hingegen stehen die Touristen und insbesondere das Ferienprogramm im Mittelpunkt. Heute Nachmittag veranstalten wir eine Strandführung für Kinder. Und die ist noch vorzubereiten.

Die Eimer und Kescher für den Strandausflug lagern in der alten Scheune im Garten. Sie ist das Winterquartier für unser Exkursionsboot »Albatros« und damit jetzt im Sommer, wo die »Albatros« im Priwallhafen liegt, ziemlich leer – bis auf die Regale mit dem Equipment für die Ausflüge und Führungen.

Auf dem Weg durch den Garten hüpft und flattert Jungmöwe Emma neben mir her. Sie scheint sich die Naturstation als neues Zuhause ausgesucht zu haben, denn inzwischen begrüßt sie mich fast jedes Mal, wenn ich den Garten betrete, mit fröhlichem Piepsen. Eigentlich ist es ja ein bisschen unprofessionell, sein Herz an ein Wildtier zu hängen, so als Biologin ..., aber ich habe sie inzwischen richtig liebgewonnen.

»Na, Kleine? Willst du mitkommen?«

Oh Mann, jetzt rede ich auch noch mit ihr! Aber egal, außer uns beiden ist ja niemand hier, der das hören könnte.

Emma legt den Kopf schief und sieht mich erwartungsvoll an, begleitet von aufgeregtem Piepsen.

»Nein, ich habe keinen Fisch für dich. Du hast doch bestimmt schon gefrühstückt, oder?«

Sie merkt anscheinend selbst, dass ich nichts Leckeres dabeihabe, denn nach einem letzten »Piep« flattert sie auf den Gartenschuppen und dann davon in Richtung Nachbargarten. Ausgerechnet zu Herrn Meckmann! Da wird sie sich garantiert nicht wohlfühlen, es sei denn, sie mag parallel ausgerichtete Grashalme. Andererseits ... Möwen brauchen ja nicht unbedingt die wilde Natur. Im Gegenteil: Sie sitzen auch regelmäßig auf dem asphaltierten Parkplatz vor dem Supermarkt in der Mecklenburger Landstraße, besonders, wenn einmal in der Woche der Fischwagen da ist. Und einige Silbermöwenpärchen nisten sogar auf dem Dach der Seniorenwohnanlage Rosenhof direkt neben der Priwallfähre.

Ich hole Kescher, Eimer und Becherlupen für die Strandführung aus dem Schuppen und gehe zurück in den Garten.

»Pieps?« Da ist sie ja schon wieder!

»Hallo, Emma«, sage ich erfreut. »Dir gefällt es bei uns, was?«

Dieses Mal ist ihr Piepsen eindeutig zustimmend, und zu meiner Freude begleitet sie mich anschließend flatternd und hüpfend zurück zum Haus. Doch als ich mit den Keschern unter dem Arm darin verschwinde, protestiert sie lautstark.

»Sorry, Emma«, sage ich und drücke die Tür direkt vor ihrem Schnabel zu. Denn sosehr ich die Jungmöwe auch mag: Ich werde sie ganz bestimmt nicht unsere schöne Naturstation vollkacken lassen!

Ich warte einen Moment, dann öffne ich die Tür erneut einen Spalt. Ob sie wohl noch davorsitzt? Nein, sie wackelt empört piepsend über den Hof davon in Richtung des Weiden-Tipis, das wir im Frühjahr auf der Wiese hinter dem Haus gepflanzt haben. Inzwischen ist es schon zu einer richtigen grünen Höhle geworden, um die sich bunt blühende Kletterpflanzen ranken. Emma pickt halbherzig nach einer Glockenrebenblüte, dann verschwindet ihr wackelnder grau-schwarz geschecktter Jungmöwenhintern im Tipi.

»Weiß jemand, was das Besondere an dieser Pflanze ist?«

Ich zeige auf ein Geflecht von kleinen, dickfleischigen Blättern im Sand.

Die zwölf Kinder, die sich mit mir am Strandeingang hinter den Dünen getroffen haben, bleiben stehen. Ihre Haare unter den bunten Caps und Tüchern und ihre T-Shirts flattern im warmen Sommerwind.

»Meinst du die da?« Fred wirft sich sofort in den Sand, um die Blätter mit seiner Becherlupe zu untersuchen, die alle Kinder von mir bekommen haben. Etliche andere Kinder machen es ihm nach.

»Und? Was seht ihr?«, fragt Annika, meine dreizehnjährige Assistentin. Sie ist jetzt in den Ferien fast jeden Tag in der Naturstation, und heute hat sie gefragt, ob sie mich bei der Strandwanderung begleiten kann. Worüber ich ganz froh bin, denn es ist manchmal nicht so einfach, einen Haufen Kinder alleine zu bändigen.

»Die hat ziemlich dicke Blätter«, befindet Fred.

»Das ist doch nix Besonderes«, sagt Emine, die neben ihm auf dem Bauch liegt.

»Doch«, widerspreche ich und setze mich zu den Kindern in den Sand. »Das ist was Besonderes. Was denkt ihr denn, warum diese Pflanze hier am Strand wachsen kann und die meisten anderen Pflanzen nicht? Sie heißt übrigens Salzmiere.«

Die Kinder sehen mich fragend an. Nur Jason, der neben Emine hockt, gähnt so demonstrativ, dass ihm fast die Sonnenbrille von der Nase rutscht.

»Wegen den Blättern?«, fragt Fred und betrachtet die

Pflanze noch mal mit der Lupe. Dann sieht er mich an. »Weil die so dick sind.«

»Genau! Die anderen Pflanzen trocknen im Wind sehr schnell aus. Das ist wie bei einem Fön, der eure Haare trocknet.«

Emine dreht gedankenverloren eine dunkle Strähne um den Zeigefinger.

»Aber der Salzmiere macht das nichts«, fahre ich fort. »Im Gegenteil: In ihren dicken Blättern speichert sie sogar noch Wasser. Aber natürlich kein Salzwasser, das Salz scheidet sie über Drüsen wieder aus. Außerdem: Schaut den Sand mal an.« Ich knie mich hin, nehme eine Handvoll warmen Sand und lasse ihn durch meine Finger hindurchrieseln.

Gut die Hälfte der Kinder macht es mir nach, aber einige fangen auch an, mit den Händen Löcher zu graben oder Muster in den Sand zu malen. Levke sagt ja, ich soll die Pflanzen bei der Kinderführung lieber weglassen, weil das nicht anschaulich genug ist, aber die Biologin in mir findet das Thema einfach superspannend.

Ich lasse noch ein wenig Sand rieseln.

»Und jetzt stellt euch vor, ihr sollt euch in dem weichen Sand festhalten. Während der Wind an euch zerrt und ihr von Meerwasser und Sand überspült werdet. Die Salzmiere schafft das!«

Emine streicht mit der Hand durch den weichen Sand. »Und wie?«

»Die kleinen Stängel hängen alle an demselben riesigen Wurzelnetz. So können sie nicht weggeweht werden, und das Wurzelnetz hält gleichzeitig noch den Sand fest.«

Emine sieht beeindruckt aus, Fred auch, die meisten anderen Kinder aber leider eher gelangweilt.

»Wer will mal versuchen, mich umzuwerfen?«, fragt Annika da plötzlich. »Ich brauche drei Freiwillige.«

Keine halbe Minute später liegt Annika im Sand unter Fred, Emine und Jason begraben und keucht: »Stopp! Aufhören!«

Die drei krabbeln von ihr runter. Sie rappelt sich langsam hoch und steht kurz darauf zerzaust und mit sandigen Armen und Beinen wieder vor uns.

»Okay«, sagt sie etwas atemlos. »War das schwer?«

»Nee!«, rufen Jason, Fred und Emine.

»So ist das, wenn eine einzelne Pflanze im Sand wächst und der Wind kommt«, erklärt Annika. »Die fällt ganz schnell um. Und das machen wir jetzt noch einmal, ABER ...«, sie hebt die Hand, weil Jason schon wieder losrennen will, »aber dieses Mal brauche ich ein paar Helfer. Alle, die eben nicht dabei waren: Ihr seid jetzt mein Wurzelnetz.«

Kurz darauf stehen neun Kinder um Annika herum und halten sie an Händen, T-Shirt-Zipfeln und Hosenbeinen fest, während Jason, Fred und Emine noch einmal versuchen, sie umzuwerfen. Die anderen Kinder lachen und kreischen jedes Mal, wenn einer der drei in ihre Nähe kommt. »Pass auf!«, »Da kommt einer!« und »Weg da!«.

»Und jetzt lasst ihr die drei mal durch«, befiehlt Annika.

»Was?«, ruft Janne. »Das geht doch nicht!«

»Doch, lasst sie mal!«

Aber sosehr die drei Angreifer auch an ihr drücken und ziehen, die anderen Kinder halten Annika fest, und sie bleibt stehen.

»Seht ihr? So macht die Salzmiere das. Das Wurzelnetz hält sie fest. Kapiert?«

Die Kinder nicken. Emine ruft: »Kapiert!«, und Jason: »Jo!«, woraufhin alle lachen.

»Gute Idee«, sage ich zu Annika, und sie strahlt gleich noch ein bisschen mehr.

Anschließend verteile ich die Eimer an die Kinder und erkläre ihnen, dass sie jetzt Stranddetektive sind.

»Sammelt alles ein, was ihr am Strand finden könnt. Aber haltet bitte Abstand von den Leuten. In zehn Minuten treffen wir uns wieder hier.«

Das lassen die Kids sich nicht zweimal sagen. In Zweier- und Dreiergruppen strömen sie aus. Die meisten laufen direkt zum Wasser, andere gehen langsam, den Kopf geneigt, und suchen den Sand ab. Annika und ich schlendern hinter ihnen her. Nach ein paar Metern kicke ich die Sandalen von den Füßen. Warmer Sand zwischen nackten Zehen, herrlich! Neben dem Turm der Wasserwacht lassen wir uns in den Sand plumpsen.

»Das hast du super gemacht eben, das mit dem Spiel«, sage ich noch einmal zu Annika, und sie wird ein bisschen rot.

»Danke! Macht mir auch echt Spaß.« Sie lächelt mich an, reibt sich ein wenig Sand vom Ellenbogen und wendet dann den Blick nach vorne, wo die blaue Ostsee mit dem fast wolkenlosen Himmel um die Wette leuchtet. Links von uns, an der Travemündung, ragt in der Ferne das weiße Maritimhotel auf, davor stehen unzählige Strandkörbe, aber geradeaus gibt es nur Wellen und Blau. Ich grabe meine Zehen tiefer in den warmen Sand mit den kleinen Muschelstückchen. Salzige Ostseeluft, Wind und Sonne auf meiner Haut … Am liebsten würde ich mich jetzt einfach rückwärts fallen lassen, stundenlang liegen bleiben und dem rhythmischen Rauschen der Wellen lauschen. Ich muss mich immer wieder daran erinnern, die Kinder im Blick zu behalten, die mit den Füßen im Wasser planschen, Wasser und Sand untersuchen und eifrig Steine, Muscheln und Schneckenhäuser in ihre Eimer sammeln. Viel zu schnell piepst der Timer an meinem Handy. Die zehn Minuten sind um, und es dauert noch einmal zehn Minuten, um alle Kinder wieder einzusammeln. Am liebsten würde ich auf einer Trillerpfeife pfeifen oder durch ein riesiges Megafon rufen: »Die Sammelzeit ist vorbei!« Aber damit wären die anderen Strandbesucher auf ihren Handtüchern und in den Strandkörben vermutlich nicht einverstanden. Also laufe ich durch den Sand hin und her, um alle Stranddetektive zurück zu den Dünen zu lotsen.

»Dann zeigt mal, was ihr gefunden habt.«

Etliche Hände mit Strandfunden strecken sich mir entgegen, und kurz darauf prasseln die Fragen nur so auf mich ein:

»Was ist das für eine Muschel?«

»Was ist das für ein Stein?«

»Guck mal, ich hab eine Qualle! Ich hab extra Wasser in den Eimer getan!«

»Warum gibt es an der Ostsee keine Ebbe und Flut?«

Jetzt ist niemand mehr gelangweilt, alle drängen sich um den jeweiligen Fund und versuchen, als Nächstes an die Reihe zu kommen.

»Ich wollte eine Möwe einpacken, aber die hat nicht in den Eimer gepasst!«, ruft Jason, und alle fangen an zu lachen.

»Und was ist das für eine Pflanze?« Murat, Emines Bruder, hält mir grinsend eine Plastikflasche hin. »Die hab ich auch am Strand gefunden.«

Das Grinsen verschwindet, als ich den Kindern erzähle, dass es vierhundertfünfzig Jahre dauert, bis eine große PET-Flasche in der Natur abgebaut ist. Und dass jeden Tag Müll am Strand aufgesammelt werden muss, weil die Leute ihn liegen lassen.

»Ist da kein Pfand drauf?«, fragt Jason.

Murat inspiziert die Flasche. »Doch! Die geb ich nachher im Supermarkt ab.«

»Gute Idee«, sage ich. Wenn das Müllproblem nur immer so einfach gelöst werden könnte …

»Du, Lisa? Was ist das hier?« Die nächste Muschel erscheint vor meinem Gesicht.

Eine halbe Stunde später haben wir Mies- und Herzmuscheln bestimmt, die Fragen geklärt, ob Ohrenquallen Augen haben (ja) und wie alt Bernstein ist (vierzig bis fünfzig Millionen Jahre), und sogar einen Donnerkeil, ein versteinertes Innenskelett eines ausgestorbenen Kopffüßers, bewundert, den Janne gefunden hat.

Dann ist plötzlich Stille. Einige Kinder buddeln schon wieder, die anderen blicken gedankenverloren in ihre Eimer oder zum Meer.

»Keine Fragen mehr?«

Keine Antwort, einige Kinder schütteln den Kopf.

»Gut. Dann entleert jetzt bitte die Eimer, besonders die, in denen Wasser ist, und …« Ich habe noch nicht ausgesprochen, da flitzen die ersten schon los zum Meer.

Kurz darauf sind alle zurück. Ich sammle die Eimer ein, bedanke mich bei den Kindern für ihr Kommen und sage, dass es mir mit ihnen viel Spaß gemacht hat.

»Uns auch mit dir!«, ruft Fred, und alle Kinder fangen an zu klatschen.

»Oh, danke! Dann bitte auch einen Applaus für Annika, meine tolle Assistentin!«

Diesmal applaudieren die Kinder noch lauter. Ich verteile Flyer mit unserem Veranstaltungskalender, dann ist die Führung zu Ende. Am Rand der Dünen warten bereits einige Eltern, um ihre plappernden Kinder in Empfang zu nehmen, andere wie Fred und Janne laufen das kurze Stück zu ihrem Ferienhaus alleine nach Hause. Und auch Annika muss los.

Als alle verschwunden sind, streife ich meine sandigen Klamotten ab, unter denen ich wie immer bei Strandführungen einen Bikini trage. So verschwitzt, wie ich bin, gibt es nichts Besseres als die kühle, salzige Ostsee! Ich wate zwischen planschenden Kindern und tobenden Jugendlichen hindurch, bis mir das Wasser knapp über den Bauchnabel geht, dann lasse ich mich mit einem Jauchzer hineinfallen und mache ein paar kräftige Züge. Nach wenigen Metern habe ich mich an die Kälte gewöhnt und schwimme weiter bis zur Boje und dann ein ganzes Stück parallel zum Strand und wieder zurück. Blauer Himmel und kühle Wellen, das ist so schön! Anschließend mache ich mich erschöpft, aber glücklich auf den Rückweg zur Naturstation.

Jonas

Am Montagnachmittag fliegt plötzlich meine Bürotür auf, und Interiio kommt ins Zimmer gestürmt.

»Hallo, Interiio«, sage ich leicht verwundert.

»Stopp! Genauso bleiben!«

»Aber was …«

»Pst! Arbeite einfach weiter!«

Dann richtet er sein Handy auf sich selbst und sagt mit zuckersüßem Lächeln: »Hallo, ihr Lieben! Ich hatte euch ja ein Behind the Scenes versprochen … Jonas, warum arbeitest du denn nicht weiter?« Beim letzten Satz ist sein Lächeln schon wieder ausgeknipst. »Ich hab das mit Timo besprochen, Live Coverage, er steht total drauf.«

Ich seufze. Zwei Millionen Follower, oder wie war das?

»Meinst du wirklich, deine Follower wollen sehen, wie ich hier am Schreibtisch sitze?«

»Na logo! Obwohl … Nein.« Stirnrunzelnd betrachtet er meinen schlichten grauen Schreibtisch mit den Akten vom Bauamt, den schiefen Fachbuchstapel und den riesigen, schwarzen Monitor.

»Nein, das ist viel zu retro. Und ich meine nicht das gute Retro.« Er lacht kurz auf.

»Ich kann die Akten auch runterräumen«, biete ich an. Nicht, dass das zeitlich zu sehr ausartet, ich muss dringend weitermachen.

Doch Interiio hat sich schon abgewandt und blickt so konzentriert aus dem Fenster, dass ich befürchte, gleich hat er wieder eine seiner Visionen.

»Soll ich mich vielleicht vor das Fenster stellen?«, schlage ich vor. »Das sieht doch nett aus, mit dem anderen Altstadthaus im Hintergrund.«

Er schüttelt den Kopf, sinniert noch einen Moment und dreht sich dann ruckartig zu mir um.

»Ich hab's! Dein Gesicht in der Totale! Ein bisschen retro ist das ja auch ...« Er lacht meckernd, und ich verzichte darauf, zu fragen, ob mein Gesicht das gute Retro ist oder das andere.

»Soll ich mich dann vor das Fenster stellen?«

»Ja, logo. Tageslicht! Das ist das Beste.«

Dann setzt er wieder sein Lächeln auf.

»Hallo, ihr Lieben, ich hatte euch ja ein Behind the Scenes versprochen, Stichwort: Neues Projekt! Hier arbeiten sie also, die Möglichmacher, die kreativen Worker hinter dem Genie!« Er richtet das Handy auf mich. Und lässt es wieder sinken. »Jonas, du siehst aus, als hättest du Verstopfung!«

Kaum zu glauben, bei dem Wortdurchfall. »Wie soll ich denn gucken?«, frage ich.

»So jedenfalls nicht. Mehr Spirit! Mehr Wow!«

Ich ziehe die Mundwinkel ein Stück nach oben, aber genau in dem Moment klingelt mein Handy.

Interiio stöhnt, als ich das Handy aus der Hosentasche ziehe. Jessica. Normalerweise führe ich in Anwesenheit von Kunden keine Privatgespräche, aber, wenn sie mich während der Arbeitszeit anruft, könnte es ja wichtig sein. Außerdem ist mir die Unterbrechung ehrlich gesagt ganz lieb.

»Sorry, Interiio, da muss ich ran.«

Er verdreht die Augen, sinkt auf den Besucherstuhl und schlägt dramatisch ein Bein über das andere. Und ich drücke auf den grünen Hörer.

»Hallo? Jessica?«

»Hi, Jonas!« Sie klingt ein wenig atemlos. »Wie läuft es denn bei euch? Ihr wart in Travemünde am Strand, hat Leonie erzählt.«

»Ja, genau. Mit den Jungs. Ich dachte erst nicht, dass sie dazu Lust hat, aber dann ist es super gelaufen. Und ist bei dir auch alles in Ordnung?«

»Ja … Aber Leonie hat erzählt, dass sie Annika getroffen hat. Gab es da einen Streit oder so etwas? Sie klang irgendwie komisch …«

»Nein, gar nicht«, behaupte ich. Ich will ja nicht, dass Jessica sich deswegen Sorgen macht, vor allem, da das Thema längst geklärt ist.

»Was macht denn dein Lehrgang?«, frage ich stattdessen, und Interiio auf seinem Besucherstuhl stöhnt ungeduldig. Ich zucke entschuldigend mit den Schultern.

»Der geht erst nachher los. Aber gestern habe ich eine Stadtführung bekommen, und der Johnson hat gesagt …«

Jessica schwärmt vom gestrigen Tag, und ich freue mich, dass sie so begeistert klingt. Doch es wird immer schwerer, Interiios genervte Geräusche zu ignorieren, zumal ich ihn auch nicht zu sehr verärgern will. Na ja, Jessica ist eh am Ende angekommen.

»Du, ich muss jetzt wirklich weiterarbeiten …«, sage ich.

»Ach ja, du bist ja bei der Arbeit! Bei uns ist es erst halb acht morgens. Klar, mach mal weiter. Wir telefonieren wieder, ja?«

»Logo. Bis bald.«

»Tschü-üss!«, flötet sie, und wir beenden das Gespräch.

»Wichtiger Kunde?« Interiios Stimme klingt, als hätte ich einem anderen Kind den einzigen Lutscher gegeben.

»Nein, meine Ex.«

»Kenn ich.« Er zieht die Augenbrauen hoch. »Und? Können wir dann weitermachen?«

»Ja, klar«, antworte ich gespielt begeistert. Es gibt schließlich nichts, was ich lieber täte!

Er dirigiert mich wieder hinüber zum Fenster.

»Denk dran: Das Projekt von Interiio ist das Geilste, das du je gemacht hast!«

Ich bemühe mich, begeistert zu gucken.

»Nicht so grinsen!«

Meine Mundwinkel sacken nach unten.

»Jetzt siehst du aus wie eine deprimierte Bulldogge.«

Ich ziehe sie wieder ein Stück nach oben, und Interiio richtet erneut das Handy auf mich. Doch erst gefühlte einhundert Aufnahmen später ist er halbwegs zufrieden. Und ich darf endlich weiterarbeiten.

Nachdem ich anschließend dreimal für Timo mit dem Estrich-Fachbetrieb und zweimal mit dem Baustoffgroßhandel telefoniert habe, die sich gegenseitig die Schuld für die Verzögerung beim Innenausbau des Hamburger Großprojekts geben, brauche ich dringend eine Pause.

Ich hole mir einen neuen Kaffee aus der Küche und scrolle ein paar Minuten durchs Internet. Was Leonie wohl gerade macht?

Ich rufe meine Tochter an.

»Hallo, Leonie, alles okay bei dir?«

»Klar.« Sie klingt abwesend.

»Was machst du gerade?«

»Zocken.«

»Aber nicht den ganzen Tag, hörst du?«

»Wieso, du hast es doch erlaubt«, murrt sie.

»Ja, schon ... Aber ich habe auch gesagt, nicht den ganzen Tag. Hast du denn was gegessen?« Themenwechsel.

»Ja, die Pizza.«

»Und? War lecker?«

»Klar. Wann kommst du denn nach Hause?«

»Ein bisschen dauert es noch. So in etwa ...« Ich überlege.

Ich muss noch die Elektrofirma informieren, dass sich der Estrich verzögert, denn solange der nicht liegt, können die auch nicht anfangen. Und dann muss ich …

»Papa? Bist du noch da? Wann kommst du denn jetzt?«

»Ähm … Ich schätze … So in ein bis zwei Stunden?«

»Super! Bis später!«

»Bis später«, antworte ich, aber sie hat schon aufgelegt.

Als ich abends nach Hause komme, sitzt Leonie an der Spielekonsole und hebt kaum den Kopf zur Begrüßung. Kurz meldet sich mein Vatergewissen, aber was soll ich tun? Das ist im Moment eben so. Nächstes Wochenende nehme ich mir dafür wieder ganz viel Zeit.

Doch als ich etwas später im Schlafzimmer meine Sporttasche packe, steht sie plötzlich in der Zimmertür.

»Was machst du, Papa?«

»Tasche packen. Fürs Fitnessstudio. Montags gehe ich immer mit Timo, Steffen und Malik ins FitHit, das weißt du doch.« Bisher hat sie das bloß nie interessiert, sie hat dann einen Film geguckt oder sich gefreut, dass sie im Wohnzimmer ungestört zocken kann. Wobei sie das heute ja schon den ganzen Tag gemacht hat …

»Kann ich mitkommen?«

»Zum Gewichteheben?«, frage ich ungläubig.

»Gibts da nicht auch Kurse? Was mit Tanzen oder so was?«

»Ich glaube nicht. Warte mal.«

Ich ziehe mein Handy aus der Hosentasche und gehe auf die Webseite von »FitHit«.

»Voll asi«, ist Leonies Kommentar, als sie die Fotos der verschwitzten muskelbepackten Männer auf der Startseite sieht, die sich mit diversen Arten von Hanteln quälen.

»Gar nicht«, behaupte ich. »Gewichtestemmen gibt Muskeln!«

Leonie mustert mich. »Bei dir nicht«, stellt sie dann fest.

»Wieso?« Ich spanne einen Arm an. »Guck mal, da sieht man doch schon richtig was.«

»Mann, Papa! Sei nicht so peinlich!«

Ich kapiere zwar nicht, was daran peinlich sein soll, wenn ich endlich mal ein paar Muskeln habe, aber egal. Ich halte Leonie mein Handy hin.

»Das ist leider erst ab achtzehn.«

»Shit.« Sie lässt sich auf mein Bett plumpsen. »Und was soll ich machen?«

Ich ziehe den Reißverschluss der Sporttasche zu. »Harry Potter zu Ende lesen?«

»Den hab ich schon durch.«

»Ich dachte, du hast dir so viele Bücher aus der Bücherei ausgeliehen.«

»Ja, aber auf Lesen hab ich gerade keine Lust.«

»Dann vielleicht Fernsehen? Oder zock doch noch ein bisschen.« Ich kann nicht glauben, dass ich das sage, Rabenvater, der ich bin.

»Hab ich schon den ganzen Tag. Musst du denn unbedingt zum Sport?«

Meine Muskeln sind nach dem langen Bürotag völlig verspannt, und mein Kopf dröhnt. Ich brauche dringend Sport! Andererseits kann ich meine Tochter auch verstehen, wenn sie nicht mehr alleine sein will.

»Tut mir leid, dass ich im Moment so viel arbeiten muss«, sage ich. »Ich versuche, morgen etwas früher Schluss zu machen, okay? Und du wolltest dich doch auch mal verabreden.«

»Kannst du nicht einfach jetzt hierbleiben?«

Seufzend schiebe die Sporttasche mit dem Fuß zurück in die Ecke.

»Na gut. Wir können ja auch zusammen joggen gehen, und ich mache hinterher ein paar Übungen zu Hause.«

»Joggen?« Sie guckt mich an, als hätte ich ihr vorgeschlagen, freiwillig zwei Stunden Vokabeln zu lernen.

»Ja, Joggen!«, sage ich übertrieben fröhlich. »Bewegung an frischer Luft!«

Augenrollen bei Leonie. »Nee, lass mal. Können wir nicht einfach zusammen einen Film gucken?«

»Aber ich brauche dringend Sport!«

»Und ich will nicht schon wieder alleine sein! Du bist doch gerade erst nach Hause gekommen.«

Wir sehen uns an, meine Tochter und ich.

Eine halbe Stunde später läuft »Emily in Paris« im Wohnzimmer. Ich mache dazu Situps auf dem Fußboden und versuche, das Ganze positiv zu sehen. So was eröffnet einem ganz neue Perspektiven! Sowohl auf modische und sonstige Verfehlungen in der französischen Hauptstadt als auch auf das eigene Zuhause. Unter dem Sofa muss zum Beispiel dringend mal wieder gesaugt werden.

Am Dienstag zeigt Timo mir das Video, das Interiio bei Youtube hochgeladen hat. Dafür, dass er mich so lange gefilmt hat, ist nicht viel dabei herausgekommen. Die Holstentorbecher sind länger im Bild als ich. Und auch Timo steht bloß kurz vor der Kaffeemaschine, für ungefähr zwei Sekunden. Man sieht zwar, dass er den Mund öffnet und schließt, aber das Video ist mit lauten Beats unterlegt, sodass man nicht hört, was er sagt. Nur Interiio kommt zu Wort. Zu verdammt vielen Wörtern.

»Ist doch gut geworden«, kommentiere ich grinsend.

»Na ja … Wenigstens ist der Name des Büros zu sehen«, brummt Timo.

»Stimmt.« Der steht ja schließlich auf den Holstentorbechern.

Abends begrüßt mich zum Glück eine fröhliche Leonie. Sie hat sogar schon Couscoussalat für das Abendessen zubereitet. Nach ihrem Zahnarzttermin (war alles in Ordnung) war sie noch im Supermarkt, um die Zutaten zu besorgen. Das macht sie manchmal, ein Rezept im Internet recherchieren und es dann nachkochen.

Ich schiebe mir vorsichtig eine Gabel von dem Couscoussalat in den Mund. Schmeckt zitronig-minzig-würzig und gleichzeitig leicht und frisch.

»Mmh!«, sage ich mit vollem Mund.

»Lecker, nä?«, fragt Leonie, die mir in der Küche gegenübersitzt und mich genau beobachtet.

Ich nicke und kaue. »Total lecker!«, lobe ich. »Meinetwegen kannst du gleich morgen wieder kochen.«

»Klar, kann ich machen.« Meine Tochter hält im Kauen inne. »Bloß morgen geht es nicht. Da bin ich bei Annika.«

Meine Couscous-Gabel erstarrt in der Luft. »Wie, da bist du bei Annika?«

»Auf dem Priwall«, antwortet Leonie. »Du hast doch gesagt, ich soll mich verabreden. Ich fahre mit dem Zug hin, und Annikas Mama kocht uns was. Was Gesundes.«

»Schön«, sage ich halbherzig und frage mich im selben Moment, warum ich mich so überfahren fühle. Denn natürlich finde ich es gut, wenn meine Tochter sich mit Freundinnen trifft, statt den ganzen Tag zu zocken. Es wäre nur schön gewesen, wenn sie vorher gefragt hätte, anstatt es einfach zu verkünden. Außerdem …

»Kennt Jessica eigentlich deine Freundin Annika?«, frage ich. »Also, persönlich?«

»Nein, wieso?«

»Eigentlich hatten wir doch besprochen, dass du nur zu Leuten fährst, die wir kennen.«

»Mann, Papa! Dann fahr mich doch hin.«

Gar keine schlechte Idee. Dann treffe ich diese mysteriöse Annika wenigstens mal. Und ihre Mutter, die schon zum Kochen für mein Kind eingeteilt ist.

»Ja, okay.«

»Cool«, sagt Leonie, und plötzlich geht mir auf, was ich da gerade gesagt habe. Morgen früh zum Priwall und zurück, das kostet mich mindestens anderthalb Stunden. Oder auch zwei. Und das ausgerechnet morgen! Da ist Timo den ganzen Tag auf einem Seminar. Und auf der Hamburger Baustelle, wo ich ihn vertreten muss, ist landunter, und auch Interiio hat sich immer noch nicht für einen Entwurf entschieden …

»Aber ich weiß nicht, ob das morgen klappt. Ich habe gerade verdammt viel zu tun …«

»Mann, Papa! Bitte!!!« Meine Tochter sieht mich mit großen Augen an. »Dann bin ich abends auch ganz entspannt, und du darfst ins Fitnessstudio gehen. Und heute gucken wir noch mal Emily in Paris. Ja?«

Ich seufze. Wie könnte ich dazu Nein sagen?

»Aber nur eine Folge«, antworte ich. Schließlich habe ich nachher noch das Date mit Möwe.

Lisa

Am Mittwochabend, als ich nach Hause komme, hat Mareike Erdbeermarmelade gekocht. Auf der Arbeitsplatte stehen drei große Gläser mit rotem Inhalt, darauf die Aufschrift »Erdbeere« und handgemalte Früchte.

Dann fällt mein Blick auf die Spüle. Beziehungsweise auf den riesigen Berg mit rot verschmiertem Geschirr. Und der Herd sieht aus, als hätte er Masern … Eigentlich wollte ich mir vor dem zweiten Date mit Brick schnell Spaghetti mit Pesto kochen, aber dafür müsste ich vorher putzen, und dazu habe ich jetzt weder die Zeit noch die Nerven.

Auf der Arbeitsplatte klebt ein gelbes Post-it. »Erika hat wieder Erdbeeren gebracht. Der Rest ist im Kühlschrank. Nimm dir gerne, ich räume nachher auf.«

Im Kühlschrank finde ich eine Tupperdose mit Erdbeeren und einen kleinen Rest Marmelade in einem Schälchen. Also stelle ich das Pesto-Glas, für das ich extra noch in den Supermarkt gehuscht bin, neben die Erdbeeren und mache mir schnell einen Toast mit der Marmelade. Ich vergesse jedes Jahr wieder, wie lecker selbst gemachte Marmelade ist, bis Mareike welche kocht! Die sie immer großzügig mit mir teilt.

Ich mache mir noch eine zweite Toastscheibe, schnappe mir ein paar Erdbeeren in einem Schälchen und tapse dann über den klebrigen Fußboden nach oben in mein Zimmer.

Kaum habe ich mich aufs Bett gesetzt, vibriert mein Handy.

Eine Nachricht von Mama. Sie hat einen Zeitungsartikel abfotografiert: »Speeddating in der Musik- und Kongresshalle«. Darunter schreibt sie: »Ich weiß ja nicht, ob das etwas für dich ist, Gespräche mit völlig unbekannten Männern. Aber ich wollte es dir doch schicken.« Und dahinter eine ganze Reihe völlig unpassender Emojis.

Ich seufze. Jetzt meint sie auch noch, mich verkuppeln zu müssen! Und sie weiß nicht, ob das etwas für mich ist, ein Date mit einem völlig unbekannten Mann …? Das ist so absurd, dass ich fast schon wieder lachen muss. Wenn Mama wüsste … Ich klicke die Nachricht weg, lehne mich gegen mein Kissen und öffne die »Voice of Love«-App.

Dieses Mal ist er pünktlich, der Holstentorlöwe.

»Hallo, Löwe«, sage ich.

»Hallo, Möwe!«, antwortet seine warme Stimme.

»Hey, das reimt sich! Ob das ein Zeichen ist?«

»Ein Zeichen? Glaubst du etwa an so was? Esoterik und so?« Er klingt extrem skeptisch, dabei wollte ich doch nur ein bisschen flirty sein.

»Hey, ich bin …« Naturwissenschaftlerin, wäre es fast aus mir herausgeplatzt. Ups! »Ähm … Ich meine, an Astrologie und so einen Kram glaube ich nicht. Aber es ist doch lustig, oder? Dass unsere Tiere so gut zusammenpassen?«

»Löwen und Möwen passen gut zusammen?« Seine Stimme klingt belustigt.

»Vom Klang her schon«, antworte ich. »Oder willst du etwa nicht, dass wir zusammenpassen?«

»Ach, geht's jetzt um uns?«, fragt er zurück.

»Na klar! Oder warum bist du hier?«

»Zum Filmgucken natürlich! Welchen nehmen wir denn heute?«

»Nichts da«, protestiere ich. »Heute nicht!«

»Und warum nicht? Wir hatten doch Spaß beim letzten Mal.«

»Ja, schon, aber … Willst du mich denn gar nicht kennenlernen?«, frage ich ein bisschen verunsichert.

»Doch, natürlich. Ich hab das letzte Mal auch schon ganz viel über dich erfahren.«

»Ach ja? Was denn?« Ich nehme die Möwenfigur von der Truhe und drehe sie in meiner Hand.

»Du bist romantisch, du stehst auf Liebesfilme …«

»Hmpf«, mache ich.

»… und auf Tom Hanks«, fährt er unbeirrt fort.

»Tue ich nicht!«

»Puh, ein Glück.« Er seufzt übertrieben erleichtert. »Sonst müsste ich mir jetzt womöglich eine Dauerwelle machen lassen.«

»Kannst du eigentlich auch mal ernst sein?«, frage ich.

»Ernst? Das ist mein zweiter Vorname.«

»Haha.«

»Leider benutze ich ihn nie.«

Jetzt ist das Niveau endgültig im Keller angekommen.

»So hat das keinen Sinn, Brick«, sage ich. »Vielleicht sollten wir es besser lassen.«

Zu meinem Erstaunen protestiert er vehement. »Nein, nein, nein! Wir haben doch noch vier Dates vor uns! Also, inklusive heute.«

Vier Dates voller drittklassiger Sprüche? Das überlebe ich nicht!

»Aber so funktioniert das nicht«, sage ich.

»Was erwartest du eigentlich von mir?«, fragt er.

»Was wohl?« Langsam werde ich sauer. »Nur die inneren Werte zählen! Schon mal gehört?«

»Ja, kommt mir bekannt vor.«

»Dann erzähl doch endlich mal was Persönliches, anstatt immer nur dumme Sprüche rauszuhauen!«

»Autsch. Okay. Was willst du denn wissen?«

»Vielleicht machen wir einfach mit den Fragen weiter?«, schlage ich vor.

»Wie die Lady wünschen.«

Das war schon wieder zu ironisch für meinen Geschmack. Na, egal, ich fange jetzt trotzdem mit den Fragen an. Wenn er dann immer noch mauert, war das heute eben unser letztes Date.

»Also. Was ist deine Lieblingsfarbe?«

»Grün«, antwortet er wie aus der Pistole geschossen. »Und deine?«

»Blau. Jetzt bist du dran.«

Er klickt die nächste Frage an, die gleichzeitig auch auf meinem Display erscheint. »Was ist dein Lieblingsessen?«

»Spaghetti mit Pesto«, antworte ich, und mein Magen knurrt laut vernehmlich beim Gedanken an mein Abendessen, das unzubereitet im Kühlschrank lagert. »Und deins?«

»Pizza. Ist das jetzt eigentlich auch ein Zeichen? Dass wir beide italienisches Essen lieben?«

»Das ist das Zeichen«, antworte ich, »dass wir bei unserem ersten richtigen Date italienisch essen gehen sollten.« Falls es überhaupt so weit kommt …

»Stimmt. Cool.« Kein blöder Spruch mehr? Das ist ein Fortschritt.

Ich klicke auf die nächste Frage. »Was war dein Lieblingsspiel als Kind?«

»Wieso als Kind?«, fragt er. »Wer sagt denn, dass nur Kinder spielen dürfen?«

»Stimmt. Also: Was ist dein Lieblingsspiel?«

»Hm … Schwierige Entscheidung … Ich glaube, Mario Kart. Kennst du das? Das Autorennen?« Er klingt richtig begeistert.

»Okay … Und das spielst du alleine? Fährst du dann gegen die Zeit, oder was?«

110

»Nee, mit meiner …« Er verschluckt sich. »Mit meiner Nintendo Switch. Da fahren ganz viele verschiedene Figuren gegeneinander, und ich bin halt eine davon. Zockst du auch ab und zu?«

»Nein, gar nicht. Also, natürlich hab ich das als Teenie gemacht, aber jetzt schon lange nicht mehr.«

»Solltest du mal wieder probieren.«

»Mal sehen«, antworte ich. Hoffentlich ist er nicht so ein Nerd, der Tennis mit seinem Controller für Sport hält und nie an die frische Luft geht!

»Aber keine Sorge, ich spiele auch noch Fußball und Volleyball und so was. Also, im echten Leben.«

Das klingt schon besser. »Im Verein?«, frage ich.

»Nee, am Strand oder im Park mit ein paar Freunden. Und du? Was spielst du so?«

Spielen … Mit den Kindern mache ich bei den Strandführungen manchmal Spiele, aber das darf ich ihm ja nicht verraten.

»Hallo? Bist du noch da?«, fragt er.

»Ich überlege. Bei meinem Beruf kommt so was manchmal vor, aber darüber darf ich dir ja nichts erzählen …«

»Bist du Erzieherin?«

»Was? Nein!«

»Oder Grundschullehrerin?«

»Nein!«, rufe ich. »Und hör auf zu raten!«

»Also stimmt es.« Jetzt grinst er eindeutig. Verrückt, wie deutlich man das seiner Stimme anhört. Und irgendwie ist es ansteckend.

»Hör auf zu raten«, wiederhole ich lächelnd. »Nächste Frage.«

»Okay, okay. Also: Wie sieht für dich der perfekte Sonntag aus?«

»Hm … Also erstens habe ich natürlich frei. Und dann …«

»Musst du manchmal sonntags arbeiten?«, fragt er. »Als Erzieherin? Wieso denn das?«

»Brick, hör auf! Kein Kommentar! Jedenfalls, ich kann ausschlafen und ganz gemütlich frühstücken. Was hältst du eigentlich von Frühstück im Bett?«

»Frühstück im Bett ist perfekt.«

»Finde ich auch. Jedenfalls, wenn du nicht zu sehr krümelst. Ich hasse Krümel im Bett!«

»Wer mag die schon?«, antwortet er. »Oh, ich hab eine Idee: Du kannst ja so einen albernen Handstaubsauger unter mein Kinn halten, während ich ins Brötchen beiße. Nur um auf Nummer sicher zu gehen.« Jetzt ist sein Grinsen schon ein halbes Lachen.

»Gute Idee«, antworte ich gespielt ernst. »Und das Bett wird vorher mit einem Plastiküberwurf abgedeckt.«

»Jetzt verarschst du mich aber. Oder?« Er klingt tatsächlich etwas besorgt.

»Nein, ich frühstücke gerne auf kühlem Plastik«, behaupte ich.

Schweigen am anderen Ende. Glaubt er mir das etwa? Gemütliches Frühstück auf Plastik? Alleine schon das quietschende Geräusch, wenn sich einer bewegt … Ich fange an zu kichern, und er atmet hörbar auf.

»Mann! Ich dachte schon, du bist so eine Wahnsinnige mit Putzfimmel!«

»Das geschieht dir recht«, sage ich immer noch kichernd. »Du hast mich doch vorhin auch die ganze Zeit verarscht.«

»Also kein Putzfimmel?«, fragt er.

»Nee, gar nicht. Aber auch keine völlige Chaotin. Und du?«

»Dasselbe. Normal halt.«

»Okay. Gut.« Ich strecke die Beine auf dem Bett aus. »Nächste Frage?«

»Immer doch.«

Ich klicke auf den nächsten Gesprächsimpuls. »Angenommen, Geld spielt keine Rolle, wohin würdest du für einen Monat reisen?«

Australien, antwortet es in meinem Kopf.

Nein, Lisa! Nicht Australien!

»Für einen Monat?«, fragt Brick. »Hm ... Vielleicht nach New York oder Paris ...«

»Du träumst also von der Großstadt?«

»Wenn es nur für einen Monat ist, schon«, antwortet er. »Für immer eher nicht. Dafür bin ich zu gerne an der Ostsee.«

»Ich auch. Ich liebe die Ostsee!«

»Ja, oder? Ich könnte nirgendwo leben, wo kein Meer ist.«

»Ich auch nicht.«

»Vorschlag«, sagt er. »Das erste Date in einem italienischen Restaurant in Travemünde? Es gibt da einen guten Italiener an der Vorderreihe.«

»Gerne.« Auch wenn mein letztes Date an der Vorderreihe ein totaler Flop war ... Aber dafür kann die Vorderreihe ja nichts.

»Okay, dann ist das gebongt«, verkündet er. »Nächste Frage: Bist du immer eher zu spät oder zu früh dran?«

»Das ist ja die richtige Frage für dich!«

»Wieso, nur weil ich letztes Mal ein bisschen zu spät war? Bist du immer pünktlich?«

»Meistens«, behaupte ich.

»Ich auch. Aber es kann doch mal was Unvorhergesehenes dazwischenkommen. Das sollte man nicht überbewerten, finde ich.«

»Stimmt auch wieder.« Seine Antwort gefällt mir. Denn ich warte zwar nicht gerne, aber einen Pedanten, der schon auf die Armbanduhr tippt, wenn man nur eine halbe Minute über der Zeit ist, will ja auch keiner.

»Dann die nächste Frage«, sage ich. »Was würdest du eine Woche lang ohne Strom tun?«

»Hm ...« Schweigen. Fällt ihm dazu nichts ein?

»Was ist? Warum sagst du nichts?«

»Ich hab bloß Angst, dass du mich für einen Nerd hältst.«

»Wieso? Würdest du 24/7 durchzocken?«

»Haha. Ohne Strom?«

Ich klatsche mir an die Stirn. »Nein, natürlich nicht! Wobei: Hätte ja sein können, dass du ein Notstromaggregat im Keller hast.«

»Wohl kaum«, antwortet er trocken. »Und wenn, dann würde ich dafür sorgen, dass mein Gefrierfach nicht abtaut.«

»Sehr gut«, sage ich. Der Mann hat die richtigen Prioritäten.

»Also, du hast überhaupt keinen Strom. Was würdest du tun?«

»Na ja, erst mal kommt es drauf an, ob es Sommer oder Winter ist.«

»Wieso?«

»Ist doch logisch: Im Winter fällt auch die Heizung aus. Erste Maßnahme also: Dafür sorgen, dass die Wohnung nicht auskühlt. Fenster und Türen geschlossen halten, Decken herbeischaffen und so was.«

Ich warte einen Moment, ob jetzt noch ein anzüglicher Spruch kommt, von wegen Körperwärme oder so. Aber er fügt nur hinzu: »Und Kerzen anzünden. Also, für das Licht, denn viel Wärme geben die nicht ab. Und irgendwo habe ich noch einen alten Camping-Gaskocher, ich könnte dir also sogar einen Tee kochen.«

Das finde ich jetzt richtig nett von ihm. Auch wenn es nur ein theoretischer Tee ist.

»Und im Sommer?«, frage ich.

»Im Sommer würde ich bei längerem Stromausfall natürlich einen Kühlschrank bauen …«

»Einen Kühlschrank? Braucht man dafür nicht ganz viel Spezialmaterial, Kühlflüssigkeit und Drähte und so ein Zeug?« Oh nein, hoffentlich ist er nicht doch einer von diesen Freaks, die das alles im Keller lagern!

Er lacht. »Keine Sorge. Du brauchst bloß zwei unterschiedlich große Blumentöpfe aus Ton mit einer Schicht aus feuchtem Sand dazwischen. Durch die Verdunstung wird das Essen im kleineren Topf dann gekühlt.«

»Wow. Woher weißt du denn so was? Bist du Gärtner?«

»Was?« Er klingt genauso irritiert wie ich vorhin, als er meinte, ich wäre Erzieherin.

»Na, wegen der Blumentöpfe«, sage ich.

»Ach so, nee. Ich baue bloß gerne Sachen.«

»Also bist du Ingenieur! Oder Techniker? Oder …« Ich muss es einfach fragen. »Oder einer von diesen irren Preppern, die denken, gleich kommt der Weltuntergang?«

»Kein irrer Prepper«, antwortet er. »Ansonsten: Netter Versuch!«

Aha, er weicht aus. Also ist er wirklich Ingenieur. Oder Techniker. Oder einfach nur ein komischer Nerd.

Also, nicht, dass mich das interessieren sollte … Von wegen »nur das tiefste Innere kennenlernen« und so … Aber interessant ist es trotzdem.

Jonas

Läuft! Wer hätte gedacht, dass man sich mit Möwe so gut unterhalten kann? Ich lege die Füße auf den Couchtisch. Das Leder der Couch knarzt dabei leise unter meinem Hintern. Jetzt noch ein kühles Bierchen, dann wäre der Abend perfekt ... Nicht ernsthaft, natürlich. Ich muss ja klar im Kopf bleiben bei dieser Geschichte.

»Was war das Peinlichste, das du jemals getan hast?«, liest sie vor.

»Hey, eigentlich bin ich dran!«, protestiere ich.

»Okay, dann kriegst du die nächsten zwei Fragen. Oder willst du bloß nicht antworten, weil es dir so furchtbar peinlich ist?« Sie kichert leise.

»Nee, da muss ich dich enttäuschen«, antworte ich. »Mir fällt nichts ein.«

»Das würde ich an deiner Stelle auch sagen!«

»Aber mir fällt wirklich nichts ein! Jedenfalls nichts Witziges. Oder soll ich dir etwa erzählen, wie ich mal mit den Jungs total besoffen war und in der Fußgängerzone in einen Mülleimer gekotzt habe?«

»Jetzt hast du's schon erzählt«, stellt sie richtigerweise fest.

»Aber da war ich siebzehn«, füge ich schnell hinzu. »Nicht, dass du denkst, ich mache so was regelmäßig.«

»Aber deine Jungs hast du noch? Sind das die, mit denen du auch Volleyball spielst?«

»Genau! Ein paar von denen kenne ich noch aus der Schule ... Die sind echt okay. Hast du noch Kontakt zu Leuten aus der Schule?«

»Klar! Mit meiner besten Freundin aus der Schule wohne ich sogar zusammen«, sagt sie.

»Wow. Ich weiß nicht, ob ich das könnte.« Mit Timo in einer Wohnung? Nein, danke! Im selben Büro ist es schon stressig genug.

»Wieso denn nicht?« Sie klingt ehrlich erstaunt. »Ist doch schön, wenn immer jemand zum Reden da ist. Und ich kann mich ja auch jederzeit in mein Zimmer zurückziehen.«

»Trotzdem ... Was ist, wenn ihr euch mal zofft?«, frage ich. »Dann hockt ihr in derselben Wohnung, und dann?«

»Wir zoffen uns nie«, behauptet sie.

»Niemand zofft sich nie!«

»Na gut, aber wenn wir uns mal streiten, dann hält das nie lange an.« Sie scheint sich sehr sicher zu sein. Wahrscheinlich sollte ich es jetzt gut sein lassen. Aber sie fragt bei mir ja auch immer genau nach. »Was ärgert dich denn an ihr? Da gibt es doch bestimmt etwas.«

»Na ja, ärgern ist zu viel gesagt ...«

»Jetzt sag doch mal. Ich erzähl's auch nicht weiter.«

»Nee, ist klar.« Sie seufzt. »Also gut ... manchmal ist sie ziemlich chaotisch.«

»Krümelt sie ins Bett?«, frage ich grinsend.

»Haha. Nein, eher ... dass sie kocht und die Küche nicht aufräumt. Oder erst viel später. So was halt. Typische WG-Probleme.«

»Aber es ärgert dich«, stelle ich fest.

»Na ja ... ein bisschen vielleicht. Aber dafür teilt sie dann auch das Essen mit mir. Und ich habe ja schließlich keinen Putzfimmel, das hatten wir doch schon geklärt.« Sie lacht, aber es klingt ein bisschen gezwungen.

»Aber wenn es dich stört … warum sagst du dann nichts zu ihr? Willst du es immer allen recht machen, oder was?«

»So wichtig ist es nun mal nicht!« Ihr Tonfall sagt: Halt endlich die Klappe.

»Okay, okay.« Ich rudere zurück. Nicht, dass sie sonst wieder damit droht, sich nicht weiter zu treffen. Das wäre echt schade, und nicht nur wegen der Wette.

»Hast du denn schon mal irgendwas Peinliches gemacht?«, frage ich in versöhnlichem Tonfall.

»Hm …?«

»Na, das war doch die Frage. Und du hast sie noch nicht beantwortet.«

»Mir fällt nichts ein«, behauptet sie, genau wie ich vorhin.

»Komm schon! Hast du nie irgendwo hingekotzt?«

»Doch«, sagt sie. »Einmal sogar auf der Klassenfahrt, in den Flur. Aber das war überhaupt nicht lustig, da hatten alle Magen-Darm, und die Fahrt musste abgebrochen werden.«

»Übel.« Ich verziehe das Gesicht.

»Ja. Ich würde lieber nicht mehr daran denken. Außerdem: Ist das denn ein passendes Thema für ein Date?«

»Nicht wirklich. Nächste Frage?« Ich klicke auf das Icon auf dem Display. »Hier, die ist schön: Hattest du schon mal richtig Glück?«

»Glück? Na ja …« Sie scheint zu überlegen. »Ich habe noch nie im Lotto gewonnen oder so was, aber als Kind hab ich mal einen Fünfeuroschein auf der Straße gefunden. So mit sieben oder acht.«

»Und was hast du dir davon gekauft? Drei Tüten Chips plus Schokolade?«

Sie lacht. »Auch eine gute Idee. Hättest du das gemacht?«

»Hätte ich«, antworte ich. »Bei mir zu Hause gab's das nämlich nicht. Großer Fehler, übrigens: Führt nur dazu, dass die Kinder ständig darüber nachdenken, wo sie Süßes herkriegen.«

»Kann ich mir vorstellen. So war meine Mutter zum Glück nie.«

»Was hast du dir denn von den fünf Euro gekauft?«, frage ich.

»Eine Zeitschrift.«

»Bestimmt was Rosafarbenes mit Pferden.« Ich weiß ja, auf welche Zeitschriften Leonie in dem Alter stand.

»So ähnlich«, gibt sie zu. »Und du? Wann hattest du mal Glück?«

»Hm … Ich hab mal bei einem Radiogewinnspiel angerufen und bin durchgekommen, zählt das auch?«

»Das zählt. Was hast du denn gewonnen?«

»Nichts. Ich war total verdutzt, dass wirklich jemand rangeht, und dann haben die wieder aufgelegt.«

»Was, einfach so? Ohne was zu dir zu sagen?«

»Doch, klar haben die was gesagt. Hallo, wer ist denn da oder so.« Blöde Geschichte. Warum erzähle ich das?

»Und?«, fragt sie.

»Na ja, ich war halt erst zehn Jahre alt. Es hat mir einfach die Sprache verschlagen«, sage ich in einem Ton, als wäre ich nicht dabei gewesen. Dabei erinnere ich mich noch sehr gut: Meine Zunge klebte am Gaumen, und in meinem Hals war ein dicker Kloß …

»Du warst schüchtern?«, fragt sie. »Das kann ich mir gar nicht vorstellen.«

»Tja, ich habe daraus gelernt.«

»Wie jetzt? Du hast einfach beschlossen, nicht mehr schüchtern zu sein?«

»Ganz genau«, behaupte ich. Die Wahrheit ist natürlich deutlich uncooler: Kurz darauf kam Timo in meine Klasse, und ich hab mich an ihn drangehängt. Und von ihm gelernt. Zum Beispiel, wie man in einem Gespräch die Oberhand behält. Weswegen ich jetzt schnell die nächste Frage vorlese.

»Die nächste Frage lautet übrigens: Beschreibe den Raum, in dem du gerade bist.«

»Oh, die gefällt mir!«, ruft sie. »Ich bin nämlich gerade in meinem Zimmer. Das ist ganz oben unter dem Dach und hat nur schräge Wände … oder Decken? Die treffen oben zusammen, weißt du? Wie bei einem Zelt.«

»Ein Spitzboden«, sage ich.

»Ja, aber das klingt so nach Staub und Spinnweben …«

Eigentlich ist es ein technischer Begriff, aber sie ist gerade so in Schwung, da will ich sie nicht unterbrechen.

»Mein Zimmer ist jedenfalls sehr gemütlich. Die Decken sind mit Holz verkleidet, das habe ich hellblau gestrichen, und wenn ich im Bett liege, ist es, als würde ich in den Himmel gucken.«

»Hast du da auch Sterne drangeklebt?«, frage ich. »Solche, die im Dunkeln leuchten?« Die hatte ich als Kind über dem Bett.

»Nee, aber dafür habe ich ein selbst gemachtes Mobile aus Muscheln und einen Fisch aus Treibholz.«

»Auch selbst gebastelt?«

»Ja.«

»Also bist du doch Erzieherin.«

Sie stöhnt genervt. »Hör endlich auf zu raten! Ich sage es dir eh nicht, das sind nämlich die REGELN!« Ich kann die Großbuchstaben förmlich hören.

»Okay, okay. Aber ich finde ja, du solltest ein paar Sterne aufhängen. Sonst sieht es eher aus wie im Meer mit den Fischen und Muscheln und so.«

»Ist doch schön! Sollte dir gefallen als Ostsee-Fan.«

»Stimmt auch wieder.«

»Und du? Hast du auch DIY-Projekte in deinem Zimmer? In deiner Wohnung? In deinem Haus?«

»Wohnung«, sage ich.

»Okay, also in deiner Wohnung?«

Von Leonies Bildern am Kühlschrank will ich ihr lieber nichts erzählen, noch nicht. Außerdem sind die ja nicht von mir.

»Na ja, ich bin nicht so der kreative Typ. Meine Einrichtung ist eher schlicht.«

»Wie denn? Sag doch mal. Wo bist du gerade?«

»Ich sitze im Wohnzimmer auf der Couch.«

»Leder oder Stoff?«

»Schwarzes Leder. Davor ein Couchtisch aus Glas. Gegenüber ein großer Fernseher ...« Das klingt sehr nach dem Klischee einer Männerwohnung, fällt mir gerade auf.

»Keine Regale? Keine Deko?«, fragt sie.

»Doch, ein Bücherregal.«

»Was liest du denn so?«

»Sherlock Holmes, Arturo Perez Reverte, Umberto Eco, so was. Und du? Liebesromane?«

»Wieso?«

»Na, weil ›E-Mail für dich‹ dein Lieblingsfilm ist. Da dachte ich eben ...«

»Ja, nee, stimmt schon. Aber Sherlock Holmes finde ich auch gut. Und überhaupt Krimis. Hast du eigentlich auch Bilder an der Wand?«

»Ja. Zwei Hundertwasserhäuser.« Hoffentlich ist das kein zu deutlicher Hinweis auf meinen Job ...

»Aber nichts Selbstgemachtes? Irgendwelche Bauprojekte oder so?«

Bauprojekte? »Wie meinst du das?«, frage ich vorsichtig.

»Na, wegen dem Blumentopf-Kühlschrank. Ich dachte, vielleicht konstruierst du auch noch andere Sachen?«

Ich sehe hinüber zur Fensterbank, wo einer der Lego-Holstentorlöwen schläft und der zweite mich aufmunternd ansieht. Ob ich Möwe von meinen Lego-Projekten erzählen soll? Und das schon beim zweiten Date? Die Erfahrung sagt eindeutig nein. Andererseits: Die Frau ist Erzieherin. Und sie bastelt Muschel-Mobiles. Wenn es jemand versteht, dann ja wohl sie.

»Okay ... Aber nicht lachen!«

»Ganz bestimmt nicht«, antwortet sie.

»Also gut. Lego.« Warum klingt meine Stimme plötzlich so krächzend?

»Was?«

»Ich baue mit Lego«, sage ich mit klopfendem Herzen. Was, wenn sie jetzt anfängt zu lachen? Oder total entgeistert reagiert?

Doch stattdessen fragt sie: »Star-Wars-Raumschiffe und so was?«

»Nein. Im Moment baue ich ein Lübeck-Panorama.«

»Echt? Cool.«

Sie findet es cool!

»Und wie machst du das?«

Ich erzähle ihr von dem Programm, in dem ich meine Projekte plane, von den Holstentorlöwen und dass nur noch der Koberg fehlt.

Bis mir auf einmal auffällt, dass sie gar nicht mehr antwortet.

»Jetzt habe ich dich gelangweilt, stimmt's?«

»Nein. Gar nicht.« Ihre Stimme strahlt aus dem Lautsprecher. »Aber ich wusste es! Du bist doch ein kreativer Typ!«

»Findest du?« So habe ich das noch nie gesehen. Kreativ waren für mich bisher immer nur die Blumengestecke meiner Mutter – oder halt selbst gebastelte Muschel-Mobiles.

»Na klar!«, beharrt sie. »Wenn du so tolle Sachen entwirfst und baust, dann ist das doch kreativ. Machst du das eigentlich auch beruflich?«

Ob ich es einfach zugeben soll? Gegen die ach so wichtigen Regeln? Oder sagt Timo dann, ich habe die Wette verloren?

Ich habe wohl zu lange geschwiegen, denn sie fügt ein wenig

verlegen hinzu: »Na ja, ich hab ja keine Ahnung, ob man Lego als Beruf haben kann, ich dachte bloß …«

»Ach so, nein! Lego ist nicht mein Beruf. Außerdem darfst du nicht danach fragen. Das sind die REGELN!« Grinsend imitiere ich ihren Tonfall von vorhin.

»Ja, ja, schon gut.« Sie lächelt, das kann ich hören. »Aber wenn wir uns irgendwann mal treffen, dann zeigst du mir dein Lego-Lübeck, okay?«

»Klar! Also, falls dich das wirklich interessiert. Oder suchst du nur nach einem Grund, in meine Wohnung zu kommen? Ich glaube, früher hieß das, sich eine Briefmarkensammlung ansehen …«

»Briefmarkensammlung? Hä?«

»Ja, wenn der Mann gesagt hat, willst du meine Briefmarkensammlung sehen, aber eigentlich meinte er …«

»Na? Was meinte er?«, fragt sie neckend. Und plötzlich ist mein Gehirn wie leergefegt. Mir fällt einfach keine witzige Antwort ein, die nicht nach plumper Anmache klingt.

»Also, jedenfalls kann ich dir dann mein Lego-Lübeck zeigen«, antworte ich ziemlich lahm.

»Ja, gerne.« Sie klingt, als würde sie sich wirklich darauf freuen.

Plötzlich erscheint eine Countdown-Uhr auf dem Display. Unsere Zeit ist abgelaufen, ohne dass ich es gemerkt habe. Dabei hätte ich schwören können, wir haben noch mindestens eine halbe Stunde.

»Tschüss, Löwe. Ich freu mich aufs nächste Mal!«, ruft sie.

»Ich mich auch«, kann ich noch antworten, dann ist die Verbindung automatisch getrennt.

Ich nehme die Füße vom Tisch und gehe in die Küche, um mir einen Tee zu machen. Ich kann nicht glauben, dass ich Möwe wirklich von meinem Lego-Panorama erzählt habe. Und sie findet es toll! Also, ehrlich toll, das glaube ich ihr. So, wie ihre Stimme gestrahlt hat. Genauso wie sie strahlt, wenn sie über ihre eigenen Bastelsachen redet. Und wenn sie glaubt, mich zu ärgern.

Ob sie Grübchen hat? Auf jeden Fall bestimmt ein total schönes Lächeln.

Lisa

Als ich am Donnerstag aufwache, dreht sich das Mobile aus Treibholz und Muscheln über meinem Bett langsam im Kreis, dabei sind sowohl das Fenster als auch die Falltür über der Treppe nach unten geschlossen. Im Zimmer ist es stickig. Ich habe irgendetwas Wirres geträumt, von Löwen in der Wüste und Pyramiden aus Lego, die aussahen wie das Holstentor. Woher das kommt, ist nicht schwer zu erraten. Total sympathisch, dass Brick mit Lego baut, er klang so begeistert, als er davon erzählt hat! Und wie verlegen er am Schluss war ... Beim Gedanken daran muss ich lächeln. Scheint, als hätte der Löwe doch einen weichen Kern. Auf jeden Fall habe ich ernst gemeint, was ich am Schluss gesagt habe: Ich freue mich auf unser nächstes Date am Sonntag.

Es ist viel zu heiß hier! Ich schiebe die Decke beiseite und schwinge die Beine aus dem Bett. Mein Schlafshirt klebt an Brust und Rücken, und die Haare sind feucht vom Schweiß. Ich bleibe nur einen kurzen Moment sitzen, dann tapse ich barfuß über die Holzdielen zur Falltür und weiter nach unten in Richtung Dusche.

Warmes Wasser prasselt auf meinen Nacken und spült den Schweiß vom Rücken. Das neue Duschgel duftet nach Ingwer und Orange, und meinen Haaren gönne ich nach dem Shampoo eine Kur. Anschließend trockne ich mich oberflächlich ab und schlüpfe nur in eine frische Unterhose. Die restlichen Tropfen auf der Haut kühlen angenehm, und es ist ja keiner hier außer mir, denn Mareike ist schon bei der Arbeit.

Als ich erfrischt wieder in meinem Zimmer ankomme, rufe ich als Erstes Levke an.

»Kommt ihr heute klar beim Schnitzkurs? Heinz hilft euch doch, oder?«

Normalerweise versuchen wir, die Kurse auf Tage zu legen, an denen alle im Naturzentrum sind, aber dieses Mal hat es nicht geklappt.

»Natürlich. Heinz kann eh am besten schnitzen, Finn hält die Stellung bei den Kindern im Garten, und Gabi hat schon gesagt, dass sie rüberkommt zum Helfen. Außerdem ist Annika bestimmt auch wieder da. Mach dir keine Sorgen, Lisa, das schaffen wir.«

»Bist du sicher? Sonst kann ich auch heute Abend noch vorbeikommen.«

»Quatsch, heute ist doch dein freier Tag. Mach mal lieber was Schönes! Tschü-üss!«

»Tschüss!«, rufe ich zurück, aber sie hat schon aufgelegt. Ich weiß ja, dass Levke findet, ich würde zu viel arbeiten, aber dass sie einfach so auflegt ... Dabei bin ich doch ihre Chefin! Andererseits: Sie hat ja recht, den Schnitzkurs schaffen die alleine. Damit liegt der ganze Tag leer vor mir.

Ich lasse das Handy sinken und ziehe mit der freien Hand die meerblauen Vorhänge vor dem Fenster beiseite, um frische Luft hereinzulassen. Das Haus gegenüber, dessen Fenster nur knappe drei Meter von meinem entfernt sind, ist schon seit ein paar Wochen unbewohnt. Manchmal sitzen draußen auf dem Fensterbrett ein paar Spatzen, doch heute nicht. Heute steht hinter dem Fenster ein Mann, ein Typ um die dreißig mit dunkelblonden Haaren, gar nicht mal schlecht aussehend. Ob das der neue Mieter ist? Aber warum guckt er mich so komisch an? Ich stelle das Fenster auf Kipp und hebe dann die Hand zu einem kurzen Winken, aber er starrt weiter. Ja, die Ganghäuser stehen dicht zusammen, aber das hat er doch sicher vorher gewusst! Hoffentlich glotzt er jetzt nicht jeden Morgen so komisch …

Er zeigt sich auf die Brust. Dann deutet er auf mich. Dann wieder auf seine Brust. Hä? Ganz langsam sehe ich an mir herunter … Scheiße, ich bin ja noch nackt! Blitzartig ziehe ich die Vorhänge wieder zu.

Wie konnte ich nur vergessen, dass ich nackt bin? Das ist so peinlich!

Doch nach dem ersten Schock muss ich plötzlich grinsen. Was für eine Art, sich dem neuen Nachbarn vorzustellen! Was der Typ jetzt wohl von mir denkt? Dass ich immer so rumlaufe, so als FKK-Naturmädel? Oder womöglich, dass ich mein Geld von zu Hause aus verdiene – mit Erotik-Livestreams? Das fände ich weniger lustig …

Blödsinn, Lisa! Vermutlich denkt er bloß, dass du gerade aus der Dusche gekommen bist. Was ja auch stimmt.

Trotzdem: Hoffentlich treffe ich den nicht so bald wieder …

Immerhin hätte ich nun eine Antwort für Brick auf die Frage nach dem Peinlichsten, was ich je getan habe.

Zwei Minuten später klingelt es unten an der Tür. Ich springe auf, streife mir schnell ein T-Shirt über und linse dann durch den Vorhang nach draußen. Dunkelblonde Haare, blaues T-Shirt … Der Typ hat Nerven!

Ob ich so tun soll, als wäre ich nicht da? Ach Quatsch, er weiß ja, dass ich zu Hause bin. Und wie er es weiß! Und wenn er wirklich gegenüber einzieht, sollte ich mich besser nicht zu peinlich benehmen. Also, soll heißen: nicht noch peinlicher!

Seufzend schlüpfe ich auch noch in eine frische Shorts und mache mich auf den Weg nach unten. Als ich an Mareikes zerwühltem Bett vorbeigehe, klingelt es ein zweites Mal.

»Ich komme ja schon!«

Aus der Nähe sieht er immer noch gut aus, aber vor allem ziemlich verlegen.

»Hi, was gibt's?«, frage ich forscher, als ich mich fühle. Angriff ist die beste Verteidigung!

»Ähm … Hi!« Er fährt sich mit der Hand durch die Haare. So zerwuschelt, wie die sind, macht er das vermutlich öfter. »Sorry, dass ich einfach so bei dir klingele … Es ist nur … Also, ich wollte dich eben nicht anstarren oder so was. Also, auch nicht deine …« Er gestikuliert vage in Richtung meines Oberkörpers.

»Die Dinger nennt man Brüste«, entgegne ich trocken und grinse ihn an. Seine Verlegenheit lässt meine irgendwie verschwinden. »Und die waren ja auch schwer zu übersehen.«

Er lächelt erleichtert zurück. »So gesehen …«

»Ich laufe übrigens nicht immer so rum. Ich war gerade duschen.«

»Hab ich mir schon gedacht«, sagt er.

»Ja?«

»Ja. Die Haare.« Jetzt deutet er auf meinen Kopf. »Nass.«

»Ach so.« Intelligenter Dialog, Lisa. »Und du wohnst jetzt gegenüber?«, füge ich überflüssigerweise noch hinzu.

»Ja, also, noch nicht. Ich ziehe gerade ein. Wahrscheinlich sehen wir uns jetzt öfter durchs Fenster.«

»Okay, dann sollte ich mir in Zukunft wohl lieber was anziehen«, entgegne ich in scherzhaftem Ton, und er läuft knallrot an.

»Nein, so meinte ich das nicht! Nur, weil ich von zu Hause aus arbeite. Ich bin nämlich Illustrator.«

»Ja, ich dachte auch nicht … Ach, egal. Was illustrierst du denn?«, frage ich.

Er zuckt mit den Schultern. »Alles Mögliche. Marketingbroschüren und so ein Zeug, aber auch Kinderbücher. Das Erste bringt mehr Geld und das Zweite mehr Spaß.«

»Wow! Kann ich mir vorstellen. Ich habe früher auch gerne gezeichnet ... Aber das hörst du wahrscheinlich öfter«, füge ich hinzu, weil er plötzlich so betont höflich guckt.

»Ertappt. Und du so?«

»Ich bin Biologin. Naturschutz. Eher selten zu Hause.«

»Ach. Interessant.«

So langsam merke ich, dass das Lächeln in meinem Gesicht anfängt einzufrieren. Bevor ein peinliches Schweigen zwischen uns entstehen kann, sage ich: »Du, ich muss jetzt auch los. War nett, dich zu treffen.«

»Ja, dich auch. Also dann, bis bald mal wieder am Fenster oder so.«

»Ja, bis bald.«

Irgendwie niedlich, der Typ.

Erst, als ich die Tür hinter ihm geschlossen habe, fällt mir auf, dass ich ihn gar nicht nach seinem Namen gefragt habe.

Kurz darauf öffne ich die Tür der Touristeninformation gegenüber vom Holstentor. Bei dem schönen Wetter hatte ich keine Lust, den ganzen Tag alleine in meinem Dachzimmer zu sitzen, und habe Mareike gefragt, ob sie Lust auf ein Mittagspicknick hat. Nachdem ich ihr die Story mit dem neuen Nachbarn getextet hatte natürlich. Die Antwort kam schneller, als ich das Handy beiseitelegen konnte: ein breiter Grinse-Emoji und ein Daumen nach oben.

Ich öffne die Tür ein Stück weiter und lasse ein Touristenpaar mit Kleinkind im Kinderwagen an mir vorbei, dann gehe ich hinein. Durch die wandgroßen Glasfenster ist es drinnen hell und freundlich, über allem liegt leise Musik und Stimmengewirr, dazu der Geruch von frisch gebrühtem Kaffee vom Tresen. Auf Tischen und in Glasvitrinen stehen Lübeck-Trinkflaschen, Marzipanmarmelade, Reiseführer und Bildbände. Und vor dem Tresen mit dem riesigen Lübeckpanorama steht eine lange Schlange von Touristen. Julia und Ricardo, die Kollegin und der Kollege von Mareike, haben offensichtlich jede Menge zu tun. Wo Mareike wohl steckt? Vielleicht im Büro? Ich nicke Ricardo zu, der gerade einer Frau anhand des kostenlosen Stadtplans den Weg zur nächsten Toilette erklärt, und gehe durch die Tür neben dem Tresen nach hinten durch. Auch hier im Gemeinschaftsbüro hängen Lübeck-Ansichten an den Wänden, aber es ist deutlich weniger schick als vorne. Ich sage nur: Aktenordner und Pappkartons in rauen Mengen. Einen der Kartons, einen großen braunen, hievt Mareike gerade auf ihren Schreibtisch.

»Hi«, sage ich.

Sie dreht sich zu mir um und wackelt mit den Augenbrauen.

»Da kommt ja unser Nacktmodell!«

»Sehr witzig.«

»Finde ich auch.« Mareike beugt sich zu mir vor und raunt: »Und du hattest wirklich gar nichts an?«

»Nur eine Unterhose, und die konnte er nicht sehen, weil sie unter Fensterbankhöhe war. Aber der Typ hat's mit Humor genommen. Und er war auch ziemlich verlegen und alles, kein bisschen creepy.«

»Na, das will ich für ihn auch hoffen!« Sie greift nach einem Cuttermesser und rammt es in den Karton.

»Eigentlich konnte er gar nichts dafür«, füge ich schnell hinzu. »Ich war ja die Exhibitionistin.«

»Stimmt! Wer hätte das von dir gedacht?« Grinsend klappt Mareike den Karton auf und greift hinein. »Wir können übrigens gleich los, ich muss nur erst kurz …« Als sie die Hand wieder aus dem Karton zieht, hält sie darin ein kleines buntes Mini-Holstentor.

Ich ziehe ironisch die Augenbrauen hoch. »Das sieht aber nicht sehr nachhaltig aus, oder?« Mareike betont nämlich immer, wie wichtig ihr die Nachhaltigkeit bei den Lübeck-Souvenirs ist. Trinkflaschen mit recycelten PET-Deckeln, Frühstücksbrettchen aus der lokalen Werkstatt für Menschen mit Behinderungen, T-Shirts aus Biobaumwolle und so weiter.

»Ich weiß, aber ein paar Klassiker gehören eben auch dazu. Das erwarten die Leute. Die hier zum Beispiel …« Sie erstarrt und wird plötzlich kreidebleich. »Sag, dass das nicht wahr ist!«

»Was?«, frage ich.

Wortlos reicht sie mir das Mini-Holstentor. Hm … sieht eigentlich ganz normal aus, wenn auch etwas zu kitschig für meinen Geschmack. Unten auf dem Ständer ist der Schriftzug »HANSESTADT LÜBECK« aufgedruckt, und oben über dem Durchgang steht ein weiterer Schriftzug. Beim echten Holstentor verkündet die Inschrift dort: »Concordia domi foris pax«, das bedeutet »Eintracht innen, Friede außen«, wie jedes Lübecker Kind in der Grundschule lernt. Aber das war wohl zu lang, deshalb steht auf dem Souvenir stattdessen …

»BOLSTENTOK?«, frage ich und sehe Mareike stirnrunzelnd an.

»Du siehst es also auch!«, ruft sie. »Wir haben hundertfünfzig Stück von den Dingern bestellt!«

Ich drehe das Mini-Holstentor zwischen den Fingern hin und her, aber selbst von der Seite mit zusammengekniffenen Augen ist das H vorne eindeutig ein B und das R ein K. Da steht BOLSTENTOK, kein Zweifel.

»Woher kommen die eigentlich, aus China?«, frage ich.

»Ja, ich glaube schon.«

»Das erklärt es«, sage ich. »Die haben halt andere Buchstaben in China. Und nicht jeder Chinese kennt das Holstentor. Da kann so ein Fehler vielleicht mal passieren.«

»Ja, ja! Aber was mache ich denn damit? Hundertfünfzig Stück!« Mareike klingt jetzt richtig verzweifelt.

»Die kannst du doch bestimmt zurückschicken, oder?«

»Hoffentlich!« Seufzend zückt sie ihr Handy. »Na ja, wenigstens sind sie noch gut für ein Instagram-Posting.«

Kurz darauf schlängeln wir uns durch die Menschenmassen an der Obertrave, vorbei an den Straßencafés mit ihren großen Sonnenschirmen. Lübecks Altstadt ist rundum von Wasser umgeben, überall kann man draußen sitzen und den Sommer genießen, was nicht nur die Lübecker, sondern auch viele Touristen ausgiebig tun. Alle Plätze sind besetzt, hier und da stehen die Leute sogar Schlange und warten auf einen freien Tisch. Auch am Ufer sitzen Menschen und genießen den Ausblick auf die alten Salzspeicher. Wir gehen die Straße weiter durch, in den Bereich ohne Straßencafés, der weniger überlaufen ist, aber dafür noch schöner. Vom »Malerwinkel« am gegenüberliegenden Ufer aus haben viele Künstler genau diesen Ausschnitt der Stadtsilhouette mit den romantisch-verwinkelten Altstadthäusern gemalt.

Obwohl der Weg nicht weit ist, komme ich in der heißen Sommersonne ganz schön ins Schwitzen, besonders am Rücken unter dem Rucksack, der unser Mittagspicknick enthält.

»Hier?«, frage ich und zeige auf eine schattige Stelle am Flussufer. Mareike nickt, und ich ziehe unsere karierte Picknickdecke aus dem Rucksack und breite sie auf dem Rasen am Wasser aus. Darauf kommen Baguettes mit Käse und Couscoussalat, das habe ich beides noch schnell im Supermarkt besorgt.

»Ta-da!« Damit entlocke ich Mareike, die die erste Hälfte unseres Wegs noch ziemlich brummig geguckt hat, schon wieder ein kleines Lächeln. Zum Glück.

Sie beißt in ihr Baguette und kaut genüsslich. »Lecker!« Das liebe ich an Mareike: Sie lässt sich von schlechten Nachrichten nie lange umhauen. Wo ich noch eine ganze Weile leise vor mich hin schimpfen würde, schaut sie schon längst wieder nach vorne.

Wenig später sind die Papiertüten der Baguettes zusammengeknüllt und der Couscoussalat aufgegessen. Zum Nachtisch gibt es frische Erdbeeren, die uns Erika mal wieder vorbeigebracht hat. Ich schiebe mir eine in den Mund und genieße die süße, saftige Frische.

Ein paar Meter weiter sitzt ein Pärchen auf einer Bank und isst ebenfalls Erdbeeren. Das heißt, eigentlich sitzt nur sie, er hat den Kopf in ihren Schoß gelegt, und beide lesen in ihren Büchern. Nur ab und zu streicht sie ihm über die Haare, oder er reicht ihr eine Erdbeere nach oben.

Ich seufze. So ähnlich habe ich oft mit Ryan am Strand gesessen ... Sein Kopf in meinem Schoß ... Nur ohne Bücher natürlich, Ryan ist nicht so der Typ fürs Lesen.

»Warum seufzt du?«, unterbricht Mareike meine Gedanken.

»Ach, nur so«, antworte ich hastig. »Weil ... keine Erdbeeren mehr da sind.«

Wenn sie erfährt, dass ich von Ryan geträumt habe, hält sie mir bloß einen langen Vortrag. Und sie hat ja recht! Das mit Ryan und mir ist nun einmal vorbei, und das schon seit einem Dreivierteljahr. Ich muss endlich aufhören, an ihn zu denken.

Schließlich habe ich bald schon mein nächstes Date mit Brick ... Der mir dann vielleicht wieder einen theoretischen Tee kocht ... Bei dem Gedanken schleicht sich ganz von alleine ein kleines Lächeln in mein Gesicht.

Im selben Moment hält Mareike mir eine Erdbeere hin. »Guck mal, ich hab doch noch eine gefunden. Die war ganz unten in der Tüte. Magst du?«

»Gerne, danke!« Ich nehme die süße rote Frucht und beiße kräftig hinein.

Jonas

Der graubärtige Fährmann mit neongelber Jacke winkt, und ich fahre ein kleines Stück vor. Dabei stehe ich für mein Gefühl schon viel zu dicht hinter dem roten Golf. Noch ein Stück ... Ernsthaft?

»STOPP!« Ruckartig trete ich auf die Bremse. Der Fährmann hat so laut gebrüllt, dass man es wahrscheinlich bis in mein Lübecker Büro gehört hat, wo ich jetzt eigentlich sein sollte. Aber ich habe Leonie ja versprochen, sie heute zu Annika zu fahren, also mache ich das natürlich. Auch wenn meine Tochter mehrfach betont hat, dass es überhaupt kein Problem sei, alleine mit dem Zug nach Travemünde zu fahren ... Für meinen Geschmack ein paarmal zu oft. Jetzt will ich diese Annika erst recht kennenlernen.

Es klopft an die Scheibe. Der Fährmann. Ich habe doch schon vorne bezahlt? Ich kurbele das Fenster herunter, und frische, salzige Ostseeluft strömt herein. »So steihst du goot, min Jung!« Er reckt den Daumen nach oben und latscht dann weiter zum nächsten Auto. Klugscheißer!

Leonie neben mir auf dem Beifahrersitz grinst, aber nicht in meine Richtung, sondern über irgendwas in ihrem Handy. Sie schreibt schon die ganze Fahrt über mit Annika hin und her, so, als würden sie sich nicht in ein paar Minuten sehen.

»Das ist aber eine lange Wegbeschreibung«, sage ich, und sie sieht mich verständnislos an.

»Wegbeschreibung? Ich war doch schon mal da.«

»Ja, das war ein Witz«, versuche ich zu erklären. »Weil ihr so viel schreibt.« Ich deute auf ihr Handy.

»Hä? Das machen wir doch immer.« Sie zuckt mit den Schultern und tippt weiter.

»Stimmt«, antworte ich, aber das geht im lauten Klingeln der Fähre unter. Mit einem Ruck legt sie ab und bewegt sich dann gemächlich in Richtung Priwall. Über die Autos vor mir und die Fußgänger am Rand hinweg erhasche ich einen Blick auf den Yachthafen, den hellgelben Gebäudekomplex der Seniorenwohnanlage »Rosenhof« und in der Ferne sogar auf die hölzernen Masten der »Passat«. Schade, dass ich das Wasser nicht sehen kann. Ob ich mal kurz aussteigen soll? Aber am Ende werde ich dann vom Fährmann zurück ins Auto gewunken, nein danke.

Außerdem bin ich ja nicht im Urlaub. Ganz im Gegenteil, wenn ich daran denke, was alles im Büro auf mich wartet … Besonders heute, wo Timo nicht da ist und ich ihn eigentlich vertreten soll. Andererseits: Wozu gibt es Rufumleitung aufs Handy? Und so muss ich ihm wenigstens nicht erklären, warum ich später komme.

Stattdessen habe ich heute Morgen Elin angerufen und behauptet, dass ich mir das Grundstück für Interiio noch einmal ansehen will. Das muss ich dann nachher natürlich auch tun, aber der Priwall ist ja nicht New York, da liegt alles nahe beieinander. Und vielleicht bringt mich so eine Ortsbegehung auf neue Ideen. Das Interiio-Projekt steckt nämlich fest. Die verrosteten Stahlträger und das viele Gold konnte ich ihm zwar ausreden, aber meinen Kompromissvorschlag, ein Haus mit maritimen Fassadenelementen, fand er »uninspiriert«. Dabei hatte ich extra dick aufgetragen und einen bärtigen Kapitän mit Meerjungfrauenunterleib als verschnörkeltes Giebelelement integriert sowie einen Anker über der Tür. Den hätte ich ihm zur Not auch vergoldet.

Aber wie er guckte, als ich ihm den Entwurf präsentierte!

Ich versuchte, noch etwas zu retten, indem ich betonte: »Das sind natürlich alles nur Beispiele, man kann auch völlig andere Motive ...«

»Ich will keine Beispiele, ich will Inspiration!«

Seitdem drücke ich mich davor, ihn noch einmal anzurufen. Inspiration ... Ob ich die heute auf dem Grundstück finde?

Es klopft am Fenster, und ich zucke zusammen. Der graubärtige Fährmann, schon wieder.

»Nu man to! Dat geiht los!«

Er zeigt nach vorne, wo gerade der rote Golf von der Fähre rollt. Mist, ich habe gepennt! Hastig lege ich den ersten Gang ein und trete aufs Gaspedal.

Kurz darauf parke ich vor Annikas Haustür. Sie wohnt in einer Nebenstraße in einem weißen Reihenendhaus mit gepflegtem Vorgarten.

»Na dann«, sage ich zu Leonie, die gerade ihr Handy in die Hosentasche steckt. »Da wären wir.«

In dem Moment fliegt die Haustür auf, und ein langhaariges Mädchen flitzt auf uns zu. »Leee-o-nieee!«

Das Gesicht meiner Tochter leuchtet auf, als wäre dahinter die Sonne aufgegangen. Ohne mich weiter zu beachten, reißt sie die Autotür auf und springt aus dem Auto.

»Aaa-ni-kaaa!«

Schon liegen sich die beiden in den Armen. Ich steige ebenfalls aus dem Auto und stehe etwas verloren herum, denn die Umarmung dauert eine halbe Ewigkeit. Als die Mädchen sich endlich wieder voneinander lösen, sehe ich, dass Annika dieselbe, inzwischen nur noch blassrote Strähne im Haar hat wie Leonie.

Ich räuspere mich. »Hallo, Annika.«

Sie dreht sich zu mir um und lächelt vorsichtig. »Hallo, Herr Böttcher.«

»Grothe«, verbessere ich sie. »Böttcher ist der Name von Leonies Mutter. Aber du kannst Jonas zu mir sagen.«

»Okay, cool.« Sie streicht sich die rote Strähne aus dem Gesicht. »Und sorry, dass ich Leonie neulich überredet habe, mit zu mir zu kommen. Tut mir leid, wenn es deswegen Ärger gegeben hat.«

»Schon gut«, antworte ich überrascht. Ich glaube, ich war immer noch ein bisschen angefressen wegen Sonntag, und weil Leonie das heutige Treffen über meinen Kopf hinweg abgemacht hat. Aber Annika scheint wirklich nett zu sein.

»Schön, dich kennenzulernen«, sage ich und meine es auch genauso.

Nachdem die beiden Mädchen im Haus verschwunden sind, wechsele ich noch einige Worte mit Annikas Mutter, einer sehr sympathischen Frau, die ihrer Tochter erstaunlich ähnlich sieht.

Anschließend lasse ich das Auto kurz entschlossen vor dem Haus stehen und spaziere zu Fuß in Richtung des Interiio-Grundstücks. Die Mecklenburger Landstraße sieht genauso aus wie eine beliebige Straße auf dem Festland: Einfamilienhäuser mit großen Vorgärten, weiße Birken auf dem Parkstreifen, überhaupt rechts und links viele Bäume. Die Nähe des Meeres kann man hier nur an der frischen Brise und am Geschrei der Möwen erahnen. Aber ein Weg zum Strand von weniger als einem Kilometer ist trotzdem inklusive. Hier ein Grundstück zu bekommen ist normalerweise schlicht unmöglich – und unbezahlbar. Genau wie auf jeder anderen deutschen Insel. Wobei der Priwall ja nur eine Halbinsel ist – was an den Preisen allerdings nichts ändert. Und auch nicht am Interesse der Leute. Das ganze Gebiet hier wurde in den letzten Jahren massiv touristisch erschlossen, teilweise unter Protest der Anwohner. Der Vorteil: Inzwischen gibt es hier nicht nur diverse Ferienressorts, sondern auch einen großen Supermarkt und zahlreiche Restaurants, darunter sogar eines von einem Sternekoch. Aber ein Grundstück im Nirgendwo hätten wir Interiio ja auch nicht empfohlen.

Da vorne muss es sein, die Hausnummer stimmt jedenfalls.

Die Naturstation ist ganz offensichtlich ein Teil des »alten« Priwalls, Stichwort: Sanierungsstau. Auf den ersten Blick sehe ich: bröckelnden Putz, von Efeu überwuchert, der die Risse im Mauerwerk mit seinen Wurzeln nur noch erweitert. Garantiert gibt es drinnen schon feuchte Stellen.

Der Vorgarten ist eine wild wuchernde Blumenwiese, dazu ein buntes, selbst gemaltes Schild, das in einer Kita oder Grundschule hübsch aussähe, aber kein bisschen professionell rüberkommt. Alles hier schreit nach Idealismus ohne Geld.

Ob ich es schaffe, mich auf dem Grundstück mal unauffällig umzusehen? Ich würde das Nebengebäude, das auf dem Plan eingezeichnet ist, gerne mal in Augenschein nehmen. Scheint eine Art Scheune zu sein. Vielleicht kann man daraus was machen? Und ich will wissen, wie die Bepflanzung aussieht, auch die der Nachbargärten. Ob es da zum Beispiel hohe Bäume im Grenzbereich gibt. Ich könnte natürlich einfach klingeln, aber das hier ist ja kein offizieller Termin. Außerdem habe ich null Bedürfnis, einem von diesen Naturleuten persönlich zu begegnen. Ich kann mir nicht vorstellen, dass die mich friedlich herumführen, wenn sie erfahren, warum ich hier bin. Das Problem ist bloß: Im Obergeschoss steht ein Fenster weit offen. Jemand ist anwesend, dabei sind die Öffnungszeiten laut Internet von 12 bis 18 Uhr.

Ich fühle mich ein bisschen wie James Bond auf geheimer Mission, als ich auf das Haus zuschleiche. Timo würde sich schlapplachen, wenn er mich so sähe. Der würde hier reinmarschieren, als ob ihm das alles gehörte. Und damit auch noch durchkommen.

Automatisch drücke ich die Schultern nach hinten und gehe um das Haus herum, vorbei am seitlichen Eingang (tatsächlich: Öffnungszeiten 12 bis 18 Uhr) nach hinten in Richtung Garten. Und bin plötzlich in einer anderen Welt. Die Blätter eines alten Baumes rauschen hoch über meinem Kopf, es gibt Hochbeete voller Kräuter und bunter Blumen, grün belaubte Weidentipis, Sonnenblumen in allen Ecken und da vorne ist sogar eine Feuerstelle. Zum Grillen oder Stockbrotmachen vermutlich. Die dicken Baumstämme, die darum herumplatziert sind, laden nicht nur zum Sitzen, sondern auch zum Balancieren ein. Leonie hätte es hier gefallen, als sie noch kleiner war! Ob man wenigstens den großen Baum erhalten kann? Ich zücke meinen Laser-Entfernungsmesser und bestimme die genaue Lage. Hm, könnte hinkommen mit der aktuellen Planung …

Aus einem der Weidentipis am Rand der Blumenwiese kommt eine junge Möwe herausgetrippelt, direkt auf mich zu. »Na du?«, sage ich, und sie fängt an zu piepsen. Ich lege den Finger auf die Lippen. »Pst! Nichts verraten! Ich sehe mich nur mal ein wenig um.«

Sie folgt mir, als ich um die Hochbeete herum in den hinteren Teil des Gartens weiterschlendere, zur großen Scheune. Wirkt massiv, Steinkonstruktion, vermutlich aus dem Anfang des letzten Jahrhunderts. Sieht mir aber nicht nach Denkmalschutz aus. Das wird Timo hoffentlich gecheckt haben, oder? Interiio will das Ding garantiert nicht behalten, das passt nicht zu seinem Style. Trotzdem zücke ich mein Handy und fotografiere erst die Scheune von allen Seiten und dann das gesamte Gelände, wobei ich mich langsam um 360 Grad drehe.

Ob die Scheune abgeschlossen ist? Ich schiebe den Metallriegel hoch und ziehe prüfend an der alten Holztür. Mit lautem Knarzen schwingt sie auf. Ich hüte mich, die Scheune zu betreten, das würde wohl unter Hausfriedensbruch fallen. Aber durch die Tür ein paar Fotos schießen geht natürlich. Falls mich einer dabei erwischt, kann ich ja behaupten, die stand schon auf. Nicht, dass es viel zu sehen gäbe: Regale mit Keschern und Eimern und irgendwelchen Kisten. Ich stecke mein Handy zurück in die Hosentasche und ziehe die Scheunentür wieder zu.

Auf dem Rückweg komme ich an einer Grube voller weißem Ostseesand vorbei. Ah! Das ist eine Sprunggrube! Und die

Tierschilder am Rand zeigen an, wie weit man springen kann. Ob ich den Fuchs schaffen würde? Das sind locker drei, vier Meter ... So weit kommt doch keiner, oder? Die Möwe neben mir piepst auffordernd.

»Soll ich?«

Ich blicke mich um. Niemand zu sehen. Und in Leichtathletik war ich immer gut, ich habe es bloß ewig nicht mehr gemacht. Ich wüsste schon gerne, wie weit ich noch komme.

Ich stelle mich einige Meter vor dem Rand der Grube auf. Die Möwe beobachtet mich mit schief gelegtem Kopf.

»Okay, pass auf.«

Ich nehme Anlauf, springe mit aller Kraft ab – und schaffe es nicht mal so weit wie der Hase. Na super! Ich rappele mich wieder hoch. Jetzt sind auch noch meine Schuhe voller Sand. Was tue ich hier eigentlich? Gut, dass das keiner gesehen hat! Am Rand der Grube ziehe ich Schuhe und Strümpfe aus und entleere sie.

»Was machen Sie denn da?«, fragt plötzlich eine Frauenstimme hinter meinen Rücken, und ich zucke zusammen. Hastig fummele ich Socken und Schuhe wieder an die Füße, dann setze ich ein gleichgültiges Gesicht auf und drehe mich langsam um. So, als hätte ich jedes Recht, hier zu sein. Eine Frau mit grauem Dutt und schmutziger Latzhose mustert mich aus dem Nachbargarten.

»Wollen Sie zur Naturstation? Die hat noch nicht auf.«

»Ich weiß«, antworte ich und mache dabei schon die ersten Schritte rückwärts. Neugierige Nachbarin, ganz ungünstig!

Sie stützt sich auf ihren Rechen. »Aber schön ist es hier, nicht wahr? Lisa hat den Garten wirklich toll gestaltet. Interessieren Sie sich für einen der Kurse? Für Ihre Kinder?«

»Ähm ... Nicht direkt ...« Ich mache noch ein paar hastige Schritte rückwärts. Die Möwe hopst erschrocken zur Seite und protestiert piepsend. Nicht gerade souverän, Jonas.

»Soll ich Levke oder Finn holen? Lisa ist, glaube ich, noch nicht da. Jedenfalls habe ich sie nicht kommen gesehen. Aber die beiden können Ihnen auch alles erzählen, was Sie wissen möchten.«

»Nein, danke! Ich muss jetzt auch los«, behaupte ich und marschiere, so schnell ich kann, in Richtung Ausgang. Bescheuerte Idee, alleine herzukommen! Vor allem, weil die Nachbarin in einem Punkt richtigliegt: Das ist wirklich ein wunderschöner Garten. Der jedoch in wenigen Monaten dem Erdboden gleichgemacht wird. Schade, aber leider nicht zu ändern. Nur irgendwie habe ich den Eindruck, das weiß hier noch keiner.

Gegen Mittag bin ich wieder im Büro. Elin blickt von ihrem Platz am Empfang auf, als ich hereinkomme. Sie hat die Haare heute hochgesteckt und trägt ein Kleid, das aussieht, als wäre darauf ein Hundertwasserbild explodiert.

»Hi. Besichtigung beendet? Und Mittagessen am Schreibtisch?«

Sie deutet auf die Papiertüte vom Bäcker in meiner Hand.

»Ja«, antworte ich. »Hat ein bisschen länger gedauert, sorry.«

»Kein Problem. Timo kommt heute eh nicht mehr rein.«

Ich lehne mich mit der Schulter an die Wand. »Sag mal, weißt du zufällig, ob die Scheune auf dem Priwallgelände unter Denkmalschutz steht?«

»Nein, ich meine, Timo hat das geprüft.«

»Na, dann ist ja gut.« Ich hole das belegte Brötchen aus der Bäckertüte und beiße hinein.

»Mittagspause?« Elin zieht eine Brotdose aus ihrer gelb-grünen Umhängetasche, die neben dem Schreibtisch auf dem Boden steht. »Lass uns doch in die Kaffeeküche gehen. Ich wollte auch gerade was essen, bevor ich hier Schluss mache und zur Uni gehe.«

In der Kaffeeküche zapfe ich mir ein Glas Wasser aus dem

Spender, dann setzen wir uns an den Besprechungstisch. »Ehrlich gesagt, habe ich vorhin auch noch Leonie zu einer Freundin gefahren«, gestehe ich und beiße einen großen Happen von meinem Brötchen ab.

»Nach Travemünde?«, fragt Elin.

»Sogar auf den Priwall«, nuschele ich mit vollem Mund. »Deshalb bot sich das mit der Besichtigung auch an.«

Elin kennt meine Familiensituation, seit Timo mal ein paar Tage krank war. Damals haben sie und ich oft zusammen Mittagspause gemacht. Sie kommt aus einer Familie mit vier jüngeren Geschwistern, in der immer Trubel ist. Mit Timo klarzukommen sei kein Problem, wenn man Brüder in der Pubertät hat, meinte sie damals im Spaß. Oder nur halb im Spaß? Ich bin mir da nicht ganz sicher.

»Wenn Achmet alleine zu Hause ist, zockt er 24/7 durch«, sagt Elin jetzt.

»Dein Bruder? Ja, das ist bei Leonie genauso. Deshalb hab ich sie ja zu der Freundin gefahren.« Ich stecke mir den Rest des Brötchens in den Mund und kaue hastig.

»Logisch. Aber wieso nimmt sie nicht den Bus? Oder den Zug?«

»Macht sie ja ab morgen. Du, ich muss jetzt auch …« Ich knülle die leere Bäckertüte zusammen und nicke in Richtung Büro.

»Ja, natürlich. Hau rein!«

Ich ziehe mir noch einen Kaffee, gehe zurück ins Büro und öffne dann auf dem Monitor den Entwurf für Interiio. (Nummer sieben!) Doch beim Anblick der sterilen, stilisierten Bäume im Außenbereich höre ich wieder das Rauschen von Blättern im Wind und das Piepsen einer Möwe und spüre weichen Sand unter den Fußsohlen. Energisch schüttele ich den Kopf. So geht das nicht, Jonas! Du musst professionell bleiben! Ich atme tief ein, lösche die »Beispielbäume« und füge stattdessen den riesigen, alten Baum hinter dem Haus hinzu. Okay, er sieht nur aus wie ein etwas größerer, steriler Beispielbaum, aber anders geht es halt nicht. Hoffentlich kann ich Interiio davon überzeugen, ihn zu behalten! Als Nächstes muss ich die Fassade des Hauses neu designen. Die maritimen Motive waren Interiio zu kitschig, aber was stattdessen? Verrückterweise habe ich plötzlich das Bild einer Möwe vor Augen … Schluss jetzt damit! Ich öffne unseren digitalen Katalog und vertiefe mich in die verschiedenen Materialien und Möglichkeiten, Formen und Farben. Und je mehr ich probiere und tüftele, desto mehr Spaß macht es mir – und desto leiser wird das Möwenpiepsen in meinem Kopf.

Lisa

Am Freitagmorgen jogge ich unfreiwillig die Mecklenburger Landstraße entlang. Ich bin zu spät dran und das ausgerechnet heute, wo gleich eine Aquariumsführung für Kinder auf dem Programm steht! Aber ich kann nichts dafür. Erst hatte die Bahn aus unerklärlichem Grund eine Viertelstunde Verspätung, aber was noch schlimmer ist: Die Fähre fuhr heute nur halb so oft wie sonst, weil eine defekt ist und eine andere gewartet wird, wie Ewald mir berichtete. In Travemünde stauten sich die Autos ewig weit.

»Guten Morgen, Lisa.«

»Guten Morgen, Gabi!«, rufe ich zurück.

Unsere Nachbarin in ihrer ewigen Jeanslatzhose werkelt wie jeden Morgen im Garten herum.

»Warte mal.« Sie zieht die Gartenhandschuhe aus und kommt in Richtung Zaun gelaufen. »Ich muss dir was erzählen.«

Normalerweise plaudere ich gerne mit ihr, zumal sie uns als Ehrenamtliche bei diversen Arbeiten hilft. Aber jetzt muss ich mich beeilen.

»Sorry, bin spät dran«, rufe ich, während ich den Weg zum Haus entlanghaste. »Die Kinder warten schon.«

»Die Fähre?«, fragt sie.

»Genau. Später, ja?«

Damit öffne ich die Tür. Aus dem Seminarraum hallen Kinderstimmen bis in den Flur.

»Viel Spaß!«, höre ich Gabis Stimme hinter mir.

Ich winke ihr noch einmal zu, bevor ich die alte Holztür ins Schloss ziehe. Im Flur kämme ich mir mit den Fingern schnell durch die Haare, setze mein offizielles Gesicht auf und betrete dann den Seminarraum.

»Guten Morgen!«

Aufgeregte Kindergesichter drehen sich zu mir um. Die Eltern auch, aber bei denen ist an Gesichtsausdrücken alles dabei, von fröhlich bis leicht gestresst.

Nachdem ich mich für die Verspätung entschuldigt und die Namensliste gecheckt habe (drei Familien fehlen, die hängen bestimmt auch bei der Fähre fest), will ich erst mal von den Kindern wissen, welche Tiere sie schon an oder in der Ostsee entdeckt haben. Das ist immer ein guter Einstieg.

Einige Arme schießen in die Höhe, andere Kinder rufen einfach wild die Namen von Tieren. Ich reagiere auf die Zwischenrufe, frage aber auch immer wieder Kinder, die sich melden. So war ich als Kind nämlich auch, einfach etwas sagen, ohne aufgerufen zu werden, das hätte ich mich nie getraut. Aber ich fand es immer unfair, wenn ich deshalb erst als Letzte an die Reihe kam.

Am Schluss haben wir eine wilde Sammlung: Möwen, Marienkäfer, Vögel, Hunde, Fische, Quallen …

»Das sind ja schon ganz viele tolle Tiere, die ihr gesehen habt. Aber jetzt müssen wir erst mal ein bisschen sortieren. Sind Hunde typische Ostseetiere?«

»Nein!«, ruft es vielstimmig, einige schütteln auch die Köpfe.

»Genau! Die sind zwar manchmal am Strand, am Hundestrand, aber wir wollen uns hier auf die typischen Ostseetiere konzentrieren.«

Ich schalte den Beamer ein und starte ein Video von einer Qualle, die unter Wasser schwimmt. Das Tier, das an manchen Sommern in Massen als verendeter Glibber am Strand liegt, wirkt in seiner natürlichen Umgebung fast anmutig mit seinen sanften, fließenden Bewegungen.

Trotzdem rufen einige Kinder erwartungsgemäß: »Iihhh!«

Und ein Mädchen mit tausend Sommersprossen im Gesicht fängt an zu erzählen, wie sie einmal von einer Feuerqualle »gebissen« wurde. Da ist sie nicht die Einzige, denn zwei oder drei andere rufen: »Ich auch! Ich auch!«

In dem Moment geht die Tür auf, und mehrere Kinder und Erwachsene schieben sich in den Raum. »Die Fähre ...«, beginnt ein Mann mit Bart.

»Ich weiß«, antworte ich. »Wir sprechen gerade über Quallen. Setzen Sie sich einfach dazu.«

Als Nächstes zeige ich das Video einer Feuerqualle.

»Das ist eine!«, ruft das Sommersprossen-Mädchen und zeigt aufgeregt auf das Bild.

»Wie heißt du?«, frage ich sie.

»Sophie.«

Ich lasse Sophie erzählen, was sie mit der Feuerqualle erlebt hat, und erkläre dann, dass Feuerquallen nicht beißen, sondern an ihren Quallenfäden Nesseln sitzen, die unsere Haut reizen.

»Aber Feuerquallen verirren sich nur sehr selten hier in die Ostsee«, füge ich dann sofort hinzu. »Bei uns gibt es hauptsächlich Ohrenquallen. Die heißen so wegen der vier Ringe in der Mitte, weil die Leute früher gedacht haben, das seien ihre Ohren.«

Ich zeige noch einmal das Video der Ohrenqualle. »Wenn ihr diese Ringe bei einer Qualle seht, ist es keine Feuerqualle. Auch wenn die Ringe vielleicht rot gefärbt sind. Okay?«

Alle nicken.

Ich schiebe ein paar Fakten hinterher, die Kinder immer beeindrucken: Dass Quallen bis zu zwei Meter groß werden können, also dreißig Zentimeter größer als ich. Ihre Fäden werden im Extremfall sogar zwanzig bis dreißig Meter lang – das ist so lang wie eine Bahn in der Seebad-Schwimmhalle drüben in Travemünde!

Genug gelernt, Zeit für einen Fun Fact: »Wer hat denn schon mal eine Qualle gegessen?«

Die Antwort kommt wie erwartet prompt und lautstark: »Iiihhh!«

»In Asien macht man das nämlich, guckt mal hier auf dem Bild: leckerer Quallenpfannkuchen. Oder Quallensalat mit Gurken. Wollt ihr das mal probieren?«

»Iiihhh!«

»Wieso?«, frage ich. »Viele Menschen essen doch auch Fisch. Das ist nur eine Sache der Gewöhnung.« Alle gucken skeptisch, auch viele Eltern. Ich kann sie gut verstehen, ich würde auch keinen Quallensalat essen. Aber solche Geschichten machen die Führung einfach viel lebendiger.

Anschließend starte ich die Suchvideos, das sind Aufnahmen vom Meeresgrund, auf denen kein einziges Tier zu sehen ist.

»Wer kann hier einen Krebs entdecken?«

Niemand natürlich, jedenfalls so lange, bis er sich bewegt. Dann rufen alle aufgeregt: »Da! Da ist er!«

Wir gucken weitere Suchvideos von der Scholle, der Seenadel (einem Fisch, der so aussieht, wie er heißt) und einigen anderen Tieren, und ich erzähle dazu jeweils etwas über deren Lebensweise.

Der letzte Fisch ist der Seehase.

»Mein Hase ist pink!«, ruft ein kleines Mädchen dazwischen und hält sein Kuscheltier hoch.

»Stimmt«, antworte ich schmunzelnd. »Möchte dein Hase denn auch mit zu den Aquarien kommen und echte Tiere sehen?«

»Ja!« Sie strahlt mich aufgeregt an.

»Okay! Und vielleicht traut sich ja sogar jemand, einen Krebs zu streicheln?«

Wir gehen nach nebenan in den Raum mit den Aquarien, wo die Filterpumpen leise surren und es immer ein wenig fischig riecht. Das Krebs-Aquarium ist eines der größten. Ich warte, bis alle Kinder und Eltern sich um das Aquarium herum aufgestellt haben, dann rolle ich meinen T-Shirt-Ärmel nach oben, schiebe die Glasabdeckung des Aquariums beiseite und tauche den Arm in das kühle Wasser. Die Krebse hasten in ihrem komischen Seitwärtsgang davon, aber einen schnappe ich mir trotzdem, indem ich ihn mit Daumen und Zeigefinger links und rechts am Panzer festhalte. Als ich ihn aus dem Wasser hole, wackeln seine Beine und Scheren wild hin und her, aber meine Hand können sie nicht erreichen. Ich setze den Krebs auf die Glasabdeckung des Aquariums, und er beruhigt sich sofort und sitzt still da.

»Na, wer traut sich, ihn zu streicheln?«

Skeptische Blicke. Bei Kindern und Eltern.

»Keine Angst, es kann nichts passieren.« Bei Erwachsenengruppen mache ich an der Stelle den Scherz: »Keine Sorge, er kneift Ihnen höchstens ein Stück vom Finger ab«, aber bei Kindern bringe ich solche Sprüche natürlich nicht. Stattdessen sage ich: »Wenn man ihn hier oben auf dem Panzer streichelt, tut er nichts.« Ich mache es vor, und der Krebs sitzt weiterhin ganz still.

Ein Junge meldet sich. »Oh, toll, ein Mutiger!«, lobe ich.

Vorsichtig streicht er mit dem ausgestreckten Zeigefinger einmal über den Krebspanzer, während sein Vater mit dem Handy filmt. Daraufhin traut sich auch Sophie und dann immer mehr Kinder. Zahllose Handyfotos und Videos werden geschossen. Nur ein Junge guckt mit großen Augen zu.

»Du auch?«, frage ich ihn.

»Joshua ist ein bisschen schüchtern«, antwortet seine Mutter.

Ich lächele ihn an. »Das ist völlig okay. Vielleicht möchtest du ihn stattdessen gleich füttern? Wenn nicht, ist das aber auch nicht schlimm.«

Ich setze den Krebs zurück ins Aquarium und hole die Greifer zum Füttern aus dem Schrank hinter mir. Die sehen aus wie die Dinger, die wir zum Müllsammeln am Strand einsetzen, nur in kleiner.

Einen davon halte ich Joshua hin. »Guck mal, damit machen wir das.«

Zögernd nimmt Joshua den Greifer entgegen. Dann verteile ich die restlichen Greifer, bis alle einen haben, und öffne die Schale mit dem Futter. Unter großem Gejuchze angeln die Kinder mit ihren Greifern kleine Stückchen Muschelfleisch aus der Schale und tauchen es in das Aquarium, wo die Krebse sich das Futter schnell schnappen.

Auch Joshua nimmt sich mit seinem Greifer schließlich ein Stück Muschelfleisch aus der Schale.

»Der große klaut den kleinen immer das Futter!«, ruft Sophie empört.

Manche Kinder versuchen daraufhin, gezielt die kleineren Krebse zu füttern. Auch Joshua, wie ich lächelnd bemerke.

Nach einem kurzen Rundgang, bei dem ich ein paar kindgerechte Fakten über die Ökologie der Ostsee erzähle, bleiben wir bei den Seesternen stehen. Ich hole einen aus dem Aquarium und setze ihn auf meine Hand. Dann lasse ich die Kinder raten: »Wo hat der denn seine Augen?«

Nach vielen falschen Antworten sagt Joshua: »Da!«, und zeigt auf die Armspitzen.

»Genau«, antworte ich. »Du kennst dich ja gut aus!«

Er wendet den Blick ab und wird ein bisschen rot.

»Und wo ist der Mund?«

Das wissen mehrere Kinder: Unten in der Körpermitte.

»Und der Popo?«

»Auf der anderen Seite vom Mund!«, ruft Sophie und liegt damit völlig richtig: Der Po ist auf der Oberseite der Körpermitte.

»Super!«, lobe ich. »Wer will ihn denn mal streicheln? Mutige vor!«

Dieses Mal melden sich fast alle Kinder, und ein Mädchen mit grünem Kapuzenpullover macht den Anfang.

»Joshua?«, frage ich nach einer Weile. »Möchtest du auch mal streicheln? Der tut wirklich nichts, der hat nicht mal eine Schere wie der Krebs.«

Langsam streckt Joshua die Hand aus und bewegt seinen Finger über die raue Seesternoberseite. Dabei lächelt er mich vorsichtig an, und ich lächele warm zurück.

Danach kommen die restlichen Kinder an die Reihe.

»Ich glaube, ihr habt alle auch oben in der Mitte gestreichelt«, sage ich anschließend. »Wisst ihr noch, welches Körperteil da ist?«

»Der Popo!«, kräht Sophie, und alle fangen an zu lachen.

Der Witz funktioniert in dem Alter wirklich jedes Mal.

Danach ist die Führung zu Ende, und ich bringe alle zur Tür, um mich zu verabschieden.

»Schade«, sagt Sophie. Viele Kinder und Eltern bedanken sich bei mir, auch Joshuas Mutter, und Joshua strahlt still in sich hinein, was mich besonders glücklich macht. Ich drücke noch jedem einen Flyer mit unserem Veranstaltungsprogramm in die Hand und sage: »Ich freue mich, wenn wir uns wiedersehen«, bis schließlich auch die Letzten gegangen sind.

Die plötzliche Stille dröhnt in meinen Ohren. Auf einmal spüre ich im ganzen Körper, wie erschöpft ich bin. So viel Spaß mir die Führungen machen, so anstrengend sind sie auch. Ich brauche dringend eine Pause, bevor ich mit Levke den Lagerfeuerabend plane. Und aufs Klo muss ich ebenfalls.

Danach ist meine To-do-Liste um einen weiteren Punkt länger, denn der dunkle Fleck an der Wand über dem Waschbecken ist schon wieder gewachsen. Am Anfang dachte ich, es wäre bloß ein Wasserspritzer, vor einer Woche hatte er die

Größe einer Maus, und inzwischen ist es ein kleiner Hund. Mit etwas Fantasie kann man sogar die Beine und die Ohren erkennen ... Das muss ich dringend Heinz zeigen! Bestimmt ist da irgendeine Leitung undicht oder so was. Wobei: Über dem Waschbecken? Die Leitung kommt doch von unten.

Ich mache ein Foto von dem Fleck und öffne WhatsApp, um Heinz zu schreiben, bevor ich es wieder vergesse. Oh, eine neue Nachricht von Mareike.

»Guck mal! 😷😷😷«

Darunter ist ein Link zu Insta. Ihr Post über das Bolstentok hat schon 3.125 Likes!

Ping. Noch eine Nachricht von Mareike: »Es ist schon ausverkauft!!! Cool, oder? 😎«

Ich antworte: »😄 👍«

Schon verrückt, dass aus einem blöden Fehler so ein Hype werden kann!

Mareike antwortet: »Übrigens, ich hab den neuen Nachbarn kennengelernt. 😍«

Nanu, seit wann steht sie denn auf schüchterne Männer? Ihre bisherigen Typen waren alle eher machomäßig drauf. Die meisten waren One-Night-Stands, die sich am nächsten Morgen in der Küche an unseren Vorräten bedienten und sich danach nie wieder bei ihr meldeten. Ab und zu hielt es mal einige Monate ... aber länger eigentlich nie. Und wie oft ich Mareike danach trösten musste! Also, nicht nach jedem One-Night-Stand natürlich, aber wenn es sich wiederholte, fing sie irgendwann an, sich Hoffnungen zu machen. Und sobald sie das den Typen zeigte, waren die weg.

So gesehen, wäre der neue Nachbar eine echte Verbesserung ...

Ich schicke noch mal drei Grinse-Emojis zurück, hole mir dann eine Apfelschorle aus dem Kühlschrank unserer winzigen Küche und gehe nach draußen. Eine Pause mit Emma im Innenhof ist genau das, was ich jetzt brauche. Als ich mich auf einen der Baumstämme setze, kommt sie sofort aus ihrem Weidentipi getrippelt, in das sie anscheinend dauerhaft eingezogen ist. Die Kinder nennen das Tipi nur noch »Emmas Haus«. Es ist zwar voller Vogelkot, aber das stört keinen, wir haben schließlich noch drei weitere Tipis. Und Emma gehört inzwischen einfach dazu.

»Na, Emma? Alles klar?«

Piepsende Zustimmung.

Der Lagerfeuerabend ist ein voller Erfolg. Wir grillen Würstchen (klassisch und vegetarisch), die Kinder machen Stockbrot, und danach holt Heinz seine Gitarre raus, und wir singen mit mehr Begeisterung als Können ein Quatschlied nach dem anderen. Mit Ausnahme von Gabi, heißt das, die singt manchmal sogar die zweite Stimme dazu, und dann klingt es richtig gut. Sie ist aber auch in Travemünde im Kirchenchor.

Nicht mal das Gemecker unseres Nachbarn Herrn Meckmann (von uns heimlich »Meckermann« genannt) kann uns den Abend vermiesen. Er findet immer einen Grund, seinem Spitznamen alle Ehre zu machen: angebliche Unkrautsamen, die von uns in seinen Schotterwüsten-Vorgarten hinüberfliegen, zu lautes Kindergeschrei am Sonntag und jetzt eben der Feuerqualm und der Gesang. Die Kinder sehen sich erschrocken an, als er plötzlich anfängt zu schimpfen. Das darf ja wohl nicht wahr sein! Gabi legt mir beruhigend die Hand auf den Arm.

»Guten Abend, Herr Meckmann!«, ruft sie dann in Richtung Nachbargrundstück. »Kommen Sie doch einfach dazu! Möchten Sie auch ein Würstchen?«

Woraufhin er sich türenknallend in sein Haus verzieht und die Kinder anfangen zu lachen.

Abends beim Verabschieden, als alle gegangen sind, nimmt Gabi mich ein Stück beiseite.

»Du, Lisa, das wollte ich dir die ganze Zeit schon sagen. Gestern war so ein Mann hier, der hat sich den ganzen Garten angeguckt, aber als ich Levke holen wollte, ist er schnell wieder weg.«

»Ein Mann?«, frage ich, und in meinem Kopf ist nur ein Gedanke: Ryan! »Wie sah er denn aus?«

»Ach Gott, der war ja ein Stück weit weg, und ich hatte meine Brille nicht auf … Jung, ungefähr so alt wie du …«

»Haarfarbe?«

»Irgendwie dunkel …«

Gabis Beschreibung ist mehr als vage. Es könnte Ryan gewesen sein … aber der ist in Australien. Oder?

»Danke, Gabi«, antworte ich mit klopfendem Herzen.

»Tut mir leid, dass ich dir nicht mehr sagen kann. Ich dachte nur, du solltest es wissen.«

»Ja, danke.«

»Na, dann gute Nacht, Lisa.«

Sie umarmt mich kurz und macht sich auf den Weg ins Nachbarhaus. Ich schließe die Tür ab und gehe anschließend mit einer Taschenlampe in den inzwischen fast völlig dunklen Garten. Wie immer will ich überprüfen, ob das Lagerfeuer wirklich ganz erloschen ist. Sieht gut aus: Hier hinten weht eine leichte Brise, und das Einzige, was noch nach Rauch riecht, sind meine Haare und Klamotten. Zur Sicherheit stochere ich mit einem Stock in der Asche herum, doch da glüht nichts mehr. Dann kann ich ja nach Hause. Endlich.

Als ich mich umdrehe, bemerke ich aus dem Augenwinkel eine Bewegung an der Hausmauer. Nanu? Langsam und vorsichtig gehe ich darauf zu … Ein Ast knackt unter meinem Fuß, und ich zucke zusammen. Aber beim Haus ist nichts mehr zu sehen. Ob ich es mir nur eingebildet habe?

Nein! Da!, ein kleines, dunkles Etwas zwängt sich zwischen den Brettern der Fassade durch und flattert davon. Eine Fledermaus! Die habe ich hier schon öfter nachts bemerkt und mich immer gefragt, wo sie ihr Sommerquartier haben. Hinter den alten Holzbrettern der Hausfassade hängen sie also! Beziehungsweise: Jetzt in der Nacht sind die Weibchen vermutlich alle auf Jagd, und dadrinnen hängen nur die Fledermausbabys.

Ich arbeite schon seit einem Jahr hier, und ausgerechnet heute sehe ich, wo die Fledermäuse wohnen? Ich bin zwar nicht abergläubisch, aber das könnte doch ein Zeichen sein. Vielleicht war der Mann, den Gabi vorhin gesehen hat, tatächlich Ryan? Vielleicht ist er zu Besuch bei seiner Mutter ... Stopp! Ich atme tief ein. Ich wollte doch nicht mehr über Ryan nachdenken! Selbst falls er es war: Es sollte mir wirklich egal sein.

Doch auf der Fähre nach Travemünde halte ich es nicht mehr aus: Ich zücke mein Handy und checke Ryans Instagram-Account. Erst gestern hat er ein Foto gepostet – von sich am Strand, in einem Arm ein Surfbrett, im anderen eine braungebrannte Surfer-Schönheit mit wilden Locken. So viel zur Frage, ob er gerade auf dem Priwall ist.

Frustriert stecke ich das Handy zurück in die Tasche. Ich muss dringend einen Schlussstrich ziehen! Ryan ein für alle Mal vergessen und nach vorne blicken. Und die andere Frau sollte mir egal sein ... Ich date schließlich auch wieder.

Im Zug nach Hause blicke ich aus dem Fenster. Draußen zieht die Landschaft vorbei, doch alles, was ich davon sehe, sind dunkle Schemen. Deutlich besser sichtbar ist die Reflexion des Zugabteils: die hellgraue Sterilität von Decke und Wänden und mein erschöpftes Gesicht.

Das Telefonat mit meiner Mutter gestern Abend fällt mir ein. Sie fing schon wieder davon an, dass ich zu viel arbeite und keine Freizeit habe, und da ist mir leider rausgerutscht, dass ich am Sonntag ein Date habe.

»Oh, wie schön! Wer ist es denn? Geht ihr essen?« Sie klang

so erfreut, dass ich sofort bereute, es überhaupt erwähnt zu haben. Aber jetzt blieb mir nichts anderes übrig, als weitere Details zu liefern.

»Es ist ein Blind Date, Mama. Ein Online-Blind-Date.«

Nachdem ich ihr erklärt hatte, wie das Ganze funktioniert, atmete sie scharf ein.

»Das heißt, du weißt gar nichts über den Mann? Und du siehst ihn nicht einmal? Der könnte ja auch ein Betrüger sein!«

»Genau deshalb lerne ich ihn ja erst einmal kennen, bevor ich mich mit ihm treffe, Mama!«

Gestern habe ich ihre Einwände abgetan, aber heute bin ich mir nicht mehr so sicher. Was weiß ich eigentlich über Brick? Er mag Frühstück im Bett. Und die Ostsee. Aber wer mag das nicht? Selbst die Sache mit dem Lego könnte er sich ausgedacht haben! Woher will ich eigentlich wissen, dass er mir nicht die ganze Zeit etwas vorspielt? Mein in der Scheibe gespiegeltes Gesicht runzelt die Stirn. Ich muss daran denken, wie er am Anfang auf cool gemacht hat. Und wie er sich dann plötzlich verändert hat. Was, wenn das, was er mir jetzt zeigt, kein bisschen echter ist?

Überhaupt: Warum hat Brick sich eigentlich bei »The Voice of Love« angemeldet? Wenn er normalerweise ach so cool ist, hat er das doch gar nicht nötig. Vielleicht sollte ich ihn beim nächsten Date mal danach fragen …

Mein Spiegelbild guckt schon wieder so skeptisch, und zu Recht. Nicht »vielleicht«, Lisa. Ich sollte ihn auf jeden Fall danach fragen!

Jonas

»Na, Jonas, wie läuft's mit deinem Online-Date? Findet sie deine inneren Werte immer noch sexy?«, fragt Timo am Freitagmorgen in der Kaffeepause. »Oder hast du meinen Kasten Bier schon besorgt?«

»Das Bier solltest lieber du kaufen«, entgegne ich. »Für mich. Es läuft nämlich super.«

Er trinkt einen Schluck Kaffee. »Aber du weißt immer noch nicht, wie sie aussieht, oder?«

Ich schüttele den Kopf, und Timo fängt an zu grinsen.

»Vielleicht ist sie in Wirklichkeit ja ein alter Mann! Wäre nicht der erste Internet-Fake.«

»Dann müsste sie ihre Stimme aber gut verstellen«, entgegne ich. Wobei … Ein echtes Argument ist das natürlich nicht. Man kann mit KI ja so ziemlich alles faken.

Timo stellt seinen Becher ab. »Habt ihr denn inzwischen mal länger geredet? Oder guckt ihr immer noch Filme?«

»Nein, natürlich nicht«, antworte ich. »Wir unterhalten uns die ganze Zeit.«

»Und worüber?«

»Da gibt es vorgegebene Themen. Wo man gerne mal Urlaub machen will, was man tun würde, wenn der Strom ausfällt, so was in der Art.« In der Zusammenfassung klingt es ziemlich unspektakulär. Und ganz anders, als die Gespräche mit Möwe in Wirklichkeit sind.

»Also, ich find's gut, dass Jonas das macht«, sagt Elin in dem Moment und hält Timo die Keksdose hin, die von der letzten Kundenbesprechung übrig geblieben ist. Über ihren Unterarm ringelt sich eine tätowierte Schlange, die so echt aussieht, als wollte sie sich gleich einen Keks schnappen. Die sehe ich heute zum ersten Mal. Hatte Elin bisher immer langärmelige Klamotten an? Muss wohl.

»War ja klar«, stöhnt Timo und nimmt sich einen Schokokeks. »Und als Nächstes erzählst du mir, dass ich oberflächlich bin, nur weil ich meine Gefühle nicht schriftlich einreiche, bevor ich eine Frau date.«

»Quatsch«, entgegnet Elin. »Das hat Jonas ja auch nicht gemacht, oder, Jonas?«

Ich muss an den Fragebogen denken. »Nein, natürlich nicht. Und ein Mann kann sie übrigens gar nicht sein, man muss sich bei der Anmeldung mit dem Personalausweis identifizieren.«

»Kann man alles faken, das ist mit KI doch kein Problem«, kommentiert Timo.

Ich zucke gespielt gleichgültig mit den Schultern. »Glaube ich nicht. Außerdem geht es ja nur um fünf Dates. Das heißt, noch dreimal nett quatschen, und ich habe gewonnen. Stell mein Bier lieber schon mal kalt!«

»Fünf und eins im echten Leben, vergiss das nicht.« Timo greift sich noch zwei weitere Kekse, schiebt mit einem Ruck seinen Stuhl nach hinten und marschiert aus der Küche.

Doch Elin sieht mich ernst an. »Warum machst du das Ganze eigentlich? Willst du die Frau wirklich kennenlernen oder verarschst du sie bloß die ganze Zeit?«

Schlagartig sinken meine Mundwinkel nach unten. »Quatsch, ich verarsche sie doch nicht.«

»Nee, ist klar. Und bestimmt weiß sie auch von eurer Wette, oder?«

»Na ja …«

»Also nicht.« Mit einem kritischen Blick schiebt sie sich an mir vorbei und geht zurück an ihren Schreibtisch.

Warum fühle ich mich jetzt plötzlich schlecht? So, als hätte ich Möwe irgendwie verraten. Was natürlich Quatsch ist! Ich freue mich wirklich auf das nächste Date mit ihr. Darauf, wie sie wieder versuchen wird, mich zu ärgern … Darauf, ihre Stimme strahlen zu hören … Das Ganze hat zwar mit einer Wette angefangen, aber das heißt doch nicht, dass ich sie verarsche! Zumal sie das mit der Wette ja niemals erfahren wird.

Am Samstag müssen wir zur Praxiseinweihung meiner Schwester.

Leonie schmollt die ganze Autofahrt lang, weil sie keinen Bock hat und lieber mit Annika an den Strand fahren würde. Genau wie ich, aber das darf ich natürlich nicht laut sagen. Wenn ich heute schwänze, riskiere ich Ärger mit der ganzen Familie. Es ist schließlich ein großer Tag für Laura, das hat meine Mutter am Telefon extra betont.

»Ach was«, war meine Antwort.

»Jonas, wehe, du kommst nicht!«

»Klar komme ich«, habe ich geantwortet. »Was denkst du denn von mir?«

Wegen der endlosen Diskussion mit Leonie vor der Abfahrt sind wir jetzt viel zu spät dran, und dann musste ich auch noch Blumen für Laura besorgen. Mum kaut bestimmt schon auf den Nägeln. Ich biege in die Roeckstraße ein, beste Lübecker Wohnlage, weiße Villen hinter breiten Toreinfahrten, darunter ging es natürlich nicht.

Das messingfarbene Schild am Torpfosten verkündet: Dr. Laura Grothe, Ärztin für Allgemeinmedizin. Direkt unter dem Schild des bisherigen Praxisinhabers, Dr. Cornelius Hansen, bei dem sie als zweite Ärztin mit einziehen wird. Mein Vater glüht vor Stolz, er redet seit Wochen von nichts anderem mehr.

Er ist Medizinprofessor an der Lübecker Uniklinik und hat Laura geholfen, sich in die Praxis seines Kollegen einzukaufen. Und wenn der in drei Jahren in den Ruhestand geht, kann sie den Laden übernehmen.

Also, nicht, dass ich mich nicht für sie freue oder so! Ich hab halt bloß das Falsche studiert, kein Vitamin B für mich.

»Komm, Leonie! Wir sind eh schon spät dran.«

Kurz darauf betreten wir die Praxisräume im Erdgeschoss, Leonie immer noch schmollend zwei Schritte hinter mir. Stimmengewirr und Gelächter schallen uns entgegen, anscheinend ist die halbe Uniklinik hier.

»Jonas! Leonie!«, ruft meine Mutter quer durch den Raum voller Sakkoträger mit Sektglas in der Hand. Dabei wedelt sie mit den Armen, als wolle sie ein Flugzeug bei der Landung dirigieren. Und auch ohne das Gezappel wäre sie schon auffällig genug in ihrer leuchtend roten Bluse mit weißen Punkten, Modell »Fliegenpilz«. Aber die erstaunten Blicke rundherum ignoriert sie. Mein Vater hingegen, der neben Mum steht, nickt nur kurz zu uns herüber, bevor er das Gespräch mit einem der Sakkoträger fortsetzt. Die emotionalen Gesten überlässt er meiner Mutter, die jetzt strahlend auf Leonie und mich zugestürmt kommt.

»Da ist ja meine Kleine!« Damit drückt sie Leonie zwei fette Schmatzer auf die Wangen.

»Oma«, brummelt Leonie peinlich berührt und wischt sich über die Wange. Was ein echtes Zeichen der Liebe ist, mich hätte sie für so was vermutlich in den Boden gerammt oder mit ewigem Kontaktabbruch bestraft.

»Entschuldige, ich weiß, du bist ja unsere Große! Verzeihst du mir, oder? Ich bin doch die Oma.«

»Ja, ja«, murmelt Leonie und lächelt ihre Oma tatsächlich ein bisschen an.

Daraufhin wendet sich Mum mir zu und drückt mir ebenfalls zwei Schmatzer auf.

»Hallo, mein Junge! Wie geht es dir? Du siehst blass aus!«

»Hallo, Mum. Mir geht's super«, behaupte ich. Als ich angefangen habe, sie Mum zu nennen, mit sechzehn oder so, hat sie noch protestiert. »Ich komme doch nicht aus Amerika!« Aber inzwischen hat sie sich schon lange dran gewöhnt.

»Na, dann ist ja gut. Und du, Leonie? Was macht die Schule?«

»Ich hab Ferien, Oma.«

»Ja, ich weiß. Aber deine Freundinnen siehst du doch wohl trotzdem?«

»Wo steckt denn eigentlich Laura?«, schiebe ich schnell dazwischen und winke mit dem Blumenstrauß in meiner Hand.

»Ich glaube, irgendwo da drüben ...« Mum zeigt vage in Richtung Raummitte.

Im Fortgehen höre ich, wie Leonie anfängt, von ihrer neuen besten Freundin Annika zu erzählen.

In der sterilen Küche suche ich nach einer Vase, denn Laura hat die Blumen zwar erfreut entgegengenommen, mir aber gleich wieder zurückgegeben mit der Bitte, sie zu versorgen. Sie war umringt von älteren Damen und Herren einschließlich meines Vaters, der mich kurz mit Handschlag begrüßte und dann schon wieder den nächsten Medizinerwitz erzählte. Irgendwas mit lauter lateinischen Begriffen, die mir nichts sagten. Also nahm ich den Blumenstrauß und verzog mich hierher in die Küche, wo ich nun planlos einige Schranktüren öffne, aber nur auf Teller und Gläser stoße.

Bei der dritten Schranktür kommt Nele, Lauras Frau, herein und lässt sich stöhnend auf einen Stuhl sinken.

»Hast du auch die Fliege gemacht?«, fragt sie und angelt sich ein Käsespießchen mit Weintraube von dem vorbereiteten Tablett, das auf dem Küchentresen auf seinen Einsatz wartet.

»So ähnlich. Weißt du zufällig, wo hier eine Vase ist? Für den?« Ich wedele mit dem Blumenstrauß.

»Vielleicht da oben?«, fragt sie mit vollem Mund und nickt in Richtung des Hängeschranks.

»Nee, da sind nur Gläser.« Ich öffne den Schrank, um es zu demonstrieren. Sie steht immer noch kauend auf, holt ein Glas heraus, füllt es mit Wasser und streckt die Hand nach dem Blumenstrauß aus.

»Fertig!« Damit stopft sie den Strauß in das Glas.

»Oder so«, sage ich.

In dem Moment hört man lautes Lachen aus dem angrenzenden Raum.

Nele mustert mich mit schräg gelegtem Kopf. »Ganz schön anstrengend, was?«

»Das kannst du laut sagen!« Ich finde es schon immer anstrengend, wenn mein Vater und meine Schwester aufeinanderstoßen, weil es dann nur um Medizin-Themen geht. Und da drinnen ist ein ganzer Raum voller Mediziner!

»Ich geh mal eine rauchen«, verkündet Nele und steht auf.

»Du rauchst?«

»Nee. Aber ich sag das immer, wenn ich eine Pause brauche. Gute Gelegenheit, sich an die frische Luft zu verkrümeln.«

»Den muss ich mir merken!«

Nele dreht sich in der Tür um. »Heißt das, du kommst mit?«

»Ich glaube, ich muss zurück zu meiner Tochter.«

Leonie hat mich nicht vermisst. Sie und meine Mutter sind inzwischen trotz der Ferien in Schulthemen vertieft, und ich stelle mich dazu und lausche interessiert. Jedenfalls so lange, bis Leonie Durst bekommt und ich mich auf die Suche nach etwas zu trinken mache. Anschließend versorge ich die beiden mit Häppchen, winke Nele zu, die von ihrer Nichtraucherpause zurückkommt, frage meine Mutter, wie ihr Blumenladen läuft, tue so, als fände ich es interessant, dass es ihr Blusenmuster auch als Übertopf gibt, und organisiere noch mehr Häppchen. Irgendwann stellt sich meine Schwester zu uns, ist aber fünf Minuten später schon wieder verschwunden, weil sie »die Runde machen« muss.

»Das verstehen wir, Liebes, geh ruhig wieder zu deinen Kollegen«, antwortet meine Mutter. »Wir sind ja heute nur der Anhang.«

Ich weiß zwar, was sie meint, aber trotzdem …

Eine Stunde später haben wir es endlich hinter uns.

»Ab nach Hause«, sage ich zu Leonie, als wir wieder im Auto sitzen.

»Was?« Sie hatte schon ihre iPods eingestöpselt und zieht jetzt einen wieder heraus.

»Ich sagte: Ab nach Hause!«

»Ja, klar, nach Hause. Und morgen an den Strand?«

»Gute Idee!«, antworte ich.

Schon sind die Ohrstöpsel wieder drin.

Am Sonntagabend öffne ich nach einem gechillten Strandtag mit etwas zu viel Sonne auf der Haut die »The Voice of Love«-App auf meinem Handy. Dieses Mal im Schlafzimmer, damit Leonie nicht zufällig hereinkommt. Daran habe ich letztes Mal gar nicht gedacht. Und ich weiß ja nicht, wie meine Tochter es fände, ihrem Papa beim Flirten zuzuhören … Oder doch, ich weiß es genau: Sie fände es megapeinlich. Im Moment telefoniert sie zwar nebenan mit Annika, aber sicher ist sicher. Manchmal dauern diese Telefonate nämlich nur fünf Minuten (meistens aber mehrere Stunden). Dabei haben die beiden sich erst vor einer knappen Stunde gesehen! Denn natürlich war Annika bei unserem Strandausflug dabei.

Als der Möwen-Avatar auf meinem Display auftaucht, muss ich plötzlich wieder an Timos Fake-Theorie denken.

»Hallo, Löwe!« Ihre Stimme klingt so fröhlich, dass mir meine Bedenken sofort ziemlich absurd vorkommen.

»Hallo, Möwe«, antworte ich.

»Ist was?«, fragt sie.

»Nee, was soll sein?«

»Du klingst so anders heute. Als ob dir was auf der Seele liegt.«

Trotz meines Unbehagens muss ich lächeln, weil die Formulierung so wunderbar altmodisch ist. Wenn ich als Kind traurig war, hat meine Mutter das manchmal gefragt: Liegt dir was auf der Seele, Jonas? Ist lange her, dass ich es das letzte Mal gehört habe.

Oh nein! Heißt das womöglich, Möwe ist in Wirklichkeit viel älter, als sie behauptet? Um den Personalausweis bei der Anmeldung zu fälschen, braucht es aber schon richtig kriminelle Energie.

Oder übertreibe ich? Hat Timo mit seinen Sprüchen mein Hirn vergiftet?

»Brick? Bist du noch da?«

»Ich bin da. Ich denke bloß nach.«

»Und über was?«

Ich hole tief Luft. »Na ja, um ehrlich zu sein: Darüber, ob du echt bist.« Jetzt habe ich es doch ausgesprochen. »Ist nicht böse gemeint, aber es gibt so viele Fakes im Internet …«

»Witzig, dass du das sagst.«

»Wieso witzig?«

»Nein, natürlich nicht wirklich witzig«, antwortet sie. »Ich habe nur vor Kurzem erst darüber nachgedacht, ob DU vielleicht ein Fake bist.«

Richtig, wenn sie echt ist, ist es für sie vermutlich noch viel merkwürdiger als für mich, sich mit einem unbekannten Mann zu unterhalten. Wenn ich daran denke, was Sheila, die Freundin von Steffen, uns schon alles über Männer beim Onlinedating erzählt hat … Dick Pics waren da noch das harmloseste.

Andererseits ...

»Würde ein Fake jetzt nicht genau diese Antwort geben?«, frage ich zurück.

»Schätze, schon. Und anschließend würde es das sagen, was du gerade gesagt hast.«

Wir seufzen gleichzeitig.

»Es ist einfach so komisch, sich nicht zu sehen«, sagt sie dann. »Dabei kann man sich live im Prinzip genauso ins Gesicht lügen.«

»Stimmt schon.« Das Einzige, was ich dann mit Sicherheit wüsste, wäre, dass sie kein alter Mann ist. Aber das habe ich sowieso nicht wirklich geglaubt.

»Und die Fotos bei Tinder sind auch nicht gerade realistisch«, fügt sie hinzu. »Nach meiner Erfahrung jedenfalls.«

Ich brumme zustimmend. Wie viele Youtube-Tutorials zum Thema Bildbearbeitung ich schon studiert habe! Arbeiten mit Licht und Schatten, damit die Muskeln größer wirken ... Und die Frauen, die ich getroffen habe, sahen oft auch ganz anders aus als ihr Profilbild.

»Und all die anderen Dinge, die wir uns nicht verraten dürfen«, ergänze ich. »Job, Geld und der ganze Kram ... Es ist so leicht, bei so was zu lügen. Wer lässt sich schon beim ersten Date den Kontoauszug zeigen?«

»Ich bin so froh, dass das alles bei ›The Voice of Love‹ völlig egal ist«, sagt sie.

»Na ja, egal ...«, werfe ich zweifelnd ein.

»Ist es doch.«

»Bis zum ersten richtigen Date vielleicht schon. Aber danach?«

»Was soll das heißen?«, fragt sie. »Es sollte dann immer noch egal sein. Darum geht es doch gerade bei ›The Voice of Love‹. Wenn du nicht daran glaubst, warum bist du dann überhaupt hier?«

Wegen einer Wette ... Aber das sage ich natürlich nicht laut. Außerdem greift es inzwischen viel zu kurz.

»Weil ich ein hoffnungsloser Optimist bin«, antworte ich stattdessen, und das ist nicht mal gelogen. Trotz aller Zweifel hoffe ich inzwischen sehr, dass Möwe echt ist.

»Aber glaubst du ernsthaft, man kann es auf Dauer schaffen, äußere Faktoren völlig auszublenden? Wie fändest du es denn zum Beispiel, wenn ein Mann niemals mit dir ins Kino oder essen gehen kann, weil er überhaupt kein Geld hat?«

»Dann würde ich ihn eben einladen«, antwortet sie.

»Jedes Mal? Vielleicht will er das ja gar nicht. Oder du machst es, aber es ist ihm unangenehm. So oder so: Es wäre immer ein Thema zwischen euch.«

»Hm.« Sie klingt nachdenklich. »Ich fürchte, du könntest recht haben.«

»Und was ist mit dem Aussehen? Ich wette, du stellst dir deinen Traummann auch nicht klein und übergewichtig vor. Oder?«

»Doch, natürlich!«, behauptet sie.

Lisa

Ich lasse sein ungläubiges Schweigen einen Moment andauern, dann füge ich hinzu: »Und er sieht aus wie Shrek!«

Gleichzeitig prusten wir los. Das Lachen tut gut nach dem angespannten Gespräch über Fakes. Wobei ich froh bin, dass es raus ist und dass er es zuerst angesprochen hat. Alleine dadurch wird meine Sorge, er könnte nicht echt sein, ein wenig kleiner. Andererseits könnte natürlich genau das zu seiner Masche gehören …

»Nein, im Ernst, wie sieht dein Traumtyp aus?«, fragt er jetzt, und vor meinem inneren Auge taucht verschwommen das Bild von Ryan auf. Groß, braungebrannt, Surfertyp …

Laut sage ich: »Das werde ich dir bestimmt nicht verraten.«

Denn was, wenn Brick ganz anders aussieht als mein Traumtyp? Vielleicht ist er ja wirklich klein und übergewichtig, und das mit dem Spruch eben war so eine Art defensiver Humor? Oh nein! Ob ihn meine Antwort dann verletzt hat? Sein Lachen klang zwar echt … aber war das, weil er in Wirklichkeit ganz anders aussieht oder weil er über sich selbst lachen kann?

Und falls es stimmt, dass er ganz anders aussieht als mein Traumtyp: Wird es mir dann tatsächlich egal sein?

»Dann anders: Gibt es für dich irgendwelche No-Gos bei einem Mann?«, fragt er jetzt, als hätte er meine Gedanken gelesen. »Oder beim ersten Date? Etwas, das man am Handy nicht bemerkt?«

In Gedanken gehe ich meine vergangenen Verabredungen durch.

»Na ja ... Das, was wir gerade schon meinten: Wenn jemand ganz anders aussieht als auf dem Foto. Das fällt in unserem Fall natürlich weg, aber man kann sich ja auch auf andere Art verstellen.« Zum Beispiel erst einen auf entspannter Outdoorkletterer machen und dann ein Problem mit Gummistiefeln haben. »Und bei dir?«

»Wenn sie ihren Hund mitbringt und er von ihrem Teller mitisst«, antwortet er wie aus der Pistole geschossen.

»Das hast du dir doch gerade ausgedacht!«

»Leider nein. Aber, hey, wir sollten nicht über vergangene Dates lästern.«

»Nee, stimmt.«

Er atmet tief ein. »Eines wollte ich noch sagen: Ich hoffe wirklich, dass es mir egal sein wird, wie du aussiehst. Wenn wir uns treffen, meine ich. Also, falls.«

»Ja. Ich auch.«

Wir schweigen einen Moment.

»Wollen wir vielleicht mit den vorgegebenen Fragen weitermachen?«, fragt er dann.

»Ja, gerne.« Ich klicke darauf, aber er ist schneller.

»Die nächste lautet: Hast du ein Haustier, oder hattest du eines als Kind?«

Der Themenwechsel ist so abrupt, dass ich fast lachen muss. Eine harmlose Frage nach Haustieren, sehr schön. Zumal ich so ganz nebenbei noch etwas über seine Tierliebe erfahren werde.

»Ich habe mir immer einen Hund gewünscht, aber nie einen gekriegt«, antworte ich. »Und jetzt habe ich keine Zeit für einen. Und du?«

»Wir hatten mal einen, eine weiße Mischlingshündin. Sie hieß Flocke.«

»Süßer Name!«

»Ja, oder? Den habe ich mir damals ausgedacht.« Ich kann hören, wie er lächelt, während er mir erzählt, wie Flocke die Hausschuhe seines Vaters zerfetzt und ihm zum Ausgleich mit schlechtem Gewissen die Zeitung gebracht hat, wie die Hündin mit dem kleinen Brick getobt hat und wie sie ihm tröstend die Hand geleckt hat, als er Bauchweh hatte.

»Bei der Sache mit der Zeitung haben wir so gelacht!«

»Deine Mutter und du?«

»Meine Schwester und ich«, antwortet er.

»Du hast eine Schwester?«

»Ja. Oder hätte ich das nicht verraten dürfen? Ist das gegen die Regeln?«

»Nein, Quatsch!«, sage ich. »Ist sie älter oder jünger als du?«

»Sie ist drei Jahre älter als ich, verheiratet, erfolgreiche Ärztin.« Er klingt wie eine E-Bay-Kleinanzeige. Da hat er ja mehr über seinen Hund erzählt.

»Sie ist Ärztin? Im Krankenhaus?«, frage ich nach.

»Nein, sie zieht gerade in die eigene Praxis. Mein Vater arbeitet im Krankenhaus. Er ist Professor an der Uniklinik.«

»Oh! Bist du auch Arzt?«

»Nein, bin ich nicht.« Er klingt ziemlich angenervt. Weil er nicht über seine Familie reden will? Das spricht leider fast schon wieder für die Fake-Theorie … Oder haben die aus irgendeinem Grund kein gutes Verhältnis zueinander?

Oder will er einfach nur nicht, dass ich seinen Job herausbekomme?

»Und deine Mutter? Ist die auch Ärztin?«, frage ich weiter.

»Nein, Mum hat einen Blumenladen.« Schon wieder so eine Ein-Satz-Antwort.

»Ein eigener Laden? Cool«, sage ich. »Meine Mutter belegt immer Kurse an der Volkshochschule … Töpfern, Acrylmalerei und so was. Aber ich glaube, sie hätte sich nie getraut, das zu ihrem Beruf zu machen. Ist ja ein ganz schön großes finanzielles Risiko. Wie war das denn bei deiner Mutter?«

»Pa hat den Laden finanziert, nachdem wir Kinder aus dem Haus waren. Mit dem Erbe von meinen Großeltern. Das war kein so großes Risiko. Wenn man einen Kredit aufnehmen muss, ist das natürlich was anderes … Was arbeitet deine Mutter denn?«

Endlich ist er wieder gesprächiger. »Sie ist Sekretärin in einer Anwaltskanzlei«, antworte ich.

»Und macht ihr das keinen Spaß?«

»Ähm …« Macht der Job Mama Spaß? Sie redet ständig davon, wie wichtig ihre Chefs sind und was sie alles organisieren muss und so weiter. Aber Spaß? Ich kann ihr unwilliges Kopfschütteln schon sehen, ganz nach dem Motto: Was soll die dumme Frage? Es ist eben meine Arbeit.

»Doch, ich glaube schon. Unglücklich ist sie jedenfalls nicht. Und sie hat ja auch viele Hobbys …«

»Hm …«, macht er.

»Was?«

»Na ja, ich glaube, mir würde das nicht reichen. Das mit den Hobbys. Ich glaube, ich könnte auf Dauer keine Arbeit machen, die mich nicht …«, er zögert.

»Die dich nicht was?«

»Na ja … die mich nicht erfüllt. Blödes Wort, aber das trifft es irgendwie am besten.«

»Ich auch nicht«, antworte ich. »Oh Mann, so blöd, dass wir nicht darüber reden dürfen!«

Brick brummt zustimmend. »Was ist eigentlich mit deinem Vater?«, fragt er dann plötzlich. »Von dem hast du noch gar nichts erzählt.«

»Falsche Frage«, murmele ich. Bei gewissen Themen werde ich eben auch einsilbig.

»Wieso?«

Ich seufze. Wenn er es unbedingt wissen will ... »Mein Vater lebt in Österreich. Mit seiner neuen Familie.«

Ich höre selbst, wie bitter meine Stimme klingt.

»Oh ... Habt ihr keinen Kontakt mehr?«

»Na ja, früher habe ich ihn noch ab und zu besucht, aber jetzt schon ewig nicht mehr. Ich kam mir immer vor wie das fünfte Rad am Wagen. Als würde ich seine neue heile Familienidylle stören.«

»Was für ein Mist«, sagt er.

»Ja. Inzwischen telefonieren wir genau zweimal im Jahr. An meinem Geburtstag und an seinem.«

»Ach, Mann. Das war bestimmt nicht einfach für dich.«

»Allerdings nicht«, antworte ich heftig. Wie kann es einfach sein, wenn man zwölf ist und der Vater einen verlässt?

»Und für deine Mutter wahrscheinlich auch nicht, als sie plötzlich alleine dastand mit Kind«, fügt er hinzu.

»Sogar mit zwei Kindern. Mein Bruder war damals zwar schon sechzehn und hat eh sein eigenes Ding gemacht.« Ich drehe eine Haarsträhne um den Finger. »Aber ich war einfach nur traurig und wütend.« Verrückterweise auf Mama genauso wie auf meinen Vater, obwohl sie ja gar nichts dafür konnte.

»Kann man verstehen«, sagt Brick.

»Ja ...«, antworte ich vage. »Nächste Frage?«

»Erst mal musst du noch die letzte Frage beantworten«, widerspricht er. »Die mit den Geschwistern. Du hast also einen großen Bruder?«

»Ja.« Auch nicht gerade mein Lieblingsthema.

»Beruf? Ehestand? Jetzt komm schon, ich hab dir auch alles erzählt.«

Na ja, alles ... Sehr viel hat er mir nicht verraten. Nur die Basics. Aber egal.

»Okay, okay. Er ist Physiotherapeut. Und er hat die perfekte Frau und das perfekte Enkelkind für meine Mutter. Im Gegensatz zu mir.« Hoffentlich klang das jetzt nicht frustriert.

»Ist das der Grund, warum du dich hier angemeldet hast?«, fragt er. »Weil deine Mutter noch ein Enkelkind will?«

»Was? Nein! Natürlich nicht!« Mist, komme ich jetzt etwa so rüber, als ob ich nur jemanden zum Schwängern suche? »Also, das heißt, irgendwann will ich schon Kinder haben, aber nicht sofort.«

»Okay ...« Plötzlich ist das Lachen aus seiner Stimme verschwunden.

»Du etwa nicht?« Mein Herz pocht auf einmal schneller. Was, wenn er sagt, er will keine Kinder? Niemals?

»Doch, schon ...« Er dehnt die Worte wie Kaugummi.

»Sei ehrlich, bitte! Wenn du schon weißt, dass du keine Kinder willst, dann sag es einfach.«

»Das ist es nicht.«

»Okay, sorry. Ist ja auch die Todesfrage beim Daten«, sage ich. »Sollen wir das Thema wechseln? Wir könnten ...«

»Ehrlich gesagt, habe ich schon eine Tochter«, unterbricht er mich.

»Oh. Wow.« Damit habe ich nicht gerechnet! Dabei ist er Anfang dreißig, so ungewöhnlich ist es also nicht ... Objektiv betrachtet jedenfalls. Aber meine Gefühle wissen gerade nicht, wie sie das finden sollen, eine Tochter mit einer Ex.

»Ist das ein Problem für dich?«, fragt er.

»Nein! Natürlich nicht«, behaupte ich. »Du hast also eine Tochter? Wie alt ist sie denn?«

»Dreizehn«, antwortet er.

Ich muss mich wohl verhört haben. »Drei?«

»Plus zehn. Dreizehn.«

»Oh.« Dreizehn? Ist er doch nicht Anfang dreißig? Ich dachte ja, der Name »Brick93« sei ein Hinweis auf sein Geburtsjahr – aber vielleicht ist es bloß seine Hausnummer und er schon weit über vierzig.

»Ja, genau. Meine Tochter ist dreizehn«, wiederholt er. »Und das erzähle ich normalerweise nicht beim dritten Date. Aber vielleicht ist es ganz gut, dass du es jetzt weißt. Ich bin nämlich schon mit achtzehn Vater geworden.«

Achtzehn plus dreizehn … Also ist er einunddreißig. Puh!

Aber er ist mit achtzehn Vater geworden … Krass! Falls er Abi gemacht hat wie ich, war das noch in der Schulzeit.

»War nicht geplant, natürlich«, fährt er fort. »Aber man wächst da rein. Am Anfang haben unsere Eltern natürlich auch viel geholfen, das ist klar, vor allem die Mutter meiner Ex. Aber inzwischen ist meine Tochter wie gesagt dreizehn und damit schon ziemlich groß und selbständig …«

Das heißt, falls wir zusammenkommen, muss ich mich mit einer Teenager-Tochter auseinandersetzen! Ist sie dann immer da? In seiner Wohnung?

»Lebt sie bei dir oder bei ihrer Mutter?«

»Immer abwechselnd. Eine Woche bei ihr, eine Woche bei mir. Wetten, ich bin der einzige Mann Anfang dreißig, der alle Bibi-und-Tina-Hörspiele auswendig kann?«

»Echt alle? Das sind aber verdammt viele!«

»Na ja, vielleicht nicht wirklich alle. Aber alle wichtigen Teile.« Und dann fängt er an, den Bibi-und-Tina-Titelsong zu singen. Ein bisschen schief, aber sehr textsicher. Bei der zweiten Zeile stimme ich mit ein, und wir singen zusammen bis zum Ende.

»Hey, du kannst das ja auch«, sagt er lachend.

»Klar, ich war auch mal ein kleines Mädchen!«

Als wir uns wieder beruhigt haben, frage ich: »Und was macht ihr heute so zusammen, deine Tochter und du? Bibi und Tina hört sie doch bestimmt nicht mehr.«

»Ach, Kino, zocken, was Teenager halt so interessiert.«

»Ist sie denn schon voll in der Pubertät?«, frage ich vorsichtig.

»Ja. Leider.«

»Das ist bestimmt nicht einfach für sie.«

»Für sie? Für mich!«, protestiert er.

»Für sie aber auch nicht. Wenn ich überlege, wie ich mit dreizehn war ...«

»Bestimmt total niedlich«, behauptet er, und mein Herz macht einen kleinen Hüpfer.

»Quatsch! Ich war unausstehlich. In dem Alter macht man doch einen auf cool, obwohl es innen ganz anders aussieht.« Also eigentlich genauso wie Brick am Anfang ... Ich muss kichern.

»Was ist daran so witzig?«, fragt er.

»Na ja, das ist ein bisschen wie du.« Ups, das ist mir so rausgerutscht! Hoffentlich ist er jetzt nicht beleidigt.

»Wieso?«

»Na ja ... Harte Schale und weicher Kern und so ... Ach, ist ja auch egal. Ich meinte nur: Deine Tochter tut vielleicht cool, aber sie ist sehr empfindsam im Moment.«

Schweigen. Dann sagt er: »Damit könntest du sogar recht haben.«

Kurz darauf ist unsere Zeit zu Ende.

Brick hat eine Tochter! Ich kann es immer noch nicht fassen.

Wie es wohl wäre, falls wir wirklich zusammenkommen? Ich kann mir überhaupt nicht vorstellen, so eine große Tochter zu haben.

Was wäre ich denn dann? Die Stiefmutter? Nein, auf keinen Fall! Mit den Jugendlichen in der Naturstation komme ich zwar super klar, aber das ist doch etwas ganz anderes als eine pubertierende Tochter!

Und was, wenn sie mich ablehnt? Oder die Beziehung sabotiert? Brick ist langsam reingewachsen ins Vatersein, hat er gesagt. Aber ich soll auf einen Schlag so etwas wie eine dreizehnjährige Stieftochter bekommen?

Plötzlich bekomme ich keine Luft mehr. Warum ist das auch so stickig hier drinnen! Ich taumele zum Fenster, reiße es auf und atme japsend in tiefen, hastigen Zügen.

Das Fenster gegenüber öffnet sich. »Alles in Ordnung, Lisa?«, ruft Mika besorgt. Ich hebe die Hand, um zu signalisieren: Ja, geht schon. Und langsam geht es wirklich besser. Der Sauerstoff flutet meinen Körper, und ich werde wieder ruhiger.

Ich winke Mika noch einmal zu, schließe das Fenster und haste dann die Treppe nach unten zu Mareike. Krisenbesprechung!

Mareike macht große Augen, als sie von der Sache mit der Tochter erfährt.

»Krass«, sagt sie und trinkt einen Schluck Tee. »Aber erstens seid ihr ja noch lange nicht zusammen …«

»Nein, aber wenn ich davon ausgehe, dass wir sowieso nicht zusammenkommen, kann ich das Ganze auch gleich sein lassen!«

»Hey, Lisa, ganz ruhig.« Mareike streichelt mir über den Rücken. »Selbst wenn ihr zusammenkommt, wirst du deshalb nicht automatisch zur Stiefmutter. Wer weiß, wie viel du mit der Tochter überhaupt zu tun hast. Sie ist doch nur jede zweite Woche da.«

»Das heißt, wir sollen uns nur jede zweite Woche treffen, oder wie?«

»Nein, auf Dauer natürlich nicht, aber ganz am Anfang vielleicht. Und außerdem … ein Gutes hat die Sache doch.«

»Und was?«, frage ich schwach.

»Sehr wahrscheinlich ist er kein Fake. Sonst hätte er dir das mit der Teenager-Tochter wohl kaum erzählt.«

»Stimmt.« Aber hätte er mir das nicht irgendwie anders klarmachen können?

»Und sein Vater ist Medizinprofessor?« Mareike zieht ihr Handy aus der Hosentasche. »An der Uniklinik in Lübeck?«

»Keine Ahnung, wo«, antworte ich. »Zeig mal!«

Und dann googeln wir zusammen die Professoren der Uniklinik und spekulieren darüber, wer von ihnen der Vater von Brick sein könnte.

Jonas

Das Gespräch mit Möwe klingt noch lange in meinem Kopf nach. Wie lieb sie sich nach Leonie erkundigt hat! Und wie toll sie sie verstanden hat! Mir wird ganz warm, wenn ich daran denke. Bei normalen Dates habe ich mich nie getraut, meine Tochter auch nur zu erwähnen, aber mit Möwe ist alles anders. Sie kitzelt Dinge aus mir heraus, die ich überhaupt nicht erzählen will, aber hinterher ist es trotzdem okay. Mehr als okay!

Umso mehr tut es mir leid, dass sie zu ihrem eigenen Vater keinen Kontakt mehr hat. Ich weiß natürlich nicht, was damals zwischen ihrer Mutter und ihm gelaufen ist, aber wie kann man den Kontakt zur eigenen Tochter fast völlig aufgeben? Das verstehe ich einfach nicht! Und nicht nur ihretwegen. Der Gedanke, nicht mehr Teil vom Leben meiner Tochter zu sein, wäre für mich völlig unerträglich.

Ich starre noch eine ganze Weile auf den Möwen-Avatar und suche danach im Internet nach Lübecker Kindergärten mit einer Möwen-Gruppe. Leider ergebnislos. Hätte ja sein können, dass ich ein Foto der entsprechenden Erzieherin finde …

Lisa

Am Dienstag gebe ich zusammen mit Gabi einen Kurs zum Bernsteinschleifen für Kinder und Jugendliche. Hinterher sind wir gerade dabei, die letzten zu verabschieden, als Levke in den Seminarraum gestürmt kommt. Dabei rennt sie fast Annikas Freundin Leonie, die heute zum ersten Mal dabei war, über den Haufen.

»Sorry!«, keucht Levke atemlos. »Weh getan?«

Leonie schüttelt den Kopf.

»Mann, Levke, wer hat dir denn in den Hintern gebissen?«, fragt Annika, woraufhin Leonie laut losprustet.

»Ein Wasserbüffel ist ausgebrochen!«, keucht Levke.

Das Lachen verstummt abrupt, und die beiden Teenager-Mädchen sehen sie mit großen Augen an. »Der ist ausgebrochen? Ist das gefährlich?«

»Was? Nein! Ganz ruhig bleiben«, sage ich. »Wo ist der Büffel denn jetzt, Levke? Ist er weit weg von der Weide?«

Die Wasserbüffel grasen auf einer großen Weidefläche auf dem südlichen Priwall, um Brutflächen für seltene Zugvögel wie den Kiebitz zu schaffen. Im meterhohen Gras kann der nämlich nicht seine Nester bauen.

»Nein, er steht wohl direkt daneben«, antwortet Levke immer noch ein wenig atemlos. »Meinte jedenfalls der Mann, der angerufen hat.«

Bilde ich mir das ein, oder gucken die beiden Mädels enttäuscht? Sie dachten vermutlich, ein wilder Wasserbüffel stürmt gerade die Priwallfähre.

»Fangt ihr den jetzt wieder ein?«, fragt Annika, während ich nach draußen eile, in Richtung Scheune.

»Na klar!«, rufe ich über die Schulter zurück.

Die beiden flitzen hinter mir her.

»Können wir mitkommen?«, fragt Leonie.

»Nein, lieber nicht.« Ich öffne die Scheunentür und gehe zum Regal.

»Wir sind auch ganz brav«, behauptet Annika hinter mir, und Leonie bekommt einen Kicheranfall. Zwei kichernde Dreizehnjährige, die den Wasserbüffel nervös machen, das hat mir gerade noch gefehlt!

»Ich erzähle euch morgen, wie es gelaufen ist, okay?«

»Okay«, brummen sie.

»Hier, halt mal.« Damit drücke ich Levke, die sich an den beiden Teenies vorbeigeschoben hat, ein orangefarbenes Knäuel in die Hand.

»Was ist das?«, fragt Annika.

»Ein Stück vom Elektrozaun«, erklärt Levke.

»Und wozu braucht ihr das?«

»Damit treiben wir den Wasserbüffel zurück auf die Weide«, erkläre ich. »Der weiß ja nicht, dass auf unserem Stück Zaun gerade kein Strom drauf ist.«

In dem Moment höre ich schon Heinz von draußen rufen.

»Lisa? Hast du alles?«

»Ja, wir kommen!«

Im Rekordtempo hasten wir den Weg zur großen Weide entlang, Heinz, Gabi, Levke, Finn und ich. Auf dem schmalen Sandweg, wo die hohen Pappeln und silbrigen Kopfweiden rauschen, ist es immer besonders idyllisch. Doch heute haben wir dafür keinen Sinn, wir hetzen voran, während Gabi knisternde Mülltüten von einer Rolle abreißt.

»Übrigens, wir müssen uns nachher unbedingt mal unterhalten, Lisa«, ruft Heinz mir zu, als wir schon fast da sind.

»Wieso, was gibt's?«

Er sieht mich so ernst an, dass mein Herz für einen Moment in die klobigen Arbeitsschuhe rutscht.

»Später«, sagt er.

»Ja, okay …« Was kann er bloß von mir wollen?

»Da vorne ist der Büffel!«, ruft Levke in dem Moment, und sofort ist alles andere unwichtig.

Der Wasserbüffel steht ungefähr zehn Meter neben der Weide. Seine Augen sind halb geschlossen, es sieht fast aus, als würde er schlafen. Trotzdem sind wir vorsichtig, keiner sagt mehr ein Wort. Levke gibt mir ein Ende des orange leuchtenden Elektrozaungeflechts, und ich gehe damit langsam in einem großen Bogen hinter dem mächtigen Tier entlang. Da vorne ist ja auch die beschädigte Stelle im Zaun. Heinz stellt den Strom ab und öffnet den Zaun über eine größere Strecke. Der Büffel bemerkt uns und dreht den Kopf von Heinz zu Levke und dann zu mir. Wenn er jetzt anfangen würde, zu schnauben und womöglich die Hörner in den Boden zu stoßen, wäre das ein schlechtes Zeichen! Aber er bleibt zum Glück ruhig. Levke ist zum ersten Mal dabei, sie sieht aus, als würde ihr das Herz bis zum Hals klopfen, und obwohl es schon mein zweites Mal ist, bin auch ich extrem angespannt. Immerhin wiegt so ein Jungbulle bis zu sechshundert Kilogramm! Wenn der auf einen losrennt … Aber darüber denke ich jetzt nicht nach, denn wenn sie nicht gerade von ihren Artgenossen geärgert werden oder sich in die Enge gedrängt fühlen, sind Wasserbüffel friedlich.

Levke und ich ziehen die orangenen Drähte der Elektrozaunattrappe hinter dem Büffel stramm und gehen dann langsam vorwärts, sodass der »Zaun« dem Hintern des riesigen Tieres immer näher kommt. Der Wasserbüffel dreht den Kopf mit den mächtigen Hörnern zur Seite und linst nach hinten, macht aber keine Anstalten, sich zu bewegen. Erst, als Gabi und Finn auch noch kräftig mit den Mülltüten rascheln, trabt er gemächlich los, auf die Lücke im Zaun zu.

Eine halbe Stunde später ist es geschafft. Der Bulle ist wieder auf der Weide bei seiner Herde und der Zaun repariert. Ich merke, wie die Anspannung abfällt, von mir und den anderen, denn auf einmal reden und lachen alle wild durcheinander.

»Wie der geguckt hat am Anfang!«

»Ich dachte schon, der rennt auf Heinz zu ...«

»Und Gabi und Finn mit ihren Mülltüten!«

Zurück in der Naturstation kocht Heinz uns erst mal allen einen Kaffee, und Gabi flitzt nach nebenan mit der verheißungsvollen Ankündigung: »Ich hab gestern gebacken, Butterstreusel!«

Wir setzen uns draußen auf die Baumstammbänke, strecken die Beine aus, genießen die Kühle des Baumschattens und lassen uns Kaffee und Kuchen schmecken. Doch Gabis wunderbarer Butterstreuselkuchen bleibt mir im Halse stecken, als ich höre, was Heinz uns zu sagen hat.

Er räuspert sich schon so komisch, einmal, zweimal, dreimal, und sagt dann in offiziellem Ton und völlig gegen seine normale Art: »Gut, dass ihr alle hier seid. Ich muss euch etwas mitteilen.« Dabei wird er unter seiner wettergegerbten Haut ganz bleich.

»Heinz?«, fragt Gabi mit vollem Mund. »Geht's dir gut?«

»Nein«, antwortet er. Und dann sagt er den einen Satz, der alles verändert: »Die Naturstation soll abgerissen werden.«

Worte wie eine dicke Betonmauer.

»Das ist ein Scherz, oder?«, frage ich mit zitternder Stimme, dabei sieht Heinz nicht so aus, als würde er scherzen.

»Das kann doch gar nicht sein!«, ruft Gabi.

»Aber ...«, stammelt Finn.

Levke sagt gar nichts, sie sieht aus, als müsse sie sich gleich übergeben.

»Mann, Heinz!« Gabi stemmt die Hände in die Hüften. »Wie kann das sein? Jetzt red endlich!«

Heinz streicht sich über den Schnurrbart. »Also, es ist so: Das Haus und das Grundstück gehören ja einer Erbengemeinschaft. Die drei Erben sind zerstritten und konnten sich nie auf einen Verkauf einigen, deshalb haben sie unseren Mietvertrag immer wieder um ein Jahr verlängert. Seit zehn Jahren geht das schon so. Und jetzt haben sie uns plötzlich gekündigt!«

»Aber … Du hast doch immer gesagt, die Verlängerung ist reine Formsache«, stammele ich.

»Ja, ich weiß.« Heinz reibt sich erschöpft die Augen. »Das habe ich ja auch gedacht. Ich meine, zehn Jahre!«

»Da muss man doch was gegen tun können!«, platzt es aus Gabi heraus.

Heinz sieht sie müde an. »Was denn? Ich habe sogar einen Anwalt angerufen, auf eigene Kosten. Der sagt, man kann gar nichts machen.«

»Aber wir sind doch schon so lange Mieter! Da hat man doch Rechte!«

»Nicht bei einem Zeitvertrag. Und nicht bei gewerblicher Nutzung.«

»Und jetzt?«, frage ich. »Irgendetwas müssen wir doch tun!«

Keiner antwortet. Die Vögel zwitschern weiter, als wäre nichts passiert, und über uns rauschen die Blätter im Wind, während langsam in mein Bewusstsein sickert, was Heinz uns da gerade verkündet hat. All das hier, der liebevoll gestaltete Garten, die Hochbeete, die Blühwiese und der große alte Baum, die Sprunggrube und die Feuerstelle – das soll jemand anderem gehören? Keine Führungen am Strand mehr mit den Kindern, keine Stockbrotabende. Und was wird aus den Kiebitzen und all den anderen Vögeln auf der großen Wiese, wenn sich niemand mehr um die Beweidung durch die Wasserbüffel kümmert?

Im selben Moment zupft mich ein Schnabel am Hosenbein. »Pieps?«

Emma! Soll ich Emma etwa auch nie wiedersehen? »Hallo, Kleine«, sage ich zu ihr und kann plötzlich nur noch mit Mühe die Tränen zurückhalten.

»Und wann?«, fragt Levke, als hätte sie meine Gedanken gelesen. »Ich meine, wann müssen wir hier raus?«

»Der Vertrag läuft in zwei Monaten aus«, antwortet Heinz düster.

»WAS?«, rufen Levke und ich gleichzeitig. Zwei Monate?

Alleine unsere Veranstaltungen sind schon für die nächsten vier Monate im Voraus geplant!

»Das geht nicht«, sage ich. »Das geht einfach nicht!«

Gabi streichelt mir beruhigend über den Arm. »Und wenn wir noch mal mit den Leuten reden?«, fragt sie Heinz. »Wer ist denn überhaupt der Käufer? Ruf da doch mal an.« Aber ihr Gesichtsausdruck verrät sie.

Sie glaubt nicht wirklich, dass das etwas bringen wird.

Zwei Stunden später, als ich wieder zu Hause bin, sagt Mareike genau das Gleiche: »Wer ist denn der Käufer? Ruf da doch mal an!«

»Sinnlos«, antworte ich. »Das ist ein Architekturbüro. Die wollen alles abreißen, sagt Heinz. Und auf das Grundstück irgend so einen Neubau knallen.«

Ich kann es zwar mechanisch wiederholen, aber so richtig begriffen habe ich es immer noch nicht. In zwei Monaten ist alles, was wir uns aufgebaut habe, weg! Kaputt! Zerstört! Und ich … arbeitslos. Das darf einfach nicht wahr sein!

Mareike beißt in eine Zimtschnecke. »Das kann doch nicht erlaubt sein, so was!«

»Leider doch. Heinz hat alles von einem Anwalt prüfen lassen. Wenn ein Zeitvertrag ausläuft und dann noch bei einer Gewerbeimmobilie … Keine Chance.«

»Das lassen wir uns nicht gefallen!«, verkündet Mareike. »So leicht kriegen die deine Naturstation nicht!«

»Und wie willst du das verhindern?«, frage ich niedergeschlagen. »Willst du dir ein Baumhaus bauen und dich weigern runterzukommen, wie die Leute bei diesen Kohleprotesten?«

»Nee, natürlich nicht«, antwortet Mareike. »Aber ich denk mir was aus, versprochen! Gib mir ein bisschen Zeit. Hier, iss eine Schnecke.«

Sie nimmt zwei Tupperdosen von der Arbeitsfläche, öffnet sie und hält sie mir vor die Nase.

»Hast du die gebacken?«, frage ich, dabei interessiert mich das ungefähr so sehr wie die Frage, wo in China gerade ein Sack Reis umgefallen ist. Außerdem ist es offensichtlich: In der Spüle stapeln sich benutzte Rührschüsseln.

»Ja, ich habe ein paar neue Schneckenrezepte ausprobiert«, antwortet Mareike strahlend. »Für unser Schneckenhaus. Hab ich doch erzählt, oder?«

Ich habe keine Ahnung, wovon sie redet, und so gucke ich vermutlich auch. »Das neue Café, das wir in der Touristeninformation eröffnen wollen! Damit wir den Leuten auch noch was anderes anbieten können als nur Kaffee.«

»Ach ja«, sage ich. Davon hat sie tatsächlich erzählt. Mehr als einmal.

»Manchmal habe ich das Gefühl, du hörst mir gar nicht richtig zu«, beklagt sich Mareike.

»Doch! Klar!«, behaupte ich. Aber wie soll ich denn zuhören, wenn mein Herz die ganze Zeit nur einen einzigen Satz pocht: Die Naturstation wird abgerissen! Die Naturstation wird abgerissen!

»Gorgonzola-Birne-Walnuss oder Zimt-Kardamom?« Mareike wackelt mit den Tupperdosen. Ich entscheide mich für eine Zimtschnecke und beiße hinein. Mein Lächeln ist nur halb gespielt, denn das Teil schmeckt göttlich. »Lecker!«

»Ja, nä?« Mareike betrachtet den Stapel aus Frischhaltedosen auf der Arbeitsfläche. »Aber die essen wir niemals alle auf.«

»Einfrieren?«, schlage ich vor.

Sie öffnet das Gefrierfach, das schon randvoll ist mit weiteren Tupperdosen. »Nee. Aber vielleicht kann ich Mika ein paar rüberbringen.«

»Wer ist Mika?«

»Na, der neue Nachbar. Der dich nackt gesehen hat.« Mareike grinst, und ich verdrehe die Augen.

»Nee, im Ernst«, sagt sie dann, »ich finde den süß.«

»Er ist aber überhaupt nicht dein Typ, oder?«

»Wieso das denn nicht?«

»Ähm …« Mist, das ist mir so rausgerutscht! Und jetzt? Ich kann ja schlecht sagen, der ist viel zu schüchtern und nett und überhaupt nicht machomäßig genug! Aber blöderweise fällt mir auch nichts anderes ein.

»Na ja, ich dachte … nur so ganz allgemein«, stammele ich. »Aber wenn du ihn magst, ist das doch super!«

Wieso ist da plötzlich eine steile Falte auf Mareikes Stirn?

»Super«, betone ich noch einmal. »Du, sei mir nicht böse, aber ich brauche jetzt ein bisschen Ruhe. Nach dem Schock vorhin.«

Sofort verschwindet die Falte, und sie streichelt mir über den Arm. »Das verstehe ich. Ich bringe Mika schnell ein paar Schnecken, und danach hänge ich mich gleich an den Laptop. Wegen der Naturstation. Du weißt doch: Ich bin die Queen der Recherche!«

Ich seufze. »Was willst du da noch herausfinden? Wenn nicht mal den Anwälten was einfällt …«

Mareike zuckt mit den Schultern. »Vielleicht haben die Anwälte ja was übersehen? Unwahrscheinlich, klar, aber man weiß nie. Und auf jeden Fall werde ich mal dieses Architekturbüro googeln. Stichwort: *Know your enemy!*«

Sie streichelt mir noch einmal über den Arm und fängt dann an, Schnecken aus den Tupperdosen auf einem Teller zu arrangieren.

Ich koche mir einen Lübecker Gute-Nacht-Tee mit beruhigender Anti-Stress-Wirkung (vielleicht hilft es ja) und verkrümele mich damit nach oben. Unter dem Dach ist es unerträglich heiß, deshalb öffne ich das Fenster. Von gegenüber ertönt Männerlachen und Musik. Drüben ist ein Vorhang vorgezogen, aber dahinter sehe ich Schatten, die sich bewegen. Ob Mika eine Einweihungsparty feiert? Unten geht die Haustür, und wenig später mischt sich eine Frauenstimme unter das Gelächter von nebenan. Ich schließe das Fenster wieder, auch wenn es hier drinnen immer noch wahnsinnig heiß ist, und verkrieche mich ins Bett. Doch die Gedanken an das, was Heinz uns vorhin erzählt hat, kann ich nicht ausschließen. Ich grüble eine Ewigkeit hin und her, ohne dass mir eine Lösung einfällt, bis ich irgendwann vor Erschöpfung einschlafe.

Am nächsten Morgen stehe ich vor dem Architekturbüro, das die Naturstation abreißen will. Von wegen *Know Your Enemy*.

Beim Frühstück hat Mareike mir noch schnell gezeigt, was sie herausgefunden hat, aber es war auch nicht viel mehr als das, was ich selbst schon gegoogelt hatte. Ein paar Namen (ohne Fotos), die Geschichte des Architekturbüros und dessen Slogan »Gebäude mit Zukunft«. (Zukunft? Pah! Tolle Zukunft, für die man die Natur zerstört!) Mareike musste dann los, zur Arbeit, und ich habe weitergegrübelt. *Know your enemy* … Eines ist klar: Wir wissen echt gar nichts über unseren Feind! Noch nicht mal, wer eigentlich deren Auftraggeber ist. Wenn wir das wüssten, hätten wir vielleicht einen Ansatzpunkt, aber so? Ich habe mich so hilflos gefühlt, ich musste einfach irgendetwas tun. Und da heute mein freier Tag ist, habe ich mich spontan aufs Fahrrad gesetzt und bin hierhergefahren.

Jetzt stehe ich also in der Lübecker Innenstadt vor einer verschlossenen Tür mit mehreren Firmenschildern, von denen eines zum Architekturbüro gehört, »Hansen und Sohn« plus Holstentorumriss. Ich bin seltsam enttäuscht, keine Ahnung, was ich mir eigentlich erhofft hatte. Ich könnte natürlich klingeln und hochgehen, aber ob das so schlau wäre? Ich bräuchte ja irgendeine Geschichte oder wenigstens gute Argumente, etwas, das die Architekten dazu bringt, mir Hintergründe oder Namen zu verraten. Und das tun sie garantiert nicht, wenn ich nur sage: »Bitte reißen Sie unsere Naturstation nicht ab.«

Ich hätte diese Aktion wirklich besser durchdenken sollen. Am besten, ich überlege mir heute Abend mit Mareike erst mal einen richtigen Plan.

Gerade will ich mich umdrehen und gehen, da steuert eine Frau in einem leuchtend gelben Batik-Kleid auf mich zu. Ich trete einen Schritt zur Seite, und sie kramt einen Schlüssel aus der Handtasche und schließt auf.

»Wollen Sie auch rein?« Sie hält mir die Tür auf, und ohne nachzudenken schlüpfe ich hinter ihr in den kühlen Hausflur. Einen Moment später bereue ich es schon. Ich hatte doch eigentlich gerade beschlossen zu gehen!

»Wollen Sie zu uns? Zum Architekturbüro?«, fragt sie mich freundlich.

»Nein, nein«, stammele ich und ärgere mich im gleichen Moment über mich selbst. Das ist doch die Gelegenheit! Ich sollte sie in ein Gespräch verwickeln, einen ersten Kontakt herstellen … Aber sie geht schon weiter in Richtung Treppe.

»Sie arbeiten also im Architekturbüro?«, rufe ich hinter ihr her.

Sie bleibt stehen und dreht sich zu mir um.

»Also wollen Sie doch zu uns?«

»Ja, nein, also ...« Ich atme tief ein. »Ich hätte da ein paar Fragen.«

Sie lächelt mich an. »Ach so! Die Architekten sind noch nicht da, aber wenn Sie ein paar Minuten warten würden ... Ich kann auch gerne schon einmal Ihre Daten aufnehmen, das verpflichtet Sie zu nichts. Neubau oder Umbau?«

Für den Bruchteil einer Sekunde überlege ich, tatsächlich mitzugehen und so zu tun, als wäre ich eine Kundin. Dann schaltet sich die Vernunft wieder ein. Was soll das bringen? Ich mache mich nur unbeliebt, wenn sie merkt, dass ich gar kein Haus bauen will. Und herausfinden werde ich so auch nichts.

»Ach so, nein ... Dann komme ich später wieder.«

Ich drehe mich um, reiße die Haustür auf ... und laufe direkt in einen Mann hinein. Hemdstoff in meinem Gesicht, Duschgel-Duft, und über mir sagt eine tiefe Stimme: »Uff!«

Hastig weiche ich einen Schritt zurück. »'tschuldigung.«

»Macht ja nichts.« Er hat ein nettes Lächeln. »Und Entschuldigung zurück.«

»Schon gut!« Ich will mich hastig an ihm vorbeischieben, doch in dem Moment taucht hinter ihm ein zweiter Mann auf. Dunkle Haare, vorne gegelt, Anzug und Krawatte ... Nein!

»Tarzan93!«, entfährt es mir.

Er bleibt abrupt stehen. »Die Gummistiefel-Frau!«

Der zweite Mann sieht verwirrt zwischen uns hin und her. »Ihr kennt euch?«

Keiner von uns antwortet.

»Was willst du denn hier?«, fragt Tarzan93. »Willst du ein Haus bauen, oder was?« Er lacht, als hätte er den Witz des Jahrhunderts gemacht.

Das passt ja, dass ausgerechnet der hier arbeitet!

»Nein«, entgegne ich trotzig. Und ärgere mich gleichzeitig über mich selbst, dass ich so unsouverän rüberkomme. Von dem lasse ich mich bestimmt nicht unterbuttern! Außerdem bin ich jetzt sowieso enttarnt, dann kann ich auch direkt fragen.

»Aber wenn du hier arbeitest … Bist du zufällig verantwortlich für das Projekt auf dem Priwall?« Leider kommt das deutlich weniger selbstbewusst aus meinem Mund als geplant. Aber vielleicht antwortet er ja trotzdem …

»Ich wüsste nicht, was dich das angeht.« Damit will er an mir vorbei die Treppe hoch.

»Was mich das angeht?«, frage ich in scharfem Ton zurück. Der Typ hat anscheinend überhaupt keine Ahnung, was er zerstört! Aber mit Wut komme ich hier nicht weiter. Cool bleiben, Lisa! Das ist nur leichter gesagt als getan. Wenigstens bleibt er jetzt stehen.

»Moment mal … Du arbeitest doch nicht etwa in dieser Naturstation?«

Volltreffer!

»Und wenn?«, frage ich zurück.

Er wendet sich an den Mann, in den ich eben hineingelaufen bin.

»Jonas, das ist dein Projekt. Erklär bitte der Frau, warum wir ihre Naturstation abreißen müssen.«

Damit lässt er uns stehen und läuft die Treppe nach oben. »Komm, Elin.«

Die Frau im gelben Kleid, die uns vom ersten Treppenabsatz aus beobachtet hat, rollt fast unmerklich mit den Augen, folgt ihm aber.

Und ich sehe den zweiten Mann an, der ein wenig blass geworden ist.

»Ähm … Sie arbeiten also in dieser Naturstation?«, stammelt er.

Wie er das sagt, »in dieser Naturstation«! Als wäre das irgendetwas total Unwichtiges auf einem fernen Planeten.

Ruhig bleiben, Lisa!

»Ja, genau«, entgegne ich. »Warum wollen Sie denn ausgerechnet dort bauen? Und wer ist eigentlich Ihr Auftraggeber?«

Er schweigt, sein Blick schweift hierhin und dorthin, dann räuspert er sich endlich ... und seine Gesichtszüge werden hart.

Jonas

»Jonas, das ist dein Projekt. Erklär bitte der Frau, warum wir ihre Naturstation abreißen müssen!«

Als Timo das sagt, wird mir eiskalt. Wie soll ich bitte dieser Frau erklären, dass ich ihren Arbeitsplatz zerstöre? Wenn ich daran denke, wie ich durch den Garten der Naturstation geschlendert bin ... an den großen, alten Baum, die Sonnenblumen und die Sprunggrube mit den selbst gemalten Tierschildern ...

»Warum wollen Sie denn ausgerechnet dort bauen?«, fragt sie jetzt. »Und wer ist eigentlich Ihr Auftraggeber?«

Was soll ich dazu sagen? Alternative Grundstücke gibt es auf dem Priwall nun einmal nicht. Aber wenn ich ihr jetzt mit Gründen komme, werde ich vermutlich nur in endlose Diskussionen verstrickt. Und Details darf ich ihr sowieso keine verraten, die sind vertraulich.

Oben auf der Treppe dreht Timo sich zu mir um und formt lautlos mit den Lippen das Wort: »TEF-LON!« Seine Theorie ist nämlich: Wenn man angegriffen wird, sollte man alles an sich abprallen lassen, als wäre man aus Teflon. Darüber hat er mir schon mehrere Vorträge gehalten. Ich räuspere mich und drücke die Schultern nach hinten.

»Ich verstehe ja, dass das für Sie bedauerlich ist, aber da kann man nichts mehr tun. Das Projekt steht.« Meine Stimme ist aalglatt und soll signalisieren: Das ist alles, was ich dazu zu sagen habe.

»Bedauerlich?« Ihre Stimme klingt entgeistert. »Waren Sie überhaupt schon einmal in der Naturstation? Wissen Sie, was wir dort für wichtige Arbeit leisten? Die Kiebitze zum Beispiel sind vom Aussterben bedroht und brüten jetzt wieder auf dem Priwall!«

»Wie gesagt, sehr bedauerlich.« Mein Herz schlägt bis zum Hals, aber ich darf mir nichts anmerken lassen. Mit versteinerter Miene schiebe ich mich an ihr vorbei.

»Wer ist denn nun Ihr Auftraggeber?«, ruft sie mir hinterher.

»Das darf ich Ihnen nicht sagen! Guten Tag!«

Immer zwei Stufen auf einmal nehmend, eile ich die Treppe hinauf.

»Sie können doch nicht einfach …«, höre ich sie hinter mir stammeln und werde noch schneller. Nur noch wenige Stufen, dann bin ich endlich oben und ziehe die Tür hinter mir zu.

»Alles klar?«, fragt Elin mitfühlend. Ich nicke und haste an ihr vorbei in mein Büro, wo ich mit weichen Knien auf den Bürostuhl sinke.

Die Tür öffnet sich einen Spalt, und Elins Kopf erscheint.

»Wirklich alles okay bei dir?«

»Geht schon.« Automatisch setze ich mich aufrechter hin.

»Darf ich reinkommen?«, fragt sie.

Ich nicke.

Elin zieht den Besucherstuhl dichter an meinen Schreibtisch heran und setzt sich. Vor dem dunkelblauen Polster wirkt ihr zitronengelbes Batik-Kleid noch strahlender.

»Wer war das denn eben?«

»Die war von der Naturstation auf dem Priwall. Die wussten das anscheinend noch nicht mit dem Abriss.«

»Scheiße.«

»Ja.« Ich verlagere mein Gewicht im Bürostuhl, und der gibt ein lautes Knarzen von sich.

191

»Und jetzt?«, fragt Elin.

Ich reibe mir das Kinn. »Na ja, machen können die nichts. Der Verkauf ist so gut wie gelaufen. Ich hoffe, die taucht nicht noch mal hier auf. Weil sie meint, protestieren zu müssen.«

Elins Mundwinkel zucken. Zwar nur eine Millisekunde, aber ich hab's genau gesehen.

»Findest du das etwa witzig?«

»Nein! Natürlich nicht, sorry. Ich hab mir nur gerade vorgestellt, wie die vorne beim Empfang ein Protestcamp aufbauen, so mit Zelten und Lagerfeuer und so was.«

»Dann benutzen die aber garantiert deinen Schreibtisch als Feuerholz!«

In dem Moment erscheint Timo in meiner offenen Bürotür. »Wer macht aus Elins Schreibtisch Feuerholz?«

»Niemand«, antworte ich.

»Das hoffen wir jedenfalls«, fügt Elin hinzu. Sie muss sich ganz schön den Hals verrenken, um Timo zu sehen.

»Hä?«

Elin steht auf und dreht ihren Stuhl ein Stück herum, sodass sie uns beide sehen kann. Dann setzt sie sich wieder.

»Es geht um diese Frau von der Naturstation«, erkläre ich.

»Na, der würde ich das glatt zutrauen!« Timo lehnt sich in den Türrahmen. »Mit der war ich mal auf einem Date, und da ist die in Gummistiefeln aufgetaucht. In Gummistiefeln!«

»Du warst mit der auf einem Date?«, frage ich. »Wie ist das denn passiert?«

»Tinder«, antwortet Timo düster. »Aber auf den Fotos sah die komplett anders aus, voll gestylt und so.«

»Na ja …«, wirft Elin ein und schlägt die Beine übereinander. »Auf der London Fashion Week gab's das auch mal. Pinke Gummistiefel zum Designerkleid.«

»Holst du dir da deine Modetipps?«, fragt Timo.

»Ich lasse mich manchmal davon inspirieren, ja. Wieso?«

»Ach, nur so.« Er verzieht das Gesicht.

»Aber Elin würde bestimmt keine Gummistiefel zum Kleid anziehen«, werfe ich schnell ein, bevor Timo noch was Falsches sagt.

Sie schnipst einen Fussel vom Stuhl. »Nee, zum ersten Date wahrscheinlich nicht. Da würde ich ein bisschen konservativer rangehen. Außerdem mag ich keine Gummistiefel. Aber besser als langweilig ist es auf jeden Fall!«

»Konservativ rangehen?«, fragt Timo. »So wie bei deinem Bewerbungsgespräch, oder was?« Er blickt demonstrativ auf ihr leuchtend gelbes Kleid.

Elin springt auf. »Ach, geht's jetzt um mich? Ich dachte, wir reden über die Frau von der Naturstation!«

Timo hebt abwehrend die Hände. »Ich meine ja bloß. Vom grauen Kostüm zu schreiend bunt mit Tattoos, das waren bei dir keine drei Monate.«

Elin verschränkt die Arme. »Na und? Ich mache doch einen guten Job, oder etwa nicht?«

»Schon, aber vorne am Empfang sollte man doch repräsentativ auftreten ...« Warum macht Timo denn jetzt einen auf spießig? Hat sein Vater was gesagt, oder was?

Elin sieht Timo vernichtend an. »Ich dachte, wir sind ein kreativer Laden!«

»Aber am Empfang ...«

»Wenn dich das so sehr stört, dann schmeiß mich doch raus. Dann verklag ich dich aber wegen Diskriminierung am Arbeitsplatz!«

»Hey, hey!«, rufe ich. »Ganz ruhig! Timo meint das nicht so.«

»Woher willst du das wissen?« Elin funkelt mich an.

»Ja, woher willst du das wissen?« Jetzt starrt auch Timo mich an.

»Na ja ...« Ich werfe Timo einen entschuldigenden Blick zu, aber er lässt mir keine Wahl. »Weil Timo selbst ein Tattoo hat.«

»Jonas, du Sack!«, motzt er.

Elin hingegen fängt an zu grinsen. »Und mich deswegen blöd anmachen, oder was?«

Timo fährt sich durch die Haare. »Meins kann man aber nicht sehen! Das ist der Unterschied.«

»Wo ist es denn?«, fragt Elin interessiert.

»Das verrate ich nicht«, entgegnet Timo, doch seine Augen blitzen dabei. »Ich würde ja sagen, finde es selbst raus, aber ich habe keine Lust auf eine Klage wegen sexueller Belästigung.«

»Schiss?«, fragt Elin. »Jedenfalls sind meine Tattoos damit ja wohl genehmigt, oder, Boss?« Das »Boss« betont sie ironisch. Und wie Timo sie plötzlich mustert ... Was geht denn hier ab?

Ich räuspere mich. »Leute, könnten wir vielleicht mal zum Thema zurückkommen? Die Frau von der Naturstation? Was machen wir denn mit der?«

»Was sollen wir da machen?«, entgegnet Timo. »Die kann uns nichts! Der Verkauf ist so gut wie abgeschlossen.«

»Das hat Jonas auch gesagt«, wirft Elin ein. »Aber was heißt denn ›so gut wie‹?«

Ich lehne mich in meinem knarzenden Bürostuhl zurück. »Das heißt, wir haben die Zusage, dass an Interiio verkauft wird. Sobald er sich für einen unserer Entwürfe entschieden hat.«

»Mündlich oder schriftlich?«

»Schriftlich natürlich!« Timos Tonfall sagt: Wir sind doch nicht blöd.

Elin runzelt die Stirn. »Aber bis Interiio sich entscheidet ... Was ist denn, wenn zwischendurch ein anderer Interessent kommt? Und ihr könnt noch nicht fest zusagen?«

»Das wird nicht passieren«, entgegne ich sicherer, als ich mich fühle.

Timo starrt erst mich an und dann Elin. »Ich glaube, ich rufe da noch mal an.« Er dreht sich auf dem Absatz um. »Elin, kannst du ...«

»Die Vorzimmerdame spielen, die zu dir durchstellt? Klar.«
Sie folgt ihm hinaus in den Flur.

»Und falls du doch noch wissen willst, wo mein Tattoo ist …«, höre ich Timo im Rausgehen sagen.

»Träum weiter!« Einen Moment später zieht Elin die Tür hinter sich zu.

Den Rest des Tages verbringe ich damit, den neuen Interiio-Entwurf fertigzustellen. Doch als ich versuche, die Datei zu speichern, stürzt das Programm komplett ab. Wenigstens kann ich die Backup-Datei wiederherstellen, aber trotzdem: drei Stunden Arbeit für die Tonne! Frustriert fahre ich den Computer runter und beschließe, morgen als Erstes die alten Kollegen anzurufen, damit das nicht noch einmal passiert.

Was für ein Scheißtag!

Der einzige Lichtblick ist mein Date mit Möwe heute Abend.

»Hallo, Löwe.«

Irgendwie klingt sie anders als sonst. Gedämpfter.

»Hallo, Möwe! Wie geht es dir? Wie war dein Tag?«, antworte ich extra fröhlich. Fällt mir kein bisschen schwer, ich freue mich schon den ganzen Nachmittag auf sie.

»Die Antwort würde dir nicht gefallen«, entgegnet sie düster.

»Wieso? Wie lautet denn die Antwort?«

»Scheiße! Mein Tag war scheiße.«

Da sind wir ja schon zwei.

»Was ist denn passiert?«, frage ich.

»Das darf ich dir leider nicht sagen. Es hat nämlich was mit meiner Arbeit zu tun.«

Ich lehne mich auf der Couch zurück. »War er Ich-bin-in-der-Pause-in-Hundekacke-getreten-scheiße oder Mir-wurde-gekündigt-scheiße?«

»Nummer zwei. Er war so RICHTIG scheiße!«, verkündet sie mit Nachdruck.

»Wo-ho! Das tut mir leid. Bist du echt gekündigt worden?«

»So ähnlich.« Sie holt tief Luft und sagt dann: »Aber eigentlich wollte ich dir das gar nicht erzählen. Das ist einfach so aus mir rausgeplatzt. Sorry.«

»Dafür brauchst du dich doch nicht zu entschuldigen.«

»Doch. Du hast sonst einen völlig falschen Eindruck von mir.«

»Wieso denn das?«, frage ich verwundert.

»Na ja, es ist ja nicht gerade nett, dass ich meinen Frust an meinem Date auslasse.«

»Wieso? Jeder hat doch mal einen schlechten Tag. Und außerdem bin ich ja kein normales Date! Ich will wirklich wissen, wie es dir geht.« Mit dieser Aussage überrasche ich mich selbst ein bisschen. Aber: Sie ist wahr. Ich will wissen, wie es Möwe geht.

»Echt?«

»Nur wenn du es erzählen möchtest, natürlich …«

»Na ja, ich habe vorhin mit einem Typen geredet, der an dem Mist mit meinem Job schuld ist. Aber der war so was von arrogant! Der hat mich komplett verunsichert. Und jetzt ärgere ich mich über mich selbst, dass ich nicht souveräner aufgetreten bin.«

Irgendwie erinnert mich das auf unangenehme Weise an heute Morgen. »Wenn ich unsicher bin, tue ich immer so, als wäre ich eine Bratpfanne«, sage ich. Der Tipp kommt zwar eigentlich von Timo, aber vielleicht kann ich Möwe damit ja helfen.

»Wie bitte?«

»Einen auf Teflon machen. Ich schiebe meine Gefühle beiseite und ziehe mein Ding durch. Und alles, was nicht dazu passt, lasse ich an mir abprallen.«

»Das kannst du?«, fragt sie.

»Ja, klar. Meine Gefühle interessieren in dem Moment ja niemanden. Es geht nur um die Sache.« So zusammengefasst klingt es ganz einfach.

»Bei mir klappt das nie«, murmelt sie niedergeschlagen.

»Muss es ja auch nicht.« Möwe in cool, das kann ich mir gar nicht vorstellen.

»Ich glaube bloß, das Leben ist leichter, wenn man cool ist. Oder?«

»Keine Ahnung«, entgegne ich. »Bei mir ist das ja auch nur Show. Und ich mache es wirklich nur sehr selten.« Nicht, dass sie jetzt einen falschen Eindruck von mir hat.

Sie seufzt, und plötzlich habe ich das Bedürfnis, ihr etwas Nettes zu sagen.

»Aber du musst doch gar nicht cool sein, Möwe. Bleib einfach so, wie du bist. Ich finde dich nämlich sehr liebenswert.«

»Ja? Findest du?« Ihre Stimme klingt auf einmal ganz weich.

»Ja. Finde ich«, antworte ich, und in meinem Bauch breitet sich ein warmes Gefühl aus. Und das will ich kein bisschen beiseiteschieben. Ganz im Gegenteil.

Lisa

Er findet mich liebenswert! Plötzlich ist ganz von alleine ein breites Lächeln in meinem Gesicht.

»Welche Augenfarbe hast du eigentlich?«, fragt Brick.

»Ist das die nächste vorgegebene Frage?«

»Nein, das möchte ich gerne wissen.«

»Ist das nicht gegen die Regeln?« Meine Stimme klingt neckend. Oh wow, ich glaube, wir flirten gerade.

»Bitte!« Er sagt nur das eine Wort. Total intensiv.

Ich räuspere mich. »Meine Augen sind blau. Und deine?«

»Grün.«

Wir schweigen einen Moment.

»Und jetzt?«, frage ich.

»Jetzt kann ich mir deine Augen vorstellen, während wir miteinander reden.« Seine Stimme klingt rauer als sonst.

»Okay ... dann mache ich das jetzt auch ...«

»Ja?«, flüstert er.

»Ja ...« Grüne Augen, die tief in meine sehen, irgendwo hinter dem Display ...

»Bist du noch da?«, fragt er irgendwann.

»Ja. Ja, natürlich ...«

In dem Moment piept der Timer. Die Zeit ist um.

»Es hat gepiept«, sage ich überflüssigerweise.

»Dann bis nächste Woche, Möwe.« Auf einen Schlag klingt er wieder normal und fröhlich.

Ich kann nicht so schnell umschalten. »Bis nächste Woche, Löwe«, antworte ich leise.

»Ich freue mich schon auf unser Treffen im Real Life!«

»Ich mich auch.«

Nur noch ein virtuelles Date, dann sehen wir uns in echt! Ich bin total aufgeregt, wenn ich daran denke, aber ich habe auch ein bisschen Angst. Was, wenn er im richtigen Leben ganz anders ist?

Im nächsten Moment ist die Verbindung getrennt.

Nach dem Auflegen bin ich noch einen Moment in einer glücklichen Seifenblase, dann fällt mein Blick auf die Möwenfigur auf der Muscheltruhe, und die Realität trifft mich mit voller Wucht in den Magen. Die Naturstation wird abgerissen!

Vorsichtig nehme ich die Keramik-Emma in die Hand und streichele ihr über den Kopf. Im gleichen Moment höre ich das leise Klappern der Haustür von unten. Heute war die Eröffnungsparty von Mareikes Schneckenhaus-Café mit irgendwelchen wichtigen Lübecker Promis. Natürlich hatte sie mich auch eingeladen, aber mir war überhaupt nicht nach Smalltalk. Ich stelle Emma zurück auf den Nachttisch und schwinge die Beine aus dem Bett. Ich brauche dringend jemanden zum Ausheulen.

Mareike sitzt mit einem Teller voller Hefeschnecken am Küchentisch. Als ich die Treppe hinunterkomme, blickt sie auf.

»Hi, Lisa! Wie war dein Date?«

»Super«, sage ich.

»Das klingt aber gar nicht begeistert.«

»Doch, das Date war okay. Mehr als okay!«

»Aber? Übrigens, willst du eine Spinatschnecke? Sonst stelle ich sie wieder weg.« Sie hält mir den Teller hin, aber ich schüttele den Kopf. Im Aufstehen fragt sie: »Also, was ist das aber?«

»Na ja, nach der Sache heute Morgen …« Ich spüre, wie mir Tränen in die Augen steigen.

»Oh, shit!«

»Das kannst du laut sagen«, schluchze ich.

»Nein, ich meinte ... Ich kann dich doch so nicht alleine lassen! Das Problem ist bloß ...« Sie sieht mich zerknirscht an. »Ich habe ein Date mit Mika. Er war auch bei der Schneckenhauseröffnung, und wir wollen noch was trinken gehen.« Sie sieht auf ihre Armbanduhr. »Genau gesagt, wollten wir vor fünf Minuten was trinken gehen ... Aber weißt du was? Komm doch einfach mit! Vielleicht hat er ja eine Idee, was wir wegen der Naturstation machen können.«

Schniefend greife ich nach einem Taschentuch. »Nee, ich kenne den ja gar nicht. Da kann ich ihn doch nicht mit meinen Problemen überfallen. Außerdem störe ich nur bei eurem Date.«

»Ach Quatsch, du störst nicht!« Mareike wirft mir meine Jacke zu. »Mika ist total nett. Und alleine zu Hause grübeln bringt doch auch nichts.«

In dem Moment klingelt es an der Haustür. Mareike ist mit einem Satz dort und reißt sie auf. In der Tür steht Mika.

»Oh, hi, Lisa. Kommst du auch mit?«

Als Antwort putze ich mir lautstark die Nase.

»Klar kommt sie mit«, sagt Mareike.

»Ähm ... Eigentlich wollte ich gerade ...« Ich gehe einen Schritt in Richtung Treppe, aber Mareike hakt mich unter. »Keine Widerrede!«

»Super.« Mika lächelt, und ich merke, wie Mareike neben mir dahinschmilzt. »Wollen wir dann los?«

Mareike zieht mich einfach aus der Tür. Jetzt noch zu protestieren ist vermutlich sinnlos.

Auf dem Weg zur Obertrave erzählt Mika, wie er an das Haus gegenüber gekommen ist. Die Ganghäuser sind nämlich sehr begehrt und stehen selten leer. »Der Vormieter ist mein Cousin. Er hat einen Job in England angenommen, und der ist jetzt auf zwei Jahre verlängert worden. Und da hat er jemanden zur Zwischenmiete gesucht.«

Mareike strahlt ihn an. »Wir hatten auch riesiges Glück mit unserem Haus.« Sie fängt an zu erzählen, wie ihre Eltern unser Ganghaus gekauft hatten, um es eigentlich als Ferienwohnung zu vermieten, und dann kam das Ferienwohnungsverbot in der Lübecker Innenstadt. Ich habe die Story schon tausendmal gehört, und jedes Mal wird sie ein bisschen länger. Heute ertrage ich es kaum zuzuhören. Das ganze höfliche Geplänkel nervt mich ohne Ende, denn in meinem Kopf gibt es nur ein einziges Thema: die Naturstation!

Wir biegen um die Ecke in die Obertrave. Auf dem Rasen am Wasser und auf den Bänken sitzen einzelne Leute, die lesen oder träumen, weiter hinten Grüppchen mit Bierflaschen und Wein. Dann kommen die ersten Restaurants mit Stühlen und Tischen, daneben Leute auf Liegestühlen. Zur leisen Straßenmusik tanzen Paare Tango und schweben durch ihr eigenes Glück, Kinder toben durch die Springbrunnen und spritzen mit Wasser. Normalerweise genieße ich es, hier zu sein, aber heute ist es der reine Hohn. Alle haben Spaß, sind unbeschwert und glücklich, während meine Welt zusammenbricht.

»Was arbeitest du eigentlich?«, fragt Mika mich in dem Moment. Auch das noch! »Sagtest du nicht mal, du bist Biologin?«

»Lisa leitet die Naturstation auf dem Priwall«, antwortet Mareike.

Er lächelt mich an. »Also machst du Strandführungen und so was?«

Das stimmt zwar, aber ich habe es echt satt, dass mein Job immer nur darauf reduziert wird. »Der Priwall ist viel mehr als nur Strand!« Dann halte ich meinen üblichen Vortrag: über die große Weide im Naturschutzgebiet, auf der unzählige Kiebitze und andere Zugvögel im Frühjahr brüten. »Die beweiden wir nur mit Schafen und Wasserbüffeln, um das Gras für die nistenden Vögel kurz zu halten.« Über die Erfassung der Nester und Eier und den Schutz vor Füchsen mit einem Elektrozaun rundherum. Über Vogelzählungen und Knickpflege. Und natürlich über die Bedeutung heimischer Pflanzen für die Insektenvielfalt.

»Cool«, sagt Mika.

»Aber natürlich machen wir auch Strandführungen«, füge ich dann hinzu. »Und viele andere Veranstaltungen, vor allem für Kinder und Jugendliche. Die haben oft gar nicht mehr so den Bezug zur Natur. Aber wenn sie dann erst mal da sind, interessiert sie plötzlich jedes kleine Detail.« Während ich von meiner Arbeit erzähle, fällt jede Müdigkeit von mir ab. Das ist alles so wichtig! War alles so wichtig …

»Aber nicht mehr lange«, füge ich niedergeschlagen hinzu. »Die Naturstation soll nämlich abgerissen werden.«

Mika sieht mich betroffen an. »Wieso denn das?«

»Ist eine längere Geschichte«, antworte ich, denn inzwischen sind wir beim Italiener angekommen.

»Da vorne ist ein Tisch frei!« Mareike sprintet los, zwischen den vollbesetzten Tischen hindurch, und lässt sich auf einen freien Stuhl fallen. Ein grauhaariges Ehepaar, das aus der anderen Richtung zum selben Tisch unterwegs war, bleibt enttäuscht stehen.

Mareike brüllt: »Hierher! Dann kann Lisa dir alles erzählen!«

Der grauhaarige Mann mustert sie empört, aber Mareike winkt wild in unsere Richtung und bemerkt ihn überhaupt nicht. Er sagt etwas zu seiner Frau, und die beiden dackeln davon.

Während wir auf das Essen warten, erzähle ich Mika von dem geplanten Abriss, von den Erben, die das Haus verkaufen wollen, und von dem Architekten-Arsch, der mich so eiskalt abgewimmelt hat. Und ich zeige ihm ein paar Fotos von unserer Arbeit.

Der Kellner stellt die Getränke vor uns ab.

Mika klimpert mit seinen Eiswürfeln. »Aber noch ist das Haus nicht verkauft, oder?«

»Nein, ich glaube nicht. Aber dieser Architekt tut so, als wäre das alles schon fest eingetütet.«

»Habt ihr denn irgendeine Möglichkeit, das Haus selbst zu kaufen?«

»Mir gibt doch keiner einen Kredit«, antworte ich. »Und dem Verein auch nicht. Das hat Heinz alles schon versucht. Wir haben nicht mal einen Kredit für die Renovierungen gekriegt.«

»Aber ihr verdient doch Geld mit den Führungen«, wirft Mareike ein.

»Schon, aber zusammen mit den Spenden und den Beiträgen der Mitglieder reicht es gerade mal so für die laufenden Kosten.«

»Versucht es doch mit Crowdfunding«, sagt Mika und trinkt einen Schluck von seinem Bier.

»Crowdfunding?«, frage ich.

»Das sind diese Internetseiten, auf denen die Leute Geld für Projekte spenden können.«

»Ich weiß! Ich verstehe bloß nicht … Warum sollte denn irgendjemand für ein Naturschutzzentrum spenden?«

Mika stellt sein Glas ab. »Die Frage hast du eben schon selbst beantwortet. Als du so begeistert von deiner Arbeit erzählt hast. Das müssen noch viel mehr Menschen erfahren! Dann spenden sie auch.«

»Glaubst du echt?« Ich trinke einen Schluck von meinem Wasser, damit er nicht sieht, wie skeptisch ich gucke. »Ich meine, ich finde es ja total nett, dass du uns helfen willst und alles, aber weißt du überhaupt, was ein Grundstück auf dem Priwall kostet?«

»Billig ist das nicht, schon klar.«

»Nee«, antworte ich, denn natürlich habe ich das schon gegoogelt. »Die winzigen Holzhäuser in der Feriensiedlung kosten schon drei- bis vierhunderttausend Euro, und da ist kaum Land dabei. Für unser großes Grundstück braucht man also auf jeden Fall eine sechsstellige Summe, denke ich mal.«

»Puh«, stöhnt Mareike.

»Na ja«, meint Mika, »manchmal kommen bei Crowdfunding riesige Summen zusammen.«

»Aber Millionen? Für eine Naturstation? Wohl eher nicht.«

Mareike runzelt die Stirn. »Wer sagt denn eigentlich, dass ihr das Grundstück kaufen müsst? Vielleicht reicht es ja, wenn ihr anbietet, das Haus auf eigene Kosten zu sanieren. Du sagtest doch, das ist dringend nötig. Vielleicht gefällt es den Besitzern nur einfach nicht, in das Haus noch mal eine große Summe reinzustecken.«

»Außerdem gibt so eine Crowdfundingaktion viel Aufmerksamkeit«, fügt Mika hinzu. »So nach dem Motto: Naturstation rettet Natur auf dem Priwall – und soll jetzt zerstört werden!« Er zwinkert mir zu. »Verdammt schlechte Presse für den neuen Besitzer.«

Bei so viel Begeisterung muss ich doch lächeln. »Meint ihr?« Aber es stimmt, irgendetwas müssen wir tun. Einfach so aufgeben ist auch keine Lösung. Und vielleicht kann Heinz versuchen, noch mal mit den Besitzern zu reden … Bisher konnten wir denen ja gar nichts anbieten. »Aber wie viel Geld sollen wir als Spendenziel angeben? Wie teuer ist so eine Sanierung?«

»50.000 Euro braucht ihr vermutlich schon«, sagt Mika.

Schon verschwindet mein Lächeln wieder. »So viel spenden die Leute doch niemals!«

Mareike stupst mich in die Seite. »Warum denn nicht? Naturschutz ist doch total in. Und überleg mal, wie viele Touristen im Moment in Travemünde und auf dem Priwall sind. Plus die ganzen Lübecker! Wenn die alle was spenden …«

»Ja, wenn. Beziehungsweise falls.«

»Ihr müsst natürlich Fotos und Videos von der Naturstation hochladen. Eure Arbeit zeigen«, sagt Mika.

»Schon klar.« Aber ob das reicht?

»Macht doch zusätzlich noch einen Tag der offenen Tür«, schlägt Mareike vor. »Da könnt ihr den Leuten eure Arbeit zeigen und die Presse einladen. Und wer online spendet, bekommt dafür ein VIP-Ticket oder so. Wenn ihr den Leuten eure Arbeit zeigt, spenden die bestimmt!«

Ein Tag der offenen Tür ... Das gefällt mir.

»Das können wir natürlich machen«, sage ich. »Vielleicht in Verbindung mit einem Sommerfest.« Falls alle Stricke reißen, haben wir so wenigstens ein schönes Abschiedsfest für die Naturstation. Denn dass wir auf die Art genug Geld zusammenbekommen, glaube ich immer noch nicht. Aber das sage ich nicht laut, denn ich finde es ja lieb, dass Mareike und Mika sich so engagieren. Außerdem: Eine bessere Idee gibt es im Moment nun einmal nicht. Und alles ist besser, als kampflos aufzugeben.

»Okay«, sage ich. »Lasst es uns versuchen.«

»Darauf stoßen wir an!«, ruft Mareike.

Jonas

Gestern Abend beim Einschlafen habe ich von Möwes blauen Augen geträumt. Und nicht nur von ihren Augen ... Denn im Traum wusste ich verückterweise genau, wie Möwe aussieht.

Jetzt beim Aufwachen versuche ich, mich daran zu erinnern, aber es ist alles weg. Alles bis auf das warme Gefühl in meinem Bauch ... Nur noch ein Blind Date, dann treffen wir uns in echt! Dann sehe ich sie endlich ...

Doch beim Frühstück holt Leonie mich abrupt in die Realität zurück. Sie meint allen Ernstes, mein teurer Proteinshake wäre nur ein Fake für Männer in der Midlife-Crisis.

»Ist ja wohl meine Sache, was ich zum Frühstück esse«, entgegne ich etwas angefressen.

Sie grinst. »Trinke, meinst du wohl.«

»Ja, trinke, dann eben. Übrigens, ist die Kette neu?« Ich deute auf ihren Hals. Ablenkung ist alles. Und kurz scheint es auch zu klappen.

»Schön, nä? Hab ich selbst gemacht, das ist echter Bernstein.«

»Selbst gemacht?«, frage ich erstaunt.

»Ja, mit Annika zusammen.«

»Das ist ja toll, dass Annika so was kann.« Ich spüle schnell den Rest meines Shakes hinunter, während Leonie krachend in ihr knuspriges Brötchen beißt.

»Ja, nee, wir haben da so einen Kurs gemacht«, nuschelt sie mit vollem Mund.

»Was denn für einen Kurs?«

»Das war ein Angebot auf dem Priwall. Für Kinder und Jugendliche in den Ferien.«

»Von der Touristeninformation, oder was?« Ich stelle mein leeres Glas in den Geschirrspüler.

»Ja ... So ähnlich.«

Ich drehe mich zu ihr um. »Und da bist du einfach hingegangen? Ohne mir was zu sagen?«

»Ich hab dir doch erzählt, dass wir was zusammen unternehmen, Annika und ich.«

»Ja, schon ... Aber so was will ich bitte wissen! Und überhaupt: Muss ich dafür nicht etwas unterschreiben?«

Sie verschränkt die Arme. »Mama hat's unterschrieben. Online. Und überhaupt: Wo ist das Problem? Ich hab eine Kette gebastelt und keine Drogen zusammengerührt oder so was!«

»Das will ich doch auch stark hoffen!«

Wir starren uns an. Ich will mich nicht mit ihr streiten, aber sie muss mir doch erzählen, wenn sie sich bei irgendeinem Kurs anmeldet. Oder übertreibe ich?

In dem Moment klingelt ihr Handy. »Sorry, ist wichtig.«

»Du gehst da jetzt nicht ran«, sage ich. »Wir unterhalten uns gerade!«

»Wieso, du musst doch eh zur Arbeit. Hi, Annika!«

»Ja, schon, aber ...« Ich werfe einen Blick auf die Uhr. »Oh Mist, schon so spät.«

Irgendwie habe ich gerade das Gefühl, alle wissen über das Leben meiner Tochter Bescheid, nur ich nicht.

»Sorry, Annika, mein Vater stresst gerade. Was ist?«

»Alle wissen über dein Leben Bescheid, nur ich nicht!«, sage ich.

»Alle? Wer soll das sein, alle?«

»Na, Annika … und Mama ja anscheinend auch. Dabei ist die noch nicht mal hier.«

»Du bist auch nie hier. Du arbeitest ja die ganze Zeit!«

»Mama arbeitet auch! Außerdem: Abends bin ich doch da.«

»Gehst du heute nicht zum Sport? Hattest du vorhin jedenfalls gesagt.«

»Ach so, doch …«

Dieser Blick!

»Hi, Annika, ich bin's wieder.« Damit marschiert sie davon in Richtung Flur, und einen Moment später knallt es. Telefonieren und gleichzeitig Türenknallen, das muss man erst mal schaffen.

Am Samstag sitze ich alleine am Frühstückstisch. Leonie ist schon um kurz nach zehn aufgebrochen, natürlich zu Annika. Weil Wochenende ist, habe ich mir zwei Brötchen gegönnt, und jetzt trinke ich in Ruhe meinen Kaffee und scrolle durch die News. Eigentlich ganz schön, die Wohnung mal wieder für mich zu haben.

Ich räume ein wenig auf, sauge Staub, checke die Einkaufsliste, die Leonie mir geschickt hat (sie plant für heute Abend ein kompliziertes vegetarisches Menü) … komisch, ich hatte mich so auf den freien Tag gefreut, aber auf einmal kommt er mir verdammt leer vor.

Der Holstentorlöwe auf der Fensterbank grinst mich an. Mit Lego habe ich schon ewig nicht mehr gebaut! Mein Panorama ist bestimmt schon ganz verstaubt.

»Papa?«

Erschrocken blicke ich auf. Ich war völlig vertieft in das Lübeck-Panorama.

»Du bist ja fast fertig!«, sagt Leonie.

»Ja, cool, oder? Ich weiß bloß noch nicht, wie ich das Dach der Jakobikirche bauen soll ...«

Ich zeige ihr auf dem Handydisplay ein Foto des Kirchturmdaches mit den Kugelstrukturen am unteren Ende. Sie nimmt das Handy und runzelt die Stirn. Dann holt sie sich einen Stuhl aus der Küche und setzt sich neben mich.

»Ich dachte, vielleicht mit den halbrunden Steinen hier ...« Ich deute auf eine Steineschublade, die herausgezogen neben mir auf dem Boden steht.

»Hm ... Gib mal her.«

Ich halte ihr die Schublade hin, und sie versucht, die Steine ineinanderzustecken.

Ich schüttele den Kopf. »Das hab ich auch schon probiert.«

»Vielleicht andersherum?«

Und plötzlich baue ich wieder mit meiner Tochter zusammen Lego. Sie ist hochkonzentriert, und wenn sie überlegt, zieht sie ab und zu die Nase kraus. Genau wie früher, als sie klein war.

Eine Stunde später knurrt ihr Magen laut und vernehmlich.

Ich schrecke hoch. »Mist, du wolltest doch kochen. Ich habe noch gar nicht eingekauft!«

»Scheiß aufs Kochen«, murmelte Leonie, »ich hab's gleich.«

Also bestelle ich stattdessen mal wieder Pizza, die wir beim Bauen direkt aus dem Karton mampfen.

Zwei Stunden später ist das Lübeck-Panorama fertig, komplett mit Jakobikirchturm und Blumenkübeln auf dem Koberg, die Leonie noch hinzugefügt hat.

»Nice«, kommentiert meine Tochter und macht sofort ein Foto.

»Ja, oder?«

Stolz betrachte ich mein – unser – Werk. So lange habe ich auf diesen Moment hingearbeitet! Aber jetzt hätte die Bauphase ruhig noch ein bisschen länger dauern können ...

Den Sonntag verbringen Leonie und ich in einem Freizeitpark an der Ostsee. Mit Loopings, Free Fall Tower und Pommes rotweiß. Wir haben jede Menge Spaß, aber während Leonie über die langen Schlangen mault, bin ich froh über jede Pause, in der ich nicht irgendwo über Kopf hänge oder mein Magen durchgeschüttelt wird. Was ich natürlich niemals laut zugeben würde! Und während wir Schritt für Schritt vorrücken, um Achterbahn oder Schiffschaukel zu fahren, denke ich die ganze Zeit an Möwe. Stelle mir ihre blauen Augen vor … nachher haben wir schon unser letztes Blind Date!

Um sechs Uhr schließt der Park, viel zu früh für meine Tochter. Aber ich bin so wenigstens rechtzeitig für das Date zu Hause. Als wir kurz vor sieben wieder zurück sind, verzieht sich Leonie sofort erschöpft in ihr Zimmer.

Und ich öffne die Voice-of-Love-App.

»Hi, Löwe.« Möwes Stimme strahlt aus dem Lautsprecher, ganz anders als beim letzten Mal.

»Hi, Möwe. Du klingst gut! Geht es dir wieder besser?«

»Ja. Ich hab mich die ganze Zeit auf unser Date gefreut. Und mir deine grünen Augen vorgestellt …«

»Ich mir deine auch! Also, deine blauen.«

»Ja? Wann denn?«, fragt sie neckend.

»Immer vor dem Einschlafen.« Das stimmt sogar.

»Oh! Ich mir deine auch.«

Ich grinse so breit, dass meine Mundwinkel fast an den Ohren kleben. Ich glaube, das mit Möwe und mir könnte echt was werden! Wenn sie in Wirklichkeit genauso ist wie online … Aber warum sollte sie nicht?

»Wie war denn deine Woche?«, frage ich. »Hat sich die Situation mit deiner Arbeit geklärt?«

»Na ja …« Sie grumpft. »Geklärt würde ich es nicht gerade nennen, aber wir haben beschlossen zu kämpfen!«

Sie sagt das so energisch, dass ich sofort eine Art weiblichen

Robin Hood vor mir sehe, eine Amazone, die sich von ihrem Pferd herabschwingt und einem Bösewicht ihr Schwert auf die Brust setzt. Ihre blauen Augen funkeln, und sie ist verdammt sexy ...

»Brick? Bist du noch da?«, unterbricht Möwe meine Fantasie.

»Ja ... äh ... Was habt ihr denn geplant?«

Sicherlich keinen bewaffneten Überfall, jedenfalls hoffe ich das ...

»Das kann ich dir leider nicht sagen, sonst errätst du womöglich meinen Job.«

»Wieso? Macht ihr ein Kinderfest in der Kita?«

»Na ja ... so ähnlich. Obwohl ich immer noch keine Erzieherin bin.«

»Ich drücke dir jedenfalls die Daumen«, sage ich. »Zeig es den Typen! Vor allem dem Arschloch, von dem du letztes Mal erzählt hast.«

»Danke, das ist nett. Ich bin mir zwar überhaupt nicht sicher, ob es klappt, aber wenigstens versuchen wir es. Wie war denn deine Woche?«

Ich erzähle ihr von Leonie und unserem gemeinsamen Legobauen.

»Das hört sich schön an«, sagt sie. »Aber ich muss dir was gestehen.« Sie zögert kurz. »Bitte nicht falsch verstehen, aber ich habe ehrlich gesagt ein bisschen Angst davor, deine Tochter kennenzulernen.«

Plötzlich bekomme ich ebenfalls Panik. Leonie kennenlernen? Das ist ja wohl drei Schritte zu schnell! Mindestens!

»Eins nach dem anderen. Erst mal müssen wir uns doch kennenlernen«, antworte ich vorsichtig.

»Ja, natürlich. Eins nach dem anderen.« Sie klingt irgendwie erleichtert. »Ich freue mich schon auf Freitag!«

»Der Tisch beim Travemünder Italiener ist reserviert. Auf

›The Voice of Love‹. Um 19 Uhr«, wiederhole ich zur Sicherheit, denn natürlich habe ich ihr das alles schon geschrieben. Wir treffen uns dieses Mal freitags, weil Leonie von Freitag auf Samstag bei Annika übernachtet. Also, nicht, dass ich damit rechne, dass wir hinterher noch zu mir gehen ... Aber vielleicht ja doch?

»Dann sehen wir uns endlich«, sagt Möwe, und ihre Stimme zittert ein kleines bisschen dabei.

»Die große Überraschung!«, antworte ich mit Kribbeln im Bauch.

»Schon verrückt, oder? Manchmal habe ich das Gefühl, dich schon total gut zu kennen, dabei weiß ich noch nicht mal, wie du aussiehst.«

Da spricht sie was an ...

»Warum machst du das hier überhaupt?«, frage ich. »Warum lässt du dich auf so ein komplettes Blind Date ein? Ich meine, du bist nett, klug und alles ...«

»Danke! Aber du meinst, wo ist der Haken? Denkst du etwa immer noch, ich bin ein Fake und dreißig Jahre älter als du?«

»Na ja, so direkt wollte ich das jetzt nicht ...«

Wir lachen verlegen. Ob sie mir doch etwas verschwiegen hat? Und selbst wenn ... würde mich irgendetwas an ihrem Aussehen jetzt noch davon abhalten, sie kennenlernen zu wollen? Aber was sollte das sein? Sie könnte deutlich älter sein als ich oder einen Kopf größer oder stark übergewichtig ... Ich merke plötzlich, dass ich bei diesen Gedanken nicht mehr in Panik verfalle. Denn wie viele schreckliche Dates mit attraktiven Frauen habe ich schon gehabt! Lisa hingegen ...

»Ganz ehrlich: Inzwischen ist es mir schon fast egal, wie du aussiehst«, sage ich.

»Ernsthaft?«

»Ja. Ich meine, natürlich bin ich gespannt auf dein Aussehen. Aber komischerweise ist es nicht mehr so entscheidend.

Weil ich das Gefühl habe, dass ich die wirklich wichtigen Dinge schon kenne.« Jetzt klinge ich fast wie der Werbetext für »The Voice of Love«. Ob sie darüber auch wieder einen Witz macht?

Aber sie sagt nur: »Geht mir genauso, Brick.« Dann fügt sie hinzu: »Wie heißt du eigentlich in echt? Jetzt können wir es uns doch sagen, oder?«

»Jonas. Und du?«

»Lisa.«

»Schöner Name, gefällt mir.«

»Ich freue mich auf dich, Jonas!«, sagt sie, und dabei kann ich sie lächeln hören.

Ich lächele zurück ins Handy. »Ich freue mich auch auf dich, Lisa.«

»Also dann … bis bald.«

»Bis bald.«

Lisa

Es ist Jonas egal, wie ich aussehe! Das ist mit Abstand das schönste Kompliment, das ich jemals bekommen habe. Und mir geht es genauso. Mit ihm kann ich über alles reden, bei ihm kann ich einfach ich sein. Wenn ich daran denke, ihn am Freitag zu treffen, bekomme ich jedes Mal dieses heftige Kribbeln im Bauch … und nicht nur im Bauch!

Oh Mann, bin ich etwa verliebt? In einen Mann, den ich noch nie gesehen habe? Wie es wohl sein wird, plötzlich den fremden Menschen zu sehen, der zu dieser vertrauten Stimme gehört?

Und ob ich ihm gefallen werde? Er hat zwar gesagt, mein Aussehen wäre ihm egal, aber trotzdem … Ich gehe zum Spiegel, drehe mich hin und her, ziehe den Bauch ein und versuche, meinen Hintern abzuchecken. Bin ich attraktiv genug für ihn? Er hat gesagt, normal würde reichen … Ist Größe 44 für ihn noch normal? Und ein kleines Speckröllchen über dem Bund der Jeans? Aber ich habe auch lange, glänzende Haare, schöne Augen und ein tolles Lächeln. Außerdem: Wenn Brick mich wegen irgendwelcher Äußerlichkeiten nicht mag, kann er mir echt gestohlen bleiben! Dann hätte ich ihn völlig falsch eingeschätzt.

Was aber nicht passieren wird. Er wird dich mögen, Lisa.

Er wird mit seiner warmen Stimme sagen: »Hallo, Möwe!«, unglaublich charmant lächeln und mit seinen grünen Augen tief

in meine sehen. Dabei kribbelt es an meinem ganzen Körper ...
Genau wie jetzt ... Und wer weiß, vielleicht landen wir danach
wirklich bei ihm oder bei mir. Es ist schließlich nicht unser erstes Date ... Lächelnd lege ich mich aufs Bett, knöpfe die Jeans
auf, lasse die Hand ins Höschen wandern und stelle mir schon
mal vor, was dann so alles passieren könnte.

In der darauffolgenden Woche nehmen die Pläne für das
Crowdfunding immer mehr Gestalt an. Gleich am Montag
hole ich Heinz, Gabi, Levke und Finn mit an Bord, auch wenn
Heinz als Kassenwart murmelt, dass wir niemals 50.000 Euro
zusammenbekommen werden. »Und selbst wenn, ob die Besitzer dann zustimmen ...?«

Gabi legt ihm eine Hand auf den Arm. »Nun ganz langsam.
Erst mal müssen wir das Geld ja haben, bevor wir ihnen den
Vorschlag unterbreiten. Würden 50.000 Euro denn überhaupt
reichen?«

Heinz wiegt den Kopf hin und her. »Nee, macht mal lieber
60.000 daraus.«

»Wieso ausgerechnet 60.000?«, frage ich.

»Weil das die Summe ist, die wir benötigen«, antwortet
Heinz. Und weil ihn alle so erstaunt ansehen, fügt er hinzu:
»Nachdem wir neulich den Wasserfleck entdeckt hatten, habe
ich einen Bekannten gebeten, sich das Haus mal anzuschauen.
Einfach, weil ich wissen wollte, was hier alles im Argen liegt.
Der ist Handwerker und kennt sich aus. 60.000 Euro brauchen
wir mindestens, und das reicht auch nur dann, wenn wir vieles
selbst machen.«

»Davon hast du ja gar nichts erzählt!«, ruft Gabi.

»Mir auch nicht«, sage ich vorwurfsvoll. Immerhin bin ich
hier die Leiterin.

Heinz zuckt entschuldigend die Achseln. »Na ja, direkt
danach kam die Nachricht vom Verkauf, und damit war es im

Grunde egal. Außerdem: 60.000 Euro! Woher soll das Geld denn kommen? Ihr glaubt doch nicht im Ernst, dass die Leute so viel spenden.«

Ich glaube es ja auch nicht so richtig.

»Aber nichts zu tun ist doch auch keine Option!«, widerspricht Finn. Womit er auch wieder recht hat.

»Stimmt«, sage ich. »Außerdem, selbst wenn weniger zusammenkommt: Wer weiß, wofür wir das Geld noch brauchen können. Wenn wir hier rausmüssen und vielleicht was Neues suchen …«

»Und wo soll das sein?«, fragt Heinz. »Der Verein kann sich weder den Priwall noch Travemünde leisten.«

»So weit ist es aber doch noch lange nicht!«, unterbricht uns Levke empört. »Wusstet ihr, dass in Berlin mal zwei Millionen Euro gesammelt wurden …?«

»… für ein Demokratiefestival«, ergänze ich. »Ja, ich weiß.«

Levke springt auf. »Wir können gleich anfangen, Crowdfundingplattformen zu recherchieren. Und dann brauchen wir ja auch noch einen Titel für unsere Kampagne! Zum Beispiel ›Rettet die Naturstation!‹. Was haltet ihr davon?«

»Klingt gut«, sagt Finn. »Oder, Lisa?«

Ich nicke. Irgendwie ist der Tatendrang der beiden ansteckend, und vor allem ist er tausendmal besser als das Gefühl der Hilflosigkeit.

Eine Stunde später präsentieren Levke und Finn mir ihre Ergebnisse: welche Crowdfunding-Plattformen es gibt, die unterschiedlichen Voraussetzungen für Spendenaktionen und vor allem: wie sich die anderen Projekte präsentieren.

Ich lerne: Technisch muss das Ganze nicht perfekt sein. Doch was wir auf jeden Fall brauchen, ist ein Video mit vielen verschiedenen Szenen: von mir, Emma, der Naturstation und natürlich auch von einem Kinderkurs. Letzteres ist immer mega-aufwendig, weil man von allen Eltern eine Einverständniserklärung braucht. Dann muss das Ganze noch zusammengeschnitten und mit lizenzfreier Musik hinterlegt werden, die zu uns passt. Dabei können wir uns jetzt in den Ferien sowieso schon kaum retten vor Arbeit.

»Was macht ihr denn da?« Plötzlich stehen Annika und Leonie hinter uns. Mist, es ist ja schon drei Uhr! Das heißt, die Kinder- und Jugendgruppe wartet.

Im Hinuntergehen erkläre ich den beiden kurz die Crowdfunding-Idee. Ich sage ihnen natürlich nicht, wie gefährlich die Lage für die Naturstation wirklich ist, das geht ja nicht so zwischen Tür und Angel. Nur dass wir dringend Geld brauchen und deshalb über Crowdfunding nachdenken. Und dann frage ich, ob sie sich vorstellen können, uns bei dem Vorstellungsvideo zu helfen.

»Klar!«, ruft Annika. »Ich hab schon total viele Videos von Emma.«

»Echt?«

Statt einer Antwort hält sie mir ihr Handy vor die Nase. Emma in Großaufnahme, wie sie neugierig in die Kamera blickt, Emma als lustiger Tollpatsch, wie sie dem Ball der Kinder hinterherjagt, Emma mit geschlossenen Augen und ganz entspannt …

»Du hast ja echt Talent«, staune ich.

»Danke.« Annika strahlt mich an. »Wir machen gerne das Video fürs Crowdfunding! Oder, Leonie?«

Leonie nickt.

»Das ist richtig toll von euch. Es muss halt rüberkommen, wie wichtig das ist, was wir hier tun, und …«

Annika verdreht die Augen. »Schon klar. Was meinst du, wie viele TikTok-Videos ich schon gedreht habe?«

»Na, dann kennst du dich ja aus.«

Während Finn und Levke mit den Kleineren Insektenhotels bauen, beginnen Annika und Leonie gemeinsam mit ein paar anderen Großen sofort mit den Dreharbeiten. Die natürlich nicht an dem Nachmittag abgeschlossen werden. In den nächsten Tagen tauchen Annika und Leonie immer wieder plötzlich neben mir auf, zwingen mich dazu, mitten in der Arbeit etwas zu sagen (»Irgendwas Lustiges! Egal, was!«), und verkrümeln sich kichernd wieder. Während die Teenies Videos drehen, melden Levke und Finn uns bei der Crowdfunding-Plattform an, und ich besorge die Einverständniserklärungen der Eltern für den Videodreh und berufe kurzfristig eine Sondersitzung des Fördervereins ein, um alle Mitglieder an Bord zu holen. Auf der Sitzung gebe ich mich durch und durch optimistisch, und zum Glück stimmt niemand gegen den Plan (und die paar Enthaltungen sind mir, ehrlich gesagt, egal).

Auch die Organisation des Sommerfests startet. Tagsüber wird es Führungen durch das Haus geben, um unsere Arbeit vorzustellen, und mit den VIP-Tickets können die Crowdfunding-Spender zwei Stunden länger bleiben, um uns persönlich kennenzulernen. Aber neben den vielen Informationen sollen die Gäste ja auch Spaß haben! Also recherchiert Levke in jeder freien Minute Kinderaktivitäten und Spiele im Internet, Finn plant eine Tombola, Heinz hat von der Freiwilligen Feuerwehr in Travemünde Tische und Bänke organisiert und kümmert sich um die Getränke, und Gabi rekrutiert von gefühlt jedem Haushalt auf dem Priwall eine Spende für das Kuchenbuffet und eine für die Tombola. Selbst unsere Nachbarin Erika will einen Erdbeerkuchen beisteuern! Das hat sie jedenfalls gesagt, als wir ihr von dem Sommerfest erzählt haben. Im Gegenzug haben Mareike und ich versprochen, ihr bald einmal im Garten ihrer verstorbenen Freundin zu helfen.

Mein »Team Ganghaus«, wie ich es insgeheim nenne, steckt ebenfalls bis über beide Ohren in der Planung des Fests. Wenn ich abends nach langen Tagen endlich nach Hause komme, liegt fast immer ein Zettel auf dem Küchentisch: Bin bei Mika! Ich mache mir dann nur schnell was Kleines zu es-sen und flitze ebenfalls nach nebenan. Und es gibt sogar schon erste Ergebnisse: Mika hat Handzettel entworfen, und weil das Budget der Naturstation durch das Fest schon mehr als angespannt ist (noch mehr als sonst), will Mareike herausfin-den, ob sie die über die Touristeninformation drucken lassen kann.

»Das klappt bestimmt. So ein Sommerfest ist schließlich auch Werbung für den Priwall.«

Außerdem haben wir überlegt, ein Emma-Kuscheltier her-stellen zu lassen, als zusätzliches Geschenk für die Crowdfun-dingspender und für die Tombola. Mareike muss nur noch her-ausfinden, was das kostet und ob die Touristeninformation das eventuell auch finanzieren würde.

Allerdings halte ich nie so lange durch wie die anderen, denn unser Sommerferienprogramm geht natürlich trotz allem weiter wie bisher, und ich bin abends immer echt k. o. Und das ist auch gut so, denn sonst würde ich vor dem Einschlafen garantiert da-rüber nachgrübeln, dass wir das Geld vermutlich sowieso nicht zusammenbekommen werden und dass es außerdem völlig un-klar ist, ob die Besitzer sich auf unseren Vorschlag einlassen … Doch erschöpft, wie ich bin, falle ich stattdessen sofort in einen tiefen, traumlosen Schlaf.

Natürlich erzählt Mareike mir am nächsten Morgen immer, was sie noch alles mit Mika besprochen hat – oder welchen Wein sie noch getrunken haben. Denn natürlich ist die Rettung der Naturstation nicht der einzige Grund, weshalb sie jeden Abend viel länger drüben ist als ich …

Am Mittwoch in der Mittagspause ruft Mama auf meinem Handy an, dabei habe ich ihr schon tausendmal gesagt, dass ich das bei der Arbeit nicht mag.

»Abends erwische ich dich ja nie!«

Ich seufze. Denn an den letzten Abenden hat sie es wirklich schon zweimal versucht, ich hab's bloß ignoriert.

»Was ist? Warum seufzt du?«

»Weil die Naturstation schließen soll.« Ich erzähle ihr von dem geplanten Verkauf, und sie ist sofort besorgt, dass ich dann arbeitslos bin – als ob das im Moment das größte Problem wäre!

»So schnell geben wir nicht auf«, sage ich. »Wir haben da schon einen Plan …«

»Das ist die richtige Einstellung!«, sagt Mama, nachdem ich ihr von dem Crowdfunding und dem Fest erzählt habe. »Und soll ich sonst mal meinen Chef fragen, ob er noch eine Idee hat?«

»Ja … Warum eigentlich nicht?« Mamas Chef ist schließlich Anwalt. Und ich greife im Moment nach jedem Strohhalm.

»Okay. Hast du dazu denn irgendwelche Unterlagen, die ich ihm zeigen kann?«

»Hm … Ich kann Heinz mal nach dem Mietvertrag fragen. Keine Ahnung, ob er noch was anderes hat.«

»Gut!«

Abends, als ich gerade nach Hause gekommen bin und mir etwas zu essen kochen will, klingelt es an der Haustür. Mareike ist schon bei Mika drüben, hat sie vielleicht mal wieder ihren Schlüssel vergessen?

Doch als ich die Tür öffne, steht dort nicht Mareike, sondern meine Mutter.

»Mama? Was machst du denn hier?«

»Kind! Es tut mir so leid mit deiner Arbeit! Lass dich mal drücken.« Damit nimmt sie mich in den Arm.

Im ersten Moment bin ich total überrumpelt, aber dann lege ich ebenfalls meine Arme um sie. In Kinderbüchern duften Mütter oft nach frisch gebackenem Apfelkuchen, aber Mamas Haare an meiner Wange riechen ein bisschen nach Haarspray, und dann ist da noch der Geruch ihrer Creme und ein Hauch von Parfüm. So roch sie schon immer, seit ich ein Kind war. Ich drücke sie noch ein bisschen fester.

»Möchtest du vielleicht einen Tee?«, frage ich, nachdem wir uns voneinander gelöst haben.

»Nein, danke, dann muss ich heute Nacht nur ständig auf die Toilette. Ich wollte dir nur sagen, ich hab die Sachen, die du mir geschickt hast, schon meinem Chef gezeigt.«

»Und?«, frage ich und setze mich an den Küchentisch. »Ich muss mich mal setzen, ich bin total k. o. von der Arbeit.«

»Ich auch, das kannst du mir glauben!« Trotzdem bleibt sie stehen. »Mein Chef hat gesagt, er guckt mal drauf. Morgen hat er aber einen wichtigen Termin, da schafft er es nicht.« Sie lässt den Blick über unsere Küchenzeile streifen, die heute ausnahmsweise mal einigermaßen aufgeräumt ist. Bis auf das Frühstücksgeschirr steht nichts herum. Mama runzelt die Stirn und öffnet den Geschirrspüler.

»Der ist sauber, ich hab's bloß noch nicht geschafft, ihn auszuräumen«, sage ich.

Woraufhin sie sofort anfängt, die Gläser und Teller in die Schränke zu räumen.

»Was meinst du denn, wann dein Chef mal draufgucken kann?«, frage ich.

»Vielleicht übermorgen.« Sie verstaut den letzten Topf und räumt das schmutzige Geschirr in die Maschine. »Auf jeden Fall macht er es. Und wenn der was sagt, hat das Hand und Fuß. Wer weiß, was für einen Feld-Wald-und-Wiesen-Anwalt dein Heinz gefragt hat …«

Plötzlich muss ich an mein Gespräch mit Brick neulich denken. Über die Arbeit meiner Mutter.

»Mama, macht dir deine Arbeit eigentlich Spaß?«

»Natürlich«, antwortet sie, nimmt sich einen Schwamm und fängt an, die Spüle auszuwischen.

»Hättest du denn nicht vielleicht lieber was anderes gemacht?«

»Wieso? Meine Arbeit ist doch völlig in Ordnung«, sagt sie, ohne aufzublicken.

»Na ja, ich dachte ja nur ... irgendwas, das dir mehr Spaß macht?«

»Und was soll das sein?«

Will sie mich mit Absicht nicht verstehen? »Na ja, so was wie ... Töpfern oder so.«

»Töpfern? Wie kommst du denn darauf?« Sie schrubbt energisch auf einem Fleck herum.

»Das war ja nur so ein Beispiel. Jetzt hör bitte mal auf zu putzen!«

»Wieso, ich bin doch gleich fertig.«

»Heißt das, du bist glücklich in deinem Job?«

»Ich bin zufrieden. Und wenn ich dir helfen kann, bin ich noch zufriedener.« Mama nimmt sich ein Geschirrtuch und wischt die Spüle trocken.

»So, jetzt glänzt hier wieder alles«, erklärt sie dann und hängt das Geschirrtuch ordentlich über den Griff des Backofens. »Da trocknet es besser.« Ich kann mich gerade noch beherrschen, mit den Augen zu rollen.

Dann setzt Mama sich endlich zu mir an den Tisch.

»Übrigens, frag doch mal Jasmin, ob sie noch eine Idee hat wegen der Naturstation. Vielleicht hat sie Connections.«

Ausgerechnet!

»Was denn für Connections? Soll sie einen Promi zum Fest schicken, oder was?«

»Ich meine ja nur. Ich will nur helfen.«

»Ja, Mama, ich weiß.«

Kurz darauf ist sie weg. Sie hat es nur gut gemeint, wie immer. Und die Küche sieht jetzt um Klassen besser aus. Trotzdem bekomme ich beim Anblick der glänzenden Flächen eine

Scheißwut. Kurz überlege ich, Nudeln mit Tomatensoße zu kochen, und zwar ohne Deckel, sodass alles wieder vollspritzt!

Doch es war ein langer Tag, und ich habe keine Energie mehr zum Kochen. Stattdessen schmiere ich mir nur schnell ein Käsebrot, schnappe mir dazu eine Banane und einen Joghurt aus dem Kühlschrank und esse alles in meinem Zimmer, bevor ich zu Mareike und Mika rübergehe.

Am Donnerstag ist das Video fertig, und Annika und Leonie führen es uns im Büro vor. Hinterher herrscht erst mal Stille. Dann reden alle gleichzeitig los.

»Wow!«, entfährt es mir, Heinz sagt: »Respekt«, Levke: »Cool!«, Gabi: »Dass ihr so was könnt ...«, und Finn hält einfach nur den Daumen hoch. Denn von wegen, kein Hochglanz! Das Video hätte perfekter nicht sein können. Auch wenn ich mich normalerweise überhaupt nicht in Videos sehen mag: Ich komme superkompetent und gleichzeitig nett rüber, wie ich da in Action bin (mit Fernglas, beim Büschebeschneiden und Ähnlichem), die Kinder zeigen ihre Stein- und Muschelfunde bei einer Strandführung, und Emma ist natürlich sowieso der Star.

»Wenn wir jetzt nicht genug Geld zusammenkriegen, um die Naturstation zu retten, dann weiß ich auch nicht«, sagt Gabi. Ich lächle sie an. Schön, dass sie so optimistisch ist.

Doch Annika und Leonie erstarren. »Wieso retten?«

Mist, ich habe ihnen ja noch gar nicht die ganze Wahrheit erzählt! Höchste Zeit, das nachzuholen. Ich betone natürlich, dass wir kämpfen werden und alles tun, um die Schließung zu verhindern, aber trotzdem sehen sie ziemlich blass aus. Um sie abzulenken, laden wir zusammen das Video auf der Crowdfundingplattform hoch, und anschließend kümmert sich Gabi mit Franzbrötchen um die beiden.

Kurz darauf poppt eine Nachricht auf meinem Bildschirm auf.

»Ihr Projekt ist freigeschaltet.«

Ich atme tief ein. Jetzt geht es also wirklich los! Dann greife ich zum Telefon, um die Lübecker Nachrichten anzurufen und kräftig Werbung für unser Crowdfunding zu machen.

Am Freitag sind endlich auch die Flyer für das Sommerfest, die Mika designt hat, fertig. »Rettet die Naturstation!« steht fett obendrüber, und dann gut sichtbar der Hinweis auf das Crowdfunding und die Einladung zum Sommerfest. Ich hole einen ganzen Karton voll bei Mareike ab (den Rest will sie in der Touristeninformation und den Lübecker Museen auslegen) und mache mich damit auf den Weg nach Travemünde.

Eine gute halbe Stunde später trete ich aus dem dunklen Strandbahnhof in gleißend hellen Sonnenschein. Gleich gegenüber ist ein Bäcker. Ob ich dort anfangen soll? Ich hole eine Handvoll Flyer aus meinem Rucksack, gehe hinein und stelle mich hinter eine ältere Dame mit weißer Kurzhaarfrisur und Blümchenbluse in die Schlange. Vorne am Tresen erklärt ein Mann gerade der Verkäuferin, dass seine Tochter das Salamibrötchen ohne Tomate möchte, aber dafür mit zweimal Gurke.

Plötzlich komme ich mir komisch vor, einfach so wegen der Flyer zu fragen. Ob ich nicht wenigstens ein Brötchen kaufen sollte?

»Die Nächste?«, fragt in dem Moment eine Kollegin der ersten Verkäuferin.

Ups, ich bin schon dran!

»Äh … ein Franzbrötchen, bitte!«, stammele ich.

Sie tütet es routiniert ein, kassiert das Geld und hat sich schon halb dem Mann hinter mir zugewandt. Jetzt aber schnell!

»Und könnten Sie vielleicht noch ein paar Flyer auslegen?«, platzt es aus mir heraus.

»Was denn für Flyer?«

»Für die Naturstation auf dem Priwall. Die soll nämlich geschlossen werden. Wir organisieren ein Crowdfunding und ein Sommerfest, um sie zu retten.«

Ich reiche ihr einen Flyer über den Verkaufstresen.

»Die soll geschlossen werden? Das ist ja unmöglich! Meine Tochter ist so gerne dort. Crowdfunding, sagen Sie? Das schaue ich mir mal an. Und zu dem Fest kommen wir auf jeden Fall!« Sie streckt die Hand nach den restlichen Flyern aus.

Wer hätte das gedacht?

Im zweiten Geschäft, einem Strandladen, fällt mir das Fragen schon deutlich leichter, und auch hier darf ich einige Flyer auslegen. So arbeite ich mich Geschäft für Geschäft durch die Bertlingstraße vor und gehe anschließend weiter bis zur Strandpromenade. Hier ist schon ziemlich viel los, Strandkörbe werden bezogen, Handtücher ausgebreitet, und vor dem weißen Häuschen des Strandkorbverleihs hat sich eine kleine Schlange gebildet. Den Verleiher könnte ich doch eigentlich auch fragen! Ich stelle mich hinten an, aber jetzt gegen elf knallt die Sonne schon ganz schön heiß vom Himmel. Ich versuche, meinen Kopf mit der Hand zu beschatten, aber das bringt so gut wie gar nichts, und nach zehn Minuten stehen immer noch drei Leute vor mir. Also laufe ich lieber weiter, am Brügmanngarten und dem schneeweißen Maritimhotel vorbei, hinter dem sich die Touristeninformation Travemünde befindet. In dem flachen Neubau ist es angenehm kühl, und nachdem ich dort im Auftrag von Mareike gleich zweihundert Flyer abgegeben habe, zapfe ich mir ein Glas kaltes Wasser von der Trinkwasserstation und lasse mich erschöpft in einen der Sessel plumpsen. Kurze Pause!

Nachdem ich mich ausgeruht habe, geht es weiter in die Vorderreihe. Auch dort erlauben mir die meisten Geschäftsleute, einige Zettel dazulassen. Nur einer winkt ab.

»Sorry! Das muss die Chefin entscheiden.«

»Und wo ist die Chefin?«, frage ich.

»Die ist nicht da.«

Sehr hilfreiche Auskunft! Aber ich beschließe, mich nicht darüber zu ärgern, und wünsche ihm trotzdem einen schönen Tag.

Die meisten finden die Idee mit dem Crowdfunding jedenfalls toll und wünschen uns viel Erfolg. Besonders begeistert ist Antonio, der die Zettel sofort in die Glasfenster seiner Eisdiele hängt. Und der eine lange Schimpftirade ablässt, als er erfährt, wofür wir das Geld benötigen.

»Der ganze Priwall wird zugebaut! Und wo bleiben die Einheimischen? Das frage ich dich!«

Ich zucke mit den Schultern, schließlich bin ich streng genommen auch nicht vom Priwall. Aber ich weiß schon, was er meint: Für die diversen Tourismus-Bauprojekte, die in den letzten Jahren auf dem Priwall stattfanden, musste ganz schön viel Natur weichen.

»Hm … Habt ihr schon einen Eiswagen für das Fest?«, fragt er mich dann.

»Einen Eiswagen? Nee.«

»Dann habt ihr jetzt einen!«

»Du meinst, du würdest deinen vorbeischicken?«

Er nickt. »Und der Gewinn geht natürlich an die Naturstation.«

Ich falle ihm spontan um den Hals. »Super! Du bist der Beste!«

Als ich mich wieder losmache, ist er doch tatsächlich ein bisschen rot geworden.

Eine Dreiviertelstunde später komme ich endlich bei der Priwallfähre an, mit wundgelaufenen Füßen und deutlich leichterem Rucksack.

Aber einer letzten Person muss ich noch ein paar Flyer in die Hand drücken, nämlich Ewald. Und der ist mindestens so empört wie Antonio, als er hört, was los ist.

»Wat? Se wüllt de Naturstation dichtmoken? Wat'n Schiet! Man goot, dat du wat dorgegen mokst! Crowdfunding, dat is goot!«

Er ist so ehrlich empört, dass ich lächeln muss. »Na ja, irgendetwas müssen wir ja machen. Hoffentlich klappt es.«

»Dat klappt!« So bestimmt, wie Ewald das sagt, kann man es ihm nur glauben. Hoffentlich behält er recht.

Auf jeden Fall lässt er sich fünfzig Flyer von mir geben, die er erst mal im Fahrerhäuschen deponiert. Auf der Fähre auslegen kann er sie ja nicht, weil sie wegwehen würden, aber Ewald will sie an alle verteilen, die er in Travemünde kennt.

»Wie viele Leute kennst du denn?«, frage ich beeindruckt.

»Heimatverein, TSV, Gesangsverein«, antwortet er knapp. Heimatverein okay, Fußballverein vielleicht auch, aber …

»Gesangsverein?«, frage ich verdutzt.

»Jo. Ick bün Tenor.«

Er zwinkert mir noch einmal zu und wendet sich dann ab, weil er das Anlegemanöver einleiten muss. Und ich starre überrascht auf seinen neongelben Rücken. Im Gesangsverein hätte ich den sonst so schweigsamen Ewald nun wirklich nicht gesehen.

Als ich in der Naturstation ankomme, sind noch hundertfünfzig Flyer übrig. Genau die richtige Zahl, um sie bei uns vorne im Flur auszulegen und bei den Führungen und in den Gruppen zu verteilen.

Dabei fällt mir ein: Auch mit unserer Kinder- und Jugendgruppe müssen wir nachher sprechen. Vermutlich haben viele schon von Annika und Leonie erfahren, was Sache ist, die tauschen sich ja alle per WhatsApp aus. Sie sind bestimmt ganz schön geschockt, schließlich verbringen manche jetzt in den Ferien fast jeden Tag hier.

Aber wenn wir betonen, wie wichtig das Fest ist und dass wir dafür ihre Hilfe brauchen, sind bestimmt alle mit Feuereifer dabei.

Ich ziehe mein Handy aus der Tasche und checke noch einmal die Crowdfundingplattform. Was ist denn das? »Kontostand: 100 Euro« steht da. Und: »Drei Spender.« Es funktioniert! Wir werden noch sehr viele solcher Spenden brauchen, um auch nur in die Nähe von 60.000 Euro zu kommen, das steht fest. Und ob die Besitzer sich dann auf unseren Vorschlag einlassen, ist auch unsicher. Aber trotzdem: Ein Anfang ist gemacht! Langsam werde ich tatsächlich ein bisschen aufgeregt.

Jonas

Als ich am Donnerstag mit Interiio vor dem neuen Entwurf sitze, klingelt mein Handy. Leonie. Ich werfe ihm einen entschuldigenden Blick zu. »Meine Tochter. Da muss ich ran, sorry.« Er runzelt die Stirn. Töchter scheinen in seiner Welt kein Grund zu sein, ein Meeting mit ihm zu unterbrechen.

»Darf ich bei Annika übernachten? Ihre Eltern erlauben es auch.«

»Heute? Ich dachte, morgen.«

»Ja, morgen auch.«

»Okay, meinetwegen.« Ich bin ja froh, wenn sie Spaß hat und sich nicht mehr langweilt.

»Und bringst du mir heute Abend meine Sachen vorbei?«

Auch das noch! Aber gut.

»Schick mir eine Liste«, antworte ich.

»Du bist der Beste!«, ruft meine Tochter.

Das Meeting mit Interiio läuft gar nicht schlecht: Er hat zwar eine dreiseitige Liste mit Änderungswünschen, aber wenigstens lehnt er meinen neuen Entwurf nicht komplett ab. Die Idee, in Richtung »klassisch-maritim« zu gehen, gefällt ihm schon mal. Also, prinzipiell.

»Das Gold da, das muss auf jeden Fall weg!«

»Ich dachte, du wolltest eine ironische Brechung?«

Seufzend schlägt er die Beine übereinander. »Ach, ich weiß nicht. Ironische Brechung ja, aber meine Follower haben abgestimmt. Die sind gegen das Gold. Und außerdem ...« Er seufzt noch einmal, nimmt das linke Bein vom rechten und schlägt stattdessen das rechte über das linke. »Außerdem ... So eine Fassade, die ist ja dauerhaft. Die kloppt man nicht mal eben wieder runter, wenn sich der Stil ändern soll. Oder?« Er sieht mich fragend an.

»Nein«, stimme ich zu und muss mich bemühen, ernst zu bleiben. »Aber man kann natürlich die Fassade auch klassisch-schlicht gestalten und dann mit mobilen Elementen arbeiten ...« Das habe ich mir jetzt gerade aus den Fingern gesogen, aber seine Miene hellt sich auf.

»Ja! Das ist es! Kannst du ein paar Vorsprünge einbauen, auf die man variable Objekte platzieren kann?«

»Aber nur unter Kopfhöhe, sonst ist das zu gefährlich«, entgegne ich.

Er verzieht das Gesicht.

»Sorry, wegen der Sicherheit. Wenn das jemandem auf den Kopf fällt ...«

»Ja, ja. Schon klar.« Er klingt mürrisch.

»Aber mit Licht kann man natürlich auch große Effekte erzielen. Vielleicht ein farbregulierbares Beleuchtungskonzept?«

Passend zum Thema hellt sich sein Gesicht auf. »Das ist es! Ein Haus, das die Stimmung des Bewohners widerspiegelt! Schwarze Blitze für Wut, rosa für Glück ... Vielleicht sogar rosa Herzen?«

»Toll«, kommentiere ich wenig begeistert. Wie will er das denn hinkriegen, so oft, wie sich seine Laune ändert? Will er jedes Mal schnell das Licht umschalten, bevor er weitermeckert ... oder weiterküsst? Bloß nicht weiter drüber nachdenken! Einen küssenden Interiio will ich mir echt nicht vorstellen.

Andererseits bin ich ja froh, dass er endlich mal einem meiner Vorschläge zustimmt. Eine Außenbeleuchtung mit Farbwechsel ist nicht schwer zu installieren, und man kann alles per

App steuern. Soll Interiio sich doch selbst überlegen, wie er den Teil mit den Gefühlen umsetzt.

»Toll«, sage ich noch einmal, und Interiio verlässt zufrieden mein Büro.

Dann kann ich den Entwurf ja in den nächsten Tagen fertigstellen. Je schneller, desto besser! Der Immobilienmakler hat Timo zwar neulich noch einmal versichert, dass die Erben ganz bestimmt nur an Interiio verkaufen wollen. Aber was heißt das schon? Im Moment sind wir ja die einzigen Interessenten. Also ran an die Arbeit!

Der Tag wird sogar noch besser, denn die Jungs wollen heute Abend bei Norbert saufen gehen. Wir sagen immer noch »saufen«, dabei trinken wir schon lange nicht mehr so viel wie früher mit neunzehn. Aber saufen klingt halt viel cooler als so was wie »Kneipenabend« (wir sind noch lange nicht Ü40!) oder womöglich »Stammtisch« (eindeutig Ü60!).

Weil ich nach der Arbeit erst noch Leonies Sachen nach Travemünde fahren muss, komme ich als Letzter bei Norbert an.

»Jo-nas!«, brüllt Timo mir entgegen, um die Musik und das laute Stimmengewirr zu übertönen, und prostet mir mit einem Bierkrug zu. »Norbert, mach mal eins für Jonas klar!«

Norbert hinter der Theke hebt fragend die Augenbrauen. Ich nicke ihm zu, und er greift nach einem leeren Bierkrug.

Die Jungs sitzen an einem Sechsertisch in der Ecke, Timo neben Malik und Steffen und gegenüber Lukas und Joris. Ich klatsche mit allen ab und setze mich dann auf den freien Platz neben Lukas. Gegenüber verkündet Timo gerade, dass er sich demnächst eine Rudermaschine ins Büro stellen will. »Dann könnt ihr Luschen euch warm anziehen!«

Woraufhin Steffen sofort seinen Ärmel hochschiebt und die beiden Bizepsumfänge vergleichen. Anscheinend haben sie schon einige Bier Vorsprung.

»Das macht er doch eh nicht«, sage ich zu Lukas.

»Glaub ich auch nicht.«

In dem Moment bringt Norbert mein Bier.

»Prost!« Lukas und ich trinken einen Schluck.

»Und, was geht bei dir?«, fragt er dann.

Wir quatschen eine Weile über Leonie und über seine Frau, die gerade schwanger ist.

»Und wie läuft's mit deinem Onlinedating? Diesem anonymen Ding?«

»Bis jetzt richtig gut«, antworte ich.

»Freut mich für dich! Heißt das, Timo verliert die Wette?«

Ich grinse. »Könnte passieren.«

Apropos Timo: Ich habe ihm noch gar nicht erzählt, dass ich mich morgen live mit Möwe treffe. Das habe ich noch niemandem erzählt. Ich könnte es natürlich hier verkünden, vor allen, aber irgendetwas in mir sträubt sich dagegen. Denn das mit Möwe und mir ist inzwischen so viel mehr als nur eine Wette ... Wenn ich daran denke, dass wir uns morgen gegenüberstehen werden, fängt mein Herz wie bescheuert an zu klopfen.

Gegenüber fällt die Bierdeckelpyramide wieder in sich zusammen.

»Ich zeig dir, wie das richtig geht!«, verkündet Timo und schnappt sich Maliks Bierdeckel.

Danach wollen alle bauen, nur dass wir zu wenig Bierdeckel haben. Aber Norbert zeigt Steffen bloß einen Vogel, als der ihn auffordert, seine Vorräte rauszurücken.

»Könnt ihr das?« Timo balanciert einen Bierdeckel auf der Nase.

»Sieht voll bescheuert aus, Alter!«, brüllt Steffen und macht es ihm sofort nach.

Alle grölen, weil Steffen der Bierdeckel immer wieder von der Nase fällt.

»Hey, Jonas!« Einen Moment später trifft mich ein Bierdeckel an der Stirn, und die Jungs grölen noch lauter.

»So macht man das«, brülle ich und schleudere den Bierdeckel zurück in Richtung Timo. Doch blöderweise verfehle ich ihn und treffe einen Kerl am Nebentisch am Hinterkopf, und kurz darauf ist in der ganzen Kneipe eine wilde Bierdeckelschlacht im Gang.

Nach einem Arbeitstag, der sich gedehnt hat wie Kaugummi, ist es endlich so weit: Ich stehe eine Viertelstunde zu früh an der Bar der Pizzeria, in der wir uns verabredet haben. Weil in Richtung Travemünde so oft Stau ist, bin ich sehr rechtzeitig losgefahren, aber um die Zeit natürlich glatt durchgekommen. Anschließend bin ich im Schneckentempo durch die Vorderreihe geschlendert, aber um nicht zu früh zu kommen, hätte ich vermutlich rückwärts laufen müssen. In meinem gebügelten Hemd und mit der langen Jeans kam ich mir ziemlich komisch vor zwischen den ganzen Urlaubern in bunten T-Shirts. Wie ein Pinguin zwischen lauter Papageien. Aber zu einem ersten Date kann man ja schlecht in kurzer Hose kommen! Auch nicht bei fast dreißig Grad. Und optisch gesehen ist es ja ein erstes Date.

Jetzt stehe ich also mit einem Mineralwasser an der Bar und warte auf Lisa. Hier drinnen ist es im Gegensatz zu draußen zum Glück angenehm kühl und der Schweiß auf meinem Rücken schon fast wieder getrocknet. Die meisten Tische sind besetzt, um mich herum wabern Stimmengewirr und leise italienische Musik, und es riecht lecker nach Pizza. Ein Stück weiter an der Bar steht noch ein Mann, deutlich älter als ich und sogar in Anzug mit Krawatte. Er scheint auch auf jemanden zu warten.

Der Vorteil meines zu früh Kommens ist, dass Lisa noch nicht da ist. Das heißt, ich werde sie sehen, bevor sie mich entdeckt. Ein unbekanntes Gesicht zu der Stimme, die mir schon so vertraut ist ... Da ist Überraschung garantiert. Und ich will ja nicht, dass sie das falsch versteht.

Wir haben kein Erkennungszeichen abgemacht, eine rote Rose oder so was fanden wir beide zu klischeehaft. Wir waren uns sicher, dass wir uns schon erkennen würden. Hoffentlich war das nicht zu optimistisch!

Um fünf vor sieben öffnet sich die Tür, und eine Frau im Sommerkleid betritt die Pizzeria. Sie kommt mir vage bekannt vor ... Oh nein! Das ist die Frau von der Naturstation, die uns neulich im Büro aufgelauert hat! Was will die denn hier?

Nach der ersten Schrecksekunde wende ich ruckartig das Gesicht ab. Noch hat sie mich zum Glück nicht gesehen. Aus dem Augenwinkel beobachte ich, wie sie sich umsieht – und dann zögernd auf den anderen Mann an der Bar zugeht. Heute ist sie sehr viel schicker gestylt als neulich, in dem Sommerkleid, mit Hochsteckfrisur und zarten Riemchensandalen an den Füßen. Keine Spur von den Gummistiefeln, die Timo erwähnt hat. Die Zehennägel sind sogar türkis lackiert.

Sie spricht den Mann an, doch er schüttelt den Kopf ... Und sie sieht plötzlich genau in meine Richtung! Schnell stütze ich das halbe Gesicht in die Hand, aber so gut kann ich mich gar nicht verstecken, dass sie mich aus zwei Metern Entfernung nicht erkennt. Ihr Gesicht fällt für einen Moment auseinander, doch dann setzt es sich wieder zusammen zu einer Miene grimmiger Entschlossenheit. Oh nein! Die wird mir doch wohl hier keine Szene machen! Wo jeden Moment Lisa kommen kann ...

Doch wider Erwarten spricht sie mich nicht an. Sie stellt sich ein Stück weiter an die Bar und bestellt ebenfalls ein Mineralwasser. Dann starrt sie demonstrativ in Richtung Tür. Anscheinend hat sie beschlossen, mich zu ignorieren. Aber das erleichtert mich kein bisschen, im Gegenteil! Denn wer weiß, ob sie nicht die Gelegenheit nutzen wird, mich gleich gnadenlos vor Lisa runterzuputzen! Sie hat schließlich jeden Grund, sauer auf mich zu sein, so, wie ich sie neulich habe abblitzen lassen.

Ich gebe das Versteckspiel auf und starre genauso demonstrativ in Richtung Tür wie sie.

Nach einigen Minuten betritt eine Frau Mitte vierzig die Pizzeria. Typ: teure Frisur, rotes Cocktailkleid und passender Lippenstift. Das wird ja wohl nicht Lisa sein? Aber wer weiß … Ich lächele ihr vorsichtshalber entgegen. Doch sie geht auf den Mann im Anzug zu, der sie mit Wangenküsschen begrüßt. Der Kellner führt die beiden zu einem der letzten freien Tische.

Damit sind es jetzt nur noch wir beide, die Naturschutztante und ich. Wir setzen unser Zur-Tür-Starren-Duell fort. Keine Chance, dass sie nicht sieht, wie Lisa kommt und mich begrüßt. Und selbst falls ihre Verabredung zuerst kommen sollte – vielleicht gehen sie dann einfach zu zweit auf mich los? Ich werde immer nervöser. Das erste Date mit dem lieben Menschen, der mir in den letzten Wochen so wichtig geworden ist, zerstört von dieser Naturschützerin! Der Gedanke zerreißt mir das Herz. Ich muss etwas unternehmen!

Nur was? Ich kann ihr ja schlecht verbieten, hier essen zu gehen.

Inzwischen ist es zehn nach sieben, das heißt, Lisa wird jeden Moment zur Tür hereinkommen. Es gibt nur eine Möglichkeit, die Katastrophe zu verhindern: Ich muss sie anrufen und behaupten, bei der Reservierung sei etwas schiefgegangen. Wir müssen uns woanders treffen! Wird zwar schwer werden, an einem Freitagabend in Travemünde noch einen anderen freien Tisch zu bekommen … Aber egal!

Ich zücke mein Handy und wähle Lisas Nummer, die sie mir nach dem letzten Online-Date geschrieben hat.

Und in der Handtasche der Naturschutz-Tante klingelt es.

Lisa

In meiner Handtasche klingelt es. Ausgerechnet jetzt! Wo Jonas jeden Moment kommen kann! Ich beschließe, es zu ignorieren, zumal der Architekten-Arsch neben mir garantiert die Gelegenheit nutzen würde, um wieder fiese Sprüche zu bringen. Obwohl, nein, der telefoniert ja selbst gerade.

Das Klingeln hört auf und startet einen Moment später erneut.

Es könnte ja auch Jonas sein, der sich verspätet. Schließlich ist es schon zehn nach sieben! Hektisch wühle ich nach dem Handy.

Tatsächlich, da steht: Jonas.

»Hallo? Jonas? Ist alles okay bei dir?«

Keine Antwort, dafür starrt mich der Arsch neben mir an, als hätte ihn der Blitz getroffen. Was hat der denn jetzt schon wieder für ein Problem? Und warum antwortet Jonas nicht?

»Hallo?«

»Ja«, antwortet der Typ neben mir.

»Ich rede nicht mit Ihnen!«, fauche ich.

Dann erst fällt mir auf, dass die Stimme nicht nur aus seinem Mund gekommen ist. Sondern auch aus meinem Handy.

»Hallo?«, wiederhole ich völlig verunsichert.

»Hallo«, antwortet es in meinem Handy – und von der Theke.

Das kann nicht sein! Das *darf* nicht sein!

»Nee, nä?«, sagt der Typ.

Ich sage nichts. Ich kann nicht. In mir ist alles taub.

Wie kann Jonas, der liebe, verständnisvolle Jonas, gleichzeitig der Typ neben mir sein? Der eiskalte Arsch, der mein Leben zerstören will?

Er starrt mich an, als könnte auch er es nicht fassen.

Alles nur Schauspielerei, sagt eine zynische, kalte Stimme in mir.

»Du hast mich die ganze Zeit verarscht«, platzt es aus mir heraus.

»Was? Nein!« Er klingt ehrlich geschockt. Als ob ich ihm das glauben würde!

»Du hast so getan, als würdest du mich unterstützen, dabei bist du … Das ist …« Mir versagt die Stimme.

»Nein! Ich wusste nicht, dass du das bist, ehrlich! Vielleicht sollten wir uns erst mal setzen und darüber reden …«

»Nur wenn du den Abriss abbläst!«

»Das geht leider nicht.« Plötzlich wird seine Stimme sachlich. »Das Projekt ist schon in der fortgeschrittenen Planungsphase und …«

»Ich will es nicht hören! Deine Planungsphase kann mich mal!«

Ich stopfe das Handy zurück in meine Handtasche und marschiere mit tränenverschleierten Augen in Richtung Ausgang. Fehlt noch, dass ich hier vor dem anfange zu heulen!

»Denk doch mal an ›E-Mail für dich‹!«, ruft er mir hinterher. »Da hat Tom Hanks auch das Geschäft von Meg Ryan ruiniert, und trotzdem gab es ein Happy End!«

»Komm mir jetzt nicht mit meinem Lieblingsfilm!«, kreische ich zurück. Aber zu spät, mit dem Spruch hat er mir auch noch »E-Mail für dich« für immer kaputt gemacht.

Ich marschiere aus der automatischen Schiebetür (das Scheißteil lässt sich nicht mal zuknallen!) und breche in Tränen aus.

Automatisch gehe ich in Richtung Strand, bahne mir den Weg durch die zähe Masse der schlendernden Menschen. Es ist immer noch drückend schwül, aber Wind ist aufgekommen, ein ekelhaft warmer Wind, der nicht abkühlt, sondern einen nur noch mehr schwitzen lässt. Ein Kind zeigt auf mein tränenverschmiertes Gesicht, und ich marschiere automatisch schneller, ich will weg, nur weg! Am Übergang zur Promenade spielt ein Leierkastenmann, es kommt mir vor wie ein Abgesang auf alles, was in meinem Leben gut war. Neue Tränen, schneller, schneller, vorbei am alten roten Leuchtturm, am weißen Maritim-Hochhaus, und dann endlich sehe ich es: das Meer! Der Wind wird stärker, die Touristen raffen Kühltaschen und Kinder zusammen und strömen in Richtung Promenade, nur ich nehme die umgekehrte Richtung, die Treppe von der Promenade hinunter, durch den Sand zwischen verlassenen Strandkörben hindurch, Böen treiben eine leere Brötchentüte an mir vorbei, und dann, endlich, bin ich am Meer! Die Wellen donnern auf den Strand, schon die erste durchnässt mein Kleid bis zum Oberschenkel, egal! Ich marschiere parallel zum Ufer weiter, gegen den Wind an, um mich herum das Donnern der Wellen und die schrillen Schreie der Möwen. Der Himmel verdunkelt sich immer weiter, und ich gehe auf den Steg, der direkt ins Meer führt. Mein Kleid flattert, der Wind reißt Strähnen aus meiner Frisur, egal, weiter, direkt in das düstere Brausen und Tosen hinein, und plötzlich schreie ich, schreie gegen den Sturm an, schreie meine ganze Wut und Verzweiflung in die Elemente hinein.

Dann donnert es, meine Stimme geht unter in der Naturgewalt, und ich fühle mich plötzlich schutzlos und ausgeliefert, mitten im Meer bei Gewitter.

Ich haste über den Steg zurück zum Strand, und die Angst um die Naturstation, die Wut auf Jonas, alles auf einmal steigt in mir auf. Ich fliehe vor dem Meer, aber vor dem Chaos meiner Gedanken kann ich nicht fliehen. Er war so lieb, so verständnisvoll ... Es hätte so schön sein können ... und dann hat er alles zerstört! Oder hat er mir wirklich die ganze Zeit etwas vorgespielt? Wusste er, wer ich bin, und hat mich nur verarscht?

Ihm muss doch klar sein, dass er meinen Lebensinhalt zerstört!

Jetzt brechen Tränen aus mir heraus, ich lasse mich in den Sand fallen und weine, über mich, über die Naturstation, über Jonas' Betrug, weine so viele Tränen, dass die Ostsee eigentlich überlaufen müsste, weine und weine, bis ich nicht mehr kann.

Dann kommt der Regen, plötzlich, dick und eisig. Der Himmel weint, doch ich habe keine Tränen mehr, mir ist nur noch kalt. Ich renne zurück zur Promenade, wenn ich mich beeile, schaffe ich den Zug nach Lübeck. Meine Sandalen klatschen auf die Steine, das Kleid klebt an den Beinen, vorbei am Casino, dem kleinen Laden, der bunte Kescher und Obst verkauft, doch jetzt ist alles abgedeckt, Pfützen auf durchsichtigem Plastik. Ich haste weiter, keuchendes Stechen in der Brust, vorbei am Bäcker, in den Strandbahnhof, das alte Gebäude völlig ohne Geschäfte, es wird verdammt knapp. Auf dem Bahnsteig steht der Zug, ich hole das Letzte aus meinen brennenden Muskeln, springe gerade noch rechtzeitig hinein, bevor sich die Türen mit einem letzten Piepen schließen, dränge mich durch feuchte Menschen, ignoriere Blicke und lasse mich schließlich auf das samtige Polster eines letzten freien Sitzes fallen. Stimmengewirr, Kinderkreischen, beschlagene Scheiben. Noch nie war ich so dankbar für stickig-überheizte Luft. Langsam wird meine Haut wärmer, die Gänsehaut verschwindet, aber in mir ist alles eiskalt.

Jonas

Ich bin wie vom Donner gerührt. Die Naturschutztante ist Lisa! Wie kann das sein?

Ich habe tausend Fragen, aber sie ist einfach weggerannt.

Weil ich der Mann bin, der ihre Naturstation abreißen will. Ist doch klar, dass sie mich dafür hasst!

Trotzdem hätte ich mir gewünscht, dass wir wenigstens noch einmal reden. Sie kann doch nicht so tun, als hätte es die letzten Wochen und unsere Gespräche nicht gegeben! Wenn auch nur ein kleines bisschen von der Lisa in ihr steckt, die ich kenne, dann würde sie mir eine Chance geben. Wenigstens die Chance, meine Sicht der Dinge zu erklären. Sie hat doch immer Dinge hinterfragt, mich nie mit der einfachen Version durchkommen lassen.

Ich bleibe noch eine halbe Stunde an der Bar sitzen, in der dummen Hoffnung, dass sie vielleicht zurückkommt. Dass sie nach der ersten Wut Fragen hat, mich erklären lässt. Doch Lisa kommt nicht.

Wie durch Watte gehe ich zum Auto, durch den strömenden Regen, durch plötzlich leergefegte Straßen. Mein Hemd klebt am Körper, und Wasser rinnt aus den nassen Haaren über mein Gesicht, doch es ist mir egal. Während meine Schuhe in Pfützen platschen, halte ich Ausschau nach Lisa. Ich erwarte nicht wirklich, sie irgendwo zu sehen, und hoffe dennoch gegen jede Vernunft.

Dann bin ich beim Auto. Ohne sie gefunden zu haben. Ich lasse den Motor an und drehe die Heizung auf.

Vielleicht erwarte ich zu viel. Vielleicht braucht sie mehr Zeit, um den Schock zu verarbeiten. Immerhin bin ich der Typ, den sie bekämpft, das Arschloch, über das wir zusammen gelacht haben. Das muss man erst mal zusammenbringen. Bestimmt meldet sie sich in den nächsten Tagen. Bestimmt! Und dann kann ich ihr erklären, was das Interiio-Projekt für mich bedeutet und dass ich keine Wahl habe. Das muss sie doch verstehen!

Oder war's das jetzt? Glaubt sie ernsthaft, dass ich einfach nur ein Arsch bin, der ihr Böses will? Wenn sie das denkt, nach all unseren Gesprächen … Dann weiß ich auch nicht.

Ich weiß nur eines: Es tut verdammt weh.

Am Samstagmittag kommt Leonie zurück nach Hause. Endlich! Ich habe nämlich auf der Suche nach neuen Lego-Bauprojekten im Internet eine Wettbewerbsausschreibung gefunden, die genau auf mein Lübeck-Panorama passt. Dafür muss ich nur noch ein fantastisches Element hinzufügen. Damit kenne ich mich so gar nicht aus, aber Leonie liest gerne Fantasy, deshalb kann sie mir sicher helfen. Und gleichzeitig ist die Beschäftigung mit Lego eine gute Ablenkung, um nicht mehr über mein Leben nachdenken zu müssen.

Doch als sie von der Fähre schlurft, sehe ich sofort, dass etwas nicht stimmt. Und als sie näher kommt … Ihre Augen sind geschwollen. Oh Gott, hat sie etwa geweint?

»Was ist los? Hast du dich mit Annika gestritten?«, frage ich besorgt.

»Quatsch! Gehen wir zum Auto?« Ihre Stimme klingt seltsam belegt.

»Ja, klar«, antworte ich. Offenbar will sie nicht darüber reden. Sie zu drängen hat dann keinen Sinn, das weiß ich aus Erfahrung.

Schweigend bahnen wir uns einen Weg durch die Menschen, die im Gegensatz zu uns gerade alle in Travemünde ankommen, um den Nachmittag hier zu verbringen. Ich hingegen will nur schnell wieder weg, weg von der Vorderreihe, wo ich mich mit Lisa getroffen habe, weg von dem Parkplatz, auf dem ich auch am Freitagabend geparkt habe.

Und vor allem will ich wissen, was mit Leonie los ist.

Kurz bevor ich auf die Autobahn in Richtung Lübeck auffahre, versuche ich es noch einmal.

»Irgendwas hast du doch.«

»Ja.« Sie schluckt. »Die Naturstation soll geschlossen werden. Wir versuchen zwar, sie zu retten, aber trotzdem …«

Mir wird plötzlich eiskalt. »Welche Naturstation?«

»Na, die auf dem Priwall. Wo ich immer mit Annika bin.«

»DA bist du immer?«, platzt es aus mir heraus.

»Ja, da hab ich auch den Bernsteinkurs gemacht. Das habe ich dir doch erzählt.«

»Du hast mir von dem Kurs erzählt, aber nicht, wo er stattfindet!«

Oh nein, ich fahre viel zu weit links! Ich muss mich dringend auf die Straße konzentrieren.

»Das ist echt toll da, Papa! Die machen so viel für die Natur! Wusstest du zum Beispiel, dass jetzt nach ganz langer Zeit wieder Kiebitze auf dem Priwall brüten? Das haben die ganz alleine geschafft!«

»Seit wann interessierst du dich denn für Vögel?«, knurre ich, dabei ist das nun wirklich nicht der Punkt.

»Seit ich da immer hingehe. Es ist so cool, wenn man die Natur retten kann! Außerdem ist der Garten voll schön, wir haben da Hochbeete angelegt und Weidentipis gebaut. In einem davon wohnt sogar eine Möwe.«

»Eine Möwe? Die sind doch gar nicht bedroht, davon gibt's mehr als genug.«

»Na und? Emma ist eben einfach da eingezogen! Und sie ist voll süß.«

Jetzt weiß ich jedenfalls, wie Lisa alias Möwe auf ihren Nickname gekommen ist …

»Aber das Grundstück soll verkauft werden, und der Käufer will alles abreißen! Ist das nicht gemein?« Leonies Stimme klingt, als müsse sie mit aller Kraft die Tränen zurückhalten. »Wir machen jetzt Crowdfunding, um die Naturstation zu retten. Und einen Tag der offenen Tür mit Sommerfest!«

Crowdfunding? Und ein Fest? Wissen die überhaupt, wie viel so ein Grundstück auf dem Priwall kostet?

»Zu dem Fest kommst du doch auch, oder, Papa?«

»Mal sehen …«, murmele ich schwach.

»Wusstest du …« Leonie plappert immer weiter darüber, wie toll die Naturstation ist und wie fies diese Leute sind, die sie abreißen wollen. Im Grunde erzählt sie dreimal dasselbe, wie immer, wenn sie sich über etwas aufregt. Und ich muss mich verdammt konzentrieren, um das Steuer gerade zu halten, denn innerlich zerreißt es mir das Herz.

Hoffentlich erfährt meine Tochter nie, dass ich einer von den fiesen Typen bin!

Lisa

Als ich nach dem Date nach Hause komme, sitzt Mareike inmitten von einem Haufen Klamotten auf ihrem Bett, und auf dem Boden liegt ein geöffneter Koffer.

»Na, wie war's?«, fragt sie fröhlich, doch nach einem Blick in mein Gesicht wird sie schlagartig ernst. »Ist was passiert?«

Sofort kommen mir wieder die Tränen. Mareike ist mit zwei Schritten bei mir und nimmt mich fest in den Arm. Ihre streichelnde Hand auf meinem Rücken lässt mich noch mehr schluchzen, ich glaube, das hört nie wieder auf! Aber irgendwann beruhige ich mich doch, und Mareike führt mich zum Bett, schiebt die Klamotten beiseite und setzt sich neben mich. Unter Schniefen erzähle ich ihr alles. Sie ist genauso geschockt wie ich, als sie erfährt, dass Jonas in Wirklichkeit der Typ ist, der die Naturstation vernichten will.

»Dann hat er dich die ganze Zeit verarscht!«, ruft sie empört. Genau dasselbe habe ich vorhin zu ihm gesagt, doch jetzt zucke ich bloß mit den Schultern.

»Er wusste ja nicht, wer ich bin ... Aber er kann doch nicht gleichzeitig so nett und so ein Arsch sein! Ich weiß überhaupt nicht mehr, was ich glauben soll.«

»Ist doch klar«, sagt Mareike tröstend. »Das kann man ja auch nicht kapieren. Du denkst, du hast einen netten Mann kennengelernt, und dann ist es in Wahrheit der Typ, der dein Leben zerstört!«

Ich fange wieder an zu schniefen. »Scheiße!«

»Ach, Lisa.« Mareike nimmt mich noch einmal ganz fest in den Arm. »Eigentlich ist es ja auch egal, ob er dich verarscht hat oder nicht. Vielleicht wusste er es wirklich nicht. Aber trotzdem ist er der Typ, der die Naturstation abreißen will! Am besten, du vergisst ihn.«

»Ja«, antworte ich mit kleiner Stimme. »Du hast recht.«

Warum fühlt es sich dann so falsch an?

Mareike lässt mich wieder los, und ich spüre, wie erneut Tränen in mir aufsteigen. Nein, nicht schon wieder heulen, Lisa! Das bringt doch nichts! Nicht weiter über Jonas nachdenken.

»Was ist das eigentlich?«, frage ich, um das Thema zu wechseln, und nicke in Richtung Koffer auf dem Fußboden.

»Mika fährt morgen nach Köln zu einem Meeting, und er hat mich gefragt, ob ich mitkommen will und wir das Wochenende dranhängen.« Mareike versucht angestrengt, nicht zu sehr zu strahlen, aber ich sehe genau, wie glücklich sie ist.

»Schön«, sage ich, will eigentlich zurücklächeln und fange stattdessen wieder an zu weinen.

Als ich am nächsten Morgen aufwache, ist Mareike schon weg. Sie musste heute ganz früh mit Mika am Bahnhof sein. In ihrem Zimmer liegen jede Menge Klamotten auf dem Bett, ein Teil auch auf dem Fußboden. Trotz des dumpfen Schmerzes in meiner Brust muss ich kurz lächeln. Mareike ist und bleibt echt eine Chaotin! Doch als ich in die Küche komme, vergeht mir das Lachen. Backformen, Schüsseln, offene Mehlpackungen. Es sieht aus, als habe eine Bombe eingeschlagen.

Und mitten im Chaos, zwischen einer Rührschüssel mit angetrockneten Teigresten und dem Backpulver, liegt ein Zettel in Mareikes Handschrift:

»Sorry für das Chaos, ich habe uns Reiseproviant gebacken.

Kannst dir gerne was nehmen, sind noch Schnecken in der Dose.«

Wann hat sie das denn gemacht, mitten in der Nacht?

»Übrigens, denk dran, dass wir Erika morgen im Garten helfen wollten. Sorry, dass du da jetzt alleine hinmusst.

Lass den Kopf nicht zu sehr hängen, liebe Grüße,

Mareike«

Oh nein, die Verabredung mit Erika! Die hatte ich völlig vergessen.

Ich werfe die Kaffeemaschine an, die von Mehlstaub bedeckt ist, und öffne die Frischhaltedose. Darin liegen fünf Schnecken mit kräuterig aussehender Füllung. Süß wäre mir lieber, aber was soll's. Ich nehme eine, beiße hinein – und ein eklig-bitterer Geschmack erfüllt meinen Mund. Würgend haste ich zum Mülleimer und spucke alles wieder aus. Ich hasse Oliven!

Dabei habe ich so einen Hunger, weil ich gestern Abend nichts gegessen habe, weil ich mich von Jonas so betrogen fühle, weil da dieser dumpfe Schmerz in mir ist, aber das Brot ist alle, Müsli auch, um mich herum nur Chaos, und dann muss ich morgen auch noch zu Erika! Ich lasse mich auf einen Küchenstuhl plumpsen und breche in Tränen aus.

Eine halbe Stunde später tue ich etwas, das ich noch nie gemacht habe: Ich melde mich in der Naturstation für das Wochenende krank. »Es geht mir echt nicht gut«, sage ich zu Levke am Telefon, und das ist noch nicht mal gelogen. Ist ja niemandem damit geholfen, wenn ich vor einer Kindergruppe plötzlich anfange zu weinen.

»Du Arme! Kurier dich mal schön aus«, antwortet Levke mitfühlend. Finn schickt mir eine Nachricht mit »Gute Besserung«, Gabi ebenfalls, nur mit mehr Emojis. Selbst Heinz lässt über Gabi grüßen. Danach fühle ich mich noch schlechter. Und ziehe mir die Decke über den Kopf.

Nachdem ich den gesamten Samstag im Bett verbracht habe,

gebe ich mir am Sonntag selbst einen Tritt in den Hintern. Ich stehe auf, putze Zähne, werfe mich in meine ältesten Klamotten und räume notdürftig die Küche auf. Und dann habe ich ja auch noch die Verabredung mit Erika. Kurz überlege ich abzusagen, aber das wäre echt nicht nett. Wir haben es ihr schließlich versprochen. Außerdem ist es besser als die Alternativen: entweder noch einen Tag durchzuheulen oder zu Mama zum Sonntagskaffee zu fahren, bei dem das Gespräch garantiert auf Jonas kommen wird. Hätte ich ihr doch nur nie von »The Voice of Love« erzählt!

Ich schreibe Mama eine kurze Nachricht, dass ich heute einer älteren Nachbarin im Garten helfen muss, und sie antwortet, dass sie das total nett von mir findet.

Ja, so bin ich eben, total nett. Heißt es nicht, nett ist die kleine Schwester von scheiße? Passt ja perfekt, denn genau das hat mir das Nettsein gebracht: die totale Scheiße! Ein Date mit dem Mann, der die Naturstation vernichten will. Schon steigen wieder Tränen in mir auf. Oh Mann, selbst bei einem Kompliment von Mama denke ich an Jonas!

Kurz darauf schwinge ich mich aufs Fahrrad. Ich brauche keine zehn Minuten zum Haus von Erikas verstorbener Freundin, das östlich der Altstadtinsel im Stadtteil St. Jürgen liegt. Die Bewegung tut gut, und als ich bei dem Haus ankomme, bin ich zwar ein wenig verschwitzt, aber nicht mehr ganz so traurig.

Hausnummer 62 ... Da muss es sein, das weiße Haus an der Ecke. Das ist ja schon fast eine Villa! Ich schließe mein Rad an den schwarzen Eisenzaun und klingele an der Tür. Nichts. Nanu? Habe ich mich in der Nummer geirrt? Ich checke den Handyeintrag, den ich mir gemacht habe, und im selben Moment ruft eine Stimme von hinten: »Lisa!«

Ich drehe mich um. »Hallo, Erika!«

»Bist du mit dem Rad gekommen?« Sie nickt in Richtung Gartenzaun. »Ganz schön sportlich. Ich bin mit dem Bus hier.«

Zögernd folge ich Erika in den dunklen Flur, in dem es nach Staub und künstlicher Zitrone riecht. Auf einem kleinen Eichentisch liegt ein Schlüssel in einem bunten Schälchen. Erika nimmt ihn und geht wieder vor die Tür, um einen Augenblick später mit einem Stapel Zettel und bunter Briefe zurückzukommen.

»Die schreiben ihr immer noch, ist das zu fassen?« Sie wedelt mit dem Papier in ihrer Hand. »Dabei habe ich alle informiert, dass sie ...« Sie stockt, legt die Briefe auf das Tischchen und wischt sich mit dem Handrücken über die Augen.

»Ach, Erika«, sage ich ein bisschen hilflos.

»Entschuldige«, schnieft sie und blättert durch die Briefe. »Ist eh alles nur Werbung. Hier: Mit dem Reiseveranstalter waren wir letztes Jahr zusammen in Italien. Dem muss ich auch noch schreiben, dass sie nicht mehr ...« Jetzt fließen die Tränen richtig.

»Ach, Erika ...«, wiederhole ich und streichele ihr über den Rücken. »Ihr wart sehr gut befreundet, oder?«

»Seit fünfundsechzig Jahren«, schnieft sie.

Fünfundsechzig Jahre! Unvorstellbar, jemanden so lange zu kennen, das ist ja ein ganzes Leben. Und noch viel unvorstellbarer, so jemanden zu verlieren ... Spontan nehme ich Erika in den Arm. Plötzlich fühlen sich meine eigenen Sorgen im Vergleich klein und unbedeutend an.

»Danke, du bist lieb«, sagt Erika, schnieft noch einmal und macht sich dann vorsichtig von mir los. »Ich wollte dich eigentlich gar nicht damit belasten.«

»Du belastest mich doch nicht«, protestiere ich.

»Na, du weißt, wie ich das meine, oder? Kaum bist du drinnen, da fange ich alte Ziege an zu heulen.« Sie lächelt ein wenig schief. »Nun komm man erst mal rein. Wir pflücken uns jetzt ein paar Erdbeeren, ich hab extra Eis gekauft.«

Sie führt mich durch den Flur und die Küche nach hinten

in einen riesigen Garten. Wenn man das Haus von vorne sieht, würde man niemals denken, dass sich dahinter so ein grünes Paradies verbirgt! Die Erdbeerbeete liegen ein Stück nach hinten durch, Reihen über Reihen mit dunkelroten, prallen Früchten, von denen wir uns die schönsten aussuchen. Wenig später sitzen wir im Schatten hinter dem Haus und lassen sie uns mit dem frischen Vanilleeis schmecken, das Erika mitgebracht hat. Während ihrer Fahrt im Bus ist es angeschmolzen und inzwischen halb Eis, halb Soße, aber sehr lecker.

»Erzähl doch ein bisschen von deiner Freundin«, sage ich zwischen zwei Löffeln. »Also, nur wenn du magst natürlich.«

»Langweilt dich das nicht, die alten Geschichten?«

Ich schüttele den Kopf. »Woher kanntet ihr euch denn?«

»Noch aus der Grundschule. Eigentlich waren wir zu dritt, Greta, Franziska und ich.«

»Greta war die, die hier gewohnt hat?«, frage ich. »Oder Franziska?«

»Nein, das war Greta. Der Kontakt zu Franziska ist irgendwann leider eingeschlafen. Sie ist weiter weggezogen und hatte dann ja auch Familie …«

Hat Erika eigentlich Kinder? Ich habe nie welche zu Besuch kommen sehen, aber das muss ja nichts heißen. Aber so was kann man doch nicht einfach fragen, oder? Wer weiß, ob …

»Greta und ich haben ja keine Kinder«, sagt Erika in dem Moment. »Bei Walter und mir hat es einfach nicht sein sollen. Und Greta …« Sie sieht mich zögernd an.

»Ja?«

»Na ja, sie war immer nur in Mädchen verliebt. Und das waren ja noch andere Zeiten als heute.«

»Verstehe«, sage ich und brenne darauf, mehr zu erfahren. War Greta unglücklich verliebt? Hatte sie eine heimliche Beziehung zu einer Frau? Oder hat sie das schon offen gelebt – wenigstens am Schluss?

Doch Erika sagt bloß: »Deshalb hat sie mir auch das Haus vermacht. Weil wir ja immer viel zusammen waren, besonders, nachdem Walter so früh gestorben ist.«

»Das Haus gehört jetzt dir?«, frage ich erstaunt.

»Ja.« Sie isst noch einen Löffel Eis.

»Und ... willst du es behalten? Oder hierherziehen?«

»Nein, nein! Für mich alte Frau ist es viel zu groß. Ich bin in meinem Ganghaus besser aufgehoben. Hier muss eine Familie einziehen, mit Kindern. Für die ist das doch optimal. Findest du nicht auch?«

»Auf jeden Fall!«, sage ich. »Aber wird es dir nicht schwerfallen, das Haus zu verkaufen?«

»Ja, schon. Aber nützt ja nichts.« Sie blickt auf meinen leeren Teller. »Magst du noch mehr Erdbeeren? Oder Eis?«

»Nein, danke«, sage ich, denn die erste Portion war schon riesig.

»Sicher? Du siehst 'n büschn erschöpft aus.«

Oh nein, sieht man mir etwa an, dass ich so viel geweint habe? Dabei hatte ich die Sache mit Jonas gerade endlich mal vergessen.

»Nein, nein, alles in Ordnung«, behaupte ich.

»Hast du Kummer?« Erikas Stimme ist lieb und besorgt, und ich spüre, wie die Traurigkeit wieder in mir aufsteigt. Aber was mit Jonas passiert ist, möchte ich ihr nun wirklich nicht erzählen.

»Na ja«, sage ich stattdessen. »Mareike ist heute weggefahren. Ist schon ein bisschen komisch ohne sie.«

»Aber ihr seid doch nicht ...«, Erika zögert, »... ein Paar? Oder doch?«

»Was? Nein, wir sind nicht zusammen. Sie ist mit ihrem Schwarm weggefahren, und ich habe Liebeskummer.« Jetzt habe ich es doch gesagt.

»Oh, das tut mir leid.« Erika legt eine Hand auf meinen

Arm. »Und du wünschst dir natürlich, dass Mareike dich jetzt tröstet.«

»Ja, nein … Ich meine, ich verstehe natürlich, dass sie lieber mit Mika wegfährt …«

»Mika? Ist das der junge Mann von gegenüber?«

»Ja, genau.« Hoffentlich habe ich jetzt nicht zu viel verraten! »Aber das ist noch vertraulich.«

»Keine Sorge, ich erzähle es nicht weiter.« Erika tätschelt meinen Arm. »Aber du solltest das nicht in dich hineinfressen, Lisa. Das gibt Magengeschwüre, oder es platzt irgendwann heraus. Sag Mareike, was du von ihr willst und wann du sie brauchst.«

»Ja, mach ich«, murmele ich halbherzig. »Wollen wir jetzt Erdbeeren pflücken?«

»Natürlich!«

Die Erdbeerernte ist anstrengend, weil man dabei die ganze Zeit so komisch hockt oder kniet, und egal, wie man es macht, entweder schmerzen die Knie, die Beine oder der Rücken. Aber wenigstens habe ich gute Unterhaltung, denn Erika erzählt mir dabei Geschichten von früher, wie Greta, Franziska und sie einmal die Schule geschwänzt haben, um sich im Erdbeerfeld des Bauern nebenan die Bäuche vollzuschlagen, wie sie die Lehrer geärgert haben und wie sie schließlich ihren Walter kennengelernt hat. (So eine schöne Geschichte! Vor allem, weil Erikas Augen dabei leuchten, als wäre es erst gestern gewesen.) Ich berichte ihr dafür den neuesten Stand beim Crowdfunding (wir liegen inzwischen bei dreitausendeinhundert Euro. Erstaunlich viel, aber für unser Ziel leider immer noch viel zu wenig) und beim Sommerfest. Trotz allem schaffe ich es tatsächlich, dabei nicht wieder traurig zu werden. Dass ich mich auf das Erdbeerpflücken konzentrieren muss, hilft erstaunlich gut. Und Erikas ehrliche Empörung natürlich auch. Sie verspricht noch einmal, uns einen Erdbeerkuchen für das Buffet zu backen und ihn persönlich beim Fest vorbeizubringen.

»Ich will ja schließlich deine Emma kennenlernen.«

Die Zeit vergeht wie im Flug, und gegen halb fünf radele ich mit einem riesigen Korb voller Erdbeeren auf dem Gepäckträger nach Hause zurück. Die kann ich niemals alle alleine essen! Sieht so aus, als müsste ich heute Abend noch Marmelade kochen.

Zu Hause wasche und schnippele ich die Erdbeeren. Gut, dass Mareike Gelierzucker immer auf Vorrat kauft und das ganze Jahr über leere Gläser sammelt. Trotzdem verlässt mich langsam der Schwung. Der Tag war doch verdammt anstrengend, die Erdbeeren nehmen kein Ende ... Mit letzter Kraft schaffe ich es, die Gläser auszukochen und zu befüllen, dann krieche ich die Treppe nach oben und falle in mein Bett.

Jonas

Interiio ist endlich zufrieden! Meinen Entwurf mit der schlicht-maritimen Fassade und dem Materialmix aus Steinen und Holzbalken findet er »genial, Jonas, einfach genial!«. Dabei ist das im Grunde dasselbe Konzept, nach dem schon seit Jahrhunderten Häuser in Travemünde gebaut werden. Und nicht nur in Travemünde … Aber das werde ich ihm garantiert nicht auf die Nase binden. Wo er mich gerade genial finden möchte.

Doch dann verzieht Interiio plötzlich den Nasenrücken, was sehr merkwürdig aussieht, weil seine Stirn dabei völlig glatt bleibt. (Botox, vermute ich.)

»Und das mit dem Licht funktioniert so auch? Dass die Stimmung des Inneren im Außen reflektiert wird?«

Puh! Ich dachte schon, jetzt kommt wieder was Grundsätzliches …

»Du meinst die Fassadenbeleuchtung? Klar, kein Problem«, antworte ich mit meiner professionellsten Stimme und schiebe den ausgedruckten Entwurf zu ihm rüber.

»Einmal da unterschreiben, bitte. Dass alles so okay ist. Dann würde ich jetzt auch dem Makler Bescheid geben, dass er einen Notartermin für den Verkauf macht.«

Interiio greift zum Stift, zögert, runzelt den Nasenrücken – und legt den Stift wieder ab. Um sein Handy herauszuholen.

»Hier.« Er drückt es mir in die Hand. »Film das.«

»Okay.« Ich nehme das Handy, öffne die Kamera-App und gehe einige Schritte rückwärts.

»Doch nicht so!«

Interiio springt auf und entreißt mir das Handy.

»Setz dich mal da hin. Tu einfach so, als wärst du ich.«

»Okay«, wiederhole ich, dabei kann ich mir das im Leben nicht vorstellen.

Interiio geht in die Hocke, dreht das Handy nach links, nach rechts, zoomt … Und winkt mich dann zu sich herüber.

»Dieselbe Position wie ich, klar?«

Ich knie mich neben ihn, er rückt zur Seite, und ich rücke von der Seite nach, bis ich auf seinem Platz bin. Dann stellt er sich hinter mich, kontrolliert noch einmal den Bildausschnitt, ruft: »So bleiben!«, und drückt den Aufnahmeknopf.

Anschließend geht er zurück zum Schreibtisch, nimmt den Stift in die Hand, hält noch eine kurze Ansprache in die Kamera …

Und unterschreibt tatsächlich.

Nur um mir gleich danach das Handy zu entreißen. Ein kurzer Check ergibt, dass das Video ganz brauchbar ist.

Was hätte er wohl gemacht, wenn nicht? Hätte er dann verlangt, dass ich den Vertrag zerreiße und noch mal neu aufsetze?

»Cool, cool, cool.« Damit rauscht er aus meinem Büro.

Er hat endlich unterschrieben! Das muss ich Timo erzählen.

In seinem Büro ist er nicht, stattdessen macht er Kaffeepause mit Elin. Als ich reinkomme, gehen sie hastig einen Schritt auseinander.

»Siehst du, die ist doch nicht kaputt«, sagt Timo ein bisschen zu laut zu Elin und zieht seinen Becher aus der Maschine.

»Wieso, was war denn mit der Maschine?«, frage ich.

»Ach, nichts, alles okay.«

»Kann ich mir dann jetzt einen Kaffee ziehen?« Ich sehe Elin fragend an, denn ich kann von hier aus nicht erkennen, ob ihr Becher voll oder leer ist. Sie trägt heute ein Kleid mit riesigen Sonnenblumen im Van-Gogh-Stil. In Lisas Garten auf dem Priwall standen auch Sonnenblumen …

»Ja, klar! Frag doch nicht mich!«

Nanu, ist hier schlechte Stimmung, oder was? Aber das kann ich ändern.

Ich ziehe mir einen Kaffee und verkünde dann: »Interiio hat übrigens unterschrieben.«

»Echt? Geil, Alter!« Timo klopft mir auf die Schulter und ruft »Mein bester Mann!«, dabei hat er ja nur einen. Und auch Elin sagt: »Super! Herzlichen Glückwunsch, Jonas!«

»Krieg ich jetzt 'ne Gehaltserhöhung?«, frage ich Timo nur halb im Spaß.

»Haha«, antwortet Timo. »Wovon soll ich das denn bezahlen? Aber trotzdem gute Arbeit, Jonas.«

»Danke.« Irgendwie kann ich mich nicht so richtig freuen, und das liegt nicht an der abgelehnten Gehaltserhöhung. Damit hab ich sowieso nicht gerechnet. Aber zum Glück bemerkt niemand meine verhaltene Reaktion, weil Timo schnell das Thema wechselt.

»Übrigens, hab ich's euch schon erzählt? Mein Vater baut jetzt eine Finca auf Mallorca.«

»Im Ernst?«, frage ich. »Er geht in Rente und baut dann privat weiter?«

Elin zuckt mit den Schultern. »Wieso nicht? Dann ist er wenigstens beschäftigt.« Wo sie recht hat …

»Wie man's nimmt.« Timo trinkt einen Schluck Kaffee und verzieht das Gesicht. Was bestimmt nicht an dem Luxus-Gesöff liegt, meiner schmeckt nämlich gut. »Er ist jetzt seit zwei Wochen auf der Insel und schickt mir alle fünf Minuten Fotos vom Rohbau aufs Handy. Und Screenshots von WetterOnline, weil er die Hitze nicht verträgt.«

»Auf Mallorca ist es heiß, wer hätte das gedacht?«, kommentiere ich grinsend.

»Was sagt denn deine Mutter dazu?«, fragt Elin.

»Das Ganze war ihre Idee.« Timo trinkt einen weiteren Schluck Kaffee. »Ehrlich gesagt, ich glaube, sie ist ganz froh, dass er wieder was zu tun hat. Und nicht mehr den ganzen Tag zu Hause hockt.«

»Er war auch lange nicht mehr hier bei uns, oder?«, frage ich gespielt arglos.

»Stimmt«, antwortet Timo, und dieses Mal müssen wir alle grinsen.

Anschließend schlurfe ich im Schneckentempo zurück in mein Büro. Interiiios Zusage zum Entwurf bedeutet, dass ich jetzt den Makler informieren kann, damit der Verkauf über die Bühne geht. Und ich muss den Bauantrag fertig machen. Das heißt, die Bauzeichnung und die Berechnungen in die korrekte Form fürs Bauamt bringen, und vor allem diverse Formulare ausfüllen. Unter anderem den Antrag auf Beseitigung von baulichen Anlagen, also für den Abriss der Naturstation ...

Doch bevor ich damit anfange, arbeite ich erst einmal ein bisschen Kleinkram auf meinem Schreibtisch ab, dann bleibe ich irgendwie im Internet hängen (es gibt Videos zu Lego-Challenges, das wusste ich noch gar nicht!), und um Viertel nach elf stehe ich schon wieder in der Kaffeeküche und zapfe mir bereits den dritten Kaffee heute (beziehungsweise den vierten, wenn man den vom Frühstück mitzählt).

»Na, was schleichst du hier so herum?«, fragt plötzlich Elins Stimme hinter mir.

Ich drehe mich zu ihr um. »Ach, nur so.«

Sie geht zum Kühlschrank und holt eine Wasserflasche heraus. »Sag mal … Irgendwie hab ich das Gefühl, du freust dich gar nicht richtig über Interiios Zusage. Oder täuscht das?«

»Doch, ich bin begeistert«, antworte ich und höre selbst, dass in meiner Stimme so gar keine Begeisterung mitschwingt. Ich müsste mich freuen, das weiß ich ja. Schließlich habe ich so lange auf diesen Moment hingearbeitet! Doch stattdessen sehe ich die ganze Zeit Lisas enttäuschtes Gesicht vor mir.

»Was ist los, Jonas?«

»Aber nicht Timo erzählen, versprochen?«

»Nee, natürlich nicht.« Elin setzt sich an den Tisch und sieht mich fragend an. Zur Sicherheit schließe ich die Tür, bevor ich mich zu ihr setze.

»Weißt du noch die Frau von der Naturstation, die neulich hier war?«

»Ja, wieso?«

»Und weißt du auch noch die Frau von ›The Voice of Love‹? Die ich online gedatet habe?«

»Klar! Wann triffst du sie jetzt eigentlich?« Elin trinkt einen Schluck aus ihrer Wasserflasche.

»Hab ich schon.«

»Echt? Dann schuldet Timo dir ja einen Kasten Bier! Wieso hast du das denn nicht erzählt?«

»Weil es dieselbe ist.«

Sie sieht mich verwirrt an. »Was heißt das, dieselbe? Die vom Onlinedating ist die von der Naturstation?«

Ich nicke düster, und Elin schlägt die Hand vor den Mund. »Scheiße!«

»Das kannst du laut sagen.«

»Aber du sahst immer so glücklich aus, wenn du von ihr erzählt hast.«

»War ich ja auch. Aber der Zug ist abgefahren.«

In dem Moment, in dem ich es ausspreche, wird mir erst so richtig bewusst, was das heißt: Es ist vorbei. Wenn ich die Sache mit dem Verkauf und dem Abriss durchziehe, muss ich Lisa vergessen. Und damit leben, dass sie mich hasst.

»Scheiße«, sagt Elin noch mal.

Das fasst es sehr gut zusammen.

Nachmittags mache ich früh Feierabend.

»Das habe ich mir verdient«, sage ich zu Timo, dabei halte ich es im Büro einfach nicht mehr aus. Den Anruf beim Makler verschiebe ich auf morgen, auf einen Tag kommt es jetzt auch nicht mehr an.

Zu Hause tigere ich in der leeren Wohnung hin und her. Leonie ist noch bei Annika auf dem Priwall. Oder bei Lisa? Bei dem Gedanken ist mir überhaupt nicht wohl. Wahrscheinlich planen sie gerade zusammen das Fest, um die Naturstation zu retten. Dabei ist das völlig sinnlos!

Noch so eine Sache, die mir bevorsteht: Wie soll ich Leonie gegenüber begründen, dass ich da nicht hingehe? Krank spielen? Bei dem Gedanken komme ich mir vor wie jemand, der die Schule schwänzen will.

Oder muss ich ihr doch sagen, dass ich derjenige bin, der … Nein! Das würde sie doch niemals verstehen! Und mich hinterher vielleicht sogar hassen.

In dem Moment klingelt es an der Tür. Nanu, ist Leonie so früh schon zurück? Einen Moment lang stoppt mein Herz bei dem Gedanken, dass sie es herausgefunden hat und mich zur Rede stellen will.

Doch vor der Tür steht nicht meine Tochter, sondern eine unbekannte Frau. Eine sehr hübsche Frau mit langen blonden Haaren. Und mit einem Tablett voller Muffins in der Hand.

»Hi, ich bin Vanessa! Ich bin gegenüber neu eingezogen und wollte mich mal vorstellen.«

»Das ist ja nett«, antworte ich halbherzig. »Ich bin Jonas.«

Sie lächelt mich an, als sei das der tollste Name, den sie je gehört hat.

»Willst du einen Muffin? Habe ich selbst gebacken, für die Nachbarn.«

Die Muffins wirken, als kämen sie direkt aus einem Backbuch, mit verschiedenfarbigen Glasuren und komplizierten Mustern.

»Gerne.« Ich strecke die Hand nach einem grünen mit feinen Linien aus, die aussehen wie die Äste eines Baumes, doch das erinnert mich an den großen Baum hinten in Lisas Garten und das Rauschen der Blätter im Wind …

»Doch keinen?«, fragt Vanessa.

»Doch, doch! Aber ich glaube, ich nehme lieber einen blauen.«

»Wie du magst.« Sie strahlt mich immer noch so an.

»Danke«, sage ich und winke vage mit dem blauen Muffin. Blau wie die Ostsee … Ach, shit.

Vanessa sieht aus, als würde sie auf etwas warten. Ob ich sie reinbitten soll? Ach, warum eigentlich nicht?

»Ähm … Möchtest du vielleicht kurz reinkommen?«

»Gerne!«

Zum Glück ist das Wohnzimmer halbwegs aufgeräumt – und die Tür zu Leonies Zimmer geschlossen.

»Magst du einen Kaffee?«

»Immer.«

Wir gehen in die Küche, und ich werfe die Kaffeemaschine an.

»Schön hier.« Vanessa zeigt auf Leonies Kinderbilder am Kühlschrank. »Von wem sind die?«

»Von meiner Tochter.« Und weil sie so komisch guckt, füge ich schnell hinzu: »Sie ist aber im Moment nicht hier.«

Da ist sie wieder, die Regel: Töchter schrecken Frauen ab. Alle außer Lisa …

»Wohnt sie bei dir?« Vanessas Stimme klingt auf einmal viel vorsichtiger als vorher.

»Ja, aber nicht die ganze Zeit. Kaffee?«

»Ach so. Natürlich.« Sie zieht einen Stuhl vom Tisch ab und setzt sich.

Ich schenke uns ein.

»Danke.« Sie trinkt einen Schluck. »Der ist gut.«

»Ja, oder?« Ich habe zwar keine so teure Luxusmaschine wie die im Büro, aber meine ist auch nicht schlecht. Ich setze mich zu Vanessa und trinke ebenfalls einen Schluck. Dann deute ich verlegen auf einen Muffin.

»Ich traue mich kaum, da reinzubeißen.«

»Keine Sorge, die sind zum Essen da.«

»Na dann …« Ich beiße hinein, doch der Muffin schmeckt wider Erwarten nur so semigut.

»Lecker«, behaupte ich trotzdem.

»Ich liebe die Dinger!« Jetzt ist Vanessa wieder voll in Schwung. »Dabei ist da überhaupt kein Zucker drin. Mir ist eine gesunde Lebensweise sehr wichtig, ich bin nämlich Food-und-Health-Influencerin.«

Ach so, deshalb.

»Heißt das, du postest Rezepte und so was?«

»Auch«, antwortet sie, und dann zeigt sie mir ihren mintfarbenen Instagram-Account. Neben Essen, das aussieht wie aus Plastik, gibt es jede Menge Fotos und Videos von Vanessa in mintfarbenen Leggings, die sich allerdings öfter über Kopfhöhe befinden als darunter.

»Yoga«, erklärt sie. »Gehört alles zum gesunden Lifestyle dazu.«

»Aha.« Interessiert mustere ich ihren knackigen Po, der ziemlich oft im Bild ist. Die Frau muss ja eine ungeheure Körperspannung besitzen.

»Meinst du, du kannst mir mal die Stadt zeigen?«, fragt

sie in dem Moment. »Ich kenne mich hier noch gar nicht aus.«

Ich räuspere mich. »Ja, äh … warum nicht? Lübeck ist wirklich sehenswert. Ich bin übrigens Architekt, ich kenne alle schönen Ecken.«

»Cool!« Sie sieht mir tief in die Augen. Wenn ich Lisa vergessen will, sollte ich dringend mal in den Flirt-Modus schalten. Blöderweise fällt mir nur Timos Standardspruch ein: »Wusstest du, dass statistisch gesehen Architekten die besten Küsser sind?«

»Gut zu wissen.« Jetzt betrachtet sie meinen Mund. Und zwar sehr lange.

»Ich geb dir mal meine Nummer.« Sie wühlt in ihrer Handtasche. Hä? Ihr Handy liegt doch auf dem Tisch … Doch sie zieht einen Kuli aus der Tasche und greift nach meinem Arm.

»Hey«, protestiere ich halbherzig, doch sie hält mich fest gepackt und kritzelt eine Nummer auf meinen Unterarm.

»Da vergisst du sie wenigstens nicht.« Sie zwinkert mir zu und steht auf.

»Ich muss dann auch weiter, zu den anderen Nachbarn.«

»Okay.« Ich begleite sie zur Tür.

»Na dann, ruf mich an. Oder komm einfach vorbei – du weißt ja, wo ich wohne. Gegenüber, Nummer 122.«

»Alles klar«, antworte ich und meine eigentlich: Mal sehen.

Obwohl … als sie im Treppenhaus die Stufen nach oben steigt, bewegt sich ihr Hintern auf eine Weise … Vielleicht sollte ich sie doch anrufen.

Das Leben muss schließlich weitergehen.

Lisa

»Wie sieht es denn hier aus?« Das ist das Erste, was Mareike sagt, als sie am Montagabend zur Tür hereinkommt. Über den Rand einer riesigen Sonnenbrille starrt sie auf dreckige Töpfe voller Marmeladenreste, rot verschmierte Schüsseln und den klebrigen Fleck auf dem Fußboden, wo mir gestern Abend die Schöpfkelle runtergefallen ist. Die Sonnenbrille scheint neu zu sein, genauso wie das schicke taubenblaue Kleid.

Ich hingegen stecke in einer uralten Jeans und bin von Kopf bis Fuß verschwitzt, weil ich gerade erst von der Arbeit nach Hause gekommen bin. Dort habe ich heute mit der Kinder- und Jugendgruppe Nisthäuser für die Sommerfest-Tombola gebaut und ungefähr hundert Saatbomben gerollt, anschließend einen Kurs zum Thema »Artenvielfalt statt Schottergarten« für Erwachsene gegeben, mit Levke zusammen das Sommerfest auf der Homepage angekündigt, mich gefreut, weil schon 8.800 Euro gespendet wurden, kurz verzweifelt, weil das immer noch viel zu wenig ist, und anschließend noch Insektenhotels gebaut.

Kurz: Ich bin am Ende. Und ich hatte eigentlich gehofft, Mareike hilft mir aufräumen, so, wie ich ihr auch immer geholfen habe. Oder, nein: Meistens habe ich alleine aufgeräumt. Ihren Dreck weggemacht! Aber stattdessen ...

»Das sagt ja die Richtige!«, platzt es aus mir heraus. »Weißt du etwa nicht mehr, wie es hier aussah, als du losgefahren bist? Kleiner Tipp: Du hattest gebacken!«

»Ach ja …« Sie blickt sich noch einmal in der Küche um. »Aber das sieht doch überhaupt nicht nach Backen aus!«

»Ach was! Ich habe ja auch alles aufgeräumt. Ganz alleine übrigens, wie immer!«

»Das nennst du aufgeräumt?«

»Nein, natürlich nicht! Das nenne ich eine einzige große Sauerei!« Plötzlich steigt heiße Wut in mir hoch. Wut auf Mareike, die mich mit allem alleingelassen hat, Wut auf Jonas, der mein Leben zerstören will, und vor allem Wut auf mich selbst, weil ich das alles mit mir machen lasse. Aber damit ist jetzt Schluss!

»Ich hab so die Schnauze voll davon, dass alle mich immer nur ausnutzen! Die liebe, nette Lisa, mit der kann man es ja machen! Aber weißt du was, am Arsch!«

An der Stelle muss ich leider atmen, und sofort holt Mareike zum Gegenschlag aus. »Sag mal, spinnst du? Ich bin ja wohl immer für dich da! Aber du hast noch kein einziges Mal gefragt, wie es mit Mika läuft!«

»Du hast wenigstens Mika! Und du hast einen Job! Ich bin bald arbeitslos, falls du es noch nicht gemerkt hast!«

Mareikes Augen werden zu schmalen Schlitzen.

»Wie könnte ich das nicht merken, du redest ja von nichts anderem mehr.«

Hat sie das gerade wirklich gesagt? Jedes Wort ist wie ein Messerstich in meiner Seele. Ich nerve sie also mit meinen Problemen? Auf einen Schlag ist die Wut verraucht, und Tränen steigen in mir auf. Aber ich will nicht weinen, nicht jetzt, und nicht vor Mareike.

»Gut, dass ich endlich weiß, was du wirklich über mich denkst«, presse ich hervor.

Damit drehe ich mich um und marschiere davon, die Treppe hoch, immer schneller über knarzende Stufen nach oben in mein Zimmer. Ich knalle die Falltür hinter mir zu, werfe mich auf mein Bett, ziehe die Decke über den Kopf und fange an zu weinen. Leise schniefend erst, dann immer lauter, und es ist mir völlig egal, ob Mareike das hört oder nicht.

Abends klopft es irgendwann an der Falltür. Dann fragt Mareikes Stimme: »Lisa?«

Ich tue so, als würde ich es nicht hören. Meine Probleme würden sie ja doch nur nerven! Ich kann immer noch nicht fassen, dass sie das gesagt hat. Es geht ja auch nur um meinen Job und mein Leben! Dabei bin ich immer für sie da, räume ihr Chaos weg und bin sogar alleine zu Erika gefahren, als sie mich im Stich gelassen hat … (es war zwar schön bei Erika, aber darum geht es ja nicht). Die liebe, blöde Lisa, die sich von allen ausnutzen lässt. Aber damit ist jetzt Schluss! Egal, wie sehr es schmerzt, dieses Mal werde ich nicht nachgeben!

Mareike ruft noch einmal: »Lisa?«, dann knarzen ihre Schritte die Treppe wieder nach unten.

Und ich bin der einsamste Mensch auf der ganzen Welt.

Eine Stunde später habe ich ein Problem. Ich muss aufs Klo, aber der Weg dorthin führt durch Mareikes Zimmer. Ich lege das Ohr auf den Boden und lausche. Uh-uh-uh-uh-uh-uh, höre ich, unterlegt mit mysteriöser Musik. Moment mal, das ist doch die Titelmelodie von »Only Murders in the Building«! Guckt Mareike etwa die neue Folge ohne mich? Die sehen wir doch immer zusammen, nachdem wir eine Woche lang gerätselt haben, wie es wohl weitergeht und wer der Mörder ist! Es fühlt sich an wie ein weiterer Verrat.

Auf gar keinen Fall öffne ich jetzt die Falltür, egal, wie sehr ich auf Toilette muss! Dann denkt Mareike doch, ich will mich entschuldigen. Nein, ein bisschen halte ich es noch aus.

Oder? Eine halbe Stunde später ist der Druck auf der Blase schon richtig heftig. Und ich habe nicht mal einen Eimer oder so was hier, in den ich pinkeln kann! (Wobei ... das würde ich nicht wirklich tun. Alleine der Geruch ...) Durch den Fußboden höre ich immer noch gedämpfte Stimmen. Die Folgen gehen in der Regel eine halbe Stunde, diese müsste also gleich zu Ende sein. Aber das heißt natürlich nicht, dass Mareike dann ihr Zimmer verlässt.

Gerade, als ich beschließe, doch hinunterzugehen, weil ich es keine Sekunde länger mehr aushalte, erklingt aus Mareikes Zimmer die Abspannmelodie, und kurz darauf knarzt die Treppe nach unten. Und im selben Moment, als ich die Falltür öffne, fällt unten die Haustür ins Schloss. Ein Glück, jetzt aber schnell! In Lichtgeschwindigkeit rase ich die Treppen hinunter, öffne schon in der Küche die Hose, reiße die Tür zum Klo auf und lasse mich mit einem lauten Seufzer auf die Brille sinken.

Danach geht es mir besser. Wenigstens körperlich.

Am nächsten Morgen muss ich erst mittags auf dem Priwall sein. Ich warte, bis Mareike zur Arbeit aufgebrochen ist (sonst freue ich mich immer, wenn ich sie noch erwische und wir zusammen frühstücken können ...), dann erst schlurfe ich an dem Klamottenhaufen in ihrem Zimmer vorbei nach unten in die Küche, die immer noch aussieht wie Sau. Den Anblick ertrage ich keinen Moment länger! Ich räume das schmutzige Geschirr in die Geschirrspülmaschine und wische die Arbeitsflächen und den Fußboden sauber. So macht man das, Mareike! Dann trinke ich Kaffee (Lübecker Röstung) aus einem Lübeck-Becher, während ich auf den Lübeck-Kalender an der Wand blicke. Und die Holstentor-Uhr tickt viel zu laut! Ich fülle den Rest des Kaffees in einen Thermobecher um und mache mich auf den Weg zum Bahnhof.

Nach meinem überstürzten Aufbruch komme ich viel zu früh in Travemünde an. Soll ich echt jetzt schon zur Arbeit gehen? Die liebe, nette Lisa, die immer nur arbeitet, weil sie keine Ahnung hat, was sie mit ihrem Leben anfangen soll ... Nee! Aber was mache ich stattdessen in Travemünde, vormittags, so ganz alleine?

Zehn Minuten später sitze ich an der Strandpromenade auf einer Bank, mit neuem Kaffee vom Bäcker in meinem Thermobecher und einem zimtig-süßen Franzbrötchen. Die Sonne scheint schon ziemlich warm in mein Gesicht, salzige Luft zerzaust meine Haare, dazu Meeresrauschen und Möwengeschrei. So geht Leben! Wenn in mir nur nicht alles so wund und düster wäre ... Erst die Sache mit der Naturstation, dann Jonas' Verrat und jetzt auch noch der Streit mit Mareike ... Wieso kommt das alles auf einmal?

Ich muss an die Frage von Jonas denken, damals, als ich ihm von Mareike erzählt habe: »Wenn dich ihr Chaos so sehr ärgert ... warum sagst du dann nichts zu ihr?« Genau das habe ich gestern getan. Und was ist das Ergebnis? Na, danke! Jetzt bin ich noch saurer auf Jonas, falls das überhaupt geht. Auch wenn ich weiß, dass es eigentlich unfair ist, denn er hat mich ja nicht gezwungen, mich mit Mareike zu streiten. Und außerdem konnte es so auch nicht weitergehen, dass ich immer hinter ihr herräume und alles runterschlucke. Ich habe so lange den Deckel auf meine Gefühle gemacht, nur um Streit zu vermeiden. Aber damit ist Schluss! Auch wenn es weh tut. Jetzt weiß ich wenigstens, dass sie schon immer von meinen Problemen genervt war ... Ich schlucke heftig, und meine Nase beginnt zu laufen. Habe ich nicht irgendwo ein Taschentuch?

Während ich in meinem Rucksack wühle, hüpfen zwei Möwen herbei und beäugen interessiert mein auf der Bank abgelegtes Franzbrötchen. Ich stopfe die Papiertüte zurück in den Rucksack, putze mir die Nase und hole dann mein Buch heraus. Ablenkung hilft bestimmt. Doch gerade, als der Detektiv verkünden will, wer den Mord begangen hat, sagt eine tiefe Stimme neben mir: »Na, schöne Frau?«

Mir liegt schon eine patzige Antwort auf der Zunge, doch

dann blicke ich auf. Zerrissene Jeans, verwaschenes Surfer-T-Shirt, wuschelige Haare und leuchtend blaue Augen ...

»Ryan!«

Er ist es wirklich! Ryan ist hier! Und er sieht genauso aus, wie ich ihn in Erinnerung habe. Nur dass seine Haare noch sonnengebleichter sind und seine braungebrannten Arme noch ein wenig muskulöser. Man sieht, dass er in Australien viel surfen geht.

»Hi, Lisa!« Er grinst sein leicht schiefes Grinsen, und mein Herz macht einen unvernünftigen Sprung.

»Was machst du denn hier? Bist du nicht mehr in Australien?«, platzt es aus mir heraus, und eigentlich will ich noch viel mehr fragen: Ist er für immer zurück in Lübeck? Oder nur kurz? Ist die australische Instagram-Schönheit seine Freundin? Oder haben die sich getrennt und er ist deshalb ...

»Ich muss meiner Mutter helfen, ihr Haus auszuräumen, weil sie es verkaufen will.«

»Sie will es verkaufen?«, frage ich, dabei ist das der Punkt, der mich am allerwenigsten interessiert.

»Ja, sie plant eine Weltreise.«

»Eine Weltreise! Cool!« Ich strahle wie ein Honigkuchenpferd, ich kann nichts dagegen tun.

Ryan fährt sich durch die Haare und verwuschelt sie damit noch ein wenig mehr. »Und du so?«

»Ich trinke Kaffee«, antworte ich intelligenterweise und deute auf meinen Becher.

»Kaffee ist immer gut.« Ryan lässt sich neben mich auf die Bank fallen.

»Und? Wie ist es so in Australien?«, frage ich.

»Geil.« Und dann erzählt er von den Fledermäusen, die er bei nächtlichen Kletterabenteuern in dunklen Felshöhlen erforscht, vom Surfen auf riesigen Wellen, von Wasserschlangen und Krokodilen.

»Aber ... ist das nicht gefährlich mit den Krokodilen?«, frage ich.

»Nein, eigentlich nicht. Ich meine, natürlich sind schon mal vereinzelt Menschen gefressen worden, aber normalerweise passiert nichts.«

»Oh Mann«, sage ich. »Gefressen? Im Ernst?«

»Keine Angst, ich lebe ja noch.« Er grinst mich schon wieder so an. »Und? Was hast du heute noch vor?«

»Ich muss gleich zur Arbeit, aber ich bin ein bisschen früher hergekommen.«

»Das heißt, du hast jetzt Zeit! Gehen wir schwimmen?«

»Jetzt? Aber ich habe keine Badesachen dabei.«

»Na und?«

Kurz darauf renne ich lachend und kreischend in Unterwäsche in die Wellen. Das eiskalte Wasser klatscht gegen meine sonnenerhitzten Beine, gegen meinen Bauch, und dann lasse ich mich mit einem riesigen Platscher ganz hineinfallen. Nach den ersten bibbernden Schwimmzügen ist es einfach nur herrlich, im Wasser zu treiben und in den blauen Himmel zu sehen.

»Wettschwimmen zur Boje?« Ryan krault sofort los.

Er gewinnt, war ja klar, aber als ich kurz nach ihm ankomme, sieht er mir wieder so tief in die Augen, dass mir das völlig egal ist. Jetzt küsst er mich bestimmt gleich, denke ich …

Doch stattdessen sagt er nur liebevoll: »Na, du lahme Schnecke?«

»Selber lahme Schnecke«, entgegne ich. Für eine originellere Antwort habe ich zu viel Watte im Gehirn.

Wieder am Strand wirft Ryan sich in den warmen Sand und breitet die Arme aus.

»Aaah! War das gut!«

Ich werfe mich neben ihn. Ich bin so froh, dass er wieder da ist. Alleine wäre ich doch niemals vor der Arbeit schwimmen gegangen …

Aber warum eigentlich nicht? Ich sollte viel öfter spontan in die Ostsee springen!

Warme Sonne auf kühler Haut, das leise Rauschen der Wellen und Ryans Arm nur eine Winzigkeit von meinem entfernt ... Es ist fast wieder wie früher. Doch als ich kurz darauf die Zeit auf meinem Handy checke, bekomme ich einen Riesenschreck.

»Scheiße! Ich müsste längst bei der Arbeit sein.«

Hastig springe ich auf, nur um festzustellen, dass ich aussehe wie ein paniertes Schnitzel. Meine Versuche, den Sand abzuklopfen, bleiben ziemlich erfolglos, haben aber garantiert einen tollen Peeling-Effekt.

Ryan verschränkt die Arme hinter dem Kopf und beobachtet durch halb geschlossene Augen, wie ich versuche, die Jeans über meine sandigen Beine und die nasse Unterhose zu ziehen.

»Sehen wir uns noch mal?«, frage ich auf einem Bein hüpfend. »Wie lange hast du gesagt, bist du hier?«

»Zwei Wochen. Du hast ja meine Nummer.« Damit legt er sich wieder hin und schließt die Augen.

»Ja. Klar!« Ich knöpfe die Jeans zu, schlüpfe ins T-Shirt und betrachte einen Moment lang seinen sonnengebräunten Oberkörper, auf dem meine Wange so oft gelegen hat ... Und dann muss ich mich richtig beeilen.

Mit nasser Unterhose bei der Arbeit herumzurennen ist verdammt unschön. Und das ist noch vorsichtig ausgedrückt. Der Stoff klebt an der Haut, und nach einer kurzen Weile wird es untenrum eiskalt. Wenn ich das nächste Mal vor der Arbeit schwimmen gehe, dann definitiv nur mit Wechselkleidung. Aber egal, das war es wert!

Nachdem ich zum dritten Mal ein Insektenhotel falsch zusammengebaut habe, fragt Levke besorgt: »Sag mal, ist alles okay bei dir?«

»Was? Ja, klar!«

Okay? Es ist viel mehr als okay! Aber ich kann Levke ja schlecht erzählen, dass ich die ganze Zeit von meinem Ex träume. Davon, wie schön es war, mit ihm in der Ostsee zu schwimmen, von seinen blauen Augen und seinem muskulösen Oberkörper ... Vielleicht ist er ja wirklich nicht mehr mit seiner australischen Freundin zusammen. Und vielleicht bleibt er doch länger hier als geplant.

Erst, als ich abends nach Hause komme, fällt mir siedend heiß der Streit mit Mareike wieder ein. Zögernd stecke ich den Schlüssel ins Schloss. Abgeschlossen. Puh! Ich hänge meinen Rucksack an den Garderobenhaken neben der Tür und sehe mich um. Die Küche ist tatsächlich immer noch aufgeräumt. Ich checke den Geschirrspüler, aber darin sind nur die Sachen, die ich heute Morgen eingeräumt habe. Bestimmt ist Mareike nach der Arbeit direkt zu ihrem Mika gegangen. Na, egal! Ich dackele ihr heute jedenfalls nicht hinterher wie sonst immer, so viel steht mal fest.

Nur ... Wir haben doch zusammen das Crowdfunding geplant! Und was wird jetzt aus den Emma-Plüschfiguren?

Nach einem kurzen Schreck beschließe ich, dass auch das egal ist. Das Crowdfunding wird auch ohne Plüschfiguren funktionieren – und ohne Mareike!

Wenn es denn überhaupt funktioniert.

Jonas

»Aber du musst zu dem Fest kommen, Papa!«

Leonie fällt aus allen Wolken, als ich ihr am Mittwochabend endlich gestehe, dass ich leider, leider nicht zum Sommerfest der Naturstation kommen kann. Weil ich angeblich einen wichtigen Termin auf einer Baustelle habe.

»Wieso musst du denn am Sonntag arbeiten? Ist das überhaupt erlaubt?« Meine Tochter greift nach ihrem Handy.

»Du brauchst das nicht extra zu googeln …«, versuche ich sie zu bremsen, aber sie ist schneller: »Siri! Kann man Leute zur Arbeit am Sonntag zwingen?«

»Eine Beschäftigung von Arbeitnehmern an Sonn- und Feiertagen ist in Deutschland laut Arbeitszeitgesetz grundsätzlich untersagt«, antwortet die weiche Frauenstimme.

»Na also!« Leonie sieht mich triumphierend an. »Timo darf dich nicht dazu zwingen!«

»Also, von zwingen kann ja nun keine Rede sein …«

»Aber dann kannst du doch einfach Nein sagen!«

»Ja, so gesehen könnte ich das wohl …«, gebe ich zu.

»Super! Annika und ich backen Waffeln, die magst du doch total gerne!«

Sie ist so stolz darauf, das Problem gelöst zu haben, dass es mir das Herz bricht. Ich weiß ja, dass ihre Mühe umsonst sein wird, selbst wenn ich tausend Waffeln kaufen würde.

»Meinst du wirklich, mit so einem Fest könnt ihr die Natur-

271

station retten?«, frage ich vorsichtig. »Dafür braucht man doch viel mehr Geld.«

»Wir machen ja auch noch das Crowdfunding. Wir müssen das schaffen! Sonst ist mein Leben vorbei!«

»Na, jetzt übertreibst du aber ein bisschen«, antworte ich, denn dass ihr Leben vorbei ist, sagt sie öfter mal. Wenn sie Angst hat, eine Arbeit ist danebengegangen, zum Beispiel, oder wenn eine Freundin nicht schnell genug anruft.

»Aber das Grundstück soll verkauft werden, an so einen fiesen Typen, der die Naturstation abreißen will! Kannst du dir das vorstellen, Papa? Wie kann man so ein Arsch sein!«

Was sage ich jetzt nur?

»Na ja … So einfach ist es vermutlich nicht«, entgegne ich vorsichtig.

Als Antwort ernte ich einen tiefschwarzen Blick. »Was soll das heißen?«

Ich räuspere mich. »Das soll heißen, es ist ja das gute Recht der Eigentümer, ihren Besitz zu verkaufen. Und wenn der neue Besitzer das Haus abreißen will, um zu bauen, darf er das ebenfalls tun. Das ist nun einmal die Rechtslage.«

So von oben herab rede ich normalerweise nicht mit meiner Tochter, aber was soll ich machen?

Leonie verschränkt die Arme vor der Brust.

»Bist du etwa auf der Seite von dem Arsch?«

Sie starrt mich an, und ich sage … nichts. Ich schaffe es einfach nicht, ihr ins Gesicht zu lügen. Aber die Wahrheit sagen?

»Papa?« Auf ihrer Stirn ist eine tiefe Falte.

Ich schweige schon viel zu lange. In meinem Hals ist ein dicker Kloß. Wenn ich jetzt lüge, glaubt sie mir eh nicht mehr. Und wahrscheinlich ist es besser, sie erfährt es von mir als von Lisa.

»Um ehrlich zu sein …« Ich räuspere mich erneut, aber der Kloß im Hals ist verdammt hartnäckig. Raus damit jetzt!

Schnell und ohne Leonie anzusehen sage ich: »Um ehrlich zu sein, das Haus, das ich die ganze Zeit plane, von Interiio, das mir so wichtig ist … Das soll dort gebaut werden. Auf dem Gelände, wo jetzt die Naturstation steht.«

Ich schiele zu meiner Tochter hinüber. Sämtliche Farbe ist aus ihrem Gesicht gewichen.

»Nein! Das darfst du nicht!«

»Es tut mir wirklich ganz furchtbar leid, das kannst du mir glauben! Wenn es irgendeine Möglichkeit gäbe …« Ich strecke die Hand in ihre Richtung aus, aber sie weicht zurück.

»Du musst es stoppen!«

»Ich kann es leider nicht mehr ändern. Das Projekt ist in Planung, und es gibt keine anderen Grundstücke, die in Frage kommen.«

Wie sie mich ansieht!

»Das … das ist … du bist so ein Arsch!«

Damit stürmt sie türenknallend raus.

Ich lasse die Hand sinken. Was habe ich denn erwartet? Habe ich ernsthaft geglaubt, dass sie mich versteht? Ich bin nicht nur auf der Seite von dem Arsch, ich BIN der Arsch.

Scheiße! Was mache ich denn nun?

Zehn Minuten später ziehe ich meine Laufsachen an, fahre mit dem Rad bis zum Holstentor und jogge los. Einmal um die Innenstadt, immer am Wasser entlang. Am Anfang bin ich viel zu schnell, und meine Gedanken drehen sich im Kreis: Warum muss alles kaputtgehen? Erst Lisa und jetzt Leonie! Aber das Interiio-Projekt ist nun mal mein Job, und sie ist ja wohl alt genug, um das zu verstehen! Oder habe ich alles falsch gemacht? Quatsch, die kriegt sich schon wieder ein. Aber was, wenn nicht?

Ich jogge durch die Wallanlagen, vorbei an der Freilichtbühne und wieder hinunter an die Trave. Mein keuchender Atem brennt im Hals, und ich zwinge mich, langsamer zu laufen, schließlich ist das hier der schönste Teil der Strecke. Doch heute kann ich das Grün der Bäume und das blaue Glitzern des Wassers nicht wie sonst genießen. Und dann schwimmt neben mir auch noch ein verliebtes Schwanenpärchen. Welch eine Ironie!

Plötzlich flattert einer der Schwäne mit den Flügeln und fliegt auf, der andere bleibt alleine zurück. Nein, jetzt flattert er ebenfalls und folgt dem ersten. Ob er es schafft, ihn noch einzuholen? Der Kies unter meinen Füßen knirscht im Rhythmus meiner Schritte. Es wird immer voller, Stand-up-Paddler und Ruderer auf dem Wasser, Jogger, Radfahrer und Leute mit Hunden auf dem Weg. Unter der Mühlentorbrücke kommt mir eine Joggerin entgegen und lächelt mich an, meine Antwort ist eher ein Zähnefletschen. Am Krähenteich genieße ich normalerweise die Aussicht, heute will ich nur schnell weiter, aber Leute bleiben direkt vor mir stehen. Ich drängele mich vorbei und gebe wieder Gas. Rechts stehen Tische am Wasser, klirrende Gläser mit Feierabendbier und Gelächter, schnell weiter. Unter der Hüxtertorbrücke ist der Weg asphaltiert, meine Schritte prallen härter auf, Brückengraffiti, es wird dunkel und wieder hell. Links die Beton-Parkplätze der Kanalstraße, rechts immer noch der Ausblick aufs Wasser, schön und hässlich direkt nebeneinander, wie im richtigen Leben. Hier ist weniger los, und ich trabe gleichmäßiger weiter, das Keuchen wird durch ein angenehmes Schwitzen ersetzt, der Rhythmus stimmt, meine Gedanken beruhigen sich. Endlich! Der Rest flutscht fast von alleine: die Untertrave entlang bis zum Holstentor, wo mein Rad auf mich wartet, und zurück nach Hause.

Beim anschließenden Duschen ist mein Körper angenehm erschöpft, das Gehirn entspannter, das Chaos verschwunden. Irgendwie wird schon alles gut werden, selbst wenn Leonie im Moment sauer auf mich ist. Mein Job als Vater ist es schließlich auch, mich ab und zu unbeliebt zu machen. Soll sie halt ein paar Tage in ihrem Zimmer schmollen.

Doch von wegen Schmollen: Nach dem Duschen treffe ich meine Tochter in der Küche. Sie steht an der Arbeitsplatte und belegt sich ein Sandwich mit Käse.

»Na?«, frage ich extra fröhlich. »Auch Hunger?«

Keine Antwort. Da war ich wohl ein wenig zu optimistisch.

Ich hole mir Teller und Messer aus dem Hängeschrank.

»Kann ich mal das Brot haben, bitte?«

Ohne mich anzusehen, schiebt sie das Brot auf der Arbeitsplatte ein Stückchen in meine Richtung.

»Und die Butter?«

Die Butter folgt.

Schweigend schmiere ich Butter auf mein Brot, schweigend klappt Leonie ihr Sandwich zusammen.

»Sag mal, ist dir inzwischen ein Fantasy-Element für das Lübeck-Panorama eingefallen?«

Als Antwort bekomme ich nur einen finsteren Blick.

»Redest du nicht mehr mit mir?«, frage ich.

Noch ein finsterer Blick, dann schlurft meine Tochter aus der Küche. Warum musste ich sie auch nach dem Lübeck-Panorama fragen? Ich wollte doch eigentlich ein paar Tage warten, bis sie sich wieder eingekriegt hat.

Und wenn sie sich gar nicht wieder beruhigt?, fragt eine kleine Stimme in meinem Hinterkopf. Aber darüber will ich jetzt nicht nachdenken. Ich brauche dringend Ablenkung! Vielleicht kriege ich das mit dem Lego ja auch alleine hin.

Ich kriege es nicht hin. Der Drache, der das Holstentor von oben mit seinen Krallen packen und in einen Flammenstrahl tauchen soll, sieht aus wie ein Hund mit Flügeln. Ein ziemlich eckiger noch dazu. Und das Märchenschloss auf dem Rathausmarkt ist einfach nur kitschig.

Frustriert reiße ich alles wieder ein.

In den nächsten Tagen besteht die Kommunikation mit Leonie aus finsteren Blicken ihrerseits und künstlich gespielter Fröhlichkeit meinerseits. Was mich enorm viel Kraft kostet, aber ich hoffe einfach, dass irgendwann bei einem meiner blöden Witze ihre Mundwinkel wenigstens ein kleines bisschen zucken.

Bisher hoffe ich vergebens.

Was sie aber macht: mir Nachrichten mit Einkaufswünschen aufs Handy schicken. Blöderweise jedoch nicht eine lange Liste, sondern tausend Einzelnachrichten mit jeweils einem oder zwei Lebensmitteln.

Und so stehe ich am Samstag im Supermarkt in der elendig langen Schlange, nur um kurz vor dem Kassenband eine weitere Nachricht geschickt zu bekommen.

»Erdbeerjoghurt, der, den du neulich gekauft hast, mit der lachenden Erdbeere auf dem Deckel.«

In ihren Einkaufslisten ist sie erstaunlich gesprächig, wenn man bedenkt, dass sie eigentlich nicht mit mir redet. Aber das Timing ist echt mies.

Seufzend drehe ich mich zu dem älteren Herrn hinter mir um und setze ein möglichst verbindliches Lächeln auf.

»Könnten Sie mir wohl kurz den Platz frei halten? Ich muss noch schnell was holen.«

Stirnrunzelnd mustert er mich über den Rand seiner Brille. »Aber wir sind gleich an der Reihe.«

»Ja, ja, ich bin sofort wieder da.« Damit sprinte ich los.

Joghurts sind da vorne, lachende Erdbeere, lachende Erdbeere, hier! Nein, das ist eine lachende Kirsche, wo ist denn nur ...

»Entschuldigung? Wissen Sie, wo der Joghurt mit der lachenden Erdbeere ist?«

Die Verkäuferin, die gerade das Kühlregal auffüllt, sieht mich an, als wollte ich sie verarschen. Doch als ich den Fall erkläre, hilft sie mir sofort suchen.

»Ich habe auch einen Teenager zu Hause. Ist manchmal nicht leicht, was?«

»Das können Sie laut sagen!«

Wir arbeiten uns von einem Ende des meterlangen Joghurt-Kühlregals zum anderen vor. Wahnsinn, wie viele Sorten es hier gibt …

Da! Da ist er!

Ich schnappe mir zur Sicherheit gleich drei von den Erdbeeren mit den riesigen Mündern, bedanke mich bei der Verkäuferin und jogge im Slalom um die anderen Kunden zurück zur Kasse. Wo der Herr mit der Halbmondbrille genau in diesem Moment seine Einkäufe bezahlt.

Also wieder hinten anstellen.

Als ich beim Auto bin, ist das Eis, das ich für uns gekauft habe, garantiert schon geschmolzen, aber egal. Wenigstens habe ich Leonies Wunsch erfüllt.

»Ta-da!«, rufe ich vor ihrer Zimmertür, die sich nach einer gefühlten Ewigkeit in Zeitlupe öffnet.

Ich präsentiere ihr die Joghurtbecher und rufe noch einmal: »Ta-da! Das war vielleicht ein Stress, ich stand schon an der Kasse und musste extra noch mal durch den ganzen Laden zurück, aber ich habe sie bekommen!«

Leonie sieht mich an, als hätte ich einen an der Klatsche. Dann wirft sie einen kurzen Blick auf die Joghurts und sagt: »Das sind die falschen. Die mag ich nicht.« Schon schließt sich die Tür vor meiner Nase wieder, und zwar deutlich schneller, als sie eben geöffnet wurde.

Das darf ja wohl nicht wahr sein! Ich reiße mir hier als Vater den Arsch auf, und dann das! Wie lange will sie mich denn noch für meinen Job bestrafen?

Lisa

Am Sonntag bekomme ich eine Nachricht von Ryan: »Eis bei Antonio?« Eigentlich habe ich schon seit einer Stunde Feierabend, aber es gibt ja immer noch irgendwas zu räumen oder zu organisieren ... denn nach Hause fahren heißt, Mareike zu begegnen, und ich habe keine Ahnung, was ich zu ihr sagen soll. Dann doch lieber Eis essen mit Ryan!

Bevor ich aufbreche, überprüfe ich noch kurz mein Aussehen im Spiegel unseres kleinen Badezimmers. Der dunkle Fleck an der Wand ist enorm gewachsen, inzwischen hat er die Größe einer kleinen Kuh. Darum muss Heinz sich wirklich dringend kümmern.

Ich mustere mich im Spiegel. Nur die Basics heute, damit auf keinen Fall ein falscher Eindruck entsteht! Aber die Haare bürsten muss ich schon, denn die Pflanzenreste darin würden nach einem Tag in Büschen und Wiesen zur Begrünung von Meckermanns kompletter Schotterwüste ausreichen. Dann noch ein wenig frische Mascara ... und Lipgloss, wo ich schon mal dabei bin? Oder ist das zu viel?

Es ist ja nicht mal klar, ob das heute ein Date ist oder nur ein harmloses Treffen unter Freunden. Was will Ryan eigentlich von mir? Will er überhaupt etwas? Wir haben uns letztes Mal ja nur ganz zufällig getroffen. Was, wenn ich an diesem Tag nicht so früh in Travemünde gewesen wäre? Hätte er sich dann überhaupt bei mir gemeldet?

Ich habe so lange gebraucht, um über ihn hinwegzukommen! Bin ich überhaupt ganz über ihn hinweg? Vernünftig ist es bestimmt nicht, sich mit ihm zu treffen.

Mein Spiegelbild sieht mich grimmig an. Denn was hat mir meine Vernunft bisher gebracht? Die brave, vernünftige Lisa!

Wozu vernünftig sein, wenn ich spontan mit Ryan im Meer schwimmen kann? Entschlossen greife ich zum Lipgloss.

Kurz darauf eile ich durch die Vorderreihe. Das letzte Mal, als ich hier auf dem Weg zu Antonio entlanggerannt bin, trug ich Gummistiefel und war auf dem Weg zum Date mit Tarzan93 ... War das echt erst vor einem Monat? Mir kommt es vor, als wäre es eine Ewigkeit her. Was seitdem alles passiert ist ... und was ich damals alles noch nicht wusste! Dass der arrogante Tarzan der Chef von Jonas ist, zum Beispiel, und dass Jonas gar nicht nett ist, sondern ... Stopp! Nicht schon wieder dieses Gedankenkarussell! Schlimm genug, dass das jeden Abend durch meinen Kopf rattert und mich vom Einschlafen abhält. Jetzt bin ich mit Ryan verabredet, darauf sollte ich mich konzentrieren. Und Ryan würden Gummistiefel kein bisschen stören. Er rennt ja selbst immer in Outdoorklamotten rum und sieht damit tausendmal besser aus als irgendwelche Anzugtypen.

Da vorne sind schon die ersten leuchtend weißen Sonnenschirme mit der Aufschrift »Antonio's«. Die Hetzerei hat sich gelohnt, es ist genau 19 Uhr. Ich scanne die Tische im Außenbereich, aber Ryan scheint noch nicht da zu sein. Oder habe ich mich in der Uhrzeit geirrt? Wir hatten doch sieben gesagt? Ich fummele mein Handy aus dem Rucksack und checke die Nachrichten. Ja, 19 Uhr.

Ich lehne mich gegen einen Laternenpfahl und fange an, durch Instagram zu scrollen. Nicht weil es mich interessiert, aber so stehe ich wenigstens nicht so blöd herum. Zwischendurch hebe ich immer wieder den Blick und halte nach Ryan Ausschau.

Eine Viertelstunde später, als ich schon denke, er kommt nicht mehr, sagt plötzlich eine Stimme hinter mir: »Hi, Lisa.« Dann werde ich herumgewirbelt, und Ryans blaue Augen strahlen mich an.

Wir suchen uns einen freien Tisch und bestellen zweimal Spaghettieis, genau wie früher. Antonio freut sich riesig, Ryan wiederzusehen.

»Du bist zurück bei der Signora?«

Ich erschrecke und sehe vorsichtig zu Ryan hinüber. Der zwinkert mir zu, und mein Herz setzt einen kurzen Schlag aus.

Dann sagt er: »Übrigens, dein Spaghettieis habe ich in Australien am meisten vermisst, Antonio.«

»Klaro, keiner macht so gutes Eis wie ich«, antwortet Antonio stolz.

Anschließend erkundigt er sich bei Ryan nach Australien, und der fängt sofort an zu schwärmen, von seiner Arbeit, den tollen Surfbedingungen und den Krokodilen. Nach ein paar Minuten entschuldigt sich Antonio, aber davon lässt Ryan sich nicht stoppen.

Ich löffele mein Eis und lasse ihn reden, aber irgendwann reicht es mir. Er merkt nicht mal, dass ich gar nicht richtig zuhöre.

»Ähm, übrigens ... das hast du letztes Mal schon erzählt.«

Er stutzt. »Echt?«

Weiß er wirklich nicht mehr, was er mir erzählt hat? Ich erinnere mich an jedes einzelne Wort ... Na ja, dann konzentriere ich mich halt auf mein Eis.

»Hast du schon mal ein Krokodil in freier Wildbahn gesehen?«, fragt Ryan.

»Nein«, antworte ich. Wo denn auch? »Aber sag mal, wie läuft es eigentlich bei deiner Arbeit? Bist du inzwischen fest angestellt?«

»Nee, nicht fest, aber ich habe einen Vertrag für zwei Jahre.«

Zwei Jahre! Das heißt, er kommt nicht so schnell zurück nach Deutschland. Warum bin ich plötzlich so enttäuscht? Das wusste ich doch eigentlich ...

Ryan lehnt sich im Stuhl zurück. »Die Arbeit ist wirklich toll. Ich bin fast jeden Tag draußen bei den Fledermäusen, und gerade schreibe ich sogar zusammen mit dem Prof eine Veröffentlichung. Genial, oder? Es gibt nur zu wenig Geld. Aber manchmal gebe ich zusätzlich Surfunterricht.«

»Cool«, antworte ich vage und schiebe mir einen Löffel Eis in den Mund.

Sein Schälchen ist noch fast voll, das Eis schmilzt schon. Ich dachte, er hat das Spaghettieis so vermisst?

»Dein Eis schmilzt«, sage ich.

»Ich bin ja nicht wegen dem Eis hier.« Er isst ganz gemächlich einen winzig kleinen Löffel davon.

»Sondern?«, frage ich mit leicht zitternder Stimme.

»Wegen Antonio. Scherz!« Er schmeißt sich weg vor Lachen, und ich lache pflichtbewusst mit. Was hab ich denn erwartet, eine Liebeserklärung? Ich seufze.

»Was ist los, Lisa?«

Ich kann ihm unmöglich sagen, was ich gerade gedacht habe.

»Ich mache mir Sorgen wegen der Naturstation«, antworte ich stattdessen, und das ist ja nicht mal gelogen.

»Wieso? Was ist damit?«

»Die soll verkauft und abgerissen werden.«

Ryan sieht mich fragend an. »Und warum?«

»Der Mietvertrag läuft aus. Wir haben zwar eine Crowd-funding-Aktion gestartet, damit wir den Besitzern wenigstens irgendetwas anbieten können, aber ob das klappt ...« Ich seufze erneut.

Ryan runzelt die Stirn. »Gibt es bei euch nicht vielleicht irgendwelche geschützten Arten auf dem Grundstück? Oder noch besser am Gebäude, dann dürfen die das nämlich nicht einfach so abreißen. Was Kuno mir schon alles für Storys erzählt hat ...« Ryans Kumpel Kuno, ebenfalls ein Biologe und ehemaliger Mitstudent, arbeitet inzwischen als Baugutachter.

»Ich weiß«, antworte ich. »Aber bei uns gibt es leider keine geschützten Arten.« Die Kiebitze brüten ja auf der großen Weide und nicht in unserem Garten. Würde ich auch nicht als Kiebitz: Dort toben so oft wilde Kinderhorden herum, dass sich jeder Bodenbrüter massiv gestört fühlen würde. In der Hecke hingegen sind viele Nester, aber die können den Abriss des Hauses ja nicht verhindern.

»Die Sperbergrasmücke hat zum Beispiel 2005 den Ausbau des Lübecker Flughafens ewig ausgebremst.«

»Sperbergrasmücken gibt es bei uns aber nicht.«

Ryan zuckt mit den Schultern. »Das war ja nur ein Beispiel. Man darf grundsätzlich keine Ruhe- oder Brutplätze von geschützten Arten stören.«

»Ja, schon klar.« Ich verziehe das Gesicht. Ryan hat es echt raus, mir Sachen zu erklären, die ich selbst weiß. Mansplaining vom Feinsten. Hat er das früher auch schon getan? Ich kann mich gar nicht daran erinnern ... Na, egal.

Nützen tut mir seine Idee jedenfalls nichts. Oder? Ich betrachte meinen Ex-Freund nachdenklich, und plötzlich macht es in meinem Gehirn Klick. Ryan – Fledermäuse! Die hinter der Fassade der Naturstation leben! Ich habe zwar keine Ahnung, welche Art das ist, Fledermäuse waren immer mehr Ryans Ding. Aber soweit ich weiß, sind eigentlich alle Fledermäuse geschützt. Außerdem kann er die doch für uns bestimmen! Dann gebe ich der Unteren Naturschutzbehörde einen Hinweis, es muss ein Gutachten erstellt werden, und das kann dauern. Und wenn sich die ganze Sache lange genug hinzieht, ist damit vielleicht sogar der Verkauf vom Tisch.

Mein Herz macht einen hoffnungsvollen Hüpfer.

»Hast du heute Nacht schon was vor?«, frage ich, und Ryans Augenbrauen wandern bedeutungsvoll nach oben. Mist, das kam anders rüber als geplant!

»Um die Fledermäuse hinter unserer Hausfassade zu bestimmen«, füge ich schnell hinzu. Und dann erkläre ich ihm, worum es geht.

Er stellt eine Menge Fragen, hauptsächlich dazu, wo ich die Fledermäuse genau vermute (hinter der Holzfassade auf der Rückseite des Hauses) und ob ich Spuren an der Fassade gesehen habe (darauf habe ich nicht geachtet).

Dann sagt er: »Könnte eine Fransenfledermaus sein. Um die Art genau zu identifizieren, brauche ich aber Equipment. Mindestens ein Nachtsichtgerät und ein Spezialmikro fürs iPad, um die Ultraschallrufe hörbar zu machen und aufzuzeichnen.«

Das war ja eigentlich klar: Fledermäuse sind keine Pflanzen oder Vögel, die man mit bloßem Auge bestimmen oder unter das Mikroskop legen kann.

»Kannst du das Equipment organisieren?«, frage ich.

Ryan schüttelt den Kopf. »In Australien haben wir natürlich mehrere davon, aber …«

»Kannst du dir nicht eins ausleihen? Von Kuno zum Beispiel? Bitte!«

Er grinst. »Ist dir echt wichtig, was?«

»Ja! Ich hab dir doch erzählt, worum es geht!« Meine Stimme klingt viel zu flehend, viel zu uncool, aber es geht doch um die Naturstation.

»Ja, okay. Ich ruf Kuno an und frag ihn.«

»Echt? Danke! Und wie lange dauert das? Treffen wir uns morgen Abend wieder?«

»Mann, machst du einen Stress.«

»Bitte!«

»Ja, ja.«

Am nächsten Tag warte ich kurz nach Einbruch der Dunkelheit vor der Naturstation auf Ryan. Der Schein der Straßenlaterne an der Mecklenburger Landstraße reicht gerade mal aus, um die Blätter des Efeus an der Fassade glänzen zu lassen, ansonsten ist es vor dem Haus ziemlich dunkel. Macht aber nichts, ich kenne die Wege in- und auswendig.

Ich drücke auf die Seitentaste meines Handys. Zehn Uhr. Wir waren Viertel vor verabredet, ob Ryan überhaupt kommt? Um zehn nach zehn höre ich endlich Schritte aus Richtung der Straße. Auf meiner Höhe verstummen sie kurz, dann nähert sich eine dunkle Silhouette. Einen Moment lang bekomme ich fast ein wenig Angst. Hoffentlich ist das wirklich Ryan und nicht irgendein Fremder! Quatsch, was soll denn bitte ein Fremder nachts in der Naturstation?, schimpfe ich mit mir selbst. Trotzdem zittert meine Stimme ein wenig, als ich rufe: »Ryan?«

»Hi, Lisa.« Er ist es! Einen Moment später steht er vor mir und nimmt mich zur Begrüßung in den Arm, und ich kann seinen Geruch nach Deo, Salz und Meer einatmen und mich von seinen Bartstoppeln an der Stirn kitzeln lassen.

»Da bist du ja!«, entfährt es mir.

Er lächelt, und seine Zähne schimmern weiß in der Dunkelheit. »Hast du etwa gedacht, ich lasse dich hängen?«

»Nein, natürlich nicht«, behaupte ich mit einem merkwürdigen Gefühl im Magen, denn genau das habe ich ja gedacht.

»Bereit?«, fragt er.

»Na klar«, antworte ich. »Ich hab mich noch nicht getraut, meine Taschenlampe anzumachen, falls die Fledermäuse das nicht mögen. Aber hinterm Haus ist es noch dunkler.«

»Kein Problem.« Ryan zieht etwas aus dem Rucksack und setzt es sich auf den Kopf. Es ist eine kleine Stirnlampe, deren Licht rötlich abgeschwächt ist.

»Wo vermutest du denn die Wochenstubenkolonie?«, fragt er dann.

»Dahinten.«

Ich zeige ihm den Weg durch den Garten zur Rückseite des Hauses. Weit entfernt am Nachthimmel funkeln Sterne, aber die flatternden Schemen, die ich neulich gesehen habe, sind nirgendwo zu entdecken.

Ryan lässt sich einige Meter von der Hausfassade entfernt ins Gras sinken und holt etwas aus dem Rucksack, das ich in der Dunkelheit nicht erkennen kann.

»Nachtsichtgerät«, flüstert er. Dann schaltet er die Stirnlampe aus und setzt das Nachtsichtgerät auf. Jedenfalls vermute ich das, sehen kann ich überhaupt nichts mehr.

»Und jetzt?«, frage ich.

»Jetzt warten wir auf den Ausflug.«

Wir warten eine halbe Ewigkeit, wenigstens kommt es mir so vor. Ich lausche auf die Geräusche der Nacht: das Rauschen der Blätter über uns, ab und zu ein leises Knacken, mein eigener Atem, der mir unnatürlich laut erscheint.

»Da ist die Erste«, flüstert Ryan.

»Wo? Wo?« Ohne Nachtsichtgerät habe ich keine Chance, etwas zu erkennen.

»Und Nummer zwei«, murmelt Ryan.

So hatte ich mir das irgendwie nicht vorgestellt …

»Darf ich auch mal?«, flüstere ich.

»Nein«, zischt Ryan und murmelt: »Nummer drei … Ich muss zählen! Das ist wichtig.«

»Ach so. Klar.«

Wir sitzen eine halbe Ewigkeit hinter dem Haus, dann scheinen endlich keine mehr zu kommen. »Achtundzwanzig«, verkündet Ryan, verstaut das Nachtsichtgerät wieder im Rucksack und knipst die Stirnlampe an. Nach der völligen Dunkelheit erscheint mir das rote Glimmen unglaublich hell.

»Und jetzt?« Das scheint heute Abend meine Standardfrage zu werden.

Ryan stemmt sich hoch. »Jetzt kommt der Pettersson.«

»Der Pettersson?«, frage ich kichernd. »Und wo ist Findus?« Albern, ich weiß, aber die Geschichten von Pettersson und Findus habe ich als Kind geliebt.

»Was?«, fragt Ryan irritiert.

»Ach, nicht so wichtig.«

Er wühlt in seinem Rucksack und zieht einen kleinen schwarzen Kasten heraus. Das Ding sieht aus, als könnte es im letzten Jahrtausend in einer Sci-Fi-Serie mitgespielt haben, um Aliens zu orten.

»Das ist der Pettersson?«, frage ich fasziniert. »Ich dachte, du besorgst dir ein Mikro fürs iPad?«

»Das wollte Kuno mir nicht ausleihen«, gesteht Ryan. »Aber der Pettersson ist ein Klassiker, der war jahrzehntelang der Gold-Standard in der Fledermausbestimmung.«

»Okay«, sage ich versöhnlich. »Und was macht das Ding genau?«

»Es gibt die Ultraschalllaute der Fledermäuse heterodyn wieder.«

»Ähm ...«

»Das heißt, wir wandeln die Fledermausrufe in hörbare Töne um«, erklärt Ryan. »Könnte aber 'ne Weile dauern. Bei der Franse hat man Glück, wenn man ein oder zwei Rufe erwischt.«

Franse! Er hat tatsächlich einen Spitznamen für die Fransenfledermaus.

Ryan dreht an einem Knopf, und der Pettersson beginnt leise zu rauschen. Und wider Erwarten dauert es gar nicht lange, bis aus dem Lautsprecher auch noch andere Geräusche kommen: ein maschinengewehrartiges Knacken, unterlegt von einer Art Piepen.

»Das sind sie!«, flüstert Ryan. »So unterhalten sie sich.«

Er liebt Fledermäuse sehr, das hört man. Und auch ich bin

irgendwie gerührt, dass wir die Stimmen dieser kleinen Wesen jetzt wirklich hören können.

Ryan dreht erneut an einem Knopf, und im Display des Pettersson laufen die Zahlen der Frequenzanzeige rauf und runter, wobei die Geräusche mal lauter und mal leiser werden.

»Ziemlich steil, das Profil, das klingt nach der Franse«, raunt Ryan. Er stöpselt ein kleines Aufnahmegerät an den Pettersson, drückt einen Knopf, und der Ruf ertönt noch einmal. Doch dieses Mal klingt er anders, tiefer, und statt weniger Sekunden dauert er eine halbe Ewigkeit. Eine halbe Ewigkeit, in der ich dicht neben Ryan stehe, gemeinsam mit ihm über den Pettersson gebeugt …

Bis er sich plötzlich aufrichtet. »So, das war's.«

»Warum klang das denn eben so anders?«, frage ich.

»Das wird zehnmal langsamer wiedergegeben für die Aufnahme. Aber auswerten muss ich das Ganze zu Hause.« Er verstaut die Geräte, schultert den Rucksack, und wir gehen zurück zur Mecklenburger Landstraße, wo mir die Straßenlaternen plötzlich so hell wie Flutlicht erscheinen.

Als ich gerade denke, dann verabschieden wir uns wohl als Nächstes, fragt Ryan plötzlich: »Kommst du noch mit schwimmen?«

»Jetzt?« Ich schalte mein Handy ein. »Es ist Viertel vor zwölf!«

»Na und? Mitternachtsbäder sind doch die besten.«

»Stimmt.« Schwimmen unterm Sternenhimmel … es gibt echt nichts Schöneres! Ich glaube, mein letztes Mal war tatsächlich mit Ryan. Und ist damit viel zu lange her.

Andererseits bin ich todmüde. Und da ist ja auch noch die lange Bahnfahrt nach Hause …

»Aber dann in Travemünde«, sage ich. »Damit ich den Zug um halb zwei noch kriege.« Halb zwei! Dann bin ich erst gegen zwei zu Hause …

»Okay«, antwortet Ryan, und wir setzen uns in Bewegung in Richtung Fähranleger. Doch je näher wir der Fähre kommen, umso mehr zweifele ich daran, dass diese Aktion eine gute Idee ist. Meine Beine sind so schwer, dass ich kaum noch einen Fuß vor den anderen setzen kann. Kein Wunder, ich bin heute Morgen ja schon um sechs aufgestanden. Und natürlich habe ich keine Badesachen dabei. Früher sind wir im Dunkeln oft nackt in die Ostsee gesprungen, aber da waren wir ja auch noch zusammen. Jetzt mit Ryan nackt baden …? Ich weiß nicht. Oder anschließend im Zug in nasser Unterwäsche … Je mehr ich darüber nachdenke, desto deutlicher spüre ich, dass ich einfach nur nach Hause will. Aber wie sage ich das Ryan?

Da vorne kommt schon die Fähre.

»Du, sei mir nicht böse …«, beginne ich. »Aber ich glaube, ich schaffe das heute nicht mehr mit dem Schwimmen.«

»Nein?« Er klingt erstaunt.

»Ich bin echt total müde und so … Hab ja den ganzen Tag gearbeitet … Tut mir leid.«

»Na, dann geh ich halt alleine. Ist hier auf dem Priwall eh schöner.«

»Ist das echt in Ordnung für dich?« Ich hasse es, wie unsicher ich klinge, aber ich muss wissen, dass er trotzdem noch die Fledermäuse für uns bestimmt!

»Klar, bleib mal locker. Wir sehen uns.« Er hebt eine Hand zum Abschied, dreht sich um und schlendert die dunkle Mecklenburger Landstraße zurück. Das ging leichter, als ich dachte. Und war auf jeden Fall die richtige Entscheidung, denn auf der Fähre muss ich mich bemühen, die Augen offen zu halten. Dann renne ich keuchend zum Bahnhof und kriege gerade so eben noch die Bahn um halb eins.

Jonas

Am Montag redet Leonie immer noch nicht wieder mit mir. Und auf der Arbeit ist Land unter: Die Elektriker der Hamburger Großbaustelle hatten einen veralteten Plan, und jetzt verlaufen die Schlitze für die Leitungen an den falschen Stellen. Das kann man zwar korrigieren, aber die Frage ist: Wer bezahlt das? Natürlich will keiner schuld sein, also telefoniere ich mir die Ohren heiß. Eigentlich ist es ja Timos Baustelle, aber er ist seit einer Woche ständig für neue Projektanbahnungen unterwegs und kaum noch hier.

»Wir sind ein kleines Büro, wir können es uns nicht leisten, Aufträge abzulehnen«, hat er vorhin mit tiefen Augenringen verkündet. Und den letzten Schluck Kaffee runtergestürzt, um schon wieder loszufahren.

Natürlich hat er damit recht, das weiß ich ja. Aber ebenso natürlich heißt es, dass ich überall einspringen muss, während er durch die Gegend gondelt. Und dass meine eigenen Sachen liegenbleiben. Der Bauantrag für den Priwall schmort seit einer knappen Woche in der virtuellen Ablage B(earbeiten), und auch den Makler habe ich noch nicht zurückgerufen. Der erste Termin, den wir letzte Woche ausgemacht hatten, passte nämlich den Erben nicht, und der zweite lag quer zu einem Hamburger Termin. Den habe ich am Freitag per Mail wieder abgesagt. Ehrlich gesagt, schiebe ich den Rückruf vor mir her, denn mir wird jedes Mal mulmig im Magen, wenn ich an den Verkauf denke. Aber auf Dauer geht es so natürlich nicht weiter. Gefühle sind ja kein Grund, unprofessionell zu werden.

Na ja, wenigstens habe ich durch den ganzen Stress weniger Zeit, um über die Sache mit Leonie und Lisa nachzudenken. Theoretisch jedenfalls. Praktisch denke ich in jeder einzelnen Sekunde daran. Besonders abends, wenn ich nach einem langen Tag nach Hause komme, Leonie mal wieder nicht mit mir redet und ich anschließend total erschöpft im Bett liege und versuche einzuschlafen.

Am Dienstag geht es plötzlich los, fast unmerklich: ein Jucken unter dem Kinn. Als ich nachmittags im Büro pinkeln gehe, sehe ich im Spiegel rote Flecken an meinem Hals. Ob das vom Kratzen kommt? Na, egal, ich habe heute ja keine Kundenkontakte mehr.

Am nächsten Morgen nach dem Aufstehen ist dann der ganze Hals rot gefleckt. Ich mustere die Katastrophe im Spiegel über dem Waschbecken. Scheiße, das sieht aus wie Ausschlag! Und jucken tut es auch wie Hölle. Ich hab doch keine Zeit, zum Arzt zu gehen!

Na ja, vielleicht fällt es den anderen ja gar nicht auf.

Leonie merkt schon mal nichts, aber die sieht mich natürlich auch nicht durch ihre Zimmertür. Doch kaum bin ich im Büro, sagt Elin, die heute ostseeblau gekleidet ist: »Du hast da was.«

»Wo?« Ich stelle mich erst mal dumm. Schließlich könnte ich auch gekleckert haben.

»Am Hals. Was Rotes.« Sie beugt sich zu mir vor, wobei die wassertropfenförmigen Perlen um ihren Hals klimpern. »Ist das Ausschlag?«

»Ach, Quatsch, das liegt am Licht«, behaupte ich und sehe zu, dass ich in mein Büro komme. Die Arbeit lenkt mich bestimmt ab.

Wenn es bloß nicht so jucken würde! Kaum habe ich mich in Interiios Bauantrag vertieft, schon ertappe ich mich beim Kratzen. Noch dazu scheint sich das Jucken auszudehnen, nach oben zum Kinn und nach unten in Richtung Brustkorb. Und wenn ich kratze, kommt noch ein Brennen hinzu. Ich werde wahnsinnig! Dagegen muss es doch was geben, eine Salbe vielleicht.

»Ich bin mal kurz weg«, rufe ich Elin zu und eile aus dem Büro. Hier in der Innenstadt ist ja an jeder Ecke eine Apotheke.

Die Apothekerin inspiziert meinen Ausschlag ziemlich lange durch ihre Halbmondbrille, nur um dann zu fragen: »Waren Sie damit schon mal beim Arzt?«

»Dann wäre ich wohl kaum hier«, entgegne ich. »Beziehungsweise hätte ich ein Rezept. Aber Sie können mir doch bestimmt eine Salbe …«

Sie starrt mich über den Rand der Brille geschockt an.

»Junger Mann! Ich kann Ihnen doch nicht einfach auf Verdacht irgendeine Salbe verkaufen! Ganz abgesehen davon sind die fast alle rezeptpflichtig.«

»… die gegen den Juckreiz hilft?«, fahre ich ein wenig hilflos fort.

Sie schiebt die Brille wieder hoch und beginnt auf ihrer Computertastatur zu tippen. Im Zwei-Finger-Suchsystem.

»Gegen den Juckreiz, na ja. Mit Cortison wäre ich bei ungeklärter Ursache vorsichtig, das kann nach hinten losgehen. Vielleicht eine Salbe gegen Insektenstiche? Aber ob das viel bringt …«

»Egal, das nehme ich.«

Zurück im Büro schmiere ich das Zeug dick auf den ganzen Hals. In der Packungsanleitung stand zwar punktuell und dünn, aber egal. Viel hilft viel.

Oder auch nicht! Nun werden meine Finger zwar beim Kratzen klebrig, aber das ist auch schon alles. In meiner Verzweiflung fange ich an, den Hals noch zusätzlich zu kühlen, mit nassem Klopapier, das ich im Bad am Wasserhahn befeuchte. Das lindert wenigstens ein bisschen den Juckreiz.

Blöd nur, dass irgendwann Timo hereinkommt, der heute ausnahmsweise mal im Büro ist. Er starrt auf meinen mit Klopapier umwickelten Hals. »Ist heute schon Halloween?«

Hastig rupfe ich mir das Zeug von der Haut.

»Nur ein bisschen kühlen …«

»Dein ganzer Hals ist rot!« Timo betrachtet mich besorgt. »Das sieht echt nicht gut aus, Alter. Bist du krank?«

»Ach, Quatsch«, widerspreche ich und lasse das Klopapier im Badmüll verschwinden.

»Du bist auch ganz blass. Also, bis auf den Hals.«

»Haha. Sehr witzig.« Ich wasche mir die Hände und gehe aus dem Bad, aber Timo folgt mir in mein Büro.

Dort angekommen, sagt er: »Jetzt mal im Ernst. Wenn du ansonsten gesund bist … Das kann auch vom Stress kommen, ich hatte so was mal an den Armen. Und du arbeitest echt zu viel im Moment.«

Ich lasse mich in meinen Bürostuhl fallen. »Das sagt ja der Richtige! Außerdem brauchst du mich doch bei dem Großprojekt in Hamburg.«

»Ja, schon. Aber wenn es an die Gesundheit geht, ist es nicht mehr witzig. Heute machst du mal früh Feierabend, okay?«

»Das bringt doch nichts.« Denn wenn ich eher zu Hause bin, denke ich doch nur die ganze Zeit an Lisa. Und mache mir Sorgen wegen Leonie. »Es läuft bei mir einfach nicht gut im Moment.«

Timo setzt sich mit einem Bein auf die Kante meines Schreibtischs. »Was ist los?«

Ich greife nach einem Kuli, einfach, um etwas in den Händen zu haben. »Es ist wegen dieser Frau. Die von ›The Voice of Love‹.« Ich warte einen Moment, ob jetzt ein dummer Spruch kommt, aber Timo fragt nur: »Hast du dich inzwischen mit ihr getroffen?«

»Ja«, antworte ich und drehe den Kuli auf dem Tisch wie einen Kreisel. »Ich dachte, wir passen richtig gut zusammen. Aber dann ist alles schiefgelaufen.« Ich atme tief ein. »Die Frau, die ich gedatet habe … Sie arbeitet bei der Naturstation.«

»Bei der Naturstation?« Timos Augen werden groß. »Von dem Interiio-Projekt? Doch nicht etwa die Gummistiefelfrau!«

»Doch.« Ich klicke nervös mit dem Kugelschreiber. »Sie heißt Lisa und ist wirklich nett. Aber seitdem sie weiß, wer ich bin, ist es vorbei.«

Timo mustert mich. »Das tut mir echt leid, Mann.«

»Danke.«

Timo geht um den Schreibtisch herum und klopft mir auf die Schulter. »Wenn du mal ein paar Tage frei brauchst, sag Bescheid. Oder wenn du quatschen willst. Wird auch Zeit, dass wir mal wieder zusammen ein Bier trinken, oder?«

»Ja, gerne.«

»Und mit dem Hals solltest du besser zum Arzt gehen. Selbst wenn es nur vom Stress kommt.«

Ich kann mir Schöneres vorstellen, als bei der Hitze ohne Termin in einem Wartezimmer vor mich hin zu garen. Aber natürlich hat Timo recht, so geht es ja nicht weiter.

Zehn Minuten später habe ich alle Hautärzte in Lübeck abtelefoniert. Der früheste Termin, den ich bekommen kann, ist in fünf Wochen.

»Aber es ist akut!« Das bedauern alle Sprechstundenhilfen, doch da ich kein Stammpatient sei und auch noch gesetzlich krankenversichert …

»Warum gehst du dann nicht zu deiner Schwester?«, meint Elin dazu, als ich ihr mein Leid klage.

»Laura ist doch keine Hautärztin.«

»Na und?«, antwortet Elin. »Eine Salbe wird sie dir schon verschreiben können. Und du kommst wenigstens sofort dran.«

»Stimmt auch wieder.«

Komisch eigentlich, dass ich nicht von selbst darauf gekommen bin.

Wenig später stelle ich mein Rad in den Fahrradständer vor der Praxis. Laura hat auf meine Nachricht sofort geantwortet: Na klar, komm gerne vorbei!

Oben riecht es heute deutlich stärker nach Arzt als bei der Feier neulich, eine Mischung aus trockener Luft, Desinfektionsmittel und Krankheit. Wie Laura das nur den ganzen Tag erträgt!

»Ich habe einen Termin«, sage ich zu der Dame an der Rezeption. Ihr mintgrüner Kittel passt sowohl zur Farbe des Tresens als auch zu dem abstrakten Gemälde an der Wand hinter ihr.

Sie mustert mich skeptisch über ihre Brille hinweg, genau wie die Apothekerin vorhin. »Beim Herrn Professor?«

»Nein, bei Frau Grothe«, entgegne ich.

»Ach so! Ihre Karte bitte. Dann nehmen Sie noch einen Moment im Wartezimmer Platz.«

»Einen Moment Platz nehmen«, schon klar. Man weiß ja, was das heißt. Ergeben quetsche ich mich auf den letzten freien Platz. Wenigstens sitzt der Typ mit der knallroten Nase und dem Dauerhusten nicht direkt neben mir. Seufzend fische ich mein Handy aus der Hosentasche und versuche, mich nicht allzu oft am Hals zu kratzen.

Zwanzig Minuten später werde ich aufgerufen. Die Köpfe derer, die vor mir hier waren, rucken empört in meine Richtung.

»Für Frau Grothe«, fügt die Arzthelferin hinzu, und die Köpfe sinken wieder hinab. Die wollen wohl alle zum Herrn Professor.

»Hallo, Jonas. Schön, dich zu sehen!«

Laura erhebt sich von ihrem Stuhl hinter dem Schreibtisch, als ich hereinkomme, und umarmt mich. Sie sieht aus wie immer, nur ein wenig strenger mit den zurückgebundenen Haaren und dem weißen Arztkittel, den sie aber vorne offen gelassen hat. Ob der Herr Professor seinen wohl zuknöpft?

»Dann lass mal sehen.« Laura inspiziert meinen Hals, erst mit bloßem Auge, dann mit einer Lupe. Sie fühlt vorsichtig und fragt nach dem Zeitpunkt des Auftretens.

»Hast du ein neues Waschmittel oder so etwas? Duschgel? Shampoo?«

Ich winke ab.

»Viel Stress im Moment?«

»Allerdings.«

»Dann solltest du versuchen, dich mehr zu entspannen. Wieso bist du denn überhaupt so gestresst, dass du Ausschlag kriegst?«

Ich fahre mir mit der Hand durch die Haare. »Ach, das ist eine längere Geschichte …«

Laura sieht mich besorgt an. »Jetzt habe ich leider nicht so viel Zeit, aber weißt du was, ich komme heute Abend mal bei dir vorbei. Du siehst aus, als könntest du jemanden brauchen, der dir zuhört.«

»Aber …«

Laura hebt die Hand. »Keine Widerrede! Und bis dahin verschreibe ich dir eine Salbe gegen den Juckreiz.«

Als Laura abends kommt, hat sie wieder offene Haare. Und eine Flasche Wein dabei.

»Den guten von Aldi«, verkündet sie. »Sorry, ich musste noch Essen kaufen und hab's nicht mehr woanders hingeschafft.«

»Wein von Aldi? Wenn das der Herr Professor wüsste!«,

sage ich beim Einschenken im Scherz, aber Laura guckt alles andere als glücklich.

»Ich geb's ja zu: Ich hab unterschätzt, wie es ist als neue junge Frau beim Herrn Professor.«

»Und ich dachte, du bist total happy in deiner Luxuspraxis. Wo Papa dich doch so toll unterstützt und alles.«

Laura presst die Lippen zusammen. Dann sagt sie: »Darauf warst du ja schon immer eifersüchtig.«

»Quatsch!«, behaupte ich.

»Doch. Jedes Mal, wenn wir über Medizin reden, fängst du an, mit den Zähnen zu knirschen. Dabei setzt mich das auch unter Druck, diese Erwartungen. Weißt du, wie oft er in der Praxis vorbeikommt, um mal zu sehen, wie ich so klarkomme?«

»Echt?« Das ist ja genau wie bei Timos Vater!

Laura trinkt einen Schluck Wein. »Manchmal denke ich, ich hätte doch lieber in die Fackenburger Allee gehen sollen. Da wäre auch eine Praxis frei geworden.«

»Ernsthaft?«

»Ja. Nein. Ich weiß nicht.« Sie stellt das Glas zurück auf den Tisch. »Nein, nicht ernsthaft. Da waren alle Geräte uralt, und trotzdem hätte ich mich bis über beide Ohren verschulden müssen. Aber manchmal bin ich neidisch auf dich, weiß du das?«

Ich verschlucke mich fast an meinem Wein. »Auf mich?«

»Ja! Du kannst wenigstens tun und lassen, was du willst, und keiner quatscht dir rein.«

»So siehst du das?«

»Ja, klar!«

Ich stelle das Weinglas etwas zu heftig auf den Tisch. »Aber es interessiert sich auch keiner für mich! Für meinen Job.«

Laura schüttelt den Kopf. »Mama erzählt mir ständig von dir und deinen wichtigen Projekten.«

»Kann ja gar nicht sein! Mir erzählt sie ständig von dir.«

Wir schweigen. Sie trinkt einen Schluck. Ich ebenfalls.

Schon komisch. Laura hat alles auf dem Silbertablett serviert bekommen, genau wie Timo. Ob der auch neidisch ist auf mich?

Ach, Quatsch! Er ist doch mein Chef.

Aber ich kann wenigstens sagen, dass ich mir alles alleine aufgebaut habe. Ohne Hilfe von meinen Eltern. Vielleicht ist das ja mehr wert, als ich bisher dachte.

Dann fragt Laura: »Aber sag mal, was ist es denn nun, das dich so stresst zurzeit?«

Ich schließe einen Moment die Augen. Soll ich Laura wirklich meine Probleme aufdrängen?

Aber warum eigentlich nicht? Wenn ich es nicht irgendwo rauslasse, platze ich noch!

Also fange ich an zu erzählen. Von Lisa. Wie es anfing, die Gesprächen mit der unbekannten Stimme … Und dabei wird mir wieder klar, wie schön es war, als ich noch nicht wusste, wer sie ist.

»Ich hab mich wirklich verliebt, in eine Frau, die ich noch nie gesehen hatte. Und über die ich fast nichts wusste. Verrückt, oder?«

Laura legt den Kopf schräg. »Na ja. Die wichtigen Sachen wusstest du doch, oder? Wie sie tickt, was sie fühlt …«

»Das dachte ich auch! Aber jetzt … Ich kann doch nicht meinen Job für sie aufgeben! Dieses Haus zu bauen ist mein Traum, Laura. Und es gibt keine anderen Grundstücke auf dem Priwall für die Naturstation oder für Interiio. Weißt du, wie viele Stunden ich schon gegoogelt habe? Ich habe alle Kollegen gefragt, die ich kenne …« Ich stütze den Kopf in die Hände. »Ich habe Lisa verloren, und vielleicht verliere ich auch noch Leonie … Ich weiß einfach nicht mehr, was ich tun soll!«

»Ach, Jonas. Kein Wunder, dass du Ausschlag kriegst.« Laura legt ihre Hand auf meine. »Es gibt bestimmt eine Lösung. Timo kann doch froh sein, dass er dich hat! Rede noch mal mit ihm. Und mit Interiio. Vielleicht muss es ja nicht unbedingt der Priwall sein.«

»Keine Chance«, entgegne ich düster. Laura hat ja keine Ahnung! »Es hat ewig gedauert, bis Interiio endlich zufrieden war … Da kann ich doch jetzt nicht wieder von vorne anfangen mit der Planung! Was das kosten würde … Timo bringt mich um, wenn ich ihm damit komme. Oder er feuert mich. Keine Ahnung, was schlimmer ist. Einen neuen Job bei einem Architekten finde ich jedenfalls nicht, wenn ich den hier verbocke. Und ich will echt nicht wieder Software programmieren, ich will Häuser bauen!«

Darauf hat Laura auch keine Antwort mehr.

Es ist, wie es ist: Mir bleibt nichts anderes übrig, als das Interiio-Projekt durchzuziehen.

Dabei zu hoffen, dass Leonie sich irgendwann wieder einkriegt.

Und Lisa zu vergessen.

Lisa

Der Artikel in den Lübecker Nachrichten ist immer noch nicht erschienen, und das Crowdfunding stagniert seit einigen Tagen bei knapp 14.000 Euro. Das ist zwar super, reicht aber maximal für die Sanierung des halben Untergeschosses. Wenn überhaupt. Deshalb will ich so schnell wie möglich Plan B umsetzen und die Untere Naturschutzbehörde informieren.

Heute habe ich den Nachmittag freigenommen, um mit Ryan über die Ergebnisse seiner Fledermausbestimmung zu sprechen. Jetzt stehe ich vor Antonios Eisdiele, schwitzend, weil ich mich so beeilen musste, um pünktlich zu sein, und hungrig, weil ich den ganzen Tag kaum etwas gegessen habe.

Menschen strömen an mir vorbei, aber wer ist noch nicht da? Ich hätte es wissen müssen, Ryan ist doch immer zu spät! Ob ich schon mal reingehe und ohne ihn etwas bestelle? Eigentlich hätte ich viel lieber Pizza oder einen Riesenteller Nudeln als Eis. Warum nur haben wir uns wieder bei Antonio verabredet?

Ein Mann rempelt mich an, und plötzlich habe ich ein Déjà-vu: Ich stehe in einem kleinen Kaff an der Ostsee vor einem viel zu schnieken Restaurant und warte auf Ryan. Ich habe Riesenhunger, genau wie jetzt, weil wir den ganzen Tag geradelt sind. Die Campingplätze haben uns alle abgewiesen, keine Chance ohne Reservierung. Es ist schon nach zehn, und Ryan ist noch zu einem letzten Platz weitergeradelt, alleine, weil ich nicht mehr konnte. Die Restaurantküchen sind alle geschlossen, und die Getränke zu Touristenpreisen können wir uns nicht leisten, das sehe ich an der Karte in dem vornehmen Glaskasten, auf den ich schon fast eine halbe Stunde starre. Da rempelt mich ein Typ an, und ich bekomme plötzlich einen Weinkrampf, weil ich so einen Hunger habe, und weil mir alles weh tut vom Radfahren und die Mückenstiche jucken und ich nicht schon wieder am Strand schlafen will, sondern endlich mal wieder duschen, richtig duschen, und weil Ryan nicht kommt und ich jetzt auch noch angerempelt werde!

Während ich jetzt vor Antonios Eisdiele stehe und mal wieder auf Ryan warte, sehe ich es plötzlich deutlich vor mir: Die spontane Radtour an der Lübecker Bucht war nicht nur schön. Im Gegenteil! Wie oft hatte ich Hunger, wie oft habe ich auf Ryan gewartet, weil er eine seiner verrückten Ideen hatte ... Und wer hat sich für mich interessiert, für *meine* Bedürfnisse?

Plötzlich spüre ich nur noch Wut. Ryan hat mich damals im Stich gelassen, und als er kam, habe ich so getan, als wäre nichts, aus Angst, dass er mich für eine Langweilerin hält oder für spießig oder uncool oder was weiß ich ...

Wie immer, sagt eine Stimme in meinem Hinterkopf. Wenn ich mit Ryan zusammen bin, fühle ich mich klein und spießig, ständig passe ich mich an, und er nimmt null Rücksicht auf mich!

Nur jetzt bestimmt er die Fledermäuse für mich, ich muss doch nett zu ihm sein ...

Aber gibt ihm das das Recht, mich warten zu lassen?

Revolutionärer Gedanke: Vielleicht bin ja gar nicht ich die Spießige, sondern er ist egoistisch und unzuverlässig?

Könnte doch sein, oder?

Warum habe ich eigentlich ständig Angst, spießig zu sein? Warum mache ich mich klein und passe mich an? Bei Ryan, bei Mareike, bei meiner Mutter ... Nur bei Jonas war ich immer ich selbst. Bei ihm war ich fröhlich und selbstbewusst, und er fand mich toll, so wie ich bin. Hat er mich nicht sogar mal gefragt, warum ich es immer allen recht machen will?

Aber Jonas hat mich die ganze Zeit verarscht! Plötzlich kommen sie doch, die Tränen, die ich zurückgehalten habe.

»Hey, was ist denn hier los?«, fragt da plötzlich Ryan neben mir. »Ist ja gut.« Er streichelt mir über den Rücken, wie er es damals hätte tun sollen, bei unserer Radtour. Wie er es vielleicht sogar getan hätte, wenn ich ihm meine Tränen gezeigt hätte.

Hätte, hätte, Fahrradkette. Das nützt jetzt auch nichts mehr. Ich schniefe noch ein letztes Mal und schiebe dann seine Hand beiseite.

»Wollen wir rein?«, frage ich, und er nickt und geht schon den ersten Schritt, doch dann füge ich schnell hinzu: »Oder ... Wäre ein Italiener auch okay? Ich habe tierischen Hunger.«

»Ach, deshalb.« Er klingt erleichtert, und plötzlich bin ich wieder sauer. Die Erklärung greift ein bisschen zu kurz, mein Lieber! Aber egal, ich fange jetzt keinen Streit an, erst will ich wissen, was mit den Fledermäusen ist.

Wir gehen zu einem anderen italienischen Restaurant in Travemünde, nicht zu dem an der Vorderreihe, wo ich mit Jonas verabredet war, das wäre mir jetzt zu viel. Aber hier ist die Pizza auch sehr lecker. Ich bestelle mir eine mit extra Käse, das brauche ich jetzt.

»Und?«, frage ich, als der Kellner weg ist. »Was machen die Fledermäuse?«

»Welche meinst du?«, sagt Ryan gespielt ahnungslos. »Fledermäuse gibt es überall ...«

»Die in der Naturstation natürlich!«

»Ich setze mich bald ran. Übrigens, hab ich dir schon erzählt, dass ...«

»Was soll das heißen, du setzt dich bald ran?« Plötzlich kann ich die Wut nicht mehr zurückhalten. »Heißt das etwa, du hast noch gar nichts ausgewertet? Weißt du nicht, wie wichtig das für mich ist? Und überhaupt: Kannst du nicht ein einziges Mal pünktlich sein?« Den letzten Satz schreie ich Ryan direkt ins Gesicht. Er starrt mich an. Oh nein, das war ein Fehler! Jetzt habe ich ihn verloren! Was wird denn nun aus der Naturstation?

»Sorry, tut mir leid, ich hab's nicht so ...«, stammele ich, dabei habe ich es genau so gemeint.

Nach einer Sekunde fängt Ryan an zu grinsen. »Wie bist du denn drauf? Chill mal. Ich mach die Auswertung schon noch.«

Ich schnaube. Von wegen, chill mal!

Ryan betrachtet mich. »Stört es dich wirklich so sehr, wenn ich manchmal zu spät komme?«

Dieses Mal rudere ich nicht zurück. »Von wegen, manchmal! Du kommst doch immer zu spät.«

Er grinst. »Mann, bist du spießig.«

»Und du bist unzuverlässig und egoistisch, dass du es nur weißt!«

»Gut, dass wir nicht mehr zusammen sind«, verkündet Ryan so laut, dass das Paar am Nebentisch verwundert zu uns herübersieht. Woraufhin er die beiden direkt anspricht: »Wir passen nämlich überhaupt nicht zusammen, wissen Sie?«

»Da hat er recht«, ergänze ich. »Manchmal ist eine Trennung echt das Beste, was einem passieren kann!«

Wir sehen uns an, Ryan und ich, dieser unzuverlässige und trotzdem total sympathische Typ und ich, und fangen an zu lachen.

Denn es stimmt: Wir passen nicht zusammen. Jedenfalls nicht als Paar. Und das macht alles plötzlich so viel einfacher.

Eine Stunde später schließe ich mein Fahrrad vor unserem Ganghäuschen an. Ich hätte nie gedacht, dass Ryan so entspannt reagiert, wenn ich meine Wut rauslasse. Es fühlt sich verdammt gut an, nicht mehr alles runterzuschlucken. Ob Mareike schon zu Hause ist? In den letzten Tagen war ich nie so früh dran wie heute. Eigentlich ist es ja auch höchste Zeit für eine Aussprache mit ihr, doch bei dem Gedanken habe ich sofort einen dicken Felsbrocken im Magen. Sie hat mich schließlich im Stich gelassen! Und gesagt, dass ich sie mit meinen Problemen nerve.

Und das nur, weil ich auch bei ihr nicht mehr alles runterschlucken wollte. Wenn sie das nicht aushält, als meine beste Freundin, dann weiß ich auch nicht …

Die Tatsache, dass ich den Schlüssel zweimal im Türschloss drehen muss, verrät mir, dass sie nicht zu Hause ist. Ich husche schnell durch die Küche, fülle Wasser in ein großes Glas und verschwinde damit nach oben. Ich mag nicht in der Küche sitzen, mit dem ganzen Lübeck-Werbekram, und noch viel weniger mag ich von Mareike überrascht werden, wenn sie nach Hause kommt. Eigentlich ist eine Aussprache pro Tag doch genug, oder?

Oben in meinem Zimmer ist es stickig und dämmrig, der Dauerzustand seit einigen Tagen. Den Vorhang will ich nicht öffnen, sonst würde ich direkt in Mikas Zimmer sehen, und außerdem sollen er und Mareike mich nicht von drüben beobachten können. Ich greife zwischen den Vorhangschals hindurch und kippe das Fenster, das muss reichen. Aber viel frische Luft bringt es nicht. Soll das jetzt etwa für immer so bleiben? Oder muss ich am Ende womöglich noch hier ausziehen, weil das Haus Mareikes Eltern gehört? Oh nein, bitte nicht!

In dem Moment höre ich unten ein Geräusch, eindeutig ein Schlüssel in der Haustür. Meine Hand mit dem Wasserglas erstarrt auf halbem Weg zum Mund. Ob ich runtergehen soll? Sofort ist der Felsbrocken im Magen wieder da. Das kommt bestimmt vom Durst! Ich trinke ein paar Schlucke, ganz langsam, damit ich kein Geräusch von unten verpasse. Knarzende Treppenstufen, also geht sie in ihr Zimmer. Durch die Falltür höre ich eine tiefe Stimme und dann Mareikes Kichern. Mist, hat sie etwa Mika mitgebracht?

Noch mehr tiefes Murmeln.

»Nee, Lisa kommt nie so früh nach Hause.« Das war wieder Mareike. »Wir können ja gleich zu dir ...«

Eine brummende Antwort, Mareike lacht auf, dann ein quietschendes Geräusch ... Oh nein, so klingt ihr Bett! Die werden doch nicht ... Das Quietschen wiederholt sich, wird rhythmischer ... Das ist ja wie in einem schlechten Film!

Ich muss kichern und schlage mir sofort die Hand vor den Mund. Nicht, dass die mich noch hören! Andererseits ... Vielleicht wäre das gar nicht schlecht. Ich sollte mich irgendwie bemerkbar machen! Laut rumlaufen oder so was, damit sie aufhören ... Zu spät! Von unten kommt jetzt ein Stöhnen, oder vielmehr ein Doppelstöhnen.

Ich reiße die Schreibtischschublade auf und stöpsele mir hastig iPods in die Ohren. Heimlich Mareike beim Sex belauschen will ich auf gar keinen Fall! Dann drehe ich das Handy auf volle Lautstärke. Was mache ich hier nur? Ich benehme mich wie ein alberner Teenager! Aber was ist die Alternative? Nach unten gehen und meine Freundin nackt beim Sex ertappen? Uah! Wobei, wenn wir uns nicht so gezofft hätten, würde ich das sogar tun, und wahrscheinlich würden wir nach dem ersten Schreck zusammen darüber lachen. Aber so ... Dann doch lieber Bässe in den Ohren! Blöd nur, dass ich meine Fantasie nicht so leicht ausschalten kann. Mein Blick fällt auf das Buch auf meinem Schreibtisch, »Mord im Orient-Express«, das habe ich mir gekauft, nachdem Mareike und ich neulich »Tod auf dem Nil« gestreamt hatten. Hercule Poirot zwirbelt darin viel zu oft seinen riesigen Schnurrbart und dazu noch sein Gelaber von den »kleinen grauen Zellen«, die er anwerfen muss, um den Fall zu lösen ... Das Ganze ist maximal unerotisch und damit jetzt genau das Richtige für mich.

Zwanzig Minuten später lupfe ich testweise einen Ohrstöpsel. Alles ruhig. Jedenfalls im Moment. Ich zupfe die iPods aus den Ohren und lausche weiter, aber nichts. Keine zweite Runde. Ob das ein schlechtes Zeichen ist? Wenn man frisch verliebt ist, kommt man doch normalerweise kaum aus dem Bett raus. Kriselt es etwa schon bei den beiden? Oder hat er sie so geschafft, dass sie eingeschlafen ist? Oder sie ihn? Oder sind sie nach dem Sex schnell rüber zu Mika, weil sie Angst hatten, ich komme gleich nach Hause? Na, mir kann's egal sein ... Ich habe hier oben alles, was ich brauche.

Doch eine halbe Stunde später habe ich dasselbe Problem wie neulich: Ich muss aufs Klo, und zwar dringend. Hätte ich doch nur nicht so viel Wasser getrunken! Da ich immer noch kein Geräusch von unten höre, öffne ich ganz langsam die Falltür im Boden. Das Ding ist gut geölt, schließlich will ich Mareike nicht aufwecken, wenn ich nachts mal muss. Vorsichtig stecke ich den Kopf hindurch und luschere hinunter. Mareikes Zimmer ist leer, die Decke auf dem Bett zerwühlt. Das ist sie zwar immer, Mareike macht ja nie ihr Bett, aber heute habe ich bei dem Anblick sofort Bilder im Kopf. Nicht drüber nachdenken, Lisa! Leise klettere ich die Stufen der Falltreppe hinunter. Nein, stell dir nicht vor, wie sie ... La-la-la! Schnell weiter ins Erdgeschoss!

»Lisa?«, fragt plötzlich eine tiefe Stimme, und ich erstarre mitten im Schritt. Unten an der Treppe taucht das Gesicht von Mika auf. Oh nein! Die sind noch hier!

»Lisa? Wieso Lisa?« Neben Mika erscheint Mareike. Mir wird heiß und kalt gleichzeitig. Jetzt kommt sie also, die große Aussprache.

Ich räuspere mich. »Ähm ... Hi.«

»Was machst du denn hier?!«

»Was wohl? Ich wohne hier!«

»Ja, schon klar, ich meinte nur ... warst du die ganze Zeit da?«

Fast muss ich schmunzeln beim Anblick von Mareikes und Mikas entsetzten Gesichtern. »Ja, war ich. Aber keine Sorge, ich hab mir iPods reingesteckt.«

»Du hast Musik gehört, um uns nicht zu hören?«, fragt Mareike.

»Ja. Was hätte ich denn sonst tun sollen?«

Die beiden starren mich an, aber während Mika rot anläuft, beginnen Mareikes Mundwinkel zu zucken. »Was hast du denn gehört? Voulez-vous coucher avec moi?«

Plötzlich muss ich gegen meinen Willen grinsen. »Nee, was mit sehr rhythmischen Beats.«

Mareike kämpft einen Moment mit sich, dann gibt sie dem Zucken ihrer Mundwinkel nach und fängt ebenfalls an zu grinsen.

»Willst du vielleicht einen Tee?« Sie wedelt mit einem Teebeutel. »Ist ein Eistee, Lübecker Sommerspaß, ganz neu. Wollte ich gerade machen.«

Das klingt wie ein Friedensangebot.

»Ja, gerne.«

Während Mareike Wasser aufsetzt, verkrümele ich mich aufs Klo. Ich lasse mir Zeit und trockne besonders lange die Hände ab, aber irgendwann kann ich es nicht länger hinauszögern. Ich muss zurück in die Küche. Friedensangebot schön und gut, aber ich will nicht einfach so tun, als ob alles wieder gut ist! Am liebsten würde ich Mareike ehrlich sagen, was ich denke, so wie bei Ryan eben. Aber gleichzeitig habe ich Angst davor, dass wir uns dann wieder streiten und ich meine beste Freundin endgültig verliere.

Mareike sitzt schon am Tisch, vor sich die Kanne mit Eistee und auf unseren Plätzen zwei Gläser. Mika ist nirgendwo mehr zu sehen.

»Ist Mika rübergegangen?«, frage ich.

Mareike nickt. Sie sieht genauso unsicher aus, wie ich mich

fühle. Ich setze mich ihr gegenüber, sie schenkt uns ein, und wir trinken.

»Lecker«, sage ich.

»Mhm.«

Verlegenes Schweigen. Soll ich anfangen? Ihr sagen, dass das so nicht mehr weitergeht, dass sie sich auch mal für den Haushalt verantwortlich fühlen muss? Und sie vor allem fragen, ob sie wirklich von meinen Problemen genervt ist. Ob das ernst gemeint war.

In dem Moment räuspert sich Mareike. »Sorry für das Chaos, das ich hier immer verbreite. Ich wollte echt aufräumen, bevor wir losfahren, und eigentlich wollte ich auch früher anfangen zu backen, aber dann …«

»Hast du das ernst gemeint, dass dich meine Probleme nerven?«, platzt es aus mir heraus.

Mareike wird blass. »Was? Nein! Das habe ich nie gesagt!«

»Aber gemeint.«

»Nein! Ehrlich nicht!«

»Aber du hast mir doch vorgeworfen, dass ich immer nur von meinen Problemen rede. Sehr viel. Oder so ähnlich.«

Mareike starrt in ihr Teeglas. »Na ja …«

In mir wird alles kalt. »Also stimmt es«, sage ich tonlos. »Es geht ja auch nur um meinen Job und mein Leben. Also vielen Dank.« Ich schiebe meinen Stuhl zurück und stehe auf.

»Nein!« Mareike springt ebenfalls auf und packt mich am Arm. Ich starre auf ihre Hand, und sie lässt sofort los.

»Bitte, Lisa, setz dich wieder hin.« Ihre Stimme klingt so flehend, dass ich gehorche. »Natürlich weiß ich, wie wichtig dir das alles ist. Ich wollte das auch nicht so sagen, ehrlich! Aber bei dir klang es, als ob du immer alles machst und ich nichts. Und das stimmt ja wohl nicht.«

Ich ziehe die Augenbrauen hoch. »Nicht?«

»Wer hat dir denn beim Onlinedating geholfen? Wer ist immer für dich da, wenn du Liebeskummer hast? Wer hatte die Idee mit dem Crowdfunding und schlägt sich die Nächte um die Ohren, um dein Sommerfest zu planen?«

Ich werde bei jedem Punkt, den sie aufzählt, ein Stückchen kleiner. Sie hat ja recht!

Doch Mareike ist noch nicht fertig. Jetzt sieht sie mir direkt ins Gesicht. »Und du hast kein einziges Mal gefragt, wie es mit mir und Mika läuft. Aber du warst ja auch von Anfang an der Meinung, der ist nichts für mich.« Ihr Stimme klingt bitter.

»Was? Das stimmt doch gar nicht!«

»Warum hast du dann so komisch rumgestammelt, als ich meinte, ich finde ihn süß? Von wegen, der ist nicht mein Typ oder so! Und danach hast du nie wieder gefragt.«

Oh nein, so hat das auf sie gewirkt? »So war das überhaupt nicht gemeint!«

»Und wie dann?«

Ich atme tief ein. Bloß nicht wieder was Falsches sagen! »Ich freue mich für dich, dass du endlich einen netten Freund hast. Ehrlich.«

Sie zieht die Augenbrauen hoch. »Dass ich *endlich* einen *netten* Freund habe?«

Nein! Kann ich nicht ein einziges Mal etwas sagen, das nicht verkehrt klingt?

Mareike trinkt einen Schluck Tee. »Schon gut. Ich weiß ja, was du meinst. Irgendwie hab ich wohl früher die Arschlöcher angezogen.«

»Stimmt«, antworte ich. Was soll ich auch sonst sagen? Ich musste sie schließlich immer trösten, wenn die Typen sich nicht mehr bei ihr gemeldet haben.

Sie lächelt. »Jedenfalls bin ich auch froh, dass ich jetzt so einen netten Freund habe.«

Puh! »Mika ist echt ein Netter«, sage ich. »Entschuldige, dass ich nicht nachgefragt habe.«

»Schon gut. Ich verstehe ja, dass du im Moment mit deinem eigenen Kram genug zu tun hast. Aber als du mich dann auch noch so angeschnauzt hast ... Das war irgendwie einer zu viel.«

»Tut mir wirklich leid. Ich hätte das anders angehen sollen.«

Ich war mir so sicher gewesen, im Recht zu sein ... Aber trotzdem hätte ich mir auch anhören müssen, was Mareike dazu zu sagen hat.

Sie rührt in ihrem Tee. »Na ja, du hattest ja recht ... Ich mache echt viel Chaos. Keine Ahnung, warum, aber ich könnte leichter zehn Stadtführungen leiten oder fünf Sommerfeste planen, als einen Geschirrspüler einzuräumen. Das lähmt mein Gehirn irgendwie total.«

»Nützt aber nichts«, sage ich. »Glaub mal nicht, dass ich das jetzt immer alleine mache!«

»Nein, natürlich nicht. Aber vielleicht ...« Sie zögert kurz. »Vielleicht ist es für dich ja auch okay, wenn ich manchmal erst am nächsten Tag aufräume und du mich noch mal daran erinnern musst? Ich meine es nicht böse, ehrlich!«

Ich lege meine Hand auf ihre. »Na klar ist das okay. Ich bin doch nicht meine Mutter.« In dem Moment, in dem ich das sage, fällt es mir plötzlich wie Schuppen von den Augen. Das ist es! Darum habe ich nie was zu Mareikes Chaos gesagt! Ich hatte Angst, zu sein wie meine Mutter mit ihrem Putzfimmel. Spießig zu sein, genau wie bei Ryan. Oh Mann!

»Na klar ist das okay«, wiederhole ich. »Und sorry auch, dass ich mich nie richtig bedankt habe für deine Hilfe beim Crowdfunding.«

»Ja, ja, ist verziehen. Aber jetzt ist auch mal gut, oder? Genug Selbstvorwürfe! Übrigens, ich muss dir was zeigen.«

Sie springt auf und zieht etwas aus ihrem Rucksack. Etwas Weißes, Plüschiges, das aussieht wie ...

»Emma!«, rufe ich begeistert aus. »Das ist ja Emma!«

»Cool, oder?« Mareike drückt mir die Plüschmöve in die

Hand. Sie ist kuschelig-weich und total süß. Obwohl wir verkracht waren, hat Mareike sich um die Plüsch-Emma gekümmert!

»Du bist echt die Beste«, sage ich. »Übernimmt die Touristeninformation jetzt eigentlich die Kosten dafür?«

»Leider nein. Aber meine Eltern haben gesagt, sie würden es vorschießen. Und falls ihr mit dem Crowdfunding genug einnehmt, könnt ihr es ihnen anschließend zurückzahlen.«

»Oh, wow! Sag ihnen ganz lieb danke von mir!«

»Gerne. Sie kommen übrigens zum Tag der offenen Tür, dann kannst du dich auch selbst bei ihnen bedanken.«

»Das mache ich!«

Und dann muss ich Mareike noch einmal ganz fest in den Arm nehmen. Ich bin so froh, dass alles wieder gut ist zwischen uns!

Jonas

Am Donnerstagabend, als ich völlig verschwitzt von der Laufrunde zurückkomme, steigt vor unserem Haus eine Frau mit zwei Einkaufstüten aus einem Auto. Ich verlangsame gerade meinen Trab zum Gehen (Cool-down, sehr wichtig), als sie sich umdreht.

»Hi, Jonas!«

Es ist Vanessa, die Nachbarin, die neulich mit den Muffins bei mir war.

Ich hebe grüßend die Hand und lächele verlegen. Schließlich hat sie mir ihre Nummer gegeben, und ich hatte versprochen, ihr Lübeck zu zeigen. Aber dann habe ich mich nicht mehr bei ihr gemeldet. Hoffentlich denkt sie jetzt nicht, ich hätte sie geghostet ...

»Na, ist dein Handy kaputt?«

»Sorry, ich hatte viel um die Ohren ...«, stammele ich. Das lebendige schlechte Gewissen. »Ich hätte dich auf jeden Fall noch angeschrieben. Ehrlich.« Was eine glatte Lüge ist, denn die Nummer auf meinem Arm habe ich beim ersten Duschen abgeschrubbt. Ohne sie vorher im Handy zu speichern.

Sie winkt ab. »Macht nichts. Inzwischen habe ich schon viel von Lübeck gesehen. Die Altstadt ist wirklich wunderschön!«

Puh! »Stimmt«, antworte ich. »Freut mich, dass du dich so gut eingelebt hast.«

Sie stellt die Einkaufstüten auf den Boden. »Na ja, eingelebt ... Ich kenne ja noch nicht viele Leute hier. Aber dich würde ich sehr gerne besser kennenlernen!« Sie strahlt mich so an, dass ich den ganzen Mist in meinem Leben für einen Moment vergesse. Diese wunderschöne Frau will mich besser kennenlernen!

»Ja ... klar. Wieso nicht?«

»Hast du heute Abend schon was vor?«

»Heute Abend ...« Das kommt ziemlich plötzlich. Andererseits: Ich habe tatsächlich nichts vor, nur auf der Couch abhängen und Netflix gucken. Und zwischendurch zwei- oder dreimal vergeblich bei Leonie an die Tür klopfen.

Vanessa lächelt immer noch. »Es gibt da so ein nettes kleines Restaurant in der Beckergrube, da würde ich echt gerne mal hin.«

Warum nicht? Einfach mal wieder flirten und lachen.

»Okay!«

Zu Hause ziehe ich mein bestes Hemd an, ein bisschen Gel ins Haar ... Wenn nur die roten Flecken am Hals nicht wären! Die Salbe von Laura hat zwar geholfen, aber der Ausschlag ist immer noch deutlich zu sehen. Mein Blick fällt auf Leonies Chaos auf der Ablage, ein Sammelsurium aus Haar-, Dusch- und Schminkutensilien. Soll ich? Meine Hand zögert über einer hautfarbenen Tube. Schminken als Mann – ist das nicht komisch? Andererseits: Ausschlag am Hals ist auch nicht schön.

Fünf Minuten später sind die Flecken nicht mehr zu sehen, verschwunden unter einer Schicht Make-up. Na also, geht doch.

Bevor ich aufbreche, klopfe ich bei Leonie an die Tür.

»Leonie, ich bin heute Abend nicht da.«

Keine Antwort.

»Leonie, hast du mich gehört? Ich bin jetzt weg und so gegen ... ich denke mal, spätestens um elf wieder da.«

Wir werden ja nicht gleich beim ersten Mal im Bett landen. Oder?

»Leonie?«

»Ich hab's gehört!«, ruft sie mürrisch von drinnen.

»Okay, dann bis später! Tschü-üss!«

Keine Antwort. Wider besseres Wissen hoffe ich jedes Mal, dass sie doch die Tür öffnet.

Na ja, so muss ich ihr wenigstens nicht erklären, wohin ich gehe.

Kurz darauf sitze ich im Innenhof eines lauschigen Restaurants Vanessa gegenüber. Sie sieht hammermäßig aus, enges Kleid, tiefer Ausschnitt, und vor allem freut sie sich ehrlich, mich zu sehen. Plötzlich fühle ich mich zum ersten Mal seit Langem nicht mehr wie ein Loser. Diese tolle Frau hat mich um ein Date gebeten! An einem warmen Sommerabend, mit leichter Brise und kühlen Getränken …

Dann steht die Kellnerin an unserem Tisch, und wir bestellen beide Pasta. Perfekt! Insgeheim hatte ich befürchtet, Vanessa würde nur an einem Salatblatt knabbern, bei der mega Figur.

Während wir auf das Essen warten, fragt sie nach meinem Job, und ich erzähle von meinem Einstieg in Timos Büro.

»Im Moment habe ich übrigens ein Projekt für einen wichtigen Influencer.«

»Echt?« Ihre Augen werden größer. »Für wen denn? Wenn er auf Insta ist, kenne ich ihn bestimmt.«

Ich trinke einen Schluck von meinem Wasser. (Bier beim ersten Date ist für mich ein No-Go.) »Interiio. Das ist ein Inneneinrichtungs…«

»Wow!«, unterbricht sie mich. »Interiio? Wie geil ist das denn!«

Ihre Begeisterung beflügelt mich, und ich beschreibe ihr das geplante Haus in allen Einzelheiten. Den Aufbau, das Konzept … die ganze Theorie und damit das, was mir am meisten

Spaß macht. Vanessas Aufmerksamkeit tut gut. Endlich erkennt mal jemand, wie wichtig mein Job ist, anstatt ihn nur als Störfaktor zu sehen wie gewisse andere Leute. An die ich jetzt aber auf keinen Fall denken will! Stattdessen erkläre ich Vanessa lieber das raffinierte Beleuchtungskonzept für Interiios Haus. Doch nach einer Weile wirkt ihr Nicken ein wenig mechanisch. Rede ich zu viel?

In dem Moment taucht die Kellnerin neben unserem Tisch auf und stellt riesige Teller dampfender Pasta vor uns ab.

»Magst du noch was trinken?«, frage ich Vanessa.

»Einen Wein würde ich nehmen. Einen roten.«

»Den Hauswein?«, fragt die Kellnerin.

»Ja, gerne.«

Ach, was soll's!

»Und ich nehme ein Bier.«

Ich spieße eine Penne-Nudel auf. »Aber genug von mir. Dein Job ist bestimmt auch spannend, oder?«

Vanessas perfekt geschminkter Mund lächelt mich an. »Ja, klar! Ich hab voll lange gebraucht, um meine Insta-Präsenz aufzubauen.«

Während ich Pasta in mich hineinschaufele, erzählt sie mir ausführlich davon, wie wichtig regelmäßiges Posten ist, und schwärmt von ihrer neuen Kamera. Ebenfalls sehr ausführlich, nur einmal kurz unterbrochen, als unsere Getränke kommen. Das Bier stürze ich viel zu hastig hinunter, während ich vergebens versuche, mich auf Vanessas Worte zu konzentrieren. Je länger sie redet, desto weniger kann ich verhindern, dass mein Blick durch den Raum schweift ... um plötzlich am Stuhl der Frau am Nachbartisch hängen zu bleiben. Genauer gesagt, am Stoffbeutel, der über ihrer Stuhllehne hängt, mit dem Aufdruck zweier Comic-Möwen. Die eine sagt: »Wollen wir Touristen auf den Kopf kacken gehen?« Die andere: »Geile Idee!«

Den habe ich schon tausendmal vor irgendwelchen Souvenirläden in Travemünde hängen gesehen. Möwen in Travemünde ... Ob die Sache mit Lisa wirklich ein für alle Mal vorbei ist, wenn ich das Interiio-Haus baue? Oder ob wir vielleicht doch ... eines Tages ...

»Sag mal, hörst du mir überhaupt zu?« Vanessa starrt mich empört an.

»Na sicher!« Ich zwinge mich zu einem Lächeln. Was tue ich denn hier? Ich habe ein Date mit einer wunderschönen Frau und denke dabei an Lisa!

»Du hast von deiner Kamera erzählt«, sage ich zu Vanessa, um ihr zu beweisen, dass ich in der Tat zugehört habe.

»Ja. Auch.« Sie legt ihre Gabel neben den Teller, der noch halbvoll ist, und blickt auf meinen leeren.

»Nachtisch brauche ich nicht. Du?«

»Nein.« Auf einmal sehne ich mich nach meiner Couch. Vanessa ist zwar nett und alles, aber eigentlich will ich doch gar nicht hier sein. Was interessieren mich Influencer und Followerzahlen?

Ich verlange nach der Rechnung, warte einen Moment, ob sie anbietet zu teilen (was sie nicht tut), und dann stehen wir draußen vor der Tür.

Mit einem Meter Abstand wie zwei Fremde. Was wir ja auch sind! Auf einmal will ich nur noch weg. Blöderweise haben wir denselben Heimweg ... Warum guckt sie so? Was hat sie gerade gesagt?

Und wann ist sie mir so nahe gekommen?

Ich gehe einen Schritt zurück und hebe abwehrend die Hände.

»Sorry, aber der Funke ist bei mir irgendwie nicht übergesprungen.«

Sie presst die Lippen zu einer schmalen Linie zusammen. Dann sagt sie: »Nee, bei mir auch nicht. Du bist echt ’ne ziemliche Schlaftablette.«

»Schön, dass wir das beide so sehen«, antworte ich fröhlich.

»Ja, Selbsterkenntnis ist ja angeblich der erste Schritt zur Besserung.«

Hä?

»Übrigens, ein Tipp!« Sie gestikuliert in Richtung meines Halses. »Die wenigsten Frauen stehen auf geschminkte Männer. Und wenn du dich schon schminkst, dann warte wenigstens, bis es getrocknet ist, bevor du das Hemd anziehst.«

Wie meint sie das denn? Ich schiele nach unten in dem Versuch, meinen Hals zu sehen, erwartungsgemäß erfolglos. Was ich stattdessen erblicke, sind fette braune Flecken auf meinem Hemdkragen. Oh nein, das Make-up von Leonie! Hatte ich die etwa die ganze Zeit? Warum hat Vanessa denn nichts gesagt?

»Ich hab Ausschlag«, sage ich verteidigend.

Auf einmal guckt sie angeekelt.

»Vom Stress!«, füge ich schnell hinzu.

»Ja. Klar. Na dann, tschüss.«

»Ja. Tschüss.«

Zum Glück muss sie noch wohin, in die andere Richtung. Und ich sehe auf dem gesamten Heimweg blaue Augen vor mir.

Lisas Augen.

Am Freitag ist der Bauantrag im Prinzip fertig, aber den Makler habe ich immer noch nicht zurückgerufen wegen des Verkaufs. Timo denkt vermutlich, das läuft alles längst, und ich habe nichts getan, um ihn über das Gegenteil zu informieren. Total unprofessionell, ich weiß … Aber irgendetwas in mir schafft es einfach nicht, das zu regeln.

Dabei hat Timo mich auch schon zweimal gefragt, wann wir zusammen ein Bier trinken wollen, aber ich habe mich jedes Mal rausgewunden.

Freitagabend googele ich zum x-ten Mal leer stehende Häuser in Travemünde und Umgebung. Vielleicht finde ich ja doch noch eine Lösung für Lisas Naturstation.

Aber es gibt kaum freie Häuser in Travemünde, und auf dem Priwall schon mal gar nicht, und wenn, dann kosten sie sechsstellige Beträge. Dafür müsste Leonie aber verdammt viele Waffeln verkaufen!

Ich weiß echt nicht mehr, was ich machen soll. Ich weiß nur: So geht es nicht weiter.

Lisa

Am Samstag erscheint endlich der Zeitungsartikel, eine Dreiviertelseite mit Riesenfoto und der Überschrift: »Rettet die Naturstation Priwall! Crowdfunding und Sommerfest!«

Seit die Zeitung heute Morgen erschienen ist, sprudeln die Spenden nur so, und nachmittags sind wir schon bei fast 40.000 Euro. Das ist zwar noch immer nicht genug, um die ganze Naturstation zu sanieren, aber trotzdem: So viele Menschen, die uns unterstützen! Außerdem wird es heute und morgen bestimmt noch mehr werden. Wer weiß, vielleicht schaffen wir die 60.000 wirklich.

Den ganzen Nachmittag über bauen wir Stände auf, spannen Wimpelketten und hängen Luftballons in die Bäume, und die Kinder- und Jugendgruppe verteilt noch einmal einen letzten Schwung Flyer auf dem Priwall.

Am nächsten Morgen um zehn Uhr geht es dann los.

»Achtundvierzigtausend Euro!«, verkünde ich, bevor sich alle hochmotiviert in die Arbeit stürzen. Heinz feuert den Grill an, und Gabi nimmt am Buffet Kuchenspenden von diversen Mitgliedern des Fördervereins und vielen anderen Priwallbewohnern entgegen, die ich zwar nicht alle kenne, die mich aber fröhlich mit »Hallo, Lisa!« begrüßen. Und da vorne biegt auch schon Antonios Eiswagen um die Ecke.

Dann kommen die ersten Gäste. Janne und Fred mit ihren

Eltern sind dabei, Emine und Murat von der Strandführung und der schüchterne Joshua mit seiner Mama. Sie zahlen bei Robert und Martina aus dem Förderverein ihren Eintritt und stehen dann etwas verloren herum.

»Hallo, kommt rein!«, rufe ich. Das lassen sie sich nicht zweimal sagen, und danach geht es plötzlich Schlag auf Schlag. Immer mehr Menschen strömen in unseren Garten, auch Mareikes Eltern, bei denen ich mich herzlich für die Vorfinanzierung der Plüsch-Emmas bedanke.

Es wird voller und voller, alle rufen nach mir, weil Servietten fehlen oder Preise unklar sind oder weil Gäste wissen wollen, wann die Führungen durch die Ausstellung stattfinden. (Die hat Finn übernommen.) Ein Kind braucht ein Pflaster, und ein anderes will mir bloß sagen, wie aufgeregt es ist.

»Lisa, mein Schatz!« Plötzlich steht Mama vor mir und umarmt mich.

»Oh, hallo! Schön, dass du hier bist.«

Sie lässt den Blick über den Garten schweifen. Hoffentlich erwartet sie nicht, dass ich sie herumführe, dafür habe ich überhaupt keine Zeit …

Mama wendet sich wieder mir zu. »Warum habt ihr eigentlich den Stand zum Dosenwerfen so weit nach hinten gestellt? Der muss doch ganz vorne sein, für die Kinder! Und beim Grill ist ja kaum Platz, um sich anzustellen. Und ich hätte ja auch noch ein Schild geschrieben, mit den Preisen.«

»Ja, Mama«, entgegne ich durch zusammengebissene Zähne. »Mag sein. Aber dafür ist es jetzt ein bisschen zu spät.«

»Ach was, das ist doch schnell gemacht.«

»Nein!«, rufe ich viel zu laut. »Nein, das bleibt alles so«, füge ich leiser hinzu. Mama sieht mich irritiert an, garantiert wird sie gleich zu einer Standpauke ansetzen. Bitte kein Streit jetzt vor allen Leuten!

»Ich muss dann auch«, behaupte ich, drehe mich auf dem

Absatz um und marschiere weg. So richtig weg, damit sie mir nicht hinterherkommt, ins Haus, nach oben in mein Büro, dorthin, wo keine Menschen sind, kein lautes Stimmengewirr, Lachen und Rauchgeruch. In der staubigen Stille lasse ich mich auf meinen knarzenden Bürostuhl sinken. Warum muss Mama sich in alles einmischen? Und warum fühle ich mich von ihren Vorschlägen immer gleich persönlich angegriffen? Ich kann einfach nichts dagegen tun! Wenigstens habe ich dieses Mal nicht nachgegeben. Aber warum fühle ich mich dann so schlecht? Ich angele einen Edding aus dem Chaos auf meinem Schreibtisch und drehe ihn zwischen den Fingern hin und her.

Na gut, vielleicht hat sie recht, das Dosenwerfen ist ein wenig versteckt. Und ein Preisschild am Grill würde bestimmt Sinn machen.

Aber trotzdem, kann sie mich nicht einfach mal loben? Anstatt mal wieder alles besser zu wissen! Aber so war sie schon immer, und ich bin nie dagegen angekommen, schon als Kind nicht. Nachdem Papa weg war, wurde es besonders schlimm. Als ob es nicht schon schlimm genug gewesen wäre, dass er weg war …

»Das war bestimmt nicht einfach für deine Mutter, als sie plötzlich alleine dastand mit Kind.« Plötzlich habe ich Jonas' Stimme im Ohr. Ausgerechnet! Der hat nun wirklich kein Recht, mir Ratschläge zu erteilen.

Obwohl es wahrscheinlich stimmt: Es kann nicht einfach gewesen sein für meine Mutter. Sie ist verlassen worden, vermutlich auch betrogen, aber das wurde mir erst Jahre später klar. Sie musste plötzlich wieder Vollzeit arbeiten und war nur selten zu Hause. Und wenn sie zu Hause war, hatte ich das Gefühl, sie erstickt mich. Weil sie aus schlechtem Gewissen extra viel für mich da sein wollte? Mutter und Vater in einer Person sein? Sie hätte mal lieber mit mir reden sollen! Darüber, warum

Papa uns verlassen hat, zum Beispiel. Die kindgerechte Version meinetwegen. Aber ich bin mit meinen Fragen gegen eine Mauer gerannt. Kein Wunder, dass ich wütend auf sie war! Und gleichzeitig habe ich mich für meine Wut geschämt.

Sie hat mich nie ernst genommen. Mich nie gefragt, was *ich* eigentlich will. Stattdessen hat sie mir viel zu viele Pausenbrote geschmiert, meine Klamotten kritisiert und mir gesagt, wie ich mein Leben leben soll. Und je stärker ich sie weggestoßen habe, desto mehr hat sie sich eingemischt. Eigentlich hat sie damit nie aufgehört. Nur dass aus den Pausenbroten inzwischen Himbeertorte geworden ist.

Aber damit ist jetzt Schluss! Energisch springe ich auf. Ich bin nämlich nicht mehr die Lisa, die alles runterschluckt, so wie früher! Aber ich werde auch nicht wieder mit meiner Wut herausplatzen, so wie bei Ryan oder bei Mareike. Dann steigert sich das nur wieder hoch in eine Richtung, die ich nicht will. Nein, ich werde jetzt ein ruhiges, erwachsenes Gespräch mit meiner Mutter führen.

Als ich wieder in den Garten komme, redet Mama gerade auf Heinz am Grillstand ein, doch der sieht aus, als würde er nicht mal mit einem halben Ohr zuhören. Kein Wunder, schließlich stehen schon verdammt viele Leute für eine Wurst an, und er muss verkaufen, kassieren, wenden und nachlegen.

»Mama, kann ich mal mit dir reden?«

Sie dreht sich zu mir um. »Selbstverständlich.«

»Aber nicht hier.«

Ich stopfe den Edding, den ich immer noch in der Hand halte, in die Hosentasche und ziehe sie ein Stück beiseite, in Richtung Gartenzaun, wo weniger Leute sind. Unterwegs zupfen mich zwei Kinder aus unserer Gruppe am Ärmel, sie wollen mir Lose für die Tombola verkaufen, und Mareike versucht ebenfalls, mich herbeizuwinken. Aber erst mal das Gespräch mit Mama.

»Was gibt es denn, mein Kind?«

»Also, ich finde es natürlich nett, dass du mir immer bei allem helfen willst«, sage ich mit fester Stimme. Erst mal loben, von wegen Psychologie und so. »Vermutlich hat das was damit zu tun, dass Papa uns damals verlassen hat. Aber ich bin inzwischen erwachsen. Du brauchst mir nicht mehr mit allem zu helfen.«

Mama sieht mich verwirrt an. »Was hat es denn mit deinem Vater zu tun, wenn am Grill keine Preise stehen?«

»Nichts. Das hat nichts damit zu tun. Aber ganz generell, dass du dich immer in alles einmischst und mir helfen willst ...«

»Ich mische mich in alles ein? So siehst du das?« Sie schnaubt. »Als ich neulich meinen Chef gefragt habe, ob er sich euren Vertrag ansieht, hast du das aber gerne angenommen!«

»Ja. Obwohl es ja nichts gebracht hat.« Dr. Obermeier hat keinen Punkt gefunden, an dem man hätte ansetzen können. Genauso wenig wie der Anwalt von Heinz.

»Es ist aber nicht die Schuld von Dr. Obermeier, wenn ihr einen schlechten Vertrag habt!«

»Nein, natürlich nicht.« Ich seufze. Irgendwie läuft das hier völlig falsch. »Ich meine ja nur, es war doch bestimmt nicht einfach für dich damals, als Papa uns verlassen hat.«

Sie lacht bitter. »Das kannst du laut sagen!«

»Und vielleicht hast du dann aus schlechtem Gewissen einfach viel zu viel ...«

»Ich und ein schlechtes Gewissen? Dein Vater hat uns doch verlassen! Ich war immer für dich da!«

»Ja, Mama. So meinte ich das doch gar nicht!«

»Das will ich auch stark hoffen!«

Wir starren uns an. Warum will sie nicht darüber reden, wie es damals war, als Papa uns verlassen hat? Tut es ihr immer noch so weh? Ich betrachte sie, wie sie dasteht, in ihrer pink-weiß gestreiften Bluse, die aussieht wie neu, dem farblich passenden Blazer und der frisch durchgefärbten Frisur. Nur wie es dahinter aussieht, das zeigt sie niemandem.

Mama verschränkt die Arme. »Was ist denn nun mit dem Preisschild?«

»Ich bin ja gar nicht gegen das Preisschild«, sage ich in deutlich versöhnlicherem Ton und fummele den Edding aus der Hosentasche. »Okay. Hier.«

»Was soll ich damit?«

»Ein Schild schreiben. Für den Grillstand.«

»Und worauf?«

»Im Eingang vom Naturschutzzentrum liegen noch Flyer für das Fest. Schreib es doch einfach auf die Rückseite. Aber frag Heinz vorher, wie viel er für eine Wurst nimmt.«

Mal sehen, was sie jetzt wieder zu meckern hat! Doch sie lächelt bloß. »Natürlich. Ich bin ja froh, wenn ich helfen kann.«

Damit eilt sie zum Grillstand hinüber. Ich sehe ihr verblüfft hinterher. So einfach ist das? Wenn ich ihr genau sage, was ich will … dann macht sie es?

Plötzlich wird mir klar, dass ich sonst jedes Mal ausgewichen, sauer geworden oder weggelaufen bin, wenn sie sich eingemischt hat. Ich habe auf ihr Überbehüten reagiert wie ein bockiges Kind. Das hat ja sogar meine Beziehungen zu anderen Menschen beeinflusst. Zu Mareikes Chaos zum Beispiel habe ich nichts gesagt, weil ich nicht so spießig sein wollte wie Mama … Ich habe mich immer nur im Kontrast zu ihr definiert.

Heute zum ersten Mal nicht. Heute habe ich eine klare Ansage gemacht, wie eine Erwachsene. Und es hat funktioniert!

Hm … Vielleicht wird Mama mir nie erzählen, wie es damals mit Papa für sie war. Das muss ich akzeptieren, auch wenn es weh tut. Auch wenn ich es mir so sehr wünschen würde!

Aber vielleicht ist die Vergangenheit ja gar nicht so entscheidend.

Vielleicht ist es viel wichtiger, wie ich mit Mama über das rede, was heute ist.

Ich stehe noch einen Moment gedankenversunken da, dann schüttele ich den Kopf und schlendere hinüber zu Mareike. Sie betreut das Dosenwerfen und verkauft zusätzlich noch die Emma-Plüschmöwen. Für die können die Leute so viel bezahlen, wie sie möchten, das war Levkes Idee. Ich war skeptisch, ob es klappt, immerhin ist Geiz ja geil und so.

»Lass uns lieber sagen, zehn Euro und gut.«

»Nee, wirst sehen, die geben freiwillig mehr«, hat Levke behauptet. »Kriegt ja jeder mit, wie viel sie zahlen! Und außerdem ist es für den guten Zweck.«

Offenbar hatte sie recht. »Zwanzig Euro zum Ersten, zum Zweiten und zum Dritten!«, ruft Mareike und drückt einem strahlenden Kind eine Plüsch-Emma in den Arm. Dann springt sie sofort an die andere Seite des Standes, um die umgeworfenen Dosen wieder aufzubauen.

»Da bist du ja endlich.« Mareikes Haare haben sich halb aus dem Zopf gelöst und stehen wirr in alle Richtungen ab. »Ich schaffe das alleine nicht, guck mal, wie lang die Schlangen schon sind! Und Mika kann auch nicht vom Weitsprung weg.« Wir schauen hinüber zur Sprunggrube mit den Tierschildern, vor der sich eine ebenso lange Schlange gebildet hat wie beim Dosenwerfen.

»Stimmt, du brauchst unbedingt Hilfe«, antworte ich. »Ich weiß bloß überhaupt nicht, wen ich dir schicken soll … Soll ich hierbleiben?«

Aber das lehnt Mareike strikt ab. »Du sollst doch dein Fest genießen!«

Gerührt verspreche ich ihr, so schnell wie möglich Hilfe zu organisieren, und setze meinen Rundgang über das Fest fort.

Am Grillstand hängt inzwischen ein Preisschild in der akkuraten Handschrift meiner Mutter.

»Ich hab sie zu Gabi weitergeschickt«, raunt Heinz mir zu.

»Sehr gut.«

Er selbst hat ebenfalls Unterstützung bekommen, und zwar von Ewald, dem Fährmann. »Moin, Lisa! Löppt, oder?«

Und wie es läuft!

»Hi.« Plötzlich steht Jasmin neben mir, mit Luis und Konrad im Schlepptau. Mein großer Bruder grinst. »Tolles Fest, kleine Schwester!«

Ich ducke mich weg, bevor er mir durchs Haar wuscheln kann. »Ja, danke.«

Luis in seiner Karre verzieht das Gesicht. Er sieht aus, als würde er gleich losheulen.

»Er mag den Lärm nicht«, erklärt Jasmin. »Und die vielen Menschen. Konrad, kannst du …«

Mein Bruder nickt und schiebt Luis in Richtung Ausgang. Jasmin hat ihn echt im Griff, wie ein dressiertes Hündchen. Sie plinkert mit den dick getuschten Wimpern.

»Tut mir total leid, dass ich bei der Vorbereitung nicht helfen konnte. Deine Mutter hatte gesagt, du brauchst Hilfe, aber ich war echt fertig in letzter Zeit. Sorry.«

»Macht doch nichts«, antworte ich automatisch. Was man halt so sagt.

Jasmin legt eine Hand auf meinen Arm. »Doch, ich hätte dich gerne unterstützt. Ich finde es so bewundernswert, wie du dich für den Naturschutz einsetzt und alles! Aber mit der Arbeit und dem Kleinen, das ist echt manchmal ein bisschen viel, da bleibt keine Zeit mehr für was anderes. Dabei würde ich mich gerne noch mehr engagieren …«

Nanu? Wo kommt das denn auf einmal her? Jasmin reibt sich die Augen und verschmiert ihre Mascara, und plötzlich sieht sie nicht mehr perfekt aus, sondern nur noch erschöpft.

»Also, wie kann ich helfen?«

»Mensch, Jasmin, du brauchst mir doch nicht zu helfen«,

antworte ich erstaunt. »Schon gar nicht, weil Mama das sagt! Hol dir doch erst mal einen Kuchen oder eine Grillwurst. Wir haben auch vegetarische.«

Sie winkt ab. »Danke, das ist lieb von dir, aber ich würde wirklich gerne was tun. Vor allem, weil Konrad heute den Kleinen nimmt. Ich bin ja froh, wenn ich mal unter Leuten bin, die keine Mütter und nicht die Kolleginnen sind.«

»Wirklich? Ich dachte immer, bei dir ist alles perfekt«, rutscht es mir heraus. »Also, ich meine ...«

»Perfekt? Bei mir?« Sie lacht ironisch. »Ehrlich gesagt, dachte ich immer, du bist perfekt. Mit deinem ganzen Engagement für die Umwelt und so ...«

»Ich bin perfekt?« Ich schnaube. »Von wegen!«

Wir sehen uns an.

»Was sind wir Frauen doch manchmal doof«, sagt Jasmin.

»Stimmt.«

Wir lächeln uns an.

»Hast du denn nun was, das ich tun kann?«, fragt sie dann.

»Na ja ... Mareike braucht dringend Unterstützung beim Dosenwerfen.« Ich deute in die entsprechende Richtung.

»Ja klar, gerne.«

Jasmin geht zu Mareike hinüber und sagt etwas zu ihr. Mareike deutet auf den Tisch mit den Dosen, woraufhin Jasmin sofort das erste Kind in der Schlange anspricht und ihm die Bälle reicht. Wunderbar, damit wäre das Problem auch gelöst.

Ich blicke mich um. Alle, die ich mag, sind hier, und alle helfen mit: Einige Meter neben Mareike und Jasmin hüpft Mika an der Sprunggrube mit den Kindern um die Wette, am Kuchenbuffet plaudert Mama mit Gabi und unserer Nachbarin Erika, der Grillstand brummt, und die Kinder und Jugendlichen aus unserer Gruppe verkaufen Waffeln und Lose für die Tombola, bei der man nicht nur Plüsch-Emmas, sondern auch unsere selbstgebauten Nistkästen, Insektenhäuser und Saatbomben sowie viele gestiftete Preise gewinnen kann. Der feste Tombolastand wird von Levke betreut … Und ist das da neben ihr etwa Ryan? So, wie sie ihn anhimmelt, hat er mal wieder seinen ganzen Charme aktiviert. Früher wäre ich eifersüchtig gewesen, aber die Zeiten sind vorbei.

So viele liebe Menschen, so viel Engagement … Mir wird ganz warm ums Herz. Und dahinten ist ja auch Annika und filmt mit ihrem Handy. Sie will das Fest live auf der Crowdfundingplattform streamen, um noch ein paar Spender zu motivieren. Ich bin so gespannt, wie viel Geld wir zusammenbekommen! Und es gibt ja auch noch die Fledermäuse hinter der Fassade. Mit allem zusammen könnten wir es vielleicht sogar schaffen, die Naturstation zu retten … Ich fühle mich jedenfalls so optimistisch wie schon lange nicht mehr.

Doch der nächste Moment verändert alles. Ich drehe mich um und sehe verwuschelte Haare, grüne Augen und ein verlegenes Lächeln. Vor mir steht Jonas.

Mein Herz setzt einen Schlag aus, dann überrollen mich Aufregung, Verwirrung und Schock, alles gleichzeitig. Im ersten Moment jedenfalls. Im zweiten kommt die Wut. Eine Riesenwut, größer als alles, was ich je gespürt habe. Nicht zu stoppen, selbst wenn ich es wollte. Und ich will es nicht! Mit Jonas will ich nicht reden wie mit Mareike! Für Jonas will ich kein Verständnis haben wie für Mama!

Wie könnte ich, wenn er gerade dabei ist, mein Leben zu zerstören?

Wie kann er es wagen herzukommen!

Jonas

Heute Morgen wollte Leonie mich überreden, zu einem Grill-fest bei Annikas Eltern mitzugehen. Natürlich habe ich versucht, mich zu drücken, ich wollte auf keinen Fall auf den Priwall. Was, wenn ich dort Lisa begegnen würde? Aber Leonie sah mich so bittend an, und ich war einfach verdammt froh, dass sie plötzlich wieder mit mir redete. Ich glaube, ich hätte zu allem Ja gesagt.

Und jetzt stehe ich plötzlich hier. Vor Lisa.

Wie durch Watte höre ich Leonies Stimme: »Du darfst die Naturstation nicht abreißen, Papa!«

»Papa?«, fragt Lisa mit tonloser Stimme. »Er ist dein Papa?«

»Ja«, antwortet Leonie. »Und du musst ihm unbedingt zeigen, wie toll das alles hier ist, Lisa.«

Ach, Leonie! Es zerreißt mir das Herz.

Und Lisa … Wie sie mich ansieht! Als würde sie mir keinen Meter weit trauen.

Ihr Gesicht, das fremd und doch irgendwie vertraut ist.

Ihre blauen Augen, die mich wütend anfunkeln.

In diesem Moment will mein Herz einfach nur, dass alles wieder gut ist. Dass sie mich anlächelt.

Dass auch Leonie wieder glücklich ist.

Dummes Herz!

Ob ich mich mit einer Entschuldigung verabschieden soll? Das wäre vermutlich das Vernünftigste.

Doch mein Mund lässt sich nicht öffnen, und meine Füße stehen da wie festbetoniert. Jetzt mach schon, Jonas!

Während ich noch mit mir ringe, fasst Leonie mich an der Hand und versucht, mich mit sich mitzuziehen.

»Komm, Papa, ich zeig dir alles!«

Ich räuspere mich. »Leonie … Ich glaube nicht, dass Lisa das möchte …«

Das Funkeln in Lisas Augen wird noch eine Spur greller.

»Woher willst ausgerechnet *du* wissen, was ich will?«

»Na ja … Ich dachte ja bloß … Vielleicht gehe ich besser.«

»So leicht kommst du nicht davon! Sieh dir ruhig ganz genau an, was du hier zerstören willst!«

Damit dreht sie sich um und marschiert los.

Leonie schiebt mich hinterher. »Na los, Papa.«

Also setze ich mich in Bewegung. Zögernd erst, doch als Lisa sich fragend nach mir umdreht, beeile ich mich, um zu ihr aufzuschließen.

Wie entschlossen sie ist! Bei unseren Gesprächen war sie oft die Unsichere … Obwohl, nein, wenn ihr etwas wichtig war, nicht. Dann hat sie alle Unsicherheit sofort vergessen. So wie jetzt.

Vor einer wilden Wiese bleibt sie stehen. »Da!«

»Schön«, sage ich vorsichtig.

»Ja. Aber das ist nicht der Punkt. Guck mal genau hin!«

Sie hockt sich vor die Wiese und deutet hinein. Ich knie mich neben sie. Ihr Haar berührt fast meine Wange. Es sieht so weich aus … Am liebsten würde ich es berühren.

»Das sind alles einheimische Arten«, sagt sie, ohne mich anzusehen. Und dann: »Du guckst ja gar nicht hin!«

Also hat sie mich aus dem Augenwinkel beobachtet.

»Doch, doch«, behaupte ich. Und starre in das bunte Grün. Keine Ahnung, was ich da sehen soll … Doch schon im nächsten Moment saust eine fette Hummel an uns vorbei.

»Erdhummel«, sagt Lisa.

Hinter der Hummel flattert ein Schmetterling, und dahinter … Jetzt, wo ich genau hinsehe, brummt, summt und flattert es überall auf der bunten Wiese.

»Boah! Das sind aber viele Viecher!«

Lisa zieht die Augenbrauen hoch. »Diese ›Viecher‹, wie du sie nennst, sind nützliche Insekten. Die in unserer modernen Welt leider kaum noch Nahrung finden.« Sie richtet sich wieder auf und deutet auf den Nachbargarten. »Selbst in den Vorgärten liegt Schotter! Oder es wachsen ach so hübsche Pflanzen ohne Nektar und Pollen, was auch nicht viel besser ist. Vom Insektensterben hast du schon mal gehört, oder?«

»Na klar. Ich lebe doch nicht hinter dem Mond.« Ich habe mich bisher nur nicht sonderlich dafür interessiert.

Lisa stemmt die Hände in die Hüften. Wenigstens sieht sie mich jetzt an. »Und? Was tust du dagegen?«

»Ich? Wie soll ich denn …?« Ich weiche ihrem Blick aus. »Ich habe ja nicht mal einen Garten.«

»Balkon?«, fragt Lisa.

»Ja, schon …« Da lagern im Moment aber nur leere Pfandflaschen.

»Na also! Insektenfreundliche Pflanzen wachsen auch in Balkonkästen.«

Ich fühle mich, als hätte ich einen Arbeitsauftrag bekommen. »Wird erledigt!« Fast hätte ich salutiert.

Lisa lächelt ironisch in sich hinein.

Und Leonie sagt hinter mir: »Ja, Papa, wir fahren gleich morgen zum Gartencenter.«

Ich stöhne, aber nur innerlich. Ich habe ja sonst nichts zu tun!

»Machen wir«, antworte ich meiner Tochter extra laut.

Dann sehe ich zu, dass ich hinter Lisa herkomme, die schon weitermarschiert. Sie zeigt mir die Insektenhotels und die

Hochbeete. Man merkt, wie viel ihr das alles bedeutet. Sie liebt diese kleinen Wesen, von der unscheinbarsten Pflanze über die Insekten bis hin zu der Möwe, die seit einigen Minuten hinter uns herhüpft. Ob das dieselbe ist, die mich damals beobachtet hat, als ich heimlich durch den Garten geschlichen bin?

»Das ist Emma«, raunt Leonie mir zu. »Ich hab dir doch von ihr erzählt.«

Währenddessen ist Lisa schon mit schnellen Schritten unterwegs ins Innere des Hauses. Die schwere alte Holztür schwingt direkt vor meiner Nase zu. Ich kann sie gerade noch auffangen und halte sie dann für Leonie geöffnet. Hinter uns fällt sie donnernd ins Schloss. Drinnen ist es kühl und still, Lisas zielstrebige Schritte und unsere hastigen dahinter sind die einzigen Geräusche. Sie öffnet eine Tür, und wir betreten sirrendes Kunstlicht, untermalt von gelegentlichem Plätschern. Ein großer, hoher Raum voller Aquarien. Lisa geht von einem zum anderen. Ihre Stimme klingt jetzt routinierter, während sie auf die Bedeutung der Muscheln für das Ökosystem hinweist oder die Funktion der Algen erklärt. Sie blüht immer mehr auf, je länger sie über die Tiere und die Natur der Ostsee redet, und beim letzten Aquarium, dem mit den Krabben, strahlt sie regelrecht.

Mein Herz krampft sich vor Freude zusammen.

Wie habe ich sie vermisst, die Lisa aus unseren Gesprächen! Das merke ich erst jetzt, wo ich sie strahlen sehe – was ich früher nur gehört habe, ist nun noch tausendmal so intensiv.

Kaum sind wir wieder im Freien, bleibt sie stehen und dreht sich zu mir um. »Aber das alles ist überhaupt nicht das Wichtigste.« Ihre Geste umfasst das Haus, den Garten, die ganze Naturstation. »Das Wichtigste ist die Natur da draußen. Die Kiebitze, die durch uns wieder auf dem Priwall brüten, auf der Weide mit den Schafen und Wasserbüffeln, die wir versorgen. Und alle anderen Lebewesen, einschließlich der Kinder und Jugendlichen, die hier erfahren, wie wertvoll die Natur ist.« Sie sieht Leonie an, und die reckt beide Daumen nach oben. Dann richten die beiden ihren Blick auf mich, fragend und erwartungsvoll.

Was soll ich dazu sagen? Ich habe mich so von Lisas Vortrag mitreißen lassen, von dem Leuchten ihrer Augen und der Power in ihrer Stimme, dass ich einen Moment lang vergessen habe, warum sie mir das alles erzählt.

»Ähm …«, sage ich. »Ich finde es wirklich toll, was ihr hier macht. Ehrlich!«

Lisa verschränkt die Arme vor dem Körper. »Aber?«

»Aber ich habe mein Leben lang davon geträumt, ein eigenes Haus zu bauen. Nicht nur aus Lego, sondern in echt. Ich konnte doch nicht ahnen, dass …« Ich seufze. Denn den beiden zu helfen würde bedeuten, dass ich das Interiiohaus nicht bauen kann. Dass ich zu Timo gehen und ihm das genau so sagen muss. Was vermutlich nur dazu führt, dass jemand anderes das Projekt übernimmt, zum Beispiel Timo selbst. Denn Interiio wird garantiert nicht von dem Projekt ablassen.

Ich seufze ein zweites Mal.

Wenigstens würde ich damit ein Zeichen setzen.

Lisa und Leonie sehen mich immer noch an.

Vielleicht, ganz vielleicht … ist es das ja wert.

Ich sehe Lisa in die Augen, und sie weicht meinem Blick nicht aus. Mein Herz schlägt plötzlich so stark, dass der Brustkorb fast zerspringt. Am liebsten würde ich ihr in diesem Moment alles versprechen, aber ich schulde ihr Ehrlichkeit.

Ich hole tief Luft. »Okay, ich versuche es. Aber einfach wird es nicht … Das Problem ist, dass ich dem Käufer keine Alternative anbieten kann. Und dann ist da ja auch noch mein Chef …«

»Aber du versuchst es?« Lisas Stimme zittert ganz leicht.

»Ja, ich versuche es«, antworte ich fest. »Aber versprechen kann ich dir nichts.«

»Es ist übrigens die Franse«, sagt in dem Moment eine tiefe Stimme hinter uns. Ein Mann, Typ ach so cooler Surfer, erscheint neben Lisa und legt den Arm um sie. Ich mustere ihn mit zusammengekniffenen Augen. Lisas Gesicht hingegen hellt sich auf. »Das ist ja super!«

»Wer ist denn Franse?«, frage ich, dabei habe ich eigentlich tausend andere Fragen. Die drängendste davon: Wann nimmt der Typ endlich den Arm von Lisas Schultern?

»Das ist Ryan«, sagt Lisa. »Mein Ex.«

Ihr Ex?

»Und das ist Leonie von der Jugendgruppe und Jonas, der Architekt.«

Und Jonas, der Architekt. Na super.

Lisa blinzelt zu Ryan hoch. »Es ist die Franse? Sicher?«

»Ganz sicher! Kuno hat es mir bestätigt.« Sein leicht schiefes Grinsen lässt den Typen noch kerniger aussehen. Aber wenigstens nimmt er endlich seinen Arm von Lisa.

Dafür sieht er plötzlich mich an. »Hinter der Fassade der Naturstation befindet sich eine Wochenstubenkolonie der Fransenfledermaus. Mindestens achtundzwanzig Tiere«, sagt er und klingt plötzlich sehr professionell. »Geschützte Art, wie alle Fledermäuse. Du weißt, was das heißt?«

Klar weiß ich, was das bedeutet. Baustopp, bevor der Bau überhaupt begonnen hat, Gutachter beauftragen und vor allem eine enorme Zeitverzögerung. Ich nicke mit zusammengebissenen Zähnen.

»Ryan ist Fledermausexperte«, erklärt Lisa und blickt ihn bewundernd an. »Ist das nicht toll?«

»Ganz toll«, brummele ich.

Eigentlich sollte ich mich wohl für Lisa freuen ... Aber ich meine, hallo? Ich bin bereit, meinen Job für sie zu riskieren, und wen himmelt sie an? Einen Typen, der mal eben ein paar Fledermäuse zählt und dabei auch noch aussieht, als käme er direkt aus einer Aftershave-Werbung. Ob das wirklich nur ihr Ex ist? Neben ihm fühle ich mich in meinem Kurzarmhemd und der völlig intakten Hose verdammt spießig. Außerdem hat er Ahnung von den Themen, für die Lisa brennt, und rettet auch noch die Naturstation für sie … Gegen diesen Ryan habe ich doch niemals eine Chance!

Lisa

Ich bin so glücklich, dass Ryan die Franse bestimmt hat! Jetzt muss es einfach klappen mit der Rettung der Naturstation!

Doch ich habe keine Zeit zu feiern, denn plötzlich wollen wieder alle etwas von mir. Am Grillstand gehen die Getränke zur Neige, und Mareike braucht dringend eine Pause, während Jasmin nach Hause muss, also übernehme ich doch für eine halbe Stunde das Dosenwerfen, und danach helfe ich bei der Tombolaausschüttung … Erst kurz vor der VIP-Party merke ich, dass Jonas verschwunden ist. Einfach so, ohne sich zu verabschieden. Es macht mir mehr aus, als ich gedacht hätte, und das nicht nur, weil er versprochen hat, uns zu helfen. Auch, weil es in meinem Bauch jedes Mal so gekribbelt hat, wenn er mich angesehen hat … Aber davon darf ich mich nicht beeinflussen lassen! Er will uns zwar helfen, aber er hat ja nichts versprochen. Was mich komischerweise glauben lässt, dass er es ernst meint. Der Macker, der mich im Architekturbüro so hat auflaufen lassen, hätte das Blaue vom Himmel herabgelogen. Der Jonas in unseren Online-Dates hingegen war ehrlich, auch wenn er damals noch Brick hieß.

Und ich vermisse ihn.

Doch jetzt muss ich mich auf etwas anderes konzentrieren. Denn nun kommt der VIP-Teil! Fast alle sind noch da, viele Priwallianer, die Fährleute Ewald und Renate, Antonio und sogar die Verkäuferin aus der Bäckerei am Strandbahnhof. Das heißt ja, die haben alle gespendet!

Ich räuspere mich und klopfe auf das Mikro. »Eins, zwei, Test!«

Das bringt schon mal die ersten Lacher.

»Hallo zusammen. Schön, dass ihr da seid.«

Nach der Begrüßung erzähle ich erst einmal ein bisschen von der Geschichte der Naturstation und der Gründung des Fördervereins vor einigen Jahrzehnten, aber insbesondere von unserer Arbeit und dem, was wir schon alles erreicht haben.

»Ein ganz dickes Dankeschön an euch alle, dass ihr uns unterstützt! Uns und die Natur auf dem Priwall. Und jetzt wird es spannend!«

Demonstrativ hole ich mein Handy aus der Tasche.

»Der aktuelle Spendenstand ist …« Als ich die Summe sehe, fällt mir das Handy fast aus der Hand. »Haltet euch fest, Leute! Es sind wirklich fast 60.000 Euro geworden!« Das »Euro« hört man kaum, so laut ist der Jubel, der aufbrandet. Levke macht einen Luftsprung, und Finn stürmt zu mir nach vorne und klatscht mit mir ab. Plötzlich umringen sie mich alle, Gabi, Heinz, Levke, Finn, Annika, Mareike und Mika, sie plappern durcheinander, reichen mein Handy herum und knuddeln mich ab. Dann schnappt Heinz sich das Mikro und verkündet: »Das muss gefeiert werden!«

Das lässt sich niemand zweimal sagen.

Erst gegen halb zehn ist der größte Trubel vorbei, und Mareike, Mika, viele Kinder und Jugendliche und einige Eltern helfen noch beim Abbauen und Aufräumen.

Danach bleibt mir nur, allen zu danken. »Vielen Dank, dass ihr dabei wart. Kommt gut nach Hause.«

Anschließend zählen wir die Einnahmen. Tausendeinhundert Euro kommen noch mal auf die Spenden obendrauf, damit haben wir die 60.000 Euro geknackt.

Wir können es immer noch nicht ganz fassen.

»Ähem ...« Heinz räuspert sich. »Gabi und ich hatten uns auch schon etwas überlegt. Wir haben beide noch einige Ersparnisse, die wir hier reinbuttern können.«

»Genau«, sagt Gabi. »Was soll ich das für später aufheben?«

Mir kommen fast die Tränen. »Das ist total lieb von euch!«

Heinz streicht sich über den Bart. »Auf 70.000 Euro können wir aufstocken. Damit sollte die Sanierung auf jeden Fall klargehen. Eventuell könnten wir in Zukunft auch etwas mehr Miete zahlen, das muss ich durchrechnen. Vielleicht lassen sich die Besitzer ja darauf ein.«

»Ihr seid so toll!« Ich muss die beiden einfach umarmen, obwohl ich weiß, dass Heinz eigentlich nicht so der Typ dafür ist. Aber als ich ihn wieder loslasse, guckt er doch ein wenig gerührt.

Wir beschließen, dass er gleich morgen früh bei dem Sprecher der Erbengemeinschaft anrufen wird und ich bei der Unteren Naturschutzbehörde wegen der Fledermäuse.

»Sie wissen schon, welche Art es ist?« Die Frau von der Naturschutzbehörde klingt erstaunt.

»Ja, ein Fledermausexperte hat die Bestimmung durchgeführt«, antworte ich.

»Na dann, umso besser. Ein Hinweis, dass sich in der Fassade eventuell ein Fledermausquartier befindet, hätte aber auch genügt.«

»Echt?«, rutscht es mir heraus.

»Ja. Echt.« Sie klingt amüsiert, und ich könnte mir selbst in den Hintern beißen. Dann hätte ich ja schon viel eher ... Und ich hätte Ryan gar nicht gebraucht! Aber egal.

»Und was passiert als Nächstes?«, frage ich aufgeregt und drehe die Keramik-Emma zwischen den Fingern hin und her.

»Jetzt schreiben wir den Bauherren an. Moment, ich sehe mal im Computer nach. Welche Adresse war das, sagten Sie?

Hm ... komisch ... es liegt anscheinend noch gar kein Bauantrag vor.«

»Nein, das Haus ist ja noch nicht verkauft«, erkläre ich.

»Nein? Na, wir merken das auf jeden Fall vor. Und wenn ein Bauantrag gestellt wird, bei dem das alte Gebäude abgerissen werden soll, dann muss das berücksichtigt werden.«

Ihr Tonfall ist auf einmal deutlich relaxter, so als wollte sie sagen: Und warum macht die Frau dann so einen Wind?

Die hat ja keine Ahnung!

»Super«, antworte ich. »Und was heißt das?«

»Das heißt, da wird erst einmal gar nichts gebaut. Zunächst muss der Bauherr einen offiziellen Gutachter bestellen, der die Art genau bestimmt und eine Zählung durchführt. Dann wird abgewartet, bis die Fledermäuse in ihr Winterquartier umgezogen sind, und natürlich müssen Ausweichquartiere geschaffen werden.«

»Ausweichquartiere?«, wiederhole ich, denn das klingt gar nicht gut.

»Ja. Wo die Tiere im nächsten Jahr ihr Sommerquartier beziehen können.«

»Aber ...«, stammele ich. »Heißt das etwa, wenn die Ausweichquartiere geschaffen sind, darf das Haus doch abgerissen werden?«

»Wenn diese Bedingungen alle erfüllt sind, ja.«

»Scheiße!«, entfährt es mir. »Oh, Entschuldigung.«

»Schon gut.« Sie atmet deutlich hörbar ein und sagt dann in vertraulicherem Ton: »Wenn Sie einen Tipp von mir möchten: Reden Sie mit den Verkäufern. Oder mit dem Käufer. Vielleicht hat der ja gar keine Lust, sich mit so vielen Verzögerungen und Zusatzgutachten herumzuschlagen. Wenn Sie da vielleicht auch ein wenig übertreiben ...«

Die Frau gefällt mir!

»Vorerst wird dort jedenfalls nichts gebaut.«

Vorerst … Wir haben also nur einen Aufschub bekommen.

Traurig stelle ich die Keramik-Emma zurück auf die Kiste neben meinem Bett und mache mich auf den Weg zur Naturstation. Hoffentlich war Heinz erfolgreicher als ich!

»Und?«, fragt Levke mit hoffnungsvollem Gesicht, als ich ins Büro komme.

Ich schüttele den Kopf und zucke gleichzeitig mit den Schultern.

»Also keine guten Nachrichten?«

»So halb«, antworte ich. »Vorerst wird jedenfalls nicht abgerissen.«

Levke beginnt zu strahlen. »Das ist doch super!«

»Ja, schon, aber … Ach, weißt du was, lass uns Finn, Gabi und Heinz dazuholen, dann muss ich nicht alles zweimal erzählen.«

Als alle da sind, berichte ich, was die Frau von der Naturschutzbehörde gesagt hat, und danach guckt Levke genauso enttäuscht, wie ich mich am Ende des Gesprächs gefühlt habe.

»Dann wird einfach nur ein bisschen später verkauft?«, fragt sie.

Gabi legt ihr eine Hand auf den Unterarm. »Die Frau hat doch gesagt, wir sollen mit den Erben reden. Heinz hat heute Morgen zwar noch keinen erreicht, aber er versucht es ja weiter. Das wird schon! Lasst den Kopf nicht hängen.«

Damit ist die Sitzung für heute beendet. Levke und ich bringen noch das Leergut zurück zum Supermarkt und Heinz die Bänke und Tische zur Freiwilligen Feuerwehr, dann verabschieden wir uns. Heute Nachmittag bleibt die Naturstation ausnahmsweise geschlossen.

Auf der Heimfahrt greife ich alle fünf Minuten nach meinem Handy. Vielleicht hat Heinz ja schon was erreicht? Nee, Fehlanzeige. Erschöpft lehne ich mich auf dem samtigen Polster des

Bahnsitzes zurück. Nun, wo der ganze Trubel vorbei ist, schiebt sich verrückterweise immer wieder Jonas' Gesicht vor mein inneres Auge. Als er die Erdhummel auf der Naturwiese beobachtet hat, haben seine Augen geleuchtet, das habe ich genau gesehen. Obwohl ich in dem Moment so getan habe, als würde ich ihn ignorieren.

Seit dem Fest spüre ich es immer deutlicher: Ich vermisse den Jonas von unseren Dates. Ihn und unsere Gespräche. Wie sehr, das merke ich erst jetzt. Warum muss ausgerechnet er der Architekt sein, der die Naturstation bedroht? Obwohl der Beruf ja gut zu ihm passt. Ich weiß noch, wie süß ich es fand, als er mir damals leicht verschämt und gleichzeitig total begeistert von seinem Lego-Projekt erzählt hat.

Ob er wirklich versuchen wird, den Bau zu verhindern?

Und ob er sich noch mal bei mir meldet? Meine Nummer hat er ja. Aber bisher: nichts. Ich checke zur Sicherheit auch noch den Account bei »The Voice of Love« auf neue Nachrichten, doch dort ist ebenfalls: nichts.

Schade, dass wir ihm kein anderes Grundstück anbieten können, auf dem er bauen kann. Oder wenigstens ein anderes Haus.

Obwohl ...

Jonas

Gleich am Montagmorgen fahre ich mit Leonie zum Gartencenter, wie ich es ihr und Lisa versprochen habe. Timo ist heute in Hamburg auf der Baustelle, das Gespräch mit ihm kann ich also sowieso erst morgen führen. Anschließend ist mein Kontostand deutlich niedriger, und das Auto platzt aus allen Nähten. Dass ein paar Blumenkübel, Erde und Pflanzen so teuer sein können!

Zu Hause legen wir los, meine Tochter und ich. Wir füllen Erde um, säen Wildblumensamen in die Balkonkästen und pflanzen Stauden in Kübel. Dann ist es früher Nachmittag, und ich habe schwarze Fingernägel und einen Balkon voller Gefäße mit winzigem Grün darin. Sieht alles ein wenig mickerig und verloren aus, ehrlich gesagt. Vor allem die Kästen, in denen wir nur gesät haben.

Aber Leonie ist glücklich. »Das ist so toll, Papa!«

Alleine dafür hat sich der ganze Aufwand gelohnt.

Doch schon am Dienstag beim Frühstück holt mich die Realität wieder ein. Heute muss ich mit Timo sprechen, und das wird alles andere als einfach. Und dann muss ich auch noch versuchen, Interiio zu überzeugen …

»Papa, träumst du?«, fragt Leonie.

»Was?«, frage ich zurück.

Sie löffelt Quark in ihre Müslischale. »Das heißt wie bitte, sagt Mama immer.«

Ich stöhne. »Na gut: wie bitte?«

»Ich habe gefragt, ob du träumst.« Sie lächelt. »Vielleicht von Lisa?«

Vor Überraschung fällt mir fast der Löffel aus der Hand. Müsli ist seit einigen Tagen mein Ersatz für den Proteinshake. Leonie hat mich überzeugt: Mit frischem Obst und Quark ist das mindestens genauso gesund wie mein Shake. Und tausendmal leckerer.

»Was?«, frage ich noch einmal. »Äh, ich meine: wie bitte? Wieso sollte ich von Lisa träumen?«

Leonie verdreht die Augen. »Mann, Papa, ich bin doch nicht blind.«

»Okay …« Es jetzt noch zu leugnen hat vermutlich nicht viel Sinn. »Und wie fändest du es, wenn es so wäre?«, frage ich vorsichtig.

»Wie soll das schon sein? Lisa ist doch okay.«

Meine Mundwinkel schießen nach oben, ohne dass ich etwas dagegen tun kann. Dann fällt mir ihr Ex Ryan wieder ein, und sie plumpsen zurück nach unten.

»Das wird schon, Papa«, verkündet Leonie mit vollem Mund. »Du musst nur verhindern, dass die Naturstation verkauft wird, dann kommt ihr garantiert zusammen.«

Nur ist gut … Außerdem erscheint mir das als Theorie doch ein wenig zu simpel.

»Aber ich weiß ja gar nicht, ob ich das verhindern kann.«

»Du musst dafür kämpfen, Papa! Das hast du doch versprochen!«

»Ja, klar, das werde ich auch. Aber selbst wenn ich es schaffe … Ich will doch nicht, dass Lisa mich nur dafür mag.«

»Du bist echt verknallt, was?«

»Na ja, also …« Ich gebe mich geschlagen. »Sieht wohl so aus. Und … meinst du …« Nein, ich werde meine Tochter jetzt nicht fragen, ob sie denkt, dass ich Chancen bei Lisa habe!

Aber ich brauche die Frage gar nicht laut auszusprechen, Leonie weiß auch so, was ich meine.

»Könnte klappen. Du musst ihr eben beweisen, dass du einer von den Guten bist. Und dafür musst du die Naturstation retten.«

Meine Tochter ist wirklich clever.

Und ich einen Moment lang fast so etwas wie optimistisch.

Während ich in Richtung Innenstadt strampele, überlege ich wieder, wie ich Timo überzeugen soll. Schließlich haben wir schon viel Zeit und Arbeit in die Planungen für das Projekt gesteckt. Wobei das größere Problem wahrscheinlich gar nicht er ist, sondern Interiio. Aber bevor ich unseren Kunden bequatsche, muss ich erst mal mit dem Chef reden.

Ob meine Argumente ausreichen? Da sind zum einen die Fledermäuse in der Fassade, die den ganzen Zeitplan auf den Kopf stellen, außerdem die Tatsache, dass es wahrscheinlich schlechte Presse gibt, wenn wir die Naturstation abreißen, für Interiio und für uns … und natürlich Lisa.

Jedes Mal, wenn ich an sie denke, muss ich automatisch lächeln. Ihre warme Stimme, die Ernsthaftigkeit, mit der sie auch über scheinbar unwichtige Dinge nachdenkt, ihr Mitfühlen für alle Wesen, egal, ob groß oder klein, ihre strahlenden Augen und ihre Begeisterung …

Ob Leonie recht hat, und ich habe wirklich noch eine Chance bei ihr?

Dieser Moment, als wir uns auf dem Sommerfest in die Augen gesehen haben … Da dachte ich eine Sekunde lang …

Aber dann ist dieser Ryan aufgetaucht, und plötzlich hatte sie nur noch Augen für ihn. Kein Wunder, schließlich habe ich mich bis zum Sommerfest bei jedem unserer persönlichen Treffen wie ein Arsch verhalten.

Meine Watch zeigt an, dass ich eine Nachricht bekommen

habe. Von Lisa! Abrupt trete ich in die Bremse, und ein Rad-fahrer rast von hinten mit so knappem Abstand an mir vorbei, dass mein T-Shirt flattert. Mit wackeligen Knien schiebe ich das Rad auf den Fußweg und tippe auf die Nachricht.

»Komm zum Priwall« steht da und eine Adresse in der Mecklenburger Landstraße. Das ist aber nicht die Hausnum-mer der Naturstation ... Unterschrieben hat sie nur mit »Lisa«, nicht mal »Viele Grüße« hat sie hinzugefügt. Trotzdem bin ich plötzlich voller Hoffnung. Sie hat mir geschrieben ... Sie will mich sehen!

Vielleicht auch nur, um zu hören, was ich bei Timo erreicht habe. Und ich habe ja noch gar nichts erreicht ...

Ich melde mich per WhatsApp bei Elin für den Vormittag ab (einen offiziellen Grund überlege ich mir später) und mache mich auf den Weg zum Priwall. Vorher checke ich die Adresse in Maps, aber das zeigt nur ein freistehendes Haus, mehr nicht. Von unterwegs rufe ich per Freisprechanlage Leonie an und frage, ob sie weiß, was da an dieser Adresse ist, aber sie behaup-tet, sie hätte keine Ahnung. In einem Ton, der sagt: Vielleicht weiß ich was, vielleicht auch nicht, aber so oder so verrate ich dir kein Wort!

Na, was soll's. Gleich werde ich es erfahren. Und vor allem werde ich Lisa wiedersehen!

Eine knappe halbe Stunde später gehe ich auf dem Priwall von der Fähre. Das Auto habe ich drüben in Travemünde geparkt, und der Fährmann (der beim Sommerfest am Grill stand) nickte mir zu, als würden wir uns schon ewig kennen. Ich bin zu früh dran, ich hatte Lisa geschrieben, dass ich ungefähr eine Stunde brauche. Trotzdem schaffe ich es nicht, langsam zu ge-hen. Da vorne muss es sein, das alte Kapitänshaus, wunderschö-nes Objekt. Die Fassade mit den Holzbalken ist in einem super Zustand und garantiert noch original ...

»Hallo, Jonas!«

Lisa tritt aus dem Schatten der Haustür. Wie konnte ich sie nur übersehen? Ihre blauen Augen strahlen mich an, und sofort ist da wieder dieses Kribbeln zwischen uns ... wie beim Sommerfest ... Ob sie es auch spürt? So verlegen, wie sie plötzlich zur Seite guckt ...

»Hallo, Lisa«, sage ich mit belegter Stimme.

Sie räuspert sich. »Ja, also, du fragst dich bestimmt, warum du herkommen solltest. Das ist das Haus von Ryans Mutter.«

Ryan. Ausgerechnet!

»Und was ist mit dem Haus?«, frage ich so professionell wie möglich.

»Es soll verkauft werden«, antwortet sie. »Und ich dachte ... Vielleicht ist das eine Alternative für deinen Kunden.«

Augenblicklich fängt es in meinem Hirn an zu rattern. Das Haus ist denkmalgeschützt, hundertpro, das heißt, abreißen darf man es nicht. Wäre auch eine Schande! Aber ob Interiio sich darauf einlässt, ein altes Haus zu kaufen, anstatt selbst zu bauen? Und dann auch noch eines, bei dem alles so erhalten werden muss, wie es ist? Für mich heißt das natürlich, goodbye erstes eigenes Haus. Aber wenn ich damit Lisa helfen kann ...

»Meinst du, das wäre was?«, fragt sie aufgeregt.

»Vielleicht. Ich muss es erst mal besichtigen.«

»Ach so, ja, klar!«

Sie klingelt, und eine Frau mit langem grauen Haar in einem bunten Batik-Kleid öffnet die Tür.

Lisa deutet von ihr zu mir. »Elisabeth, Jonas. Jonas, Elisabeth.«

Elisabeth begrüßt mich herzlich: »Hallo, Jonas, schön, dass du da bist! Komm rein.«

Ich mag sie sofort, auch wenn sie die Mutter von Ryan ist. Aber das vergesse ich in dem Moment, in dem ich das Haus betrete. Niedrige, weißgetünchte Decken mit freiliegenden, dunklen Holzbalken, roher Steinboden, alles ganz ursprünglich, aber durch helle Holzmöbel und bunte Teppiche wirkt es trotzdem gemütlich. Die Einrichtung wird Interiio sicher austauschen, aber mit dem Haus kann ich auf jeden Fall arbeiten. An einer Wand befindet sich sogar eine Wandmalerei, die einen Viermaster auf hoher See zeigt.

»Das ist alles original, das habe ich restaurieren lassen«, erklärt Elisabeth, und in ihrer Stimme schwingt Stolz mit.

»Und du willst das Haus wirklich verkaufen?«, fragt Lisa.

»Ja. Was soll ich in meinem Alter alleine hier auf dem Priwall? Ich will noch was von der Welt sehen, bevor ich den Löffel abgebe!«

Ich muss grinsen. Die Frau hat eine coole Einstellung.

»Außerdem ist Ryan ja so weit weg in Australien. Ich war gerade erst ein paar Wochen dort und will ihn unbedingt mal für längere Zeit besuchen ...«

Wie war das? »Ryan ist in Australien?«, frage ich.

»Ja, mindestens für die nächsten zwei Jahre, aber vermutlich wird er noch länger bleiben. Und ich ...«

Sie redet weiter, aber ich habe keine Ahnung, was. Ich sehe nur Lisa an, mit klopfendem Herzen. Ryan ist in Australien. Und Lisa ist hier.

Sie dreht sich zu mir um. »Wollen wir weitergehen?«

Dann bemerkt sie meinen Blick, und ihre Wangen röten sich. Einen Moment lang stehen wir beide still, und das Kribbeln wird so intensiv, dass es kaum noch auszuhalten ist.

»Hier entlang«, sagt Elisabeth, und ich erwache wie aus einem Traum.

»Ja, natürlich ...«

Ich mache einen Schritt auf die schmale Tür zu, im selben Moment wie Lisa, und plötzlich ist sie mir ganz nahe. Ihr weiches Haar an meiner Wange duftet nach Shampoo und nach Sommer. Sie sieht mich fragend an, und mir wird noch heißer.

Hastig trete ich einen Schritt zurück, nicht, dass sie sich von mir bedrängt fühlt. Ich räuspere mich.

»Ähm ... du zuerst.«

»Danke.« Ihre Stimme klingt rau, genau wie meine.

Den Rest des Hauses sehe ich wie durch einen Schleier. Es ist wunderschön, und vor allem ist es viel mehr original maritimer Stil als alles, was ich entwerfen könnte. Damit kann ich Interiio vielleicht wirklich überzeugen ...

»Und?«, fragt Lisa, als wir wieder vor der Haustür stehen.

»Könnte klappen«, antworte ich. »Ich melde mich, okay?«

»Okay.«

Ob ich sie noch fragen soll ... aber was? Ach egal, irgendwas, Hauptsache, dieser Moment geht nie zu Ende ...

»Na dann ... bis bald?«, sagt sie.

»Bis bald«, antworte ich, dabei will ich noch so viel mehr sagen.

»Ich muss dann mal wieder zur Arbeit.«

»Ja, ich auch.«

»Tschüss, Jonas.«

»Tschüss, Lisa.«

Mit einem letzten kleinen Lächeln dreht sie sich um und geht. Erst nach einer halben Unendlichkeit schaffe ich es, mich ebenfalls umzudrehen und mich in die entgegengesetzte Richtung zur Fähre zu bewegen.

Als ich gegen elf Uhr die Tür zum Büro öffne, bin ich voller Hoffnung. Sie will mich wiedersehen! Jetzt muss ich nur noch das Gespräch mit Timo hinter mich bringen ... Und danach das mit Interiio ... »nur noch« ist gut!

Elin sitzt nicht an ihrem Platz. Vielleicht ist sie in der Kaffeeküche? Einen Kaffee könnte ich jetzt auch gut gebrauchen. Doch die Küche ist leer. Ich zapfe mir einen Becher, dann kann ich es nicht länger hinauszögern.

Timos Bürotür ist geschlossen, das ist ungewöhnlich. Normalerweise hat er gerne alles im Blick. Ist er etwa nicht da?

Es gibt nur eine Möglichkeit, das herauszufinden. Doch mit der Hand am Türgriff stutze ich. Von drinnen kommen komische Geräusche. Macht Timo Workout im Büro? Oder ist er jetzt total ausgetickt und hat sich tatsächlich eine Rudermaschine gekauft? Ich dachte, das war nur ein blöder Spruch neulich bei Norbert!

Ich drücke den Griff nach unten und öffne die Tür, gespannt auf den Anblick, der sich mir bieten wird. Doch damit habe ich im Leben nicht gerechnet!

Ich sehe Elin, die mit dem Rücken zu mir auf Timos Schreibtisch sitzt. Mit hochgeschobenem Rock. Und einen in der Tat sehr verschwitzten Timo, der jäh in der Bewegung erstarrt und mich entgeistert ansieht.

Timo und Elin ... Ich kapiere es nicht! Seit wann? Und wieso habe ich nichts gemerkt?

Jetzt dreht Elin ebenfalls den Kopf in meine Richtung. Sie wird knallrot und schiebt Timo ein Stück von sich weg. Zum Glück verhindert ihr Rücken, dass ich Teile von ihm sehe, die ich niemals sehen will. Jedenfalls nicht in diesem Zustand.

Ich mache das einzig Sinnvolle in dieser Situation: Ich ziehe die Tür wieder zu.

Fünf Minuten später kommen sie in mein Büro geschlichen. Wie zwei Teenager, die ich bei etwas Verbotenem erwischt habe.

»Ähm, Jonas ...« Elins Gesicht ist immer noch knallrot. »Sorry, dass du ... Du hattest ja geschrieben, dass du heute Mittag kommst, und jetzt ist es erst elf, deshalb dachten wir nicht ...«

»Ja, Alter, wieso kommst du denn so früh?«, fragt Timo, aber sein Tonfall ist viel zahmer als sonst. Vermutlich ist das Blut noch nicht wieder zurück ins Gehirn geflossen. Die Gelegenheit sollte ich nutzen!

»Weil ich was mit dir besprechen muss«, entgegne ich.

Dann überfalle ich ihn mit den Fakten: dem Gutachten von Ryan, das alles verzögern wird, der Tatsache, dass Interiio jetzt schon ungeduldig wird, der schlechten Presse, die uns droht, wenn wir ein Naturschutzzentrum plattmachen ... Und ich präsentiere das wunderschöne Kapitänshaus als die perfekte Lösung aus dem Desaster.

Okay, vielleicht übertreibe ich an der einen oder anderen Stelle ein bisschen. Oder auch ein bisschen mehr ... Ist ja alles für einen guten Zweck!

Irgendwann hebt Timo matt die Hände. »Okay, okay, ich hab's kapiert. Du willst Interiio das Kapitänshaus andrehen. Ich hab zwar keine Ahnung, warum, aber wenn du ihn davon überzeugen kannst, meinetwegen. Ich nehme an, da ist dann auch jede Menge umzubauen und anzupassen?«

»Jede Menge!«, bestätige ich.

»Gut. Hauptsache, wir verdienen daran. Und er hat was zu zeigen auf Insta.« Damit verlässt er mein Büro.

»Und noch mal sorry wegen eben«, sagt Elin, bevor sie ihm hinterhergeht.

»Kein Problem!«, rufe ich ihnen grinsend hinterher. Elin und Timo! Ich kann es immer noch nicht fassen. Eigentlich ist Elin viel zu schade für Timo mit seinem Frauenverschleiß. Ob ich sie vor ihm warnen soll? Andererseits hat sie in den letzten Monaten ja mitgekriegt, wie er drauf ist. Und sie ist erwachsen. Außerdem, so, wie er sie eben die ganze Zeit angesehen hat, so fragend von der Seite ... Wer weiß, ob es mit Elin nicht anders läuft als mit den Frauen vor ihr. Immer noch grinsend lasse ich mich auf meinen Bürostuhl fallen.

Bleibt noch Problem Nummer zwei: Interiio. Und das ist leider kein bisschen kleiner als das erste. Am besten, ich bringe es schnell hinter mich.

Wo ist mein Handy?

Lisa

Jonas hat sich seit der Besichtigung von Elisabeths Haus nicht mehr bei mir gemeldet. Mit jedem Tag, den ich nichts höre, wird der angstvolle Druck in meinem Magen größer. Hat er bei seinem Chef nichts erreicht? Hat er überhaupt mit ihm gesprochen? Jonas ist unsere letzte Hoffnung, denn die Erben der Naturstation haben sehr deutlich gemacht, was sie von unserem Vorschlag der Sanierung halten: nichts. Auch eine Mieterhöhung oder eine Anzahlung aufs Haus haben sie abgelehnt. Sie haben nicht mal mit Heinz persönlich gesprochen, sondern es nur über eine Sekretärin ausrichten lassen. Aber wenn Jonas es schafft, dass der Käufer abspringt, überlegen sie es sich vielleicht noch mal anders.

Doch nicht nur deshalb starre ich jeden Tag mindestens zwanzigmal auf mein Handy. Ich sehne mich nach Jonas auf eine Art, die nichts mit der Naturstation zu tun hat. Ich kann nicht vergessen, wie er mich angesehen hat in Elisabeths Haus ... und wie mein Herz dabei geklopft hat! Selbst wenn es nicht klappen sollte mit unserem Plan: Ich will diesen Mann! Er kann ja nichts dafür, dass er diesen Job hat, den er liebt, so wie ich meinen. Er ist sogar bereit, für mich auf eine große Chance zu verzichten. Das hat noch nie ein Mann für mich getan!

Aber warum hat er sich nicht mehr gemeldet? Habe ich mir das Kribbeln zwischen uns womöglich nur eingebildet? Sonst hätte er doch wenigstens eine Nachricht geschrieben!

Oder ist sein Handy kaputt? Oder meins? Nein, das kann ich ausschließen, denn ich habe schon Testnachrichten an Mareike, Levke und sogar an Mama geschrieben. Alle haben innerhalb von zehn Minuten geantwortet, Mama wie immer mit fünf Emojis.

Oh Mann, ich halte es nicht mehr aus! Egal, ob ich mich zum Affen mache – oder zur Äffin –, ich fahre jetzt zu seinem Büro und sage ihm, dass ich ihn will! Egal, was mit dem Haus ist.

»Wo willst du denn so schnell hin?«, fragt Levke, als ich an ihr vorbei nach unten rase.

»Erzähl ich dir später.«

Ich reiße die Tür auf. Und da steht er auf einmal vor mir.

Jonas.

Wir starren uns einen Moment lang sprachlos an.

»Hi«, sagt er mit warmer Stimme.

»Hi«, antworte ich verwirrt.

»Ich … ähm … Ich wollte zu dir …«

»Hat es geklappt mit dem Haus von Elisabeth?«, falle ich ihm ins Wort.

»Ja. Ja, das hat geklappt.«

»Echt?«

Er nickt, und im nächsten Moment falle ich ihm juchzend um den Hals. Er riecht gut, nach Duschgel und irgendetwas anderem … Harte Muskeln unter dem weichen Stoff seines T-Shirts … Doch er steht ganz steif, ohne sich zu bewegen, und plötzlich überkommen mich Zweifel. War das zu viel? Ich weiß ja gar nicht, was Jonas fühlt … In dem Moment, in dem ich mich von ihm losmache, spüre ich flüchtig seine Hände auf meinem Rücken. Dann stehen wir wieder voreinander, und ich merke, wie mir das Blut in die Wangen schießt.

Jonas räuspert sich. »Also, das Haus … Ich habe Interiio gesagt, dass das mit den Fledermäusen ewig dauern kann. Und dann habe ich ein Konzept für Elisabeths Haus entworfen. Er ist total begeistert. Sorry, dass ich mich nicht vorher gemeldet habe, aber ich wollte erst sicher sein, dass es klappt.«

Er sieht mir in die Augen, unsicher und liebevoll gleichzeitig. Sein Blick ist so intensiv, dass mir heiß und kalt wird. Wie gerne würde ich ihn jetzt küssen! Mein Blick schweift zu seinen Lippen, dann zurück zu seinen Augen. Sie funkeln auf, natürlich hat er es bemerkt. Dann, endlich, nähert sich sein Gesicht meinem, unendlich langsam, als wollte er es ewig auskosten. Ich ahne schon seinen warmen Atem auf meinem Mund, da stoppt er noch einmal und sieht mich fragend an. Das ist ja nicht zum Aushalten! Ich stelle mich auf die Zehenspitzen, überbrücke das letzte winzige Stückchen zwischen uns, und dann – endlich! – sind seine weichen Lippen auf meinen. Vorsichtig und unendlich zärtlich küsst er mich, und ich küsse zurück, fester, fordernder, immer leidenschaftlicher, bis ...

»Rah!« Etwas zupft an meinem Bein. »Rah!«

Küssen und Lachen passen schlecht zusammen. Wir lösen uns voneinander, und Jonas beißt sich schmunzelnd auf die Lippe.

»Emma!«, sage ich vorwurfsvoll.

»Rah!« Emma klingt empört.

Wir sehen uns an, Jonas und ich, und seine Augen betrachten mich mit einer Wärme, die nichts mit Emmas Krächzen oder der Naturstation zu tun hat. Und dann küssen wir uns noch einmal.

Jonas

Ich sitze auf meinem Balkon, der inzwischen zum Dschungel geworden ist, und lächele in mich hinein. Fünfeinhalb Wochen sind Lisa und ich jetzt schon zusammen. Inzwischen habe ich ihr auch die Sache mit der Wette gestanden, und zum Glück war sie überhaupt nicht sauer deswegen. Erst starrte sie mich ungläubig an, aber dann fand sie es sogar ein bisschen witzig. Hat irgendwas gemurmelt von »Das erklärt es«, doch sie wollte mir partout nicht sagen, was sie damit meinte. Na, egal! Das Einzige, was zählt, ist: Lisa und ich sind zusammen. Ich kann es immer noch nicht ganz glauben ... Ihre Haare sind genauso weich, wie sie aussehen, ihre blauen Augen lassen in meinem Bauch Schmetterlinge tanzen, und der Rest ... von dem Rest kann ich nicht genug bekommen. Kleidung wird eindeutig überschätzt!

Jedenfalls, seit Leonie nicht mehr 24/7 hier wohnt. Es gibt nichts Abtörnenderes beim Sex als das Wissen, dass nebenan eine Teenagertochter auf jedes Geräusch lauscht. Also, nicht, dass ich froh darüber wäre, dass Leonie wieder nur jede zweite Woche hier ist! Im Gegenteil, am ersten Tag ohne sie kam mir die Wohnung richtig leer vor.

Ich hoffe ja immer noch, dass sie irgendwann mal wieder Lust bekommt, mit mir zusammen Lego zu bauen. Doch bisher leider vergebens. Bei dem Lego-Wettbewerb haben wir zwar keinen Preis gewonnen, aber wir haben immerhin den sechsten

Platz gemacht. Bei über hundert Einsendungen! Ich baue schon am nächsten Projekt, der Vorderreihe in Travemünde. Leonie und Lisa rollen jedes Mal mit den Augen, wenn ich anfange, davon zu erzählen. Überhaupt verbünden die beiden sich auf die fieseste Weise gegen mich. Wenn ich überlege, wieder mit Proteinshakes anzufangen, zum Beispiel, oder wenn ich versuche, ihnen die Hintergründe meiner Smart-Home-Ausstattung zu erklären.

Oft unternehmen wir was zusammen, fahren an den Strand oder in die Kletterhalle oder gehen ins Kino ... da ist ab und zu dann auch Annika mit dabei. Und anschließend kochen wir zu Hause alle gemeinsam etwas Leckeres. Ich hätte ja nie gedacht, dass Kochen so viel Spaß machen kann! Stammkunden beim Pizzaservice sind wir aber trotzdem noch.

In den Leonie-freien Wochen und besonders an den Wochenenden ist alles anders: Dann übernachtet Lisa oft hier, und wir kommen manchmal zwei Tage lang nicht aus dem Bett heraus. Ich bin verliebt wie noch nie! Diese Frau ist einfach toll, und sie hat mein Leben so sehr zum Guten verändert. Manchmal kommt es mir beinahe unwirklich vor.

Genauso unwirklich wie die Tatsache, dass ich zum Balkongärtner geworden bin. Mum ist aus allen Wolken gefallen, als sie neulich mal wieder hier war, schließlich habe ich ihren Job als Floristin nie so ganz ernst genommen. Aber inzwischen liebe ich mein kleines Balkonparadies und sitze jeden Abend hier draußen. Ich habe mir sogar drei bequeme Stühle zugelegt, einen für mich, einen für Leonie und einen für Lisa. Und ich plane schon das nächste Balkonprojekt, ein automatisches Bewässerungssystem, damit ich nicht immer so viel gießen muss. Lisa hat geschmunzelt, als ich ihr davon erzählt habe. Und einen Moment später fragte sie: »Zeigst du mir, wie das geht? Für meine Kübel vorm Haus. Wo du doch gerade im Thema drin bist und so ... Dann muss ich mir das nicht alles selbst beibringen.«

Mache ich gerne, dafür hätte sie mich gar nicht so anzuhimmeln brauchen. (Obwohl ich das natürlich genossen habe!)

Jetzt muss ich schon wieder lächeln.

Ich beobachte gerade eine fette Hummel, die in den Wildblumenkästen von Blüte zu Blüte fliegt, als mein Handy piept. Eine Nachricht von Timo.

»Sorry, Jonas. Habe gerade erfahren, dass das Haus an jemand anderen verkauft wurde.«

Welches Haus? Doch nicht *das* Haus?

Mit zitternden Fingern wähle ich Timos Handynummer.

Lisa

Ich bin beim Sonntagskaffee bei Mama, als Jonas anruft, um mir zu sagen, dass das Haus der Naturstation verkauft wurde. Timo hat das wohl irgendwie hintenrum erfahren. An eine Frau, mehr wusste er auch nicht.

Danach wähle ich sofort Heinz' Nummer. Doch der klingt kein bisschen überrascht, als ich ihm die Katastrophe verkünde.

»Ja, ich weiß. Gestern kam das offizielle Schreiben. Aber ich wollte dir dein Wochenende nicht verderben, wenn du schon mal frei hast.«

»Heinz!«, protestiere ich. »So was musst du mir doch erzählen!«

»Wozu? Ändern können wir es eh nicht mehr«, entgegnet er niedergeschlagen. »Der Drops ist gelutscht.«

»Stimmt«, sage ich schwach.

Als ich zurück ins Wohnzimmer gehe, fühle ich mich wie ein Luftballon, aus dem die Luft herausgelassen wurde. Dabei war der Sonntagskaffee bis jetzt erstaunlicherweise beinahe schön.

Wie in Trance setze ich mich auf meinen Stuhl. Natürlich wusste ich, dass der Verkauf der Naturstation nicht abgesagt ist, sondern nur verschoben, und auch unser Mietvertrag ist zunächst nur um drei Monate verlängert worden. Aber ich hätte nie gedacht, dass es so schnell gehen würde.

»Alles in Ordnung, Lisa?« Ich spüre Jasmins Hand auf meiner und schüttele den Kopf.

»Die Naturstation ist verkauft«, platzt es aus mir heraus.

»Jetzt schon?«

Ich nicke und spüre, wie Tränen in mir aufsteigen.

»Das tut mir leid.« Jasmins Hand streichelt meine.

»Könnt ihr euch nicht dagegen wehren?«, fragt Konrad von der anderen Seite des Tisches.

»Ich wüsste nicht, wie«, sage ich mit erstickter Stimme. »Verkauft ist verkauft.«

»Also, ich würde mich ja mit der neuen Besitzerin treffen«, sagt Mama.

»Wozu?« Um mir anzuhören, wie sie alles zerstören will, was wir aufgebaut haben? »Das bringt doch nichts.«

»Jammern bringt dir auch nichts«, sagt Mama, und Jasmin neben mir saugt scharf die Luft ein.

»Jammern?«, frage ich. »Jammern?!« Plötzlich steigt heiße Wut in mir auf. »Das hat mit Jammern überhaupt nichts zu tun! Ich bin stinksauer!«

»So gefällst du mir schon besser! Kämpfen musst du! Rede mit der neuen Besitzerin, vielleicht lässt sich ja noch was machen.«

Jetzt bin ich es, die scharf einatmet. Auf Mamas tolle Ratschläge kann ich verzichten!

Doch in dem Moment sagt Konrad: »Lisa, ich weiß, dass du jetzt einfach nur fertig bist, aber Mama hat recht. Du hast schon so viel gekämpft, gib nicht einfach auf.«

»Von wegen, einfach.« Ich sehe die anderen an, Mamas energische Miene, Konrads ernsten Blick und Jasmin, die mir aufmunternd zunickt. Haben sie womöglich recht? Soll ich noch einmal kämpfen?

»Ich denke drüber nach«, antworte ich.

»Ich kann auch mitkommen«, bietet Mama an.

Bloß das nicht! »Nein. Ich mach das schon alleine.«

Dabei bin ich mir kein bisschen sicher, was genau ich alleine machen werde. Aber ausnahmsweise hat Mama mal recht: Ich kann das Ganze nicht einfach so auf sich beruhen lassen. Am besten, ich spreche morgen mit Heinz und Gabi. Und mit Levke und Finn natürlich.

Doch als ich am nächsten Tag in die Naturstation komme, erwartet mich eine Überraschung. Die anderen stehen schon alle wie bestellt und nicht abgeholt im Büro und sehen mir entgegen.

»Da bist du ja endlich, Lisa!«

»Ich war noch kurz beim Supermarkt, Franzbrötchen kaufen.«

Normalerweise stürzen die anderen sich immer darauf, aber heute interessiert sich niemand für die Papiertüte in meiner Hand.

»Dafür haben wir jetzt keine Zeit«, sagt Heinz ungeduldig.

»Und warum nicht?«

»Sie kommt gleich«, verkündet Levke.

»In einer halben Stunde«, fügt Finn hinzu. »Um elf!«

Ich lege die Papiertüte auf meinen Schreibtisch. »Wer kommt?«

»Na, die neue Besitzerin!« Gabi sieht aus, als würde sie gleich platzen vor Aufregung.

»Oh. Oh! Sie kommt hierher? Jetzt gleich?«

Die vier nicken.

Daraufhin muss ich mich setzen, doch schon eine Sekunde später springe ich wieder auf.

»Wir brauchen einen Plan! Was wollen wir ihr denn sagen?«

»Als Erstes sollten wir uns anhören, was sie zu sagen hat«, entgegnet Heinz.

»Ja. Dass sie mit uns sprechen will, ist doch ein gutes Zeichen«, fügt Gabi hinzu.

»Hmpf«, brummele ich. Ich wäre mir da nicht so sicher.

Vielleicht will sie auch nur verkünden, bis wann wir hier alles räumen sollen. Aber die anderen sehen mich so hoffnungsvoll an, dass ich das nicht laut ausspreche. Stattdessen setze ich mich wieder auf meinen Schreibtischstuhl.

Acht vor elf. Finn zockt stumm auf seinem Handy, Levke kaut leise schmatzend Kaugummi, Heinz zwirbelt an seinem Bart herum. Und Gabi fängt an, mit einem Kugelschreiber zu klicken.

»Ich muss mal aufs Klo«, sage ich und gehe die Treppe hinab zum Badezimmer, wo ich mich auf den heruntergeklappten Toilettendeckel setze. Der Fleck an der Wand ist noch größer geworden, inzwischen sieht er aus wie ein dicker Elefant.

Ich seufze. Hier muss wirklich dringend etwas gemacht werden!

Aber dazu waren wir doch bereit. Warum haben die Erben sich nicht darauf eingelassen? Heinz sagt, sie wollten die Verantwortung loswerden. Sich aus der Verantwortung stehlen wohl eher.

In dem Moment klingelt es an der Tür. Ich springe auf, als hätte ich eine Sprungfeder unter dem Hintern. Das ist sie!

Mit großen Schritten eile ich zur Haustür. Mein Herz klopft plötzlich so heftig gegen meine Rippen, dass mir ein bisschen übel wird.

Ich lege die Hand auf den Türgriff, drücke ihn herunter und öffne mit gesenktem Kopf die Tür. Und als ich mich endlich traue, ihn zu heben … blickt mich ein vertrautes Gesicht an.

»Ich bin gekommen … so schnell ich konnte …«, keucht Jonas. »Ist sie schon da?«

»Nein«, sage ich, und er drückt mich ganz fest an sich. In seinen Armen könnte ich fast glauben, alles ist gut. Aber auch nur fast.

»Sie kommt!«, ruft in dem Moment Levke von oben, und dann poltern Schritte die Treppe hinunter. Ich mache mich von

Jonas los und schiebe die Schultern nach hinten. Jetzt ist es also so weit.

Es klingelt, und ich öffne erneut die Tür, doch statt des erwarteten hanseatischen Drachens im pastellfarbenen Kostüm steht schon wieder jemand Bekanntes vor der Tür.

»Erika! Was machst du denn hier? Komm rein, wir warten gerade auf die Frau, die das Haus gekauft hat.«

Erika tritt sich gründlich die Schuhe ab und macht einen Schritt in den Flur, dann lächelt sie mich an.

»Ich weiß. Das bin nämlich ich.«

»Was ... wie?«, stammele ich.

»Du hast das Haus gekauft?«, ruft Gabi hinter meinem Rücken.

»Nein, Quatsch«, sage ich. »Das kann nicht sein!«

»Doch«, entgegnet Erika ruhig.

»Jetzt komm erst mal rein!« Gabi schiebt sich an mir vorbei und führt Erika nach oben ins Büro. Während ich ihnen die Treppe hinauf folge, rattert es in meinem Kopf. Ich habe tausend Fragen. Wie ... was ... und vor allem: wovon?

Oben setzt sich Erika auf einen Stuhl, und Gabi bietet ihr Kaffee und Franzbrötchen an, aber das wird sogar Heinz zu viel.

»Wir wollen hören, was Erika zu sagen hat, Gabi!«

»Ja. Ja, natürlich.«

Alle sehen Erika erwartungsvoll an. Die räuspert sich.

»Ja, also, wo fange ich an? Einige von euch wissen ja, dass ich das Haus meiner besten Freundin geerbt habe, die leider vor Kurzem gestorben ist.«

»Mein Beileid«, sagt Heinz.

»Danke. Jedenfalls, was soll ich mit so einem großen Haus? Lisa hat es ja schon gesehen, da muss eine Familie wohnen, mit Kindern. Da muss Leben in die Bude! Und dann habe ich auf dem Sommerfest mit deiner Mutter gesprochen, Lisa, darüber, wie schlimm es ist, wenn hier alles dichtmacht. Und da hat sie mich auf die Idee gebracht, die Naturstation zu kaufen.«

»Mama?«, frage ich ungläubig. »Sie hat dich auf die Idee gebracht?«

»Ja. Komisch, dass ich nicht von alleine darauf gekommen bin, was? Ihr macht hier so wichtige Arbeit ... Und jetzt könnt ihr die weitermachen.« Sie strahlt von einem Ohr zum anderen, und plötzlich kommt bei mir erst so richtig an, was sie uns da gerade erzählt: Die Naturstation ist gerettet!

Ich muss lachen, gleichzeitig kommen mir die Tränen, und plötzlich liegen wir uns alle in den Armen mit Erika in der Mitte.

»Nicht so stürmisch, ihr erdrückt mich ja!«, ruft sie, und langsam löst sich das Freudenknäuel um sie herum wieder auf.

»Jetzt essen wir aber ein Franzbrötchen«, verkündet Gabi. »Und Kaffee?«

Alle nicken, und sie geht zu der altersschwachen Kaffeemaschine, um sie mit Filtertüte, Kaffeepulver und aufmunternden Worten zum Laufen zu bringen.

Erika räuspert sich. »Freut mich, dass ich euch helfen konnte. Und vielleicht kann ich ja auch noch irgendwie anders helfen ... Ich bin zwar nur eine alte Frau, aber meine Tage sind manchmal so leer ...«

»Na klar!«, sagt Heinz. »Ehrenamtler sind uns immer willkommen!« Dann erzählt er ihr von den Bastelkursen mit Strandmaterialien, was normalerweise voll mein Thema ist, aber heute nicke ich bloß. Ich bin immer noch sprachlos. Jonas legt seine Arme um mich, und ich schmiege mich an ihn und betrachte all die lieben Menschen im Raum. Und plötzlich bin ich so glücklich wie überhaupt noch niemals in meinem Leben.

Danksagung

Lisas Naturstation gibt es in dieser Form nicht. Es gibt aber zwei ähnliche Einrichtungen auf der Halbinsel Priwall, bei denen ich mich sehr herzlich bedanken möchte:

Naturwerkstatt Priwall
Fliegerweg 5–7, 23570 Lübeck-Travemünde

Durch die Naturwerkstatt wird mit großem Engagement die Natur und Vogelwelt auf dem Priwall geschützt, außerdem gibt es tolle Veranstaltungen und Kurse für Kinder und Erwachsene sowie eine sehr informative Ausstellung.

Ich danke den FÖJlern Niclas und Vianne für den netten Kontakt und die Beantwortung meiner Fragen sowie Herrn Braun vom Landschaftspflegeverein Dummersdorfer Ufer e. V. (dem Trägerverein der Naturwerkstatt) für das freundliche und geduldige Teilen seines umfassenden Wissens über die Natur auf dem Priwall.

Ostseestation Travemünde e. V.
Priwallpromenade 29–31, 23570 Lübeck-Travemünde

Dort werden tolle Führungen (nicht nur) für Kinder angeboten, inklusive Fütterung der Tiere in den Aquarien. Eine davon durfte ich mitmachen, sie war sehr anschaulich und informativ und unglaublich hilfreich für das Beschreiben von Lisas Arbeit.

Außerdem danke ich:

Alexandra Grothe und Doris Schütz von der Touristeninformation Lübeck. Danke, dass Sie mir so nett und informativ von Ihrer Arbeit erzählt und alle Fragen beantwortet haben. Die Geschichte mit dem Bolstentok habe ich ja auch fast eins zu eins übernommen. (Übrigens gibt es in der Touristeninformation Lübeck wirklich ein Café, in dem jeden Tag frische Schnecken gebacken werden!)

Hans: Danke für die Einblicke in die Welt eines Fledermausexperten. Für unser nettes Gespräch auf deiner Veranda, für viele spannende Fakten und Erklärungen, die Demonstration eines »Pettersson« und das Nachschlagen der für mich »richtigen« Fledermausart. Und natürlich für das Gegenlesen der Fledermaus-Textstellen. (Einige Szenen habe ich der Dramatik wegen ein klein wenig anders geschrieben, als man es in der Praxis durchführen würde. Das geht einzig und alleine auf meine Kappe! So würde man normalerweise in der Dämmerung Fledermäuse beobachten statt im Stockdunkeln, und die Artbestimmung mit dem Pettersson wird eigentlich zeitgleich mit der Zählung durchgeführt.)

Meinen Eltern Ingrid und Ulli. Danke, dass ich euch jederzeit besuchen kann und so ein bisschen das Gefühl habe, ich würde selbst noch in Lübeck wohnen. Danke auch für euer Wissen über Lübeck und euer diesbezügliches Korrekturlesen, das mir sehr geholfen hat. (Ganz nebenbei habe ich auch noch

363

eine Führung zu dem Ganghaus, in dem meine Urgroßmutter gewohnt hat, bekommen. Das wusste ich vorher noch gar nicht!)

Außerdem danke ich Papa, dem Bauingenieur, für die hilfreichen Erklärungen zu allen Themen rund um Hausbau, Bauanträge usw. Und natürlich für die Korrektur und Ergänzung des Plattdeutschen. Mama dafür, dass du in meinen Texten auch noch die kleinsten Fehler und Unstimmigkeiten findest, und natürlich dafür, dass ich bei meinen Recherchen immer mit deinem Fahrrad durch Lübeck radeln darf.

Conny danke ich für die Einblicke in die Arbeit einer Architektin, deine tollen, gut verständlichen Erklärungen und witzigen Anekdoten. Ich habe unser Gespräch in der Sommersonne sehr genossen.

Johanna: Danke für deine Begeisterung, mit der du mich von Anfang an bei diesem Projekt motiviert hast. Und natürlich für das Testlesen mit dem Blick einer Autorin und Biologin (die dazu auch noch in Lübeck wohnt).

Verena: Danke für unsere gemeinsamen Schreibmittage in verschiedenen Cafés, für unseren Austausch über Schreibthemen und natürlich das sehr hilfreiche Testlesen des Manuskripts.

Und natürlich Alex, der bei allen Phasen der Buchentstehung dabei war und mitgefiebert hat (und nicht nur dabei). Du bist der wichtigste Mensch in meinem Leben!

Mein ganz besonderer Dank gilt folgenden Personen, ohne die dieses Buch niemals entstanden wäre:

Meiner Agentin Rike. Danke, dass du mich ermutigt und dabei unterstützt hast, dieses Buch zu schreiben, dass du dafür eine tolle Verlagsheimat gefunden hast und dass du mir überhaupt immer freundlich und kompetent zur Seite stehst.

Meiner Lektorin Stefanie, die von Anfang an begeistert war von der Geschichte um Lisa und Jonas und genau erkannt hat, worum es im Kern geht. Ich bin dir sehr dankbar, dass du im Lektorat mit deinem präzisen Blick alle Schwächen und Ungenauigkeiten des Manuskripts aufgedeckt hast, deine Hinweise und Vorschläge haben dem Text so viel zusätzliche Tiefe verliehen.

Außerdem danke ich allen bei Bastei Lübbe, die durch ihre Arbeit dazu beigetragen haben, dieses Buch entstehen zu lassen, und die immer noch dazu beitragen, es erfolgreich zu machen. Liebe Coverdesigner:innen: Ich liebe dieses Cover! Danke auch an die Verlagsvertreter:innen, die so unermüdlich in die Buchhandlungen reisen, um die Mitarbeitenden dort von meinem und anderen Büchern zu überzeugen. Danke an die Herstellung, an Presse und PR und, und, und … (Allen, die ich jetzt nicht explizit aufgeführt habe, danke ich umso mehr.)

Aber am allerdankbarsten bin ich dir, die oder der du dieses Buch gerade in den Händen hältst. Ich hoffe, es hat dir gefallen! (Dass du die Danksagung bis hierher gelesen hast, stimmt mich in dieser Hinsicht optimistisch …) Denn was wäre eine Autorin ohne ihre Leserinnen und Leser?

Manchmal muss man nur den Blick heben,
um neue Wege zu entdecken

Kristina Fritz
DIE WOLKENGUCKER
Roman. Eine Geschichte
über die Kraft der
Fantasie

384 Seiten
ISBN 978-3-7577-0001-0

Matt Williams kann nicht verstehen, warum seine kleine Tochter
Mia so hingebungsvoll Wolken betrachtet. Sie sieht darin eine
ganze Welt, für ihn sind es schlicht viele kleine Wassertröpfchen.
Das ändert sich, als er und Mia die alte Wilma kennenlernen.
In ihrer verwunschenen Münchener Villa trifft sich nämlich die
Wolkengucker-Gesellschaft, ein Grüppchen der unterschiedlichs-
ten Menschen. Wie sich herausstellt, teilt man hier nicht nur Mias
Liebe zu den Zuckerwattegebilden am Himmel, sondern noch
viel mehr. Und nach und nach werden aus Fremden Freunde …

Fünf Tage, die alles verändern

Lorraine Brown
FÜNF TAGE IN FLORENZ
Roman. Das perfekte
Sommerbuch für den
Italienurlaub
Aus dem Englischen
von Sonja
Rebernik-Heidegger
320 Seiten
ISBN 978-3-7577-0032-4

Reisejournalistin Maddie ist überglücklich, als sie mit ihrem Verlobten Nick nach Florenz fährt, um ihre zukünftigen Schwiegereltern kennenzulernen. Doch kaum angekommen, begegnet sie beim Einchecken an der Rezeption ihrem Ex–Freund Aidan, der Maddie vor zwei Jahren geghostet hat. Bis heute hat sie ihm nicht verziehen. Das Wiedersehen mit Aidan lässt alte Gefühle und Erinnerungen in ihr hochkommen – Erinnerungen an eine andere Maddie. Und so werden diese fünf Tage in Florenz zu einer Achterbahnfahrt der Gefühle, denn auf einmal fragt Maddie sich: Was will ich eigentlich wirklich in meinem Leben?